复旦

外国语言文学论丛

译介与传播
研究专题

复旦大学外文学院／主编

复旦大学出版社

U0730512

目　录

译介与传播

英语新词中的术语及其翻译

高永伟　汤超骏

（复旦大学）

摘　要：英语词汇每年都会新增数百甚至上千个新词，包括普通语词和各学科领域的专业术语。由于学科术语的专业性等原因，术语的选取和翻译成了英语新词词典编纂中的一个难点。本文基于笔者所在团队近几年编写的多部词典，即《新时代英语新词语词典》《21世纪英语新词语词典》《当代英语精选新词语词典》《当代英语新词语词典》，不仅探讨新词词典中术语的收录情况，而且分析术语在英译过程中存在的问题，最后还将提出具体应对措施，即从翻译技巧上利用术语自身词汇特性和网络语料资源提供精确、规范且常用的译名，从理论研究上，更新与完善"领域化"术语翻译原则，为新术语翻译提供科学动态的理论指导。

Abstract：Hundreds of neologisms, technical or otherwise, are created in the English language each year. Due to the particularity of terminologies, their selection and translation have become a headache for compilers of dictionaries of English neologisms. This paper, based on a number of dictionaries compiled by the author's team in recent years, i.e., *A Dictionary of English Neologisms in the New Era*, *A Dictionary of English Neologisms in the 21st Century*, *A Selected Dictionary of English Neologisms in Present-day English* and *A Dictionary of Neologisms in Present-day English*, not only discusses the inclusion of terminologies in the dictionaries of English neologisms, but also analyzes the problems that arise in the process of translating terminologies from English to Chinese. Suggestions for improvement are made at the end: from the perspective of translation, to utilize the lexical features of the terminology itself and online corpora to provide accurate, standardized and commonly used translations; from the perspective of theory, to update and perfect the "domain-oriented" terminology translation principles, so as to provide theoretical guidance for the translation of new terminology.

关键词：英语新词；新词词典；术语；翻译

Key Words：English neologisms; dictionary of neologisms; terminology; translation

一、引言

新词产生的原因无外乎满足交际和表达的需要。当人们发现新事物、遇到新问题、找到新办法时，因现有词汇已不能满足表达的需要，便创造出新词、新义或新用法。在最近几十年中，随着科学技术的发展、社会的进步，语言中不断涌现出大量新词。在英语中，每年出现的新词成百上千，其数字保守估计在500至800个之间（Landau，2001），也有学者认为平均每年新增900个新词（Ayto，1999），乐观的估计则认为年增新词数在2 000个左右。在这些新词

中，学科术语占据了相当的比例，它们通常分布在诸如计算机、医学、生物学、药学、经济学、金融学等学科中。本文基于笔者所在团队在最近几年中所编纂的英语新词语词典，对其中收录的术语进行分类，作出量化分析，并剖析术语翻译中存在的译名不正确、不确切、不完整等问题。

二、当代英语中的新词及其收录

随着数字时代的到来、科技的迅猛发展，语言的发展和变化已呈现出更为明显的趋势，这在词汇的新旧更迭方面体现得尤为突出。英语中出现的新词

通过新旧媒体的传播逐渐被大众接受并使用,有一些使用频率较高或大众关注度较大的新词语也得到了词典编纂者的关注,其中也有不少陆续被英语词典收录。自21世纪以来,虽然英语国家中出版的新词词典只有零星的几部(如2003年的 The Oxford Essential Dictionary of New Words[《牛津精选新词语词典》]和2004年的 New Words[《新词语词典》]),但普通语文词典及其网络版都会通过季度或年度更新增收新词新义。纯网络词典 dictionary.com 在2022年3月29日公布春季更新时增收了200多个新词和新义,其中包括 anti-vaxxer(反对接种疫苗者)、BEV(纯电动车)、climate emergency(气候紧急状态)、Generation A(A世代)、megadrought(特大干旱)、Nordic noir(北欧犯罪小说)等。《牛津英语大词典》(以下简称《牛津》)自2000年3月推出网络版以来,每逢3、6、9、12月更新其内容,每次一般会新增500条左右的新词条以及修订近千条旧词条。但在2020和2021年,该词典突破常规,分别在2020年4月、7月及2021年10月额外推出更新内容,以反映当时民众和社会的关切。在2021年10月的更新中,《牛津》刻意收录和修订了百余条与环保相关的新词条,如 carbon capture(碳捕获)、climate refugee(气候难民)、eco-anxiety(生态焦虑)、global heating(全球气温变暖)、greenhouse effect(温室效应)、single-use(供单次使用的)等。

复旦大学的双语词典编纂团队自20世纪末以来就有组织地开始研究英语新词、编纂新词语词典,最初编写了诸如《英汉大词典补编》(1999年)、《当代英语新词语词典》(2002年)等。2015年以来,该团队陆续编写完成了多部旨在反映当代英语词汇最新发展的词典,如《新时代英语新词语词典》(以下简称《新时代》)、《21世纪英语新词语词典》(以下简称《21世纪》)、《当代英语精选新词语词典》(以下简称《精选》)以及《当代英语新词语词典》(以下简称《当代》)①。前三部词典收词分别在4 000条、2 200条和1 600条左右,《当代》的收词不仅基于这三部词典及《补编》中的一些常用词条,而且还收录了其他尚未被诸如《英汉大词典》《新时代英汉大词典》等大型英汉词典收录的词条,因而其收词数达16 000多条。就《当代》而言,其收词时间跨度大约为50年,收录了从20世纪70年代开始广泛使用的新词语,尤其侧重过去10年被媒体频繁使用的词语,其中就包括数十条与加密货币相关的词条,如 airdrop(空投)、cold storage(冷存储)、crypto-asset(加密资

产)、cryptoeconomics(加密经济学)、HODL(持币)、stablecoin(稳定币)等。

三、新词中的术语及其分布

科学与技术的发展一直是产生新词的一个重要因素。虽然很多科技词汇属于各学科的专用词汇,鲜为人知,但还是有许多科技词汇日渐流行,并经常出现在大众媒体中;更有一些科技词语因为常用而渐渐溢出专业领域,进入词汇共核区,成为人们日常生活用语的一部分。新词词典中就有一定比例的词条来自各个学科领域,一般它们并非过于深涩难懂的术语。术语在新词词典中的另一种体现便是旧词新义,即一些普通词语会衍生出术语词义(如均可表示"浏览网页"之义的 browse 和 navigate)或术语衍生出其他术语词义的现象(如原本作为运动术语的 surf[网络冲浪])。至于术语在新词中的占比,目前尚未有较为可信的研究数据。但术语在新词中的显现度及其社会影响力毋庸置疑。2020年9月,《韦氏大学英语词典》在年度更新时增收了370个新词条,其中不乏较为常用的各类学科术语,如商业领域的 gift economy(礼物经济)和 shrinkflation(缩水式通胀)、医学领域的 subvariant(亚变异株)和 emergency use authorization(紧急使用授权)、技术领域的 microgrid(微电网)和 video doorbell(视频门铃),等等。《牛津高阶英汉双解词典》网络版在2022年8月更新内容时增收了91个新词条,其中有近一半属于术语的范畴,而且它们在大众媒体中的使用频率非常之高,如 blockchain(区块链)、comorbidity(共病)、core competency(核心能力)、facial recognition(脸部识别)、metaverse(元宇宙)、risk management(风险管理)、zoonosis(人畜共患病)等。

英汉词典收录术语的历史可追溯到罗伯特·马礼逊(Robert Morrison)编纂的《华英字典》(1815—1823),该字典的第三部分虽为辅助外国人学习汉语而编著,但它实为一部英汉词典。后来的英汉词典收录的术语数量不断增多,像威尔汉姆·罗存德(Wilhelm Lobscheid)的《英华字典》(1866—1869)在广收术语、独创汉译等方面实现了一些突破。颜惠庆主编的《英华大辞典》(1908年)开始系统性地收录各类术语,并用学科标签加以标示,此传统一直沿用至今。标注学科标签的做法在英汉新词词典中亦被采用,尽管标签的覆盖面如普通词典一样并非很广。其中的原因或情况主要有六种:一是由于一些

---

① 目前《新时代》《21世纪》《精选》已出版,另外一部也将于2024年出版。

术语可以归属于不同的学科,因而英汉词典一般不同时标注两个或两个以上的学科名称;二是许多新出现的术语可能源出于新兴的学科或领域,真正的学科归属难以确定,如目前较为流行的许多与加密货币相关的词语 bitcoin(比特币)、blockchain(区块链);三是按词典界的惯例,人文、社科、政治等方面的术语一般较少标注标签,如 anarcho-capitalism(无政府资本主义)、Overton window(奥弗顿之窗);四是现有的一些参考源为一些术语提供了截然不同的学科标签,因而双语词典编纂者为避免产生混淆而不作标注,如 swine fever(猪瘟)被《维基词典》(Wiktionary)和"术语在线"分别认定为病理学用语和食品科学技术用语;五是非名词类的术语经常不用学科标签,如 gamify(使游戏化)、glocalize(使全球本地化)等;六是一些新词的词义虽然属于术语的范畴,但由于其语体不太正式,因而不被标注学科标签,如表示"收藏"的 fav 和表示"疫苗"或"接种"的 vax。

尽管如此,上述四部新词语词典都设置了一定数目的学科标签,这也能从特定角度反映出术语在新词词典中的具体体现。

1.《新时代》

《新时代》设置的标签只有 19 个,分别指代电信技术、化学、计算机与网络技术、经济和金融、法律、气象学等学科。由于该词典所收条目覆盖的时间段主要是 20 世纪初的前 15 年,因而术语条目最多的学科非计算机与网络技术莫属,共有 87 条,如 app(应用)、blade server(刀片服务器)、click-through rate(点击率)、denial of service(拒绝服务)、exabyte(艾字节)、favicon(收藏夹图标)等;医学术语位居其次,共有 50 条;其他超过 10 条的学科包括经济和金融、化学、电信、植物学等。

2.《21 世纪》

《21 世纪》设置了 26 个学科标签,如大气科学、动物学、计算机学、金融学、生物化学、医学等。在这部收词超 2 000 条的词典中,标有学科标签的术语共有 164 个,其中术语相对较多的学科详见表 1:

表 1 《21 世纪》中的术语分布

序号	学科	标签数	例 词
1	医学	51	Ehlers-Danlos syndrome(埃勒斯-当洛综合征)
2	计算机	22	keygen(密钥生成程序)

（续表）

序号	学科	标签数	例 词
3	生物	15	macrobiome(宏观生物组)
4	药学	11	lorcaserin(氯卡色林)
5	金融学	9	quantamental(量化基本面的)
6	天文学	6	exomoon(系外卫星)
7	微生物	5	Nipah virus(尼帕病毒)
8	化学	3	astaxanthin(虾青素)
9	生物化学	3	inflammasome(炎性小体)
10	解剖学	3	Adonis belt(人鱼线)

由于《21 世纪》完稿时恰逢新冠疫情流行伊始,编者及时收录了数十个与疫情相关的新词语,其中就包括数个微生物术语和二三十个医学术语,如 CoV(coronavirus,冠状病毒)、nCoV(new coronavirus,新型冠状病毒,新冠病毒)、case fatality rate(病死率)、community immunity(社区免疫,群体免疫)、false negative(假阴性)、false positive(假阳性)、RT(rate of transmission,传播率)、superspreader(超级传播者)等。

3.《精选》

《精选》设置了 25 个学科标签,如地理、电子学、航空、金融、计算机、体育运动等。该词典成书于 2022 年上半年,收词范围主要是近几年出现的新词以及之前出版的词典所遗漏的一些条目。因为当时新冠疫情影响依然存在,因而医学术语占比最大,总共有 81 条,如 booster dose(加强针)、COVID tongue(新冠舌)、Ct value(Ct 值)、Omicron variant(奥密克戎变体)、Bardet-Biedl syndrome(巴比二氏综合征,略作 BBS)、bashful bladder syndrome(膀胱疼痛综合征)、colonography(结肠造影)、Epley maneuver(埃普利复位法)等。术语数量介于 10 至 30 个之间的学科包括计算机(29 个)、金融学(26 个)、经济学(17 个)、药学(15 个)、植物学(13 个)、生物学(11 个)以及体育运动(11 个)。

4.《当代》

《当代》收词数逾 16 000 条,其中标有学科标签的条目超过 3 300 多条,占比达 20.63%。该词典设置的学科标签也相对比较齐全,总共有 30 多个,其中没有出现在上述三部词典的标签包括昆虫学、鸟类学、人类学、生理学等。术语收词数排在前 20 位的学科详见表 2：

表 2　《当代》中的术语分布

序号	学 科	标签数	序号	学 科	标签数
1	计算机	601	11	动物学	72
2	医学	525	12	经济学	71
3	生物	181	13	天文学	70
4	生物化学	175	14	心理学	59
5	药学	154	15	商业	56
6	化学	96	16	微生物	43
7	金融学	95	17	篮球	31
8	植物学	86	18	气象学	29
9	物理学	78	19	语言学	28
10	通信	72	20	古生物学	23

由笔者参与编著的《当代英语首字母缩略词》收录的许多缩略词也属于新词语的范畴。在这部收词 10 064 条的词典中，标有学科标签的词条数达 3 814，占比 35.83%，由此可见首字母缩略语在术语中的占比要远远超过其在普通词汇中的比例。该词典中术语数量排名前十的各个学科如下（见表 3）：

表 3　《缩略词词典》中的术语分布

序号	学 科	标签数	例　　词
1	计算机	785	FTP—file transfer protocol 文件传送协议
2	医学	721	GL—glycemic load 血糖负荷
3	化学	382	DET—diethyltryptamine 二乙基色胺
4	生物	210	IDP—intrinsically disordered protein 天然无序蛋白质
5	生物化学	202	EPO—erythropoietin 促红细胞生成素
6	天文	137	SPE—solar particle event 太阳粒子事件

（续表）

序号	学科	标签数	例　词
7	经济	64	NDP—net domestic product 国内净产值
8	药学	59	HCQ—hydroxychloroquine 羟氯喹
9	解剖学	56	CL—cruciate ligament 交叉韧带
10	军事	41	MCS—missile control system 导弹控制系统

四、新术语的翻译

就术语的翻译，已有多位学者对此话题展开过论述（孙迎春，2008；张彦，2008；信娜，2021；卢华国、张雅，2022；郑安文，2022；顾俊玲，2022）。概括地说，翻译术语时经常采用的手段包括直译、意译、音译以及它们的多种组合。而就新术语的翻译，直译的方式相对采用较多，这与新术语的构词特性有很大关系。新术语中复合词的比例较高，而它们的翻译一般都可以采用字面直译，如 cloud computing（云计算）、command line interface（命令行界面）、cyclical unemployment（周期性失业）、glycobiome（糖生物组）、neuroinvasion（神经侵袭）、spincaloritronics（自旋热电子学）等。通过意译方式提供对应词的术语数量也有不少，如 bokeh（焦外成像）、bunionette（小指滑液囊炎）、paclitaxel（紫杉醇）、pareidolia（幻想性错觉）、permethrin（氯菊酯）、plerion（实心超新星遗迹）等。通过音译手段翻译新术语的例子相对较少，数量只有百余个，如 carfentanil（卡芬太尼）、maca（玛卡）、norovirus（诺如病毒）、oxycodone（羟考酮）、pendrin（潘特林）以及诸如 copernicium（鿔）、flerovium（鈇）、livermorium（鉝）、moscovium（镆）等新化学元素。在使用这些手段的同时，还有一种方式值得推行，即模仿式翻译，具体指根据词源等信息仿照现有术语的译名提供对应词，如在 genome（基因组）的基础上我们可以把 connectome、proteome、transcriptome 等词分别译作"连接组""蛋白质组""转录组"。

虽然全国科学技术名词审定委员会（以下简称"名词委"）一直在审定各类术语名称，并已推出非常实用的检索平台"术语在线"，但目前名词委在新术语的审定工作方面存在着三类问题。一是由于受到术语审定周期的影响，新术语一般很难被及时审定，在"术语在线"网站上经常检索未果。以新冠术语为例，像 Covid-19（新冠病毒；新冠肺炎）、novel coronavirus（新型冠状病毒）、community spread（社区传播）、antigen test（抗原检测）、contact tracing（接触者追踪）、superspreader（超级传播者）等词语均尚未被名词委所审定，其中也只有几个出现在由外文局发布的《新冠肺炎疫情相关词汇中英对照表》中。二是有些新术语尽管已被审定，但名词委提供的规范用词可能并不太常用，如 2022 年公布的妇科肿瘤学名词中包括"聚合酶链反应检测"（PCR test）一词，而在现实生活中人们通常会用"核酸检测"。① 三是即便新术语已被审定，但它们的学科归属存在问题，即未能归入该术语原本的学科。例如，PPE 是 personal protective equipment 的首字母缩略，其规范译名为"个体防护装备"或"个人防护用品"，但"术语在线"上它被审定为化工名词和微生物学名词，而非医学名词。又如，目前使用频率极高的 climate change（气候变化）被审定为农学名词，而非大气科学术语②。另外，由于名词委术语审定的范围主要是绝大多数自然科学领域，像人文社科、政治经济等领域的术语一般很少被审定。

基于上述新词词典中的术语，我们发现在新术语翻译中存在着一些较为明显的问题。这些问题大致可归纳为如下三类。一是偶尔存在错译或误译。例如：生物化学术语 glycobiome 在《21 世纪》中被译作"寡糖"，而后者在英文中的对应词是 oligosaccharide，因而 glycobiome 在此处已被误译，应改为"糖生物组"。二是提供的译名不太确切，如物理学名词 gluino 被译作"超胶子"而非名词委审定的"胶微子"。类似译名不妥的例子还有一些（详见表4）。三是常用译名或同义译名缺失，如心理学术语 emotional intelligence 条下只有"情感智力"而没有更为常用的"情绪智力"，化学术语 graphene 只提供了译名"石墨烯"但缺失同义的"碳（原子）单层"，等等。

表4　译名欠妥的术语

术 语 名	所属学科	原 译 名	新 译 名
Dravet syndrome	医学	德拉韦特综合征	德拉维综合征
flammagenitus	气象学	火成云	火积云

（续表）

术 语 名	所属学科	原 译 名	新 译 名
leptoquark	物理	轻子夸克	轻夸子
necroptosis	生物	程序性细胞坏死	坏死性凋亡
obesogen	生物	肥胖激素	肥胖原
parasomnia	医学	异睡症	异态睡眠，睡眠异态
threatened species	生态	濒危物种	受威胁种

针对新术语翻译中存在的问题，笔者认为可以从翻译实践和理论研究两个层面采取措施加以应对：在翻译实践过程中，一是要充分利用术语自身词汇特性（如构词规律和词源信息）提供相对比较恰当的译名。例如：《精选》收录了气象学术语 mesovortex，根据该词的词源信息（即"meso- 中的，中间的"+"vortex 旋涡"）为其提供译名"中旋涡"。尽管网络上也有"中尺度旋涡"的说法，但那是海洋学术语，与其对应的英文则为 mesoscale vortex。又如：《当代》将气象学术语 pyrocumulus 译作"火积云"，其理据是构词成分 pyro-表示"火"，而 cumulus 本身也是气象学术语，表示"积云"的意思。二是要充分利用现有的网络资源，如搜索引擎、语料库、术语库以及诸如"术语在线"等服务平台，以确保术语译名的常用性，提高其准确性和规范性。在理论研究过程中，我们要持续探究与总结不同领域术语的演变规律，对已经"领域化""专科化"的术语翻译原则作更新与改进，继而为新词中术语的翻译提供动态发展的科学理论指导。

五、结语

随着新术语的不断涌现，现有的术语体系会不断得以更新或完善，因而术语问题也将成为一个可持续研究的话题。基于英语新词词典的术语研究，因其中的术语界定不明确以及学科标签使用不成体系，只能反映出新术语的一个侧面。若要对新术语作出更为系统的研究，例如新术语对传统术语的替代

---

① 英语中有时也用 NAT（nucleic acid test）指代。
② 大气科学中的确有一个包含气候变化的术语——人致气候变化（anthropogenic climate change），但该表达作为术语缺乏严谨性。

以及新术语的发展趋势,则有必要建立动态的大型双语术语库,这样既可以辅助名词委及时审定学科名词,又能促进双语词典对各学科领域新词术语的收录。此外,利用动态术语库,结合新术语的共时研究成果,还可以从历时角度探索英语术语从古至今的演变路径,这一研究将有助于我们更好地了解术语的起源、发展和变化趋势,从而为术语的翻译和传播提供更具参考价值的史料依据。

参考文献

［1］Ayto, J. *Twentieth Century Words*. Oxford：Oxford University Press, 1999.

［2］*Dictionary.com*. <https://www.dictionary.com>（accessed 2023-11-20）.

［3］Hargraves, O. *New Words*. Oxford：Oxford University Press, 2004.

［4］Landau, S. *Dictionaries: The Art and Craft of Lexicography* (*2nd Edition*). Cambridge：Cambridge University Press, 2001.

［5］Lobscheid, W. *English and Chinese Dictionary with the Punti and Mandarin Pronunciation, in Four Parts*. Hongkong：Daily Press Office, 1866-1869.

［6］McKean, E. *The Oxford Essential Dictionary of New Words*. Oxford：Oxford University Press, 2003.

［7］*Merriam-Webster's Collegiate Dictionary*. <https://www.merriam-webster.com>（accessed 2023-11-20）.

［8］Morrison, R. *A Dictionary of the Chinese Language, in Three Parts*. Macao：The Honorable East India Company's Press, 1815-1823.

［9］*Oxford English Dictionary*. <https://www.oed.com>（accessed 2023-11-20）.

［10］*Wiktionary*. <https://www.wiktionary.org>（accessed 2023-11-20）.

［11］高永伟.《当代英语精选新词语词典》.上海：复旦大学电子音像出版社,2023.

［12］——.《当代英语首字母缩略词》.上海：上海外语教育出版社,2022.

［13］——.《当代英语新词语词典》.北京：外语教学与研究出版社,2002.

［14］——.《21世纪英语新词语词典》.上海：复旦大学出版社,2021.

［15］——.《新时代英语新词语词典》.北京：商务印书馆,2023.

［16］顾俊玲.科技新术语的翻译原则.《中国社会科学报》,2022(003).

［17］陆谷孙.《英汉大词典(第2版)》.上海：上海译文出版社,2007.

［18］——.《英汉大词典补编》.上海：上海译文出版社,1999.

［19］卢华国、张雅.普通术语学视角下的术语翻译方法再梳理.《中国科技术语》,2022,24(2)：12—20.

［20］《牛津高阶英汉双解词典(第10版)》.<https://oalecd10.cp.com.cn/web#/desktop/dict>（accessed 2023-11-20）.

［21］"术语在线".<https://www.termonline.cn>（accessed 2023-11-20）.

［22］孙迎春.《科学词典译编(原创版)》.北京：对外翻译出版公司,2008.

［23］信娜.《术语翻译方法论》.北京：科学出版社,2021.

［24］颜惠庆.《英华大辞典》.上海：商务印书馆,1908.

［25］张柏然.《新时代英汉大词典》.北京：商务印书馆,2004.

［26］张彦.《科学术语翻译概论》.杭州：浙江大学出版社,2008.

［27］郑安文.科技术语翻译中的理据构建策略.《中国科技术语》,2022(24.4)：19—24.

中国学龄前孤独症儿童家庭语言政策研究

刘晓宇[1]　沈　骑[2]

（1. 东北师范大学　2. 同济大学）

摘　要：本研究基于跨学科视角，关注学龄前孤独症儿童家长的语言意识，以及不同语言意识对家庭语言管理和语言实践的影响。基于对10组学龄前孤独症儿童家庭语言生活的观察、反思日记和半结构式访谈，研究发现，学龄前孤独症儿童家长有四种语言意识：忽视问题型；信赖专家型；保持质疑型；自我主导型。这些语言意识深刻地影响着家庭语言管理与语言实践。本研究拓展了家庭语言政策研究范畴，以期为进一步探索以家庭为核心的学龄前孤独症儿童语言康复提供有益启示。

Abstract：Based on the interdisciplinary perspective, this study investigates the language ideologies of parents raising preschoolers with Autism Spectrum Disorders (ASD) and assesses how these ideologies impact family language management and practices. Data were systematically gathered through observations, reflective journals, and semi-structured interviews involving 10 families coping with ASD. Four distinct language ideologies emerge from the findings: neglect of issues, reliance on experts, persistent questioning, and self-directed management. These language ideologies significantly shape family language management and practices. The study broadens the research scope concerning family language policy, aiming to offer valuable insights to advance research into family-centric language rehabilitation for preschoolers with ASD.

关键词：学龄前孤独症儿童；家庭语言政策；语言意识；语言管理；语言实践

Key Words：preschoolers with ASD; family language policy; language ideology; language management; language practice

一、引言

孤独症（Autism Spectrum Disorders，ASD）儿童的语言问题是儿童语言学研究的重要领域。儿童学习和使用语言的动机在于将自己发展成为一个"社会的人"（Halliday，2001），因此，儿童语言学习的过程也是儿童社会化的过程。儿童语言学研究旨在描写儿童语言发展状况，揭示儿童语言发展规律，解释儿童语言发展与儿童心智等发展的关系，发现包括语言疾病在内的儿童语言发展障碍，为儿童语言的健康发展提供学术支撑（李宇明，2022）。孤独症是一种发生于儿童早年的广泛性发育障碍，我国儿童孤独症的发生率约为1%（Sun et al.，2020）。语言问题是孤独症儿童的主要临床特征之一，语言能力是影响其预后预测最强的影响因子，5岁时具有功能性语言是一个良好预后的标志（于晓辉，2022：40）。因此，孤独症儿童的语言教育与康复受到了社会和学界关注。

对孤独症儿童语言问题的研究呈多领域发展态势，主要涉及四个方面：一是从生物学、遗传学等视角揭示孤独症儿童语言障碍的易感因素（Kjelgarrd，2001；贾林祥，2007）；二是开展孤独症儿童临床特征研究，包括流行病学调查、诊断和区别诊断（Lord et al.，2007；万鹏等，2017）；三是描述孤独症儿童的词汇、句法、语用能力特点，揭示孤独症儿童的语言发展规律（Alderson-Day et al.，2015；周兢等，2007）；四是探讨孤独症儿童语言康复和语言教育方法，涉及音乐干预、计算机技术、教育训练等（Heidlage，2019；彭辉、郑荔，2017）。学界从不同视角对孤独症儿童语言问题进行了有益探索，但对与孤独症儿童语言问题密切相关的家庭场域的系统性研究明显不足。

家庭是学龄前孤独症儿童的主要活动领域，家庭成员对学龄前孤独症儿童语言干预的强度与患儿语言能力的提高成正比(Jocelyn et al., 2006)。一方面,孤独症被认为是一种终生伴随性疾病,许多患儿的专职照顾者辞去工作,家庭经济水平下降,家庭成员参与社会活动机会减少,家庭生活质量降低(荆杰,2012);另一方面,我国尚未形成有效的社会支持体系,特别是孤独症儿童语言训练尚无正规教材,大部分语言治疗师对患儿的语言训练还处于探索阶段(周翔等,2021)。在这一背景下,孤独症儿童家庭语言政策研究兼具理论价值和社会意义,对于丰富儿童语言学研究范畴、提高孤独症儿童的语言能力、提升患儿家庭抗逆力、构建关于孤独症儿童的全生命周期支持体系具有重要现实意义。

二、家庭语言政策——孤独症儿童语言研究新领域

家庭语言政策(family language policy)作为儿童语言学和语言政策学交叉融合的新方向(King et al., 2006; Schwartz et al., 2010)关注家庭内部对家庭成员之间的语言使用进行显性或隐性规划的活动(King et al., 2008)。伯纳德·斯波斯基(Bernard Spolsky)将语言生活划分为包括家庭在内的十个领域,各领域语言政策都由语言意识(对语言本身和语言使用的信念)、语言管理(通过各种语言干预、规划或管理的方法来改变或影响语言实践的具体行为)和语言实践(对语言变体所做的习惯性选择)三部分构成(Spolsky, 2004, 2009)。

学界对语言意识这一概念进行了多维阐释,例如有学者将语言意识看作"对任何语言的任何信仰"(Silverstein, 1979: 193);另有学者认为语言意识是"某个社会背景之下个体或团体对语言各方面的认知"(Rivera-Mills et al., 2012);还有学者认为语言意识能够"折射一语言的历史角色、经济价值和社会权利"(Blommaert, 2006)。通过概念的梳理,我们发现语言意识的形成受政治、经济、文化等多种因素影响,也折射了社会宏观、中观和微观各个层级的语言生活状况。例如,张晓兰总结了影响父母语言意识的宏观和微观因素,宏观因素包括政治、社会文化、经济和社会语境,微观因素包括家庭读写氛围、父母期望、父母教育和语言经验、父母对二语的认识等(Curdt-Christiansen, 2009);有学者研究发现家庭结构和彼此间的情感关系同样影响父母的语言意识(Schwartz, 2010)。

在家庭语言生活中,语言意识影响着显性或隐性的家庭语言政策,常常被认为是家庭语言政策的

主要驱动力。父母关于语言和语言教育的意识对语言管理策略有重要作用(Schwartz et al., 2013)。家庭语言政策研究能够揭示家长的语言意识和他们关于语言的社会态度和看法,并为父母和儿童之间的互动和儿童语言发展提供理论基础(Houwer, 1999)。语言使用体现语言意识,而语言意识也影响语言使用(Piller, 2015)。已有研究显示,家长的语言意识对典型发展儿童的语言产出具有正向影响,特别是母亲的语言意识能够有效制定家庭语言规则并指导语言实践(Houwer, 1999; Kirsch, 2012; Maria, 2018)。

通过概念界定和文献梳理,我们认为,家长的语言意识是家庭语言政策的重要影响因素,而家庭语言政策为儿童与照顾者的互动、推动儿童语言发展提供了框架(Houwer, 1999)。在孤独症儿童家庭中,家庭本位、家庭参与、家长执行干预是孤独症谱系障碍婴幼儿早期干预的最佳循证实践(杨溢,2022: 179)。家庭领域是改善孤独症儿童语言问题的关键,然而目前家庭语言政策研究缺乏对孤独症儿童家庭的关注,而对孤独症儿童语言问题的研究也很少置于家庭场域中。虽然已有学者关注到孤独症儿童家庭语言政策,但研究重点在于跨国孤独症儿童家庭的二语学习和祖语习得(Yu, 2016),对于学龄前孤独症儿童家庭语言康复和语言教育问题尚缺乏理论研究和实证检验。

家庭语言政策研究为孤独症儿童语言发展提供多维视角,探索孤独症儿童家长语言意识以及在不同语言意识影响下的家庭语言政策,有利于把握学龄前儿童语言发展的黄金时期,探索以家庭为中心的语言教育模式,是一项有重要意义的跨学科研究课题。

三、研究设计

本文基于斯波斯基语言政策三维理论框架,主要关注两个研究问题:(1)学龄前孤独症儿童家长的语言意识有哪些类型?(2)不同的语言意识如何影响家庭语言管理和语言实践?

1. 研究对象

本文研究对象为 10 组正在 X 康复医院进行言语治疗的学龄前孤独症儿童家庭。X 康复医院是中国残疾人联合会《孤独症儿童康复指南》撰写单位。许多省市的孤独症儿童家庭慕名前来该院。患儿家长的经济状况、社会身份、受教育水平等情况具有多元性。本研究通过目的抽样来选择研究对象(Ary et al., 2018),选择的 10 组家庭均自愿参与到本研究中,并且在儿童的主要照顾者、家庭信息(家庭结构、

父母职业、教育背景等)、儿童年龄/确诊时间、语言治疗的时间四个方面具有差异性(见表1)。鉴于中国家庭祖辈深度介入育儿、独生子女、"非自然二孩"形成的独特家庭结构(贾红霞、李宇明,2021),本研究对象中有6组家庭的祖辈深度介入育儿,6组为独生子女家庭。预研究显示,这10组家庭中患儿均符合以下标准:(1)具备医院开具的孤独症诊断书;(2)患儿无其他器质性疾病;(3)家庭成员自愿参加本研究,有意愿帮助患儿语言康复。本研究中患儿语言发展水平以及康复状况均由言语康复师使用语言评估量表测量、研究者观察和家庭成员反馈三方面结果综合得出。

表1 参与研究的10组家庭基本情况

家庭代码	儿童主要照顾者	家 庭 信 息	儿童年龄/确诊时间	语言治疗时间
1A 家庭	确诊前祖辈为主要照顾者;确诊后由母亲全职照顾	第三子;父母为本科学历;父亲在外地工作,每周末回家照顾儿童	3岁/2岁10个月	2个月
2B 家庭	母亲全职照顾儿童;祖辈配合照顾	独子;父母为高中学历;母亲无业,父亲个体经营;父亲与儿童交流极少	3岁9个月/2岁9个月	1年
3C 家庭	母亲全职照顾儿童	独子;父母为本科学历;母亲无业,是某知名孤独症干预机构的志愿者;父亲经常出差,与儿童交流较少	6岁/3.5岁	2.5年
4D 家庭	父亲全职照顾儿童;祖辈配合照顾	独子;父母为本科学历;母亲个体经营,儿童预后效果非常好,已经在普通学校就读	6岁/3岁	3年
5E 家庭	父母共同照顾儿童;祖辈偶尔配合照顾	独女;父母为本科学历;儿童预后效果较好	5岁/3.5岁	1.5年
6F 家庭	母亲主要照顾儿童;父亲和祖辈配合照顾	独子;父亲为本科学历;母亲为专科学历,母亲在儿童1岁时发现儿童存在语言问题	4岁/2.5岁	1.5年
7G 家庭	奶奶主要照顾儿童;父亲在外地工作,每月有两天能够配合照顾	长子;父母为专科学历;母亲主要照顾弟弟	4岁/3.5岁	6个月
8H 家庭	母亲主要照顾儿童	长子;父母为专科学历;母亲无业,父亲个体经营,父亲与儿童交流极少	5.5岁/3.5岁	2年
9I 家庭	姑姑和父亲主要照顾儿童;母亲配合照顾	独子;父亲为硕士学历,母亲为专科学历;父亲个体经营,母亲无业;父亲5岁开口说话	2岁10个月/2岁7个月	3个月
10J 家庭	确诊前主要照顾者为祖辈;确诊后变更为母亲	双胞胎均为患儿;父母均为本科学历;母亲无业,父亲为教师	4岁/3岁	1年

表 2 研究数据收集情况

数据收集方式	数据收集对象及方法	数据收集的维度及问题示例	数据量
半结构式访谈	通过言语康复师介绍与 10 组家庭接触，在互相了解、取得信任的基础上，以家庭为单位进行半结构式访谈，在提供知情同意书和伦理审查表后录音。	**语言意识**：家长如何看待学龄前孤独症儿童语言发展和语言障碍？ **语言管理**：为了儿童的语言教育与语言康复，家长制定过什么样的语言规则？ **语言实践**：儿童在家里如何与家长交流？	访谈录音 26 个小时
观察法	（1）研究者每个月进入每个家庭 1 次，时间选在晚饭后（18:00—21:00）。这段时间儿童主要照顾者会在家里对儿童进行语言教育或语言康复训练，方便研究者观察。 （2）研究者在 X 康复医院中观察记录这 10 组家庭的言语治疗情况。	**语言意识**：家长在家庭语言生活中，对儿童语言康复和语言教育的态度。 **语言管理**：不同语言意识的家长如何影响儿童和其他家庭成员的语言使用？ **语言实践**：不同语言意识的家长与儿童的语言互动行为等。	研究者观察日记 62 页，共计 74 000 余字
反思日记	儿童主要照顾者对这 6 个月的家庭语言生活撰写反思日记，每个月写 1 次。	**语言意识**：对儿童语言问题和语言康复的看法以及发生过什么改变？ **语言管理**：为了帮助儿童语言康复做过什么努力？ **语言实践**：在生活中如何与儿童交流？	反思日记 44 页，共计 52 000 余字

2. 数据收集与分析

本研究主要通过半结构式访谈收集研究数据，并结合研究者的观察、研究对象反思日记来对访谈数据进行验证与补充（表 2）。

获得上述研究数据后，我们首先将所有的访谈录音转写为文字，同时，将收集到的反思日记以及研究者的观察日记进行脱敏处理，隐匿所有可能涉及参与者个人隐私的信息。本研究的所有参与者都被邀请审核他们各自的访谈转写、反思日记和研究者观察日记内容，以确保研究数据的准确性。结合研究问题，采用程序化扎根理论方法分析所有研究数据，进行开放性编码（一级编码）、主轴性编码（二级编码）和选择性编码（三级编码）（Strauss et al., 1990）。我们首先提取研究参与者本身的话语作为一级编码，例如"我就忽视了这个问题""我都听老师的"等。然后，我们将意义相近的一级编码合并，并选择、构建主要

表 3 编码示例

一 级 编 码	二级编码	三级编码
访谈："我就忽视了这个问题" **观察**：母亲尝试康复训练，两次未果随即放弃。 **反思日记**：儿童识字等同于智力无恙，说话晚也行。	不重视语言问题	忽视问题型

概念类属为二级编码，例如"不重视现实问题"等。最后，我们通过整合与凝炼，提炼出核心类属，例如"忽视问题型"。所有研究者都参与到数据的提炼整理中，所有参与者都知悉并同意我们的分类。

四、研究发现

根据研究，我们发现在看待儿童语言发展和语言障碍时，学龄前孤独症儿童家长的意识主要分为四类：（1）忽视问题型；（2）信赖专家型；（3）保持质疑型；（4）自我主导型。对每种类型的家长，我们会进一步分析语言意识如何影响家庭语言管理和语言实践。

1. 忽视问题型

这类家长忽视儿童语言发展的客观规律，不重视或者消极应对儿童的语言问题，将儿童语言发展和儿童个体发展割裂开。究其原因，一方面是祖辈对待儿童语言发展、语言障碍和语言教育的态度影响着父母的语言意识。在中国传统社会文化和习俗的双重影响下，祖辈往往是儿童的主要照顾者，在儿童语言表达能力发展异常时，祖辈会以"孩子长大就好了""可能有点遗传"等理由来安慰其他家庭成员。父母会出于对祖辈育儿经验的信任而忽视儿童口语能力的异常。例如，在 1A 家庭中，母亲发现儿童 2 岁时仍不会说话，提出要到医院检查，但最终因祖辈的阻挠而放弃。

家里一直是姥姥和奶奶照顾孩子，她们都说老话讲的"贵人语迟"，而且孩子爸爸的堂弟也是 4 岁才会说话，现在都读大学了，所以我们就忽视了。（1A 母亲）

另一方面，这类家长多忽视儿童语言表达能力，更关注儿童语言理解能力。受到"贵人语迟"等传统思想的影响，当儿童口语表达能力异于同龄儿童时，父母会通过测试儿童的语言理解能力来验证儿童智力水平，特别是在儿童语言理解能力超出同龄儿童的水平时，家长会更加忽视儿童的语言表达能力，特别是口语表达能力的发展。例如，1A 父亲在反思日记中写道：

当我发现孩子不说话时，就先拿识字卡试试他能不能记住，发现他认字认得特别快，应该不是智力问题，就决定再观察观察。（2021 年 3 月 10 日）

在这种语言意识影响下，这类家长在家庭中不会制定明确的语言使用规则，对其他家庭成员和儿童之间的交流时间、频次和方式，认为"谁有时间谁就说呗"（2B 父亲）。当父母尝试提出要求时，往往会在祖辈的阻挠下放弃。

我在家里也教过，但是孩子不听我的。奶奶也会生气地批评我："孩子都能认多少字了！晚点说话没有事！"（2B 母亲）

在家庭语言生活中，这类家长和儿童之间的交流以单向输入为主，与儿童交流互动也十分有限，侧重培养儿童对书面语的理解能力。例如，2B 母亲在访谈中反复强调她十分关注儿童语言问题，但是研究者观察发现，她经常借口有事到教室门口玩手机游戏，躲避参与儿童语言康复课程；在家庭语言生活中，她也很少主动创造与儿童交流的机会，在有限的交流中，以读故事书、读识字卡片这种单向语言输入的模式为主；在尝试使用语言材料进行语言康复时，如果儿童很少回应或者完全不配合，她就会放弃并走开，导致儿童语言康复进展缓慢。

2. 信赖专家型

这类家长对儿童语言发展规律有一些粗浅的了解，能够以平和的心态面对儿童语言问题。一方面，在确诊儿童语言问题时信赖专家。通过与同龄儿比较、社区医生反馈、熟人提醒等方式发现儿童语言发展异常，家长能够主动带儿童到专业机构进行检查。另一方面，将家庭领域视为专家对儿童语言康复治疗的延伸，把儿童语言康复的希望寄托在专家身上。

虽然新媒体中有关于儿童语言发展的短视频，社区、商场等公共场所中有语言方面的公益性语言景观，但相对于这些媒介提供的信息，家长更信赖言语治疗师这样能够在现实生活中接触到的专家。例如，5E 母亲严格遵守言语治疗师制定的家庭语言康复计划：

咱们得相信老师，老师每天告诉我怎么复习，我就怎么做。（5E 母亲）

同样的，8H 父亲在访谈中也提道：

小区宣传栏里就有介绍孤独症儿童语言方面的内容，抖音上的康复节目我也跟着做过几次。那些看看还行，但还是老师最能把握孩子的语言变化。（8H 父亲）

在这种语言意识的影响下，家长把专家的建议作为在家庭语言管理中的标准，把自己视为专家的助手，在家庭中做辅助听说训练或者制定语言康复计划时，要求其他家庭成员遵守并执行这些规则。

研究者观察发现，7G 母亲要求奶奶把儿童每日语言康复的情况告知自己，并会根据专家当日的课程和反馈内容模仿专家当日的语言游戏，对儿童做重复性语言训练。她对家庭成员和儿童之间的交流时间、方式、方法也有明确规定，如果某位家庭成员忽视或忘记了这些要求，7G 母亲会以高频率提醒的方式敦促该家庭成员遵守规则。7G 儿童十分喜欢母亲制定的交流规则，有时会主动要求家人重复某个语言游戏。

在语言实践中，家庭成员模仿专家的语言康复方式、方法，很少主动增加或改变。对此，7G 母亲认为："你要是不听专家的，总拿你自己一个不专业的角度挑战权威是不行的，你的认知高度就达不到人家的高度。"对儿童进行语言教育时，以训练儿童口语表达能力为主，在此基础上，会通过识字卡片、幼儿绘本、讲故事、看动画等方式提升儿童语言理解能力，特别是阅读能力。例如，8H 母亲在反思日记中写道：

我会把家里语言康复的视频发给老师，希望老师能告诉我做得对不对。比如老师让我们多跟孩子交流，我就发动爸爸和奶奶带着孩子背古诗、讲故事。现在大了，也让他多写写字。孩子的主动语言表达能力提高得很快，还是老师的方法有效。（2021 年 7 月 23 日）

3. 保持质疑型

这类家长对儿童的语言表达能力和理解能力同

样关注,且有自己的理解,具有较强的自我驱动力;在发现儿童语言发展异于同龄儿时,能够主动通过多种渠道了解儿童语言发展规律,结合资料判断儿童语言发展过程中出现的问题;这种语言意识不会轻易受到专家、其他家庭成员或者社会语言环境影响。例如,6F 母亲在儿童 10 个月时,察觉到该儿童有语言问题并通过多方查证:

> 我发现叫他没反应,就偷着带他查了听力。家人都不理解我,但我就是觉得他有问题。平时上网查资料、看短视频时也关注这方面的内容。后来在社区医院看到宣传画,我就赶紧领孩子去看病,结果确诊孤独症。(6F 母亲)

类似的,9I 家爸爸有硕士学历,他很喜欢用中国知网或者 Web of Science(科学网)作为他的信息来源:

> 有时候老师告诉我怎么做,我也用关键词去知网查一查文献,老师不能面面俱到,咱们自己要有计划。(9I 父亲)

受这种语言意识影响,父母会多方参考、制定相应的语言使用规则,一方面将专家的意见作为重要参考依据;另一方面发动家庭成员对儿童语言教育提意见,结合家庭结构、经济水平、社区语言环境等多种因素制定家庭语言规划。这种家庭语言规划是动态发展的,会根据儿童年龄增长、语言康复情况、语言教育情况以及最新获得的其他资料而改变。例如,9I 家会在每天晚饭后有一个短暂的家庭会议,家庭成员对儿童在听、说、读、写四个方面的发展情况交换意见后,9I 父亲会根据家庭会议中制定的计划对儿童进行有针对性的康复训练。儿童在听、说、读、写方面出现问题时,会被家庭成员及时纠正。如果不能纠正,家庭成员会再次互相沟通并通过询问专家、查资料等方式寻找解决办法并一一尝试,直至成功纠正。

研究者在观察中发现,在家庭语言实践中,这类家长对儿童语言教育有"更高"的要求。例如,语言康复课程开始前会和言语康复师进行简单的交流,内容涉及儿童家庭语言训练情况和遇到的问题、家庭对儿童语言康复的整体规划等。课程结束后也会及时询问老师儿童上课情况。对于言语治疗师给出的家庭语言训练建议,家长并非全盘接受并执行,而是综合考虑网络、家长群、公益讲座、其他领域专家等相关人员的意见后,以家庭为中心对儿童进行语言教育和康复。在家庭语言生活中,相比儿童听说能力的提升,他们更注重儿童读写能力的发展,因为

"做这么多,还是为了让他去普校"(9I 母亲)。在儿童语言表达能力达到该年龄段最低标准后,他们会忽略儿童的某些构音问题,同时,根据本学区义务教育阶段对读写能力的要求在家庭中做相应的读写训练。

4. 自我主导型

这类家长高度认可语言和儿童个体发展之间的紧密联系。他们的语言意识已经转变为语言觉悟,具有很强的自我驱动力和行动力,将自己作为推动儿童语言发展的关键,将家庭看作儿童语言教育和语言康复的主阵地,能够主动学习语言康复和语言教育相关知识,还能够帮助专家修订语言治疗方案。例如,4D 父亲在帮助儿童语言康复的同时也积极学习相关知识和技巧,目前在一家社会机构从事言语康复工作:

> 孩子做言语康复的时候我就跟着上课学。回到家做训练也是有策略性的,比如老师说这个方面他吸收得挺好,但是我上课时候观察他还存在问题,那我回家就侧重这方面练习,也会及时跟治疗师沟通反馈。孩子还是咱们自己最了解,你得有自己的计划。现在我不能说是专家吧,但别的家长课后遇到问题时喜欢问我意见。(4D 父亲)

受这种语言意识的影响,家长会制定显性、明确的家庭语言规划,将自己作为家庭中的规划者和言语康复专家,能够让家庭成员贯彻执行这一规划。他们会综合利用家庭内外部因素为儿童创造适宜的语言环境,如社区、同伴、学校等。例如,3C 母亲在反思日记中写道:

> 我让自己变成小区的孩子王,经常带着整个小小区的同龄孩子来家里玩,因为我发现,他们跟孩子说话互动比我给他做家庭语言康复效果好多了。孩子构音问题康复得特别快,现在更乐意跟人交流了,有时候说不明白也手舞足蹈地比画。(2021 年 5 月 17 日)

在这种语言意识影响下,家长会利用其他家庭成员、各领域专家、社区、学校、媒体、电子产品等增加儿童使用语言的机会,儿童的语言康复往往能够取得较好的预后效果。与此同时,他们还关注儿童其他语言如外语、音乐语言的学习,能够认识到不同语言的学习对儿童综合能力发展的重要性。例如研究者在观察中发现,3C 家母亲会随身携带英语单词卡片,在家庭语言康复训练的间隙教儿童英语。对

此,她在访谈中说道:

> 其实做这么多还是想让他能去普通学校学习,多学学外语去普校的机会就更大,以后也能多点出路吧。(3C母亲)

类似的还有10J母亲,研究者观察发现,她十分关注儿童对不同语言的理解与表达能力,如音乐语言、美术语言、肢体语言等,她以帮助儿童报名参加培训班的方式增加儿童学习不同语言的途径。该儿童语言表达方式较多,语言康复效果比较显著。

五、讨论

本研究主要从语言意识、语言管理和语言实践三个维度展开研究。研究发现,学龄前孤独症儿童家长的语言意识主要有四种类型,即(1)忽视问题型;(2)信赖专家型;(3)保持质疑型;(4)自我主导型。这四类语言意识按照家长自我驱动力和能动性由低到高排列。自我驱动力和能动性高的家长倾向于制定显性的家庭语言规划,在家庭语言管理中能够制定更具体的规则,并敦促其他家庭成员遵守这些规则;在语言实践中,自我驱动力和能动性高的家长能够更准确地把握儿童语言的最近发展区,为儿童创造更多的语言使用机会,引导儿童通过不同语言表达思想。

1. 影响学龄前孤独症儿童家长语言意识的三重因素

近年来,许多研究关注影响家庭语言意识的外部因素,例如宏观政策、经济因素等(Curdt-Christiansen,2009;王玲,2016)。本研究显示,家庭内外部三重因素共同作用于学龄前孤独症儿童家长的语言意识,分别是:(1)家庭内部成员对语言的认识。儿童主要照顾者对儿童语言发展和语言障碍的认识程度直接决定了整个家庭的语言意识;(2)言语社区的语言环境。言语社区中同龄儿语言发展水平是家长发现患儿语言问题的重要参照物,在社区医院、社区服务中心、小区或附近商场中关于学龄前儿童语言发展水平、孤独症儿童科普类的语言景观等内容会促使家长关注儿童语言问题;(3)专家的语言康复指导。虽然言语治疗师、儿科医生、语言学家等专业人士没有直接参与到患儿家庭语言生活中,但他们对患儿家长的语言意识有重要的影响,可以被称为隐匿于家庭外部的家庭语言规划权威。基于以上发现,本研究认为,良好的社会语言意识有助于学龄前孤独症儿童家长提高对语言问题的认识,相关政策

应多关注相关公益科普类语言产品的研发,主流媒体应承担其社会责任,营造正确的社会语言意识,引导家庭正确认识学龄前孤独症儿童语言问题。

2. 父母的能动性是驱动家庭语言管理的关键力量

相关研究结果显示,在典型发展儿童家庭中,儿童的能动性决定家庭语言选择和语言管理(Antonini,2016),然而,学龄前孤独症儿童的语言障碍往往与行为障碍、社交障碍并存,因其临床表现的特殊性,儿童的能动性难以有效介入家庭语言规则的制定。在中国传统习俗背景下,祖辈深度参与家庭生活,因此父母需要充分发挥能动性,才能够掌握家庭语言生活中的"话语权",进而制定有利于儿童语言康复和语言教育的家庭语言规划。本研究认为,父母的能动性和家庭语言管理活动呈正相关,能动性较强的父母更能够主导家庭语言规划,说服祖辈和其他家庭成员参与家庭管理、利用家庭内外部所有有利因素、制定明确的家庭语言政策并贯彻实施。因此,政府机构制定相关政策时应以家庭而非儿童个人作为政策接受者,通过国家宏观政策、社区帮助辅导、社会组织公益活动等方式拓宽家长的学习途径,发挥不同社会层级、不同语言康复需求的家长的能动性,这有助于家长了解语言康复和语言教育的方法,巩固家庭在学龄前孤独症儿童语言康复中的阵地作用。

3. 对读写训练的重视程度高于典型发展儿童家庭

关于典型发展儿童的家庭语言政策研究中,研究者们发现典型发展儿童家庭倾向于听说训练(尹小荣等,2013),甚至会形成"重听说、轻读写"的语言教育模式。本研究则发现,学龄前孤独症儿童家长对儿童的读写能力和听说能力同样看重,他们往往将读写能力与儿童的学习能力联系到一起,将儿童能否顺利进入下一教育阶段,尤其是能否成功融入普通学校、接受融合教育,视为衡量语言康复与否的重要标准;在这一前提下,儿童的读写能力一定程度上决定了儿童能否顺利进入下一教育阶段。因此,在儿童的语言康复治疗达到"能基本听懂""能说明白话"后,家长不会继续将注意力放在儿童的构音障碍上,而是把更多的精力投入儿童的读写训练。家庭在学龄前孤独症儿童语言康复过程中扮演重要的角色。如何通过相关政策帮助家庭共同制定读写训练计划对未来患儿顺利进入下一教育阶段学习、推动国家融合教育整体发展具有重要意义。

六、总结

党的二十大报告提出要加强基础学科、新兴学科、交叉学科建设。跨学科研究的推进能够拓展研究领域，为语言学研究引入不同学科的研究方法和多元视角。本研究正是基于斯波斯基语言政策理论框架和跨学科视角，关注学龄前孤独症儿童的家庭语言政策，旨在探索语言学在跨学科领域的应用和发展，为推动语言学科的学术影响力作出一次尝试。同时，本研究有益于政府、社会和患儿家长全面地理解学龄前孤独症儿童在语言康复和发展方面的需求，为孤独症儿童家庭精准语言康复和早期干预提供了支持。

此外，本研究也契合"就语言生活为语言生活而研究语言和语言生活"（李宇明，2016）的理念，为研制兼具互动性和个性化的语言康复技术和语言工具提供思路，有益于构建学龄前孤独症儿童家庭的社会支持网络，进一步促进语言教育改革，为未来相关政策的制定和有针对性的家庭语言支持资源的开发提供现实依据。本研究成果有望为包括学龄前孤独症儿童在内的语言生活弱势群体提供家庭语言政策支持，为他们更好地融入社会语言生活、共享社会文明贡献语言力量。

参考文献

[1] Ary, D., Jacobs, L. C., Irvine, C. K. S., and D. A. Walker. *Introduction to Research in Education* (*10th Ed.*). Boston: Cengage Learning, 2018.

[2] Blommaert, J. "Language Policy and National Identity." *An Introduction to Language Policy: Theory and Method*. Ed. T. Ricento. Oxford: Blackwell, 2006: 238-254.

[3] Curdt-Christiansen, X. L. "Invisible and Visible Language Planning: Ideological Factors in the Family Language Policy of Chinese Immigrant Families in Quebec." *Language Policy*, 8(2009): 351-375.

[4] Halliday, M. A. K. *Language as Social Semiotic: The Social Interpretation of Language and Meaning*. Beijing: Foreign Language Teaching and Research Press, 2001.

[5] Heidlage, J. K., Kaiser, A. P., Trivette, C. M., Barton, E. E., Frey, J. R., and M. Y. Roberts. "The Effects of Parent-implemented Language Interventions on Child Linguistic Outcomes: A Meta-analysis." *Early Childhood Research Quarterly*, 50(2019): 6-23.

[6] Houwer, A. D. *Environmental Factors in Early Bilingual Development: The Role of Parental Beliefs and Attitudes*. Berlin: Mouton de Gruyter, 1999.

[7] Jocelyn, L. J., Casiro, O. G., Beattie, D., Bow, J., and J. Kneisz. "Treatment of Children with Autism: A Randomized Controlled Trail to Evaluate an Intervention Program Based in Community Day Care Centers." *Pediatric Research*, 5(1998): 326-334.

[8] King, K. A. and F. Lyn. "Bilingual Parenting as Good Parenting: Parents' Perspectives on Family Language Policy for Additive Bilingualism." *The International Journal of Bilingual Education and Bilingualism*, 9(2006): 695-712.

[9] —. "Family Language Policy." *Language and Linguistics Compass*, 2(2008): 907-922.

[10] Kirsch, C. "Ideologies, Struggles and Contradictions: An Account of Mothers Raising Their Children Bilingually in Luxembourgish and English in Great Britain." *International Journal of Bilingual Education and Bilingualism*, 15(2012): 95-112.

[11] Kjelgaard, M. M. and T. Helen. "An Investigation of Language Impairment in Autism: Implications for Genetic Subgroups." *Language and Cognitive Processes*, 16(2001): 287-308.

[12] Lord, C., Risi, S., DiLavore, P. S., Shulman, C., Thurm, A., and A. Pickles. "Autism from 2 to 9 Years of Age." *Archives of General Psychiatry*, 63(2006): 694-701.

[13] Maria, A. O. and P. Judith. "'And All of a Sudden, It Became My Rescue': Language and Agency in Transnational Families in Norway." *International Journal of Multilingualism*, 3(2018): 249-261.

[14] Piller, I. "Language Ideologies." *The International Encyclopedia of Language and Social Interaction*. Eds. Karen, T., Cornelia, I., and T. SandelHoboken. New York: John Wiley & Son, 2015: 1-10.

[15] Rivera-Mills, S. V. and G. Valdés. "Spanish Heritage Language Maintenance: Its Legacy and

Its Future." *Spanish as a Heritage Language in the United States: The State of the Field.* Eds. Sara, M. B. and M. Fairclough. Washington: Georgetown University Press, 2012: 21-42.

[16] Schwartz, M. "Exploring the Relationship between Family Language Policy and Heritage Language Knowledge among Second Generation Russian-Jewish Immigrants in Israel." *Journal of Multilingual and Multicultural Development*, 5 (2008): 400-418.

[17] Schwartz, M., Moin, V., Mark, L., and A. Breitkopf. "Immigrants' Family Languagepolicy toward Children's Preschool Bilingual Education: Parents' Perspective." *International Multilingual Research Journal*, 4(2010): 107-124.

[18] Schwartz, M., Moin, V., and L. Mark. "Lexical Knowledge Development in the First and Second Languages among Language-minority Children: The Role of Bilingual versus Monolingual Preschool Education." *International Journal of Bilingual Education and Bilingualism*, 5(2012): 549-571.

[19] Silverstein, M. "Language Structure and Linguistic Ideology." *The Elements: A Parasession on Linguistic Units and Levels.* Eds. Clyne, P. R., Hanks, W. F., and C. L. Hofbauer. Chicago: Chicago Linguistic Society, 1979: 193-248.

[20] Spolsky, B. *Language Management.* Cambridge: Cambridge University Press, 2009.

[21] —. *Language Policy.* Cambridge: Cambridge University Press, 2004.

[22] Strauss, A. and J. M. Corbin. *Basics of Qualitative Research: Grounded Theory Procedures and Techniques.* London: Sage Publications, 1990.

[23] Sun, X., Allison, C., Wei, L., Matthews, F. E., Auyeung, B., Wu, Y. Y., Griffiths, S., Zhang, J., Baron-Cohen, S., and B. Carol. "Autism Prevalence in China Is Comparable to Western Prevalence." *Molecular Autism*, 10 (2019): 1-19.

[24] Yu, B. "Bilingualism as Conceptualized and Bilingualism as Lived: A Critical Examination of the Monolingual Socialization of a Child with Autism in a Bilingual Family." *Journal of Autism and Developmental Disorders*, 46(2016): 424-435.

[25] 贾红霞、李宇明.中国家庭结构与儿童语言发展.《汉语学报》,2022(3):78—89.

[26] 贾林祥.孤独症儿童的语言障碍及其形成原因.《徐州师范大学学报(哲学社会科学版)》,2007(4):100—104.

[27] 荆杰.重庆市自闭症儿童母亲亲职压力及其社会支持之研究.重庆:重庆师范大学,2012.

[28] 李宇明.语言生活与语言生活研究.《语言战略研究》,2016(3):15—23.

[29] ——.儿童语言研究与儿童语言教育.《中国社会科学报》,2022-05-27.

[30] 彭辉、郑荔.5—6岁汉语孤独症儿童词汇水平的实验研究.《中国特殊教育》,2017(1):65—72.

[31] 万鹏、马俊雅、王也、任桂琴.孤独症谱系障碍儿童言语加工特点及脑机制.《中国特殊教育》,2017(11):44—48.

[32] 王玲.语言意识与家庭语言规划.《语言研究》,2016(1):112—120.

[33] 杨溢.孤独症谱系障碍婴儿家庭本位早期干预实践.《中国孤独症教育康复行业发展状况报告(IV)》.五彩鹿孤独症研究院编.北京:光明日报出版社,2022:179.

[34] 尹小荣、刘静.锡伯族家庭语言保持现状透析.《新疆师范大学学报(哲学社会科学版)》,2013(6):95—100.

[35] 于晓辉.孤独症谱系障碍的界定和诊断.《中国孤独症教育康复行业发展状况报告(IV)》、五彩鹿孤独症研究院.北京:光明日报出版社,2022:40.

[36] 周兢、李晓燕.特殊儿童回声性言语的语用功能.《中国特殊教育》,2007(3):38—43.

[37] 周翔、陈强、陈红、李合意、胡惠金、庄志成、曾淑萍.300例孤独症儿童语言能力评估结果分析.《中国康复理论与实践》,2013(4):384—386.

区域国别学的超学科方法论

王仁强

（四川外国语大学）

摘　要：作为交叉学科门类下一个新的一级学科，区域国别学强调学科交叉融合与知识创新，本质上具有超学科性。本文运用超学科方法论的四大公理对区域国别学的交叉学科内涵进行阐释，以期助推该学科实现高质量发展。从本体论上看，区域国别学应涵盖区域国别客体现实的多维性、多元主体性和主客互动性。从逻辑上看，区域国别学应遵循量子逻辑，具有兼容并包的动态开放性，以便处理好与相关学科的关系。从认识论上看，区域国别学应直面错综复杂的多维现实，遵循整体论、概率论和整体因果论，积极建构中国自主的知识体系。从价值论上看，区域国别学应理实并重，统筹推进"大国之学"和"大学之学"。

Abstract：As a new first-level discipline under the interdisciplinary category, Area Studies emphasizes interdisciplinary integration and knowledge innovation, which is essentially transdisciplinary. The paper uses the four axioms of the transdisciplinary methodology to explain the interdisciplinary connotation of Area Studies in order to promote high-quality development of the discipline. Ontologically, Area Studies should cover the multiple realities, multiple subjectivity and subject-object interaction in areas and countries. Logically, Area Studies should follow quantum logic and have all-inclusive dynamic openness, so as to handle its relationship with other disciplines. Epistemologically, Area Studies should address real-world "wicked problems", follow holism, probabilism and global causality, and actively construct China's independent knowledge system. Axiologically, Area Studies should pay equal attention to both theory and practice, and promote "the study of big countries" and "the study of universities" as a whole.

关键词：区域国别学；交叉学科；超学科性；方法论

Key Words：Area Studies；interdiscipline；transdisciplinarity；methodology

一、引言

2022 年 9 月，国务院学位委员会、教育部印发了《研究生教育学科专业目录（2022 年）》，将区域国别学纳入第 14 类交叉学科一级学科目录，可授予经济学、法学、文学和历史学学位，至此结束了长期以来区域国别学没有明确学科归属的历史，具有重要的里程碑意义。区域国别学一级学科的设立，是落实《面向 2035 高校哲学社会科学高质量发展行动计划》的重要举措，为全面加强区域国别学领域的人才培养和科学研究奠定了坚实的制度基础，具有长远的战略意义。罗林（2023：6）指出，区域国别学的学科建设乃是建设中国特色的世界国情信息库和新时代在全球学术高地获得优势地位的国家工程。

不过，区域国别学的学科建设之路任重而道远。区域国别研究一直在政治学、世界史、外国语言文学等一级学科框架内发展，虽积累了一定基础，但存在学科分化、知识零散的弊端，难以形成区域国别学发展的持续动力（罗林、邵玉琢，2019）。正如张江（2020：8）所言，"学科分化让我们掌握了更清晰地看待这个世界的种种显微镜，让我们拥有了更轻松地看到远方世界的种种望远镜，但是，这些显微镜或者望远镜很可能是有色眼镜，它帮助我们了解这个世界，也同时向我们遮蔽了这个世界"。

须知，没有科学的方法论，就难以保证区域国别学在学科建设上实现高质量发展。鉴于区域国别学追求问题导向（罗林，2023：7），强调学科交叉融合

（钱乘旦，2021；陈岳，2022），本质上具有超学科性，本文提出运用超学科方法论来构建区域国别学学科建设的"四梁八柱"，助推该学科的高质量发展。

二、超学科方法论对区域国别学的适切性

超学科研究是一种知识创新方法论，正在开启一场人类的新文艺复兴运动（Nicolescu，2014：186）。尼科莱斯库（Nicolescu，2010：22）指出，超学科研究在关注多学科交叉、跨越不同学科的同时又超越所有学科（Transdisciplinarity concerns that which is at once between the disciplines，across the different disciplines，and beyond all disciplines）。因此，超学科研究具有显著的学科整合效应：（1）超学科研究通过整合多个学科的知识，为真实世界的各种复杂问题提供新视野和创造性的解决方案；（2）学科研究（涵盖多学科研究和交叉学科研究）与超学科研究相辅相成，没有学科研究就没有超学科研究（Nicolescu，2002：42—47）。简言之，通过交叉融合产生新的知识体系（包括复杂问题的解决方案）正是超学科研究的特点和价值所在。尼科莱斯库（Nicolescu，2002，2010，2014）指出，超学科研究建立在三大公理之上，即本体论公理、逻辑公理和认识论公理，它们奠定了超学科研究的方法论基础，且价值蕴含其中。麦格雷戈和默南（McGregor & Murnane，2010：420）认为，鉴于方法论特指新知识产生的一般原则或公理（如生成一个学科的基本原理和哲学假设），涵盖现实、逻辑、知识和价值四个维度，价值论公理应作为独立公理纳入超学科方法论体系。

诚然，作为独立设置的交叉一级学科区域国别学可以获得更多政策支持，但究其学科本质而言却具有典型的超学科性。钱乘旦（2021：82）认为，区域国别学是典型的交叉学科，通过多学科知识的交叉融合产生新的知识体系。钱乘旦、兰旻（2022）进一步提出"1+1>2：区域国别学为学科融合开新局"。陈岳（2022：12）更是明确指出，"区域国别学不仅是多学科的交叉，更重要的是多学科之间的融合"。鉴于区域国别学在兼容多学科性和交叉学科性的基础上还有所超越，自然符合上文超学科性的定义。下面我们将采用超学科方法论的四大公理对区域国别学的学科内涵进行全面阐释。

三、区域国别学的超学科本体论公理

区域国别学超学科本体论公理涵盖客体对象现实的多维复杂性、多元主体性以及主客互动性。

1. 区域国别学客体对象现实的多维复杂性

"研究什么"是判断一个学科发展方向的首要问题（赵可金，2021：136），而作为交叉学科的区域国别学，其客体对象涵盖区域国别的方方面面。钱乘旦、胡莉（2020：139—140）指出，区域国别学涉及对区域国别进行全方位研究，体现在两个方面的全覆盖：一是地理范围的全覆盖，即涵盖所有国家和地区；二是研究内容的全覆盖，从政治、经济、文化、社会、自然、环境、历史、民族、艺术、体育、民俗和民风等内容维度进行全方位的研究。然而，由于唯科学主义（牛顿思维）的盛行，现代学科越分越细，形成学科藩篱，导致区域国别学在内容方面的相关知识分散在各个学科，难以形成对某一国家和区域的整体认识。有鉴于此，张蕴岭（2022）指出，区域国别学是带有多重、多向交叉的综合理论体系，是融合社会科学、人文科学和自然科学为合体的科学大系，需要建立在交叉学科基础上的综合了解、分析与定位。秦亚青（2022：8）认为，区域国别学的知识体系应包含三种类型的知识，即描述性知识、学理性知识和应用性知识。其中，对于一个国家或地区基本情景的描述性知识是其学科知识的基础和重要组成部分，旨在发现区域国别研究对象的规律性行为和验证理论的普适性范畴是其学理性知识，而旨在解决国家面临的重大问题的应用性知识则是其学科功用。三类知识相辅相成、缺一不可：没有描述性知识，就不可能出现"国别通"和"区域通"的人才，也无法进行其他类型知识的生产；没有学理性知识，就无法产出高质量的应用性知识，学科发展也将难以为继，甚至会丧失一级学科的基本标识；没有应用性知识，区域国别学将成为空中楼阁，无法承担其实践责任和社会功能。

2. 区域国别学的多元主体性与主客互动性

区域国别学的超学科本体论突出人的主体作用，强调多元主体性与主客互动性。牛顿力学等近代科学的巨大成功催生了唯科学主义，然而在追求学科分化和客观知识的过程中却导致主体之死，这给人文社会科学带来灾难性破坏（Nicolescu，2002：13），区域国别学也不例外。尼科莱斯库（Nicolescu，2010：22）指出，准确地说，超学科之"超越学科"指向了主体，更精确地说是指向主客互动，这是因为超学科中所固有的超验（transcendence）指的是主体的超验，而在学科阵营中主体是没有位置的。超学科的目标是理解现实世界，其中紧迫任务是实现知识的融合。20世纪的量子革命引发了有关主客完全分离的反思（Necolescu，2014：186—187）。如今第二次

量子革命已悄然来袭,基于量子论的量子思维对于人文社会科学创新将产生重要而深远的影响(钱旭红等,2022:17),区域国别学研究自然应该运用好量子思维。罗林、邵玉琢(2019:149)指出,区域国别研究归根结底是在国家和区域实体对象层面"研究人的学科",要突出人的主体地位,因为国家在对外交往中所面对的政府和民众都是在一定历史社会条件下的生动主体。麻国庆(2022:49)也认为,跨区域社会体系视角下的国别研究首先应是以人为出发点的区域研究。

需要特别指出的是,区域国别学虽然在本体论上突出人的主体性,但也要避免个体主义本体论(individualistic ontology)。温特(Wendt,2015:208—209)指出,可分性假设是现代科学还原论的基础,基于可分性假设,经典社会科学往往基于个体主义本体论对社会结构进行分析,但这分明是站不住脚的。区域国别研究要特别注意甄别信息源的代表性和多样化问题,避免沿袭个体主义本体论而出现"错置具体性谬误"。怀特海(Whitehead,1929)的过程哲学深刻批判了"错置具体性谬误"(即把抽象的理论概括或理论模型当成具体,如把抽象的定律当作现实,把抽象的概念当作现实),强调按现实存在的本来面目去反映现实、探索现实和改造现实。就区域国别研究而言,罗林、邵玉琢(2019:149)指出,避免将国家和区域之类的实体研究对象过度抽象化、符号化,应体现"一国一域、一事一策"。

除了客体对象的主体性之外,区域国别学的主体性还强调研究者的主体性,因为研究者是主客互动的桥梁和纽带。陈晓晨(2022:6)指出,"'谁研究'是区域国别学在学科建设上的首要问题。明确研究主体及其背景、进而把握研究主体与研究对象之间的关系是区域国别学与其他学科相比的突出特点"。区域国别学是研究一国之外国家和区域知识的学科,因此研究主体的国家利益与研究对象存在密切关联,区域国别学知识结构与特定权力结构之间存在密切关系。赵可金(2022:25)认为,在区域国别研究中,人们所持的立场、观点和方法不同,对区域国别现象的解释路径、理论主张和思维方法就存在差异。鉴此,区域国别学对研究者的主体素质提出了很高要求,这对区域国别学研究生人才培养具有重要启示意义。姜锋(2022)指出,我国区域国别学的人才培养和学科建设需要两个能力和三个基础,其中两个能力是语言能力和田野能力,三个基础是历史基础、哲学基础和地理基础。语言能力和田野能力(实地研究)要求是区域国别学的显著特征,因而研究者需要具有在对象国长期生活、工作、学习和交流的经历,能够直观感受对象国的方方面面,达到"闭着眼睛都知道那些人想说什么、想做什么"的境界。这是因为,实地研究有助于更加真实地认识对方,有助于研究者将"我者"的立场与"他者"的立场兼顾起来,并通过二者之间的对话产生重大学术成果(钱乘旦、胡莉,2020:147)。

四、区域国别学的超学科逻辑公理

尼科莱斯库(Nicolescu,2002)的超学科方法论引入量子逻辑以取代经典逻辑,从而实现了认识论上的超越。经典逻辑亦称一阶(谓词)逻辑或形式逻辑,是建立在同一律、矛盾律和排中律三大定律之上的。量子逻辑亦称涵中逻辑(the logic of the included middle/inclusive logic),因其包容性可适用于动态复杂的开放系统。苗东升(2013:209—241)指出,经典逻辑是简单性科学(还原论科学)广为采纳的线性逻辑,而量子逻辑则是与复杂性科学一脉相承的非线性逻辑或曰辩证逻辑。

按照超学科逻辑公理要求,区域国别学的学科建设应遵循量子逻辑,强调兼容并包。张江(2020:8)指出:"强调学科之间的交叉融合,实际上就是要突破学科分化这个有色眼镜,尽可能地面对世界本身,面对事物本身,回到问题本身。"区域国别学与其他相关学科的关系不是非此即彼的关系,因为区域国别学不是一个封闭静止的系统,而是一个多学科交叉融合的动态开放系统。正如张蕴岭(2022)所言,作为一个交叉学科,区域国别学涉及人文社会科学和自然科学的许多学科,需要引入多学科、跨学科的知识和方法,因为任何一个专门学科都解释不了国际区域,更解释不了国家。这可以从哈佛大学费正清中国研究中心的现状得到印证。钱乘旦、胡莉(2020:144—145)发现,哈佛大学费正清中国研究中心是举世闻名的中国研究机构,其研究人员的学科分布情况具有大跨度的学科交叉,不仅囊括几乎所有文科,而且有理工医农参与其间,但所有这些学科只有一个共同点,即研究对象是中国而已。麻国庆(2022:85)认为,在区域国别学学科建设中,要努力做到从"学科性学术"到"问题性学术"的转向,因为在他看来,区域国别学的学科建设一直存在学科学术与问题学术之间的穿插交互,而其中的关键是"形成你中有我、我中有你的学术意识"。

具体而言,超学科逻辑公理不仅有助于我们妥善处理区域国别学与相关学科门类及其一级学科的关系,而且也有助于各个研究生培养单位结合各自优势培育和设置区域国别学二级学科。学科门类和一级学科是国家进行学位授权审核与学科管理、学位授予单位开展学位授予与人才培养工作的基本依据,二级学科是学位授予单位实施人才培养的参考依据。关于区域国别学二级学科培育和自主设置问题,近年来有各种提议(赵可金,2022;谢韬,2022)。2022年9月发布的《研究生教育学科专业目录》并未给区域国别学下设二级学科。为配合《研究生教育学科专业目录》实施,国务院学位委员会第八届学科评议组、全国专业学位研究生教育指导委员会在《授予博士硕士学位和培养研究生的学科专业简介》《学位授予和人才培养一级学科简介》《一级学科博士、硕士学位基本要求》《专业学位类别(领域)博士、硕士学位基本要求》基础上,根据经济社会发展变化和知识体系更新演化,编修了《研究生教育学科专业简介及其学位基本要求(试行版)》(简称"《基本要求(试行版)》"),并于2024年1月正式发布。作为首次纳入研究生教育学科目录的一级学科,区域国别学包括但不限于以下六个框架性二级学科(方向):区域国别学理论方法、区域国别综合研究、区域国别专题研究、区域国别比较研究、中外文明交流互鉴和全球与区域治理。与此同时,《基本要求(试行版)》还明确指出:"区域国别学是典型的交叉学科,它与考古学、中国史、世界史、政治学、中国语言文学、外国语言文学、社会学、法学、应用经济学、新闻传播学等学科有密切关系,这些学科提供的知识也是区域国别学的知识来源。区域国别学与教育学、民族学、地理学、管理科学与工程、工商管理学、公共卫生与预防医学、环境科学与工程等学科有相关联系,这些学科有关区域国别的研究内容也应融入区域国别学的学科范畴……相对于现有各一级学科,区域国别学意味着做加法,是'1+1>2',通过多学科交叉而形成对外部世界的全新认识,导向新的知识体系。"

总之,根据超学科逻辑公理,在区域国别学的学科建设中,一定要保持开放包容的心态,切忌画地为牢,不敢越雷池一步。

五、区域国别学的超学科认识论公理

超学科认识论公理亦称复杂性公理、知识公理或普遍联系公理(Nicolescu,2010,2014)。超学科研究在认识论上采用整体论的整合路径来解决科学、艺术和人文学科中的复杂系统问题(Mitchell & Moore,2018:450)。与简单性科学(还原论科学)所要求的精确预测不同,超学科研究的复杂性思维认为,现实层面之间不是线性因果关系或曰局部因果关系,而是整体因果关系或曰循环累积因果关系,这

种不确定性体现为概率,体现为模式预测。

区域国别学的超学科认识论公理要求我们采用整体论直面错综复杂的国别区域现实。区域国别研究需对具体地区和国家做全方位研究,通过研究整理出完整的知识谱系,构建整体认识论。作为一个交叉学科,区域国别学在研究对象、学科理论、基础知识、研究方法、研究领域和学科内涵上存在多学科的交叉重叠,但这并不意味着各个学科各自为政抑或多学科的简单叠加,而必须是在系统思维指导下的有机融合。罗林、邵玉琢(2019)提出,区域国别研究应摒弃唯科学主义还原论,将知识从高度抽象的符号系统和概念框架组织方式转变整合到以实体研究对象为核心的整体论知识组织方式中。陈晓晨(2022:9)以太平洋岛国地区为例,指出该地区的关系结构是多层次的,涵盖地区内国家间、次区域间、地区间、跨地区与全球-地区多种关系。换言之,如果忽视国际大环境这个外部因素,区域国别研究容易陷入"只见树木、不见森林"的困境。麻国庆(2022:49)认为,网络化的跨区域社会体系构成区域社会研究的整体性方法论基础。换言之,一个区域性的文化并非区域本身的,而可能是全球文化的一个组成部分(麻国庆,2022:88)。于中根(2023)提出,结构方程模型的建构可较好地融合各学科的方法,为区域国别学研究提供综合的研究思路,解决传统的回归分析无法解决的复杂因果关系。2024年发布的《基本要求(试行版)》则明确指出:"区域国别学既是学科交叉,也是交叉学科。学科交叉是指现有各学科对国家、地区以本学科的知识基础进行研究,而共同聚焦于某区域、某国别,形成多学科的研究合力;交叉学科则意味着,区域国别学不是现有各学科的简单相加,它是对现有各学科边界的突破,它通过融会贯通各学科现有的知识,在现有学科各自边界之外的空白处生长出新的知识点,发展集成出新的知识体系。"

六、区域国别学的超学科价值论公理

近年来,区域国别研究在中国蔚然成"学",实现了从"大国之学"到"大学之学"的快速演变。从超学科价值论公理上看,中国特色的区域国别学要兼顾"大国之学"和"大学之学"。

一方面,作为"大国之学",中国特色的区域国别学要服务好中国的国家战略。学科发展只有顺应国家发展战略,才可能确立自身的学科地位并获得有力的外部支撑。区域国别研究是一国由地区走向全球、深入观察世情和构建本国战略的"大国之学"。从国际上看,18、19世纪欧洲的区域国别研究主要服

务殖民统治的需要和对异域文化的好奇,而美国的区域国别研究则是服务国家对外战略和国家利益扩张的需要。刘新成、李建军(2023:19—22)认为,中国区域国别学的快速发展主要源于三个方面的现实需要:一是我国国势由弱转强,产生对外部世界更新认识的需要;二是伴随中国走进世界舞台中央,产生了让世界了解中国的迫切需要;三是推动人类社会可持续发展,产生构建人类命运共同体的需要。罗林(2023:13)指出,中国区域国别学的学科建设类似于世界国情的"基因库"建设,旨在破解世界各国的"文化密码"和"历史基因",推进中外文明的交流互鉴,为新时代全球治理提供智力支撑,推动构建人类命运共同体。

另一方面,区域国别学要建成中国特色的"大学之学"。学科是大学的基本单元,是大学人才培养、科学研究、社会服务、文化传承创新和国际交流合作的核心载体。其中,人才培养是区域国别学学科建设的当务之急。陈杰(2021)提出了区域国别学人才培养的"六要素"规格体系,即扎实的语言基础+跨学科的知识结构+规范的学术训练+深入的海外田野调查+一定的跨文化交际能力+中国立场。做好区域国别学的人才培养,校内合作、校际合作、甚至国际合作都必不可少。区域国别学必须兼顾基础研究和应用研究,其中基础研究是区域国别学长期可持续发展的基石,同时也是资政服务等应用研究成效的保障。在社会服务方面,区域国别学要做到经世致用,因为政策咨询是区域国别学的首要任务,也是其受到党和国家高度重视的最重要的原因。而且,不仅要做好资政服务,也要做好企业咨询和民间交往服务。文化传承创新方面,要以我国实际为起点来分析国别区域方面的问题,以原创性的理论概念为依托,通过对国外理论体系的借鉴、吸收和运用,构建中国特色的区域国别学学科体系、学术体系和话语体系。国际交流合作方面,大学不仅要在人才培养上加强国际合作交流(如田野调查过程中赴对象国生活学习,体验该国、该地区实情),在科学研究上更要注意国际合作交流,包括开展合作研究、举办或参加国际会议,向对象国专家学者学习,与各国同行切磋,在国际交流、交汇、交锋中不断提升区域国别学的理论研究水平和应用研究质量。

总之,"大国之学"和"大学之学"相辅相成,其中前者是后者的价值目标,后者是前者的人才保障。

七、结语

作为教育部新设的一级交叉学科,区域国别学

的学科建设任重而道远。受唯科学主义的影响,传统的区域国别研究学科壁垒森严,学科本位思想严重,难以满足新时代的国家需求。超学科研究是在多学科交叉融合基础上的一种知识创新方法论,有助于打破学科壁垒,实现跨界融合,非常契合区域国别学的学科建设要求。本文运用超学科方法论深入阐释区域国别学这个交叉学科的内涵,以期推动区域国别学高质量发展。奋进新征程,建功新时代。区域国别学的学科建设是一项开拓性的工作,在区域国别学学科建设中,要以习近平新时代中国特色社会主义思想特别是习近平外交思想为指导,坚持古为今用、洋为中用,融通各种资源,推进区域国别学的知识创新、理论创新和方法创新,为新时代的全球治理提供智力支持,推动构建人类命运共同体。

参考文献

[1] McGregor, S. L. T. and J. A. Murnane. "Paradigm, Methodology and Method: Intellectual Integrity in Consumer Scholarship." *International Journal of Consumer Studies*, 34(2010): 419-427.

[2] Mitchell, R. C. and S. A. Moore. "Transdisciplinary Child and Youth Studies: Critical Praxis, Global Perspectives." *World Futures*, 74(2018): 450-470.

[3] Nicolescu, B. *Manifesto of Transdisciplinarity.* Albany: State University of New York Press, 2002.

[4] —. "Methodology of Transdisciplinarity: Levels of Reality, Logic of the Included Middle and Complexity." *Transdisciplinary Journal of Engineering & Science*, 1(2010): 17-32.

[5] —. "Methodology of Transdisciplinarity." *World Futures*, 70(2014): 186-199.

[6] Wendt, A. *Quantum Mind and Social Science: Unifying Physical and Social Ontology.* Cambridge: Cambridge University Press, 2015.

[7] Whitehead, A. N. *Process and Reality: An Essay in Cosmology.* New York: Macmillan, 1929.

[8] 陈杰.中国特色国别区域研究人才培养"三问":规格、路径与目的.《教育发展研究》,2021(21):40—46.

[9] 陈晓晨.区域国别学视域下的太平洋岛国研究.《苏州科技大学学报(社会科学版)》,2022(3):6—12.

[10] 陈岳.区域国别学科的交叉与融合.《国际论

坛》,2022(3):9—14.

[11] 姜锋.浅谈区域国别人才培养和学科建设中的两个能力与三个基础.《当代外语研究》,2022(6):12—16.

[12] 刘鸿武.中国特色区域国别学的建设目标与推进路径.《大学与学科》,2022(3):46—63.

[13] 刘新成、李建军.立足"我们"谋求"共赢"——关于区域国别学学科建设的思考.罗林主编.《区域国别学学科建构与理论创新》.北京:社会科学文献出版社,2023:19—22.

[14] 罗林.区域国别学学科建设与理论创新.北京:社会科学文献出版社,2023.

[15] 罗林、邵玉琢.国别和区域研究须打破学科壁垒的束缚——论人文向度下的整体观.《国别和区域研究》,2019(1):147—165.

[16] 麻国庆.跨区域社会体系视角下的区域国别研究.《学海》,2022(2):49—56.

[17] ——.以问推学:超域与世界单位.《开放时代》,2022(1):85—89.

[18] 苗东升.复杂性科学研究.北京:中国书籍出版社,2013.

[19] 钱乘旦、胡莉.区域与国别研究视野下的"欧洲研究"——关于欧洲研究发展方向的讨论.《欧洲研究》,2020(4):138—150.

[20] ——.兰旻.1+1>2:区域国别学为学科融合开新局.《中国社会科学报》,2022年6月16日,5版.

[21] ——.以学科建设为纲,推进我国的区域国别研究.《大学与学科》,2021(4):82—87.

[22] 钱旭红等.《量子思维》.上海:华东师范大学出版社,2022.

[23] 秦亚青.区域国别学知识体系的构成.《国际论坛》,2022(6):4—9.

[24] 谢韬.区域国别学:机遇与挑战.《国际论坛》,2022(3):3—9.

[25] 于中根.区域国别学中的结构方程模型应用.《中国社会科学报》,2023年2月9日,5版.

[26] 张蕴岭.构建中国特色区域国别学是时代所需.《中国社会科学报》,2022年6月16日,5版.

[27] 张江.用科学精神引领新文科建设.《上海交通大学学报(哲学社科版)》,2020(1):7—10.

[28] 赵可金.国别区域研究的内涵、争论与趋势.《俄罗斯研究》,2021(3):121—145.

[29] ——.区域国别学一级学科建设的必要性与布局.《国际论坛》,2022(3):20—27.

基于 CiteSpace 的国别与区域研究文献
计量学与可视化分析

金哲俊　　张立娜

（延边大学）

摘　要：本文基于可视化分析软件 CiteSpace，对中国知网（CNKI）数据库中 2014—2023 年期间，以国别与区域研究为主题的相关文献进行分析，从文献量、机构、作者以及关键词等层面剖析该领域的研究现状、研究热点和研究趋势。研究表明：1）近 10 年期间，国别与区域研究相关文献数量整体呈上升趋势，具体可划分为三个阶段，即平缓兴起期、曲折上升期、迅速发展期；2）载文期刊涉及领域广泛，包括学报类、教育与研究类、外语类等，数量繁多但不集中；3）发文作者合作强度一般，高产作者有常俊跃、李晨阳、王钢、任晓等，均是该领域的领军人物；4）主要研究机构大多分布在大连外国语大学、北京大学、云南大学、上海外国语大学等具有实体研究机构的高校；5）"一带一路""国际关系""人才培养""周边外交"等关键词在未来一段时间内仍是国别与区域研究的主流，但"学科构建""一级学科""机构实体化建设"等关键词将是新的研究增长点。

Abstract：Based on the statistical and visual analysis software CiteSpace, this paper analyzes the relevant academic literature on International and Regional Studies in CNKI database from 2014 to 2023, and the research status, hotspots and trends in this field from the aspects of literature quantity, institutions, authors and keywords. The results show：1）during the past ten years, the number of academic literature related to International and Regional Studies has shown an overall upward trend, which can be divided into three stages, namely, a gentle rise period, a tortuous rise period and a rapid development period；2）the published journals cover a wide range of fields, including journals, education and research, foreign languages, etc., but the number is numerous and not concentrated；3）the authors of the papers have a general cooperation intensity, with Chang Junyue, Li Chenyang, Wang Gang, Ren Xiao, etc. as leading figures in this field；4）most of the major research institutions are distributed in Dalian Foreign Studies University, Peking University, Yunnan University, Shanghai Foreign Studies University；5）"the Belt and Road Initiative" "international relations" "talent training" and "neighboring diplomacy" will still be the mainstream of International and Regional Studies in the future, but the "first-level disciplines" "discipline construction" and "institutional materialization construction" will be new research growth points.

关键词：国别与区域研究；CiteSpace；可视化分析；区域国别学

Key Words：International and Regional Studies；CiteSpace；visualization analysis；area studies

一、引言

鉴于"区域国别学"已被列入交叉学科一级学科目录，国别与区域研究受到了广泛关注和重视，其重要性逐渐被学术界所认可。在此背景下，有必要回顾与"区域国别学"这一学科建设相伴而行的国别与区域研究的发展现状。

近年来，我国国别与区域研究获得了显著的发展，成为一门备受关注的学科领域。2012 年起，随着国家外交战略的需求以及教育领域对外开放的推进，教育部采取了积极的措施，在全国高校设立国别与区域研究培养基地和备案中心，推动国别与区域研究不断蓬勃发展。截至目前，全国共建设高校国别与区域研究培育基地、备案中心共计 450 余家,覆盖近 200 所高等院校。随着我国综合国力和国际地位的快速提升,对来自世界不同文化与文明的吸收比以往任何时候都更加迫切。通过国别与区域研究来满足我国的发展战略需求是最可行的路径之一。从全球范围来看,国别与区域研究兴起于地理大发现之后,成熟于美苏争霸时期,并在全球化时代得到了进一步的发展。而对于中国而言,国别与区域研究不仅是国际问题研究的核心之一,也已经成为外国语言文学学科以及交叉学科的重要组成部分。从事国别与区域研究的机构如雨后春笋般涌现,探讨该研究领域的著作、讲座、论文以及报告等研究成果层出不穷,一些高校相继举办了颇具影响力的学术研讨会。2019 年 4 月 12—13 日,北京大学区域与国别研究院举办了"面向 21 世纪的区域与国别研究:世界经验与中国范式"国际研讨会;2022 年 12 月 17 日,天津外国语大学与天津国际友好联络会共同主办了"文明交流互鉴视域下的东北亚合作"第四届"国别和区域研究高端论坛·2022";2023 年 4 月 28 日,北京外国语大学举办了"以国际合作推动区域国别学发展"全球区域国别学共同体(Consortium of Country and Area Studies,CCAS)春季学术研讨会;2023 年 11 月 25 日,北京外国语大学举办了"区域国别学视域下的日本学研究"国际学术研讨会。随着这些规模宏大的学术会议的召开,我国国别与区域研究的影响力极大地提高了。鉴于此,为更好地梳理近 10 年国别与区域研究的现状以及未来研究趋势,本文采用文献计量学方法,借助 CiteSpace 软件对国别与区域研究文献进行可视化分析,旨在从多维视角来挖掘和探索国别与区域研究的演进脉络,为我国开展国别与区域研究提供学术参考。

二、数据来源与分析工具

1. 数据来源

本文以中国知网(CNKI)数据库为数据来源,以"国别与区域研究、区域国别研究、区域与国别研究、

区域国别学"①为关键词进行主题检索,时间跨度选择 2014—2023 年,共检索出 424 篇文献,经人工手动筛选后(删除诸如"会议通知""简介""主编寄语"等类型文献)精选出 305 篇文献,其中 185 篇为 CSSCI 中文社会科学引文索引来源期刊论文。数据检索日期为 2023 年 12 月 5 日。

2. 研究问题

通过对国别与区域研究文献进行可视化分析,本文试图探索以下问题:1)该研究领域主要聚焦于哪些热点话题? 2)刊登期刊分布情况如何? 3)领军人物有哪些? 4)研究机构呈现哪些特征? 5)现有问题具体体现在哪些方面?

通过对数据的细致分析和深入研究可以更好地了解国别与区域研究的现状、热点话题以及存在的问题,为相关领域的学术研究和政策制定提供有价值的参考。

3. 研究工具及方法

本文使用可视化分析软件 CiteSpace.v.(6.2.R6)②进行文献计量学分析。陈悦等在《引文空间分析原理与应用》一书中提道:"CiteSpace 就是把成千上万的文献数据转换成一目了然的可视化图谱,以最直接的方式发现隐埋在大量数据中的规律和让人不易察觉的事情,即绘制科学知识图谱③"(陈悦,2014:16)。基于知识图谱、通过定量与定性相结合的研究方法使本文的研究结果更具有科学性、客观性。

三、研究现状分析

1. 文献载文量分析

文献数量的变化能够直接反映该领域知识量的变化情况。通过分析文献数量的增长变化规律,可以判断和探究国别与区域研究领域的发展规律。本文以年发文量为统计单位,对检索的全部文献进行统计,并使用 Excel 办公软件绘制文献量的年度趋势图(如图 1 所示)。

① 在本文以下叙述中均采用"国别与区域研究"名称。
② 作为一款用 Java 语言编写而成的文献计量可视化软件,CiteSpace 集合作网络分析、共现分析、共被引分析、聚类分析、耦合分析等诸多功能于一身,能够根据研究者输入的纯文本格式文献资料和参数设置自动生成某一指定领域的科学知识图谱,在文献可视化分析方面具有独特优势。参见:李杰、陈超美,《CiteSpace:科技文本挖掘及可视化》.北京:首都经济贸易大学出版社,2016:8.
③ 所谓知识图谱是"以知识域(knowledge domain)为对象,显示科学知识的发展进行与结构关系的一种图形,它具有'图'和'谱'的双重性质与特征,既是可视化的知识图形,又是序列化的知识谱系,显示了知识单元或知识群之间的网络、结构、互动、交叉、演化或衍生等诸多隐含的复杂关系,而这些复杂知识关系正孕育着新的知识的产生"。参见:陈悦、陈超美等.CiteSpace 知识图谱的方法论功能.《科学学研究》,2015(2):242—253.

图1 "国别与区域研究"文献量的年度趋势图

根据图1的数据可知,在过去的10年间,国别与区域研究相关文献数量整体呈上升趋势。具体可划分为三个阶段,即平缓兴起期(2014—2017)、曲折上升期(2017—2021)、迅速发展期(2021—2023)。2021年以来,国别与区域研究领域的研究论文数量呈现急速上升趋势,意味着该领域研究开启新篇章。

2. 文献刊载期刊分析

各种期刊的情报价值及其在情报信息交流中的作用各异。这种差异往往取决于相关论文在期刊中的分布情况。通过Excel软件的统计,本文发现305篇文献分布于147种期刊中,涉及领域广泛,包括学报类、教育与研究类、外语类等。本文对载文量达4篇及以上的期刊进行归纳,共有22个期刊入围(如表1所示)。

表1 "国别与区域研究"文献期刊分布表

期 刊 名 称	载文量
《世界知识》	13
《浙江外国语学院学报》	11
《国际关系研究》	9
《国际政治研究》	9
《俄罗斯研究》	8
《东南亚研究》	7

(续表)

期 刊 名 称	载文量
《南京大学学报(哲学·人文科学·社会科学)》	7
《当代外语研究》	6
《国际观察》	6
《区域国别学刊》	6
《外语学刊》	6
《学海》	6
《中国外语》	6
《外语界》	5
《中国俄语教学》	5
《社会科学文摘》	4
《史学集刊》	4
《思想战线》	4
《苏州科技大学学报(社会科学版)》	4
《外语研究》	4
《西安外国语大学学报》	4
《亚太安全与海洋研究》	4

从表1可知,这些期刊均是国别与区域研究相关文献集中的出版刊物,包括《世界知识》《浙江外国语

学院学报》《国际关系研究》《国际政治研究》《俄罗斯研究》《东南亚研究》等。这些刊物为国别与区域研究领域的发展提供了一个良好的交流平台和学习论坛。

3. 文献作者分析

利用 CiteSpace 软件绘制作者合作知识图谱,得到网络知识图谱 2。图谱中节点的大小与作者发表论文的数量成正比①,分别以常俊跃、王钢等较大节点的作者为中心形成了良好的合作关系,但几位突出的作者(常俊跃、李晨阳、王钢、任晓等)间几乎没有网络连线,说明不同地域作者之间缺乏合作,尚未形成具有凝聚力的科研群体。

在文献计量学中,洛特卡定律揭示了科学生产率及作者与论文之间的数量关系。在洛特卡定律的基础上,普赖斯进一步研究了科学家人数与科学文献数量的关系,即 $m \approx 0.749 n_{max}^{0.5}$ 公式②。经查询,云南大学教授李晨阳发表国别与区域研究相关论文最多,总数达 9 篇。根据普赖斯定律可知,$m \approx 2.3$。可见,发表 3 篇及以上论文的作者入选为国别与区域研究领域核心作者候选人。据统计,得到核心作者有 14 人,除李晨阳外,常俊跃为 8 篇,王钢为 6 篇,任晓为 5 篇,陈杰、张蕴岭、钱乘旦、刘鸿武、刘家宁、曾向红、杨成、王波、杨丹、朱锋各 3 篇。

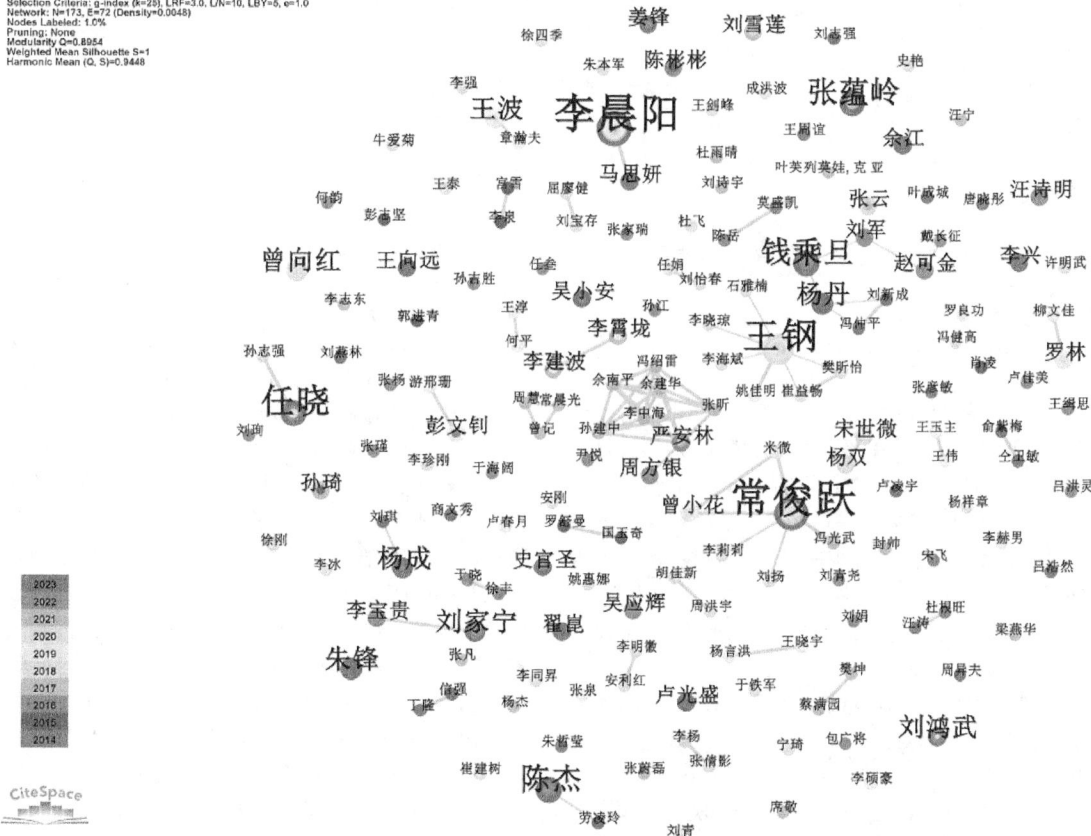

图 2 "国别与区域研究"作者合作知识图谱

---

① 节点(即图中的圆圈)越大,代表作者发表的论文数量越多。这些连线代表了他们之间存在的合作关系。连线的宽度反映了彼此的合作强度。

② 设最高产的那位科学家所发表的论文数为 n_{max},经过推导和计算得出 $m \approx 0.749 n_{max}^{0.5}$ 公式,m 为普赖斯假定的这样一个数,即发表了 $0.749 n_{max}^{0.5}$ 篇以上论文的科学家所发表的论文总数等于全部论文总数的一半;或者说,杰出科学家中最低产的那位科学家所发表的论文数等于最高产科学家发表论文数的平方根的 74.9%。参见:邱均平.《信息计量学》.武汉:武汉大学出版社,2007:146—148.

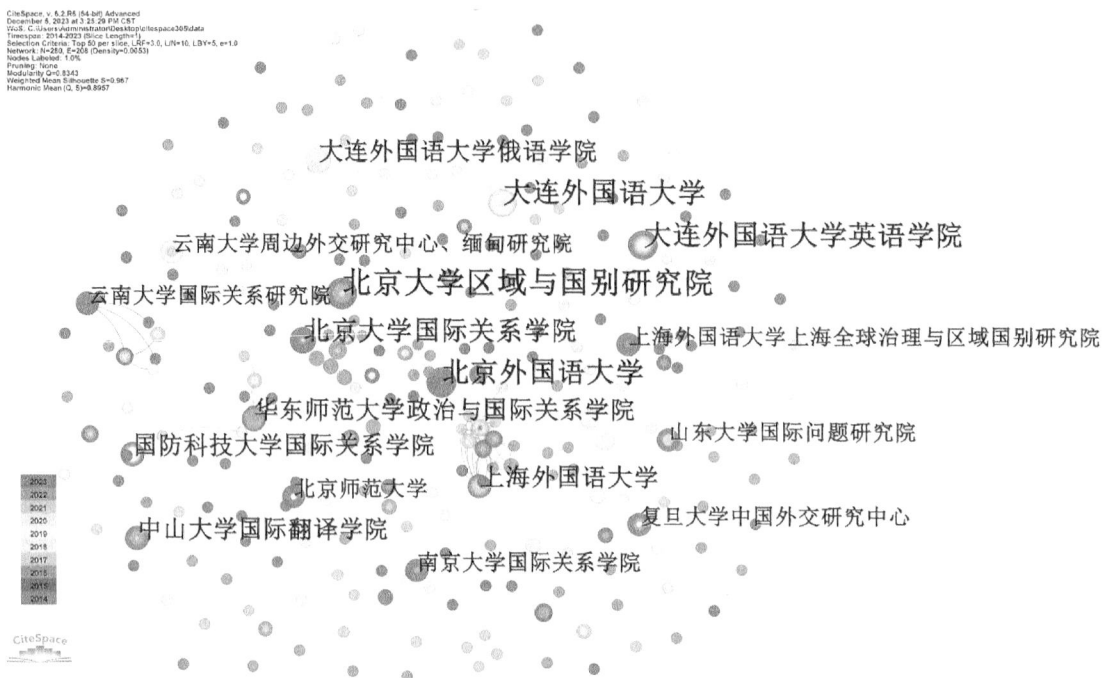

图3 "国别与区域研究"机构合作知识图谱

4. 研究机构分析

利用可视化软件 CiteSpace 进行机构分析,得到网络知识图谱3。从该图谱中可以看出,网络合作强度一般,以北京大学为中心形成了良好的合作关系,但整体尚未形成良好的跨院校合作关系。主要的研究机构大多分布在具有实体机构的高校,例如大连外国语大学、北京大学、华东师范大学、中山大学、南京大学、复旦大学、国防科技大学、云南大学、上海外国语大学、山东大学等。

通过统计可知,该领域研究机构数量较多,大多机构入选教育部国别与区域研究培养基地名单。2012年,教育部首批共在25所高校内建立了37个国别与区域研究培育基地。2015年,教育部颁布了《国别和区域研究基地培育和建设暂行办法》,进一步明确了支持高等学校培养和建设国别与区域研究基地的方向。2017年,教育部办公厅下发了《关于做好2017年度国别和区域研究有关工作的通知》,再次强调了"高等学校开展国别与区域研究工作,对于服务国家战略和外交大局,全面推进'一带一路'建设,具有十分重要的意义",并随附了《国别和区域研究中心建设指引(试行)》,以推动高校深

入开展国别与区域研究工作。(教外厅函〔2017〕8号)据统计,北京外国语大学设有4个教育部国别与区域研究培育基地和37个备案中心;广东外语外贸大学设有1个教育部国别与区域研究培育基地和5个备案中心;大连外国语大学设有7个教育部国别与区域研究备案中心;云南大学设有8个教育部国别与区域研究备案中心;上海外国语大学设有14个教育部国别与区域研究备案中心。尽管一些高校成功入选教育部国别与区域研究备案中心,但绝大多数研究机构没有实体化,导致资源配置与可持续发展问题难以解决。因此,必须推动设立实体性研究机构,以实现国别与区域研究的可持续发展。随着相关政策的颁布,在全国各大高校纷纷成立国别与区域研究的实体机构。2017年,北京语言大学"国别和区域研究院"成立;同年9月,清华大学"国际与地区研究院"成立;2018年,北京大学"区域与国别研究院"成立;2022年3月,四川外国语大学"当代中国研究院"和"区域国别研究院"成立;同年12月,大连外国语大学"区域国别研究院""东北亚研究院"成立;2023年,西北大学"区域国别研究院"成立等。显而易见,这些实体性研究机构成果斐然,发展态势良好。

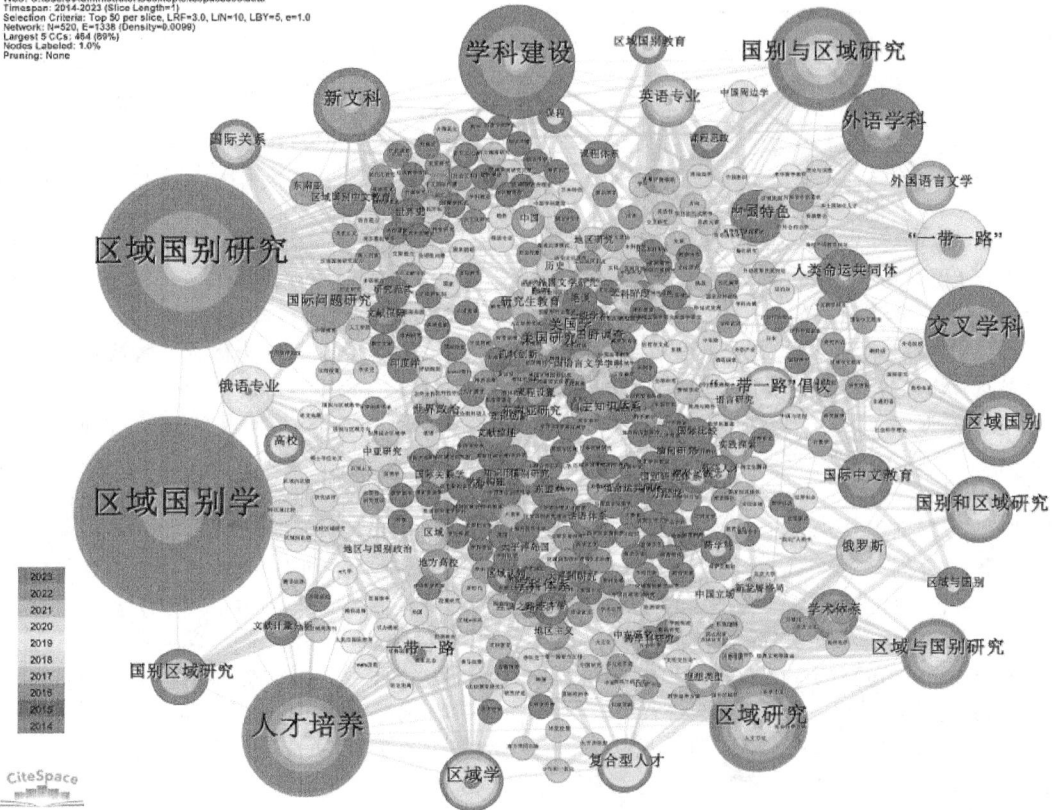

图 4 "国别与区域研究"词频共现知识图谱

四、研究热点分析

通过运行 CiteSpace 软件,绘制关键词词频①共现知识图谱。从图 4 可知,"国别与区域研究、区域国别研究、区域与国别研究、区域国别学"是文献的主题检索词,其频次较高,在知识图谱中呈现出较大的节点,且所有其他节点都与之存在共现关系。为了更清楚地了解关键词的频次,本文把频次达 3 次及以上的关键词以降序的方式制成表 2。共有 23 个关键词入围。从表 2 可知,国别与区域研究的关键词中"区域国别学"的频次最高,为 55 次,在关键词中遥遥领先;排在第二位的是"区域国别研究",为 49 次,排在第三位的是"人才培养",为 25 次。这些高频词的关键词均是该领域的研究热点话题。

表 2 "国别与区域研究"高频关键词分布表

频次	关 键 词	频次	关 键 词
55	区域国别学	8	区域国别
49	区域国别研究	7	新文科
25	人才培养	7	区域与国别研究
21	学科建设	6	国别和区域研究
18	交叉学科	6	国别区域研究
16	国别与区域研究	6	"一带一路"倡议
15	区域研究	6	区域学
10	外语学科	6	一带一路
9	"一带一路"	5	中国特色

① 词频是指"所分析的文档中词语出现的次数,词频分析法就是在文献信息中提取能够表达文献核心内容的关键词或主题词词频的高低分布,来研究该领域发展动向和研究热点方法"。参见:李杰、陈超美.《CiteSpace:科技文本挖掘及可视化》.北京:首都经济贸易大学出版社,2016:194.

（续表）

频次	关 键 词	频次	关 键 词
5	国际中文教育	4	俄罗斯
5	俄语专业	4	国际问题研究
5	人类命运共同体		

结合关键词知识图谱和高频关键词表对关键词进行分类。第一类是名称的规范化问题。相关的关键词有"区域国别学""区域国别研究""国别与区域研究""区域研究""区域与国别研究""国别和区域研究"等。根据中国研究生招生信息网可知，"国别与区域研究""区域国别研究"是高校招生简章中采用的名称，是外国语言文学一级学科下属的二级学科。"区域与国别研究"是北京大学、上海外国语大学、北京第二外国语大学、北京语言大学、大连外国语大学等高校采用的名称。"区域国别学"是交叉学科门类下设的一级学科。在名称规范化问题上，本文赞同李晨阳（2019）观点，应统一采用教育部规定名称"国别与区域研究"。

第二类是人才培养模式问题。这可以从"人才培养""复合型人才""中国特色""研究生教育"等关键词窥探。该领域一些学者认为，国别与区域研究在高校人才培养中存在教学资源匮乏及师资力量不足等问题（王钢、李晓琼，2020；安利红、李明徽，2018；曾小花、常俊跃，2018；常俊跃、李莉莉，2020；张倩影、李杨，2020），应采取相应举措，建立完善的人才培养模式，培养具有中国特色的国别与区域研究复合型人才。首先，需要开发国别与区域研究教师资源，以确保有足够的高质量、高水平教师来教授课程。其次，需要编写多形式、立体化的国别与区域研究配套教材，以提供全面和多样化的学习资源。最后，参考现有高校国别与区域研究人才培养的成功案例，进一步挖掘不同培养路径，构建多维度的国别与区域研究人才培养体系，以满足不同层次的人才培养需求。总之，国别与区域研究人才培养"既要借鉴成熟的国际经验，更要体现鲜明的中国立场和人类命运共同体理念，加强学生对当代世界的认知，努力造就一批真正理解其他区域与国家文化、历史和现实的人才，为中国在相关领域的发展提供人才保障"（宁琦，2020：36—42）。

第三类是研究动力问题。"一带一路""国际关系研究""地域研究"等关键词体现了这一点。"一带一路"倡议为外语学科建设与发展提供了新的契机

和空间（罗良功，2019；罗林、邵玉琢，2018），"一带一路"举措是国别与区域研究的动力源泉。正如习近平主席所说，"通过共建'一带一路'，中国对外开放的大门越开越大，内陆地区从'后卫'变成'前锋'，沿海地区开放发展更上一层楼，中国市场同世界市场的联系更加紧密"。基于地域优势的特定研究是国别与区域研究的催化剂，例如山东大学的东北亚研究、延边大学的朝鲜韩国研究、广西大学的东盟研究、云南大学的缅甸研究、黑龙江大学俄罗斯研究等。因此，国内各大高校和相关科研机构当前应将服务国家战略作为国别与区域研究的主要发展动力。

第四类是学科构建问题。相关关键词有"学科建设""一级学科""交叉学科""二级学科""外语学科""外国语言文学""学科体系"等。宁琦指出："目前全国将区域与国别研究单独设为二级学科进行人才培养的高校仍然屈指可数，共有 11 所高校设立了相关二级学科或专业，主要集中在外国语言文学、政治学和世界史学科"（宁琦，2020：36—42）。2017 年 3 月，国务院学位办公室公布《学位授权审核申请基本条件（试行）》，其中针对外国语言文学一级学科下的 13 个二级学科进行了调整，将其划分为五个学科方向，即"外国文学、外国语言学及应用语言学、翻译学、比较文学与跨文化研究以及国别与区域研究"。这一调整为外语专业的发展提供了重要的推动条件。2022 年 9 月，国务院学位委员会、教育部印发通知，发布《研究生教育学科专业目录（2022 年）》（以下简称《目录》）。《目录》中，"交叉学科"作为一个门类正式诞生，下设七个一级学科，"区域国别学"位列其中。"区域国别学"一级学科的诞生在外语界引起了广泛关注，因其与"外国语言文学"一级学科下的二级学科"国别与区域研究"尽管并非完全相同，但极为相似。因此，在学科构建层面有必要明晰两者之间的区别。"区域国别学"作为一级学科，与"国别与区域研究"二级学科在学科层级上存在明显差异，不应混淆。

第五类是研究内容界定的问题。相关关键词有"国际关系""国际问题研究""外语语言文学""东南亚研究"等。国内学术界普遍认为，国别与区域研究是对世界某个地区或国家的综合研究，然而，在具体包括哪些内容方面存在较大分歧，需要进一步明确。首先，从学科等级以及院系关系层面，考虑是否应该包括外国语言文学的研究；其次，从大小概念、交叉融合以及宏观微观视角，需要厘清国别与区域研究与国际关系、国际问题研究之间的关系。

五、研究趋势分析

借助 CiteSpace 软件，绘制时区知识图谱①。该图可以清晰地呈现出国别与区域研究主题的整个演化历程和发展趋势（如图 5 所示）。该时区知识图谱将所有节点定位在一个以时间为横轴的微观坐标中，侧重于从时间维度展示知识演进。随着时间横轴的变化，可将研究主题划分为三个阶段。首先，兴起期（2014—2017）。该时期出现较大的节点有"区域国别研究""人才培养""区域研究""区域学""一带一路""英语专业""俄语专业"等。在兴起期，"人才培养""区域研究""一带一路"等关键词受到学术界的广泛关注。在"一带一路"的倡议下，以俄语专业、英语专业为基础，围绕国别与区域研究不断推进人才培养过程中的课程体系建设。其次，上升期（2018—2020）。随着对外开放的不断深化，该研究

领域在国内迅速崛起，呈现出风起云涌的态势。"学科建设""外语学科""复合型人才""交叉学科"等关键词成为该时期的研究主题。李晨阳指出，"目前区域国别研究人才的培养任务主要依赖外国语言文学学科，但仅靠这一学科很难培养出高精尖的复合型区域国别研究人才"（李晨阳，2018：73）。2020 年底，国务院学位委员会、教育部印发通知，新设置"交叉学科"门类，将国别与区域研究纳入其中。通过这种方式，既保留了现有制度体系的延续性，避免了脱节和混乱，又在很大程度上弥补了现有体系的缺陷，不仅为"交叉"学科提供了合法性，而且为国别与区域研究的发展也提供了制度性的保障。国别与区域研究应采取跨学科方式探索新发展路径，打破学科壁垒的束缚。最后，发展期（2021—2023）。该时期学术界开始将注意力转移到"区域国别学"研究主题上，"区域国别学"这一关键词呈现最大节点。与此同时，出现了"学科体系""一级学科"等一些新的关

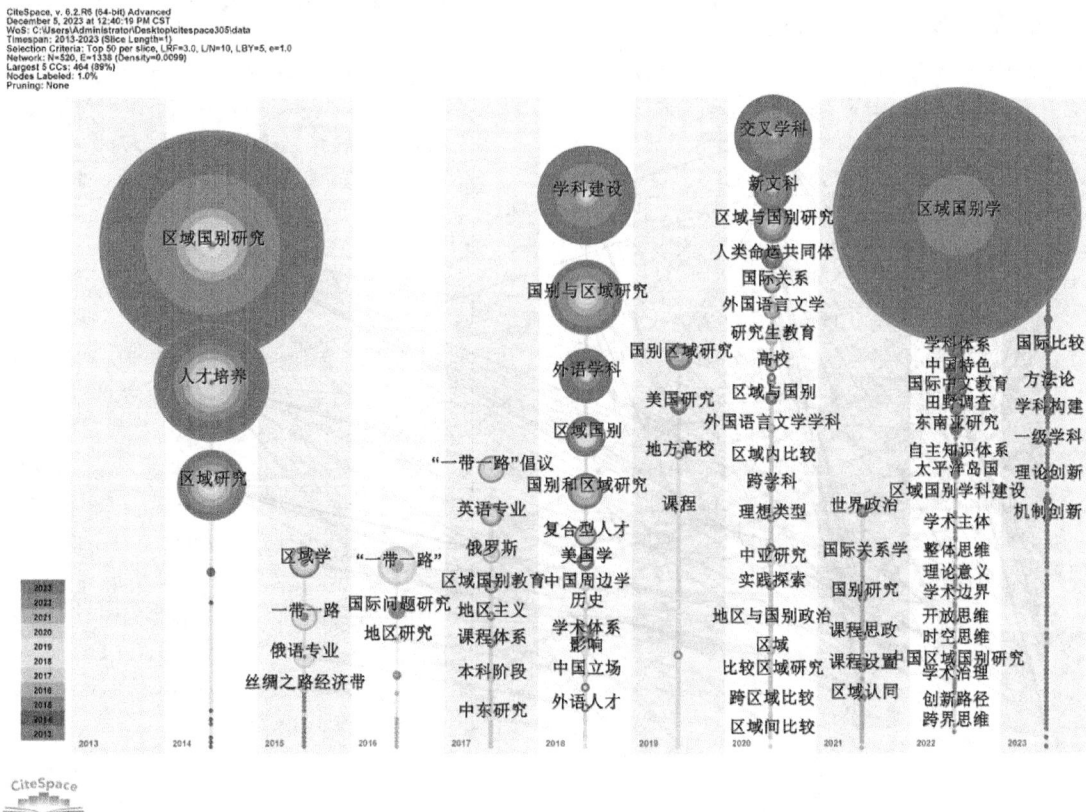

图 5 "国别与区域研究"时区知识图谱

___

① 时区知识图谱：根据首次出现的时间，节点被设置在不同的时区中，因而一个从左到右、自下而上的知识演进图就直观地展示出来了。通过各时间段之间的连线关系，可以看出各时间段之间的传承关系。参见：陈悦、陈超美等《引文空间分析原理与应用》，北京：科学出版社，2014：76—77.

键词术语。节点较小说明这一时间段中发表的成果较少，并且这些关键词所代表的主题从时间上来看是新兴的主题。谢韬指出："区域国别学是一门旨在对特定地区和国家提供深入了解的学科，其研究目的是支持大国的外交战略，通过系统研究特定地区和国家的政治、经济、文化等方面，为大国提供智力支持，以更好地应对全球事务，具有高度的应用性。"（谢韬，2022：3—35+155）"区域国别学"作为交叉学科门类的一级学科，在学科布局上可设立五个二级学科，即"区域国别理论与方法、大国与发达国家研究、周边国家和地区研究、发展中国家和地区研究、比较地区治理研究"（赵可金，2022：3—35+155）。今后，有关"区域国别学"领域在人才培养、学科建设、机构实体化建设研究等方面将是新的研究增长点。

六、结论及几点建议

基于以上分析结果以及相关文件的重要指示，现提出几点建议：首先，对国别与区域研究的内容进行科学界定，并对其名称规范进行明确规定，强化其学科定位及学科建设的衔接；其次，创新国别与区域研究人才的培养模式及构建方式，努力培养具备国际视野、符合国家战略需求的复合型人才；最后，推进国别与区域研究机构的实体化建设，并扩大其研究队伍的建设。

总体而言，国别与区域研究在过去的十年里经历了"井喷式"发展，这与我国的外交战略紧密相连。十年栉风沐雨，十年春华秋实，在面临前所未有的大变局和中华民族伟大复兴的关键时刻，国别与区域研究在党的统一领导下得以有序推进。坚持以习近平外交思想为指导，提高国别与区域研究的"质"与"量"，推进"一带一路"建设，构建人类命运共同体，国别与区域研究任重而道远。

参考文献

［1］安利红、李明徽.俄罗斯高校区域学专业设置及其对我国复合型区域国别人才培养的启示.《东北亚外语研究》，2018（04）：60—65.

［2］曾小花、常俊跃.区域国别文化必修课程对大学生社会文化能力的影响.《语言教育》，2018（02）：25—29+53.

［3］常俊跃、李莉莉.增设国别区域学专业，服务国家对外战略——我国高等教育本科阶段设立国别区域学专业的思考.《外语界》，2020（03）：29—35.

［4］陈悦、陈超美等.《引文空间分析原理与应用》.北京：科学出版社，2014.

［5］——.CiteSpace知识图谱的方法论功能.《科学学研究》，2015（02）：242—253.

［6］李晨阳.关于新时代中国特色国别与区域研究范式的思考.《世界经济与政治》，2019（10）：143—160.

［7］李杰、陈超美.《CiteSpace：科技文本挖掘及可视化》.北京：首都经济贸易大学出版社，2016.

［8］罗良功."一带一路"与外语学科的外延发展.《山东外语教学》，2019（05）：49—53.

［9］罗林、邵玉琢."一带一路"视域下国别和区域研究的大国学科体系建构.《新疆师范大学学报（哲学社会科学版）》，2018（06）：79—88.

［10］宁琦.区域与国别研究人才培养的理论与实践.《外语界》，2020（3）：36—42.

［11］邱均平.《信息计量学》.武汉：武汉大学出版社，2007.

［12］王钢、李晓琼.新时代高校俄语专业国别与区域教学刍议.《黑龙江教育（高教研究与评估）》，2020（10）：31—33.

［13］谢韬、陈岳、戴长征、赵可金、翟崑、李巍.构建中国特色的区域国别学：学科定位、基本内涵与发展路径.《国际论坛》，2022（03）：3—35+155.

［14］张倩影、李杨.区域国别研究背景下的韩语专业人才培养研究——以研究生教育为中心.《吉林省教育学院学报》，2020（01）：111—116.

［15］中华人民共和国教育部 <http://www.moe.gov.cn>（accessed 2023-12-5）.

立足经济发展、突出本土特色、发挥地缘优势的区域国别人才培养

——以韩国延世大学为例[①]

张蔚磊　柴家琪　詹德斌

（上海对外经贸大学）

摘　要：区域国别学自2022年被设为一级学科后受到了学界的广泛关注，但交叉学科在我国尚未建立完备的学科体系，区域国别学的人才培养体系也存在不足之处。本文在深入研究延世大学区域国别人才培养的专业设置、培养目标、课程体系、研究中心等之后发现该校非常注重培养多语区域国别人才；研究问题以本土为中心，旨在强化本土文化输出；根据社会需求在区域研究中添加经济、商务等元素，兼顾学术与就业，全面落实跨学科概念；依靠地缘优势深入研究东亚区域，为后续区域研究奠定基础。以延世大学为代表的韩国区域国别人才培养实践，为我国进一步完善区域国别人才培养体系建设的课程体系、语言能力要求、本土研究策略和本硕衔接方法提供了有益的参考。

Abstract：Since its establishment as an independent discipline in 2022, Area Studies has received widespread attention from the academic community, but the cross-disciplinary discipline has not yet established a comprehensive disciplinary system in China, and the talents cultivation system for Area Studies is facing great challenges. Based on the practice of cultivation in Area Studies in South Korea, this article explores the features of Yonsei University's Area Studies talents cultivation through an overview of its Area Studies-related faculties and specialties and examines its specialization, objectives, curriculum, and research center. Yonsei University focuses on the cultivation of multilingual talents in Area Studies; emphasizes local issues and aims to strengthen the export of local culture; balances academics and employment, adds economic and business elements to Area Studies according to the needs of society, implements interdisciplinary concepts and encourages students to diversify their careers and relies on its geographical advantage to study the East Asian area in depth, laying the foundation for subsequent area studies. The author gains insights from the analysis of Yonsei University's practice in talents cultivation to provide references for the curriculum arrangement, language requirements, local research strategies and bachelor-master cohesions for talents cultivation in Area Studies in China.

关键词：区域国别学；人才培养；韩国；课程设置；培养目标；专业设置

Key Words：Area Studies；talents cultivation；Korea；curriculum design；educational objectives；specialties

一、引言

区域国别学自2022年被设为一级学科后受到了学界的广泛关注。区域国别学被冠以多重身份，如新兴学科、交叉学科、特殊学科。目前我国区域国别人才培养模式缺乏系统性和专业化的理论支撑，这些问题在很大程度上阻碍了我国区域国别人才培养取得实质性的突破。当务之急，中国应当探索适合自身的区域国别人才培养方案。无论是理论创设还

---

①　本文是2022年度国家社会科学基金一般项目"国别与区域高端外语人才培养国际比较研究"（项目编号：22BYY088）的阶段性成果。

是实践开展都应当注重其系统性和专业化,对此许多学者也提出从他国区域国别学人才培养模式中获得启示,推动中国区域国别人才培养(张蔚磊、邹斌,2023)。作为韩国知名学府,延世大学于 20 世纪 80 年代就开始了区域国别研究,其人才培养模式的特色做法可以给我国的区域国别人才培养提供一定的借鉴。

二、延世大学区域国别人才培养概况

1. 人才培养概述

延世大学(Yonsei University)成立于 1885 年,是韩国的基督新教私立综合性研究型大学,是韩国历史最为悠久的大学之一。20 世纪 70 年代,以美国为中心的国际事务研究蓬勃发展。在全球一体化步伐日益加快的国际环境下,韩国政府为了进一步拓展其各行各业在谈判、合作、管理和贸易等领域的发展、推进国际事务研究进程,提出了国际型精英人才培养计划,以提升韩国在国际上的话语权和影响力。在国际形势的驱使和国家政策的扶持下,延世大学于 1987 年成立了专注于国际事务研究的研究生学院,即国际研究研究生院(Graduate School of International Studies),并以韩国研究专业的开设揭开了延世大学区域国别研究的序幕。为了顺应全球化的时代潮流、满足全球性国际学术研究日益增长的需求,进一步加强对国际区域更全面、更深入的研究,延世大学于 1997 年成立了区域研究研究生院(Graduate School of Area Studies)。研究生教育为延世大学后来开设区域国别研究本科生教育奠定了基础。2004 年,延世大学首次将区域研究纳入本科教育,成立了安德伍德国际学院这一综合性本科学院。2008 年,延世大学成立了有关区域研究的专门学院——东亚国际学院,开始了以东亚区域研究为主的本科教育。

随着从国际研究向区域研究过渡,从研究生教育向本科教育延伸(见图1),延世大学在区域国别人才培养方案和课程体系日渐成熟的基础上实现了较为连贯的过渡,在区域国别人才培养的机制上也有了较为精准的定位。

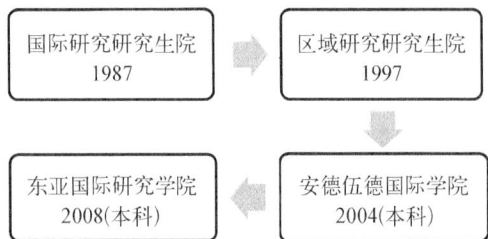

图 1 延世大学的区域国别人才培养时间轴(自制)

2. 专业设置

延世大学与区域国别相关的专业分布在 4 个学院,包括国际研究研究生院和区域研究研究生院两个研究生学院、安德伍德国际学院和东亚国际研究学院两个本科学院,总计开设 12 门与区域国别相关的专业(见图2)。

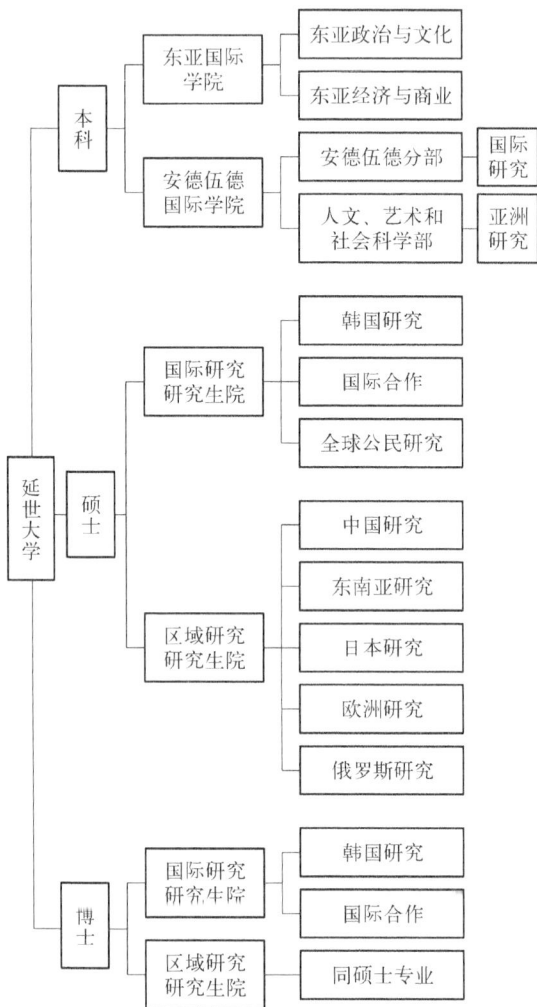

图 2 延世大学区域国别相关专业分布图

国际研究研究生院下设韩国研究、国际合作和全球公民研究 3 个与区域国别相关的硕士专业以及韩国研究专业和国际合作博士专业。韩国研究专业提供高度跨学科性质的课程,帮助学生融合多样化的知识和专业技能;国际合作专业重在培养学生应对全球环境中的动态挑战,知识领域涵盖政治、法律、经济等方面;全球公民研究专业采用跨学科的教学方法进行国际关系、道德思维和全球公民责任的研究。

区域研究研究生院旨在运用综合性的跨学科知识体系培养区域研究专门人才,将研究视角锁定在东南亚和欧洲两片区域,开设专业涉及中国研究、日本研究、俄罗斯研究3个国别研究和东南亚研究、欧洲研究2个区域研究。

安德伍德学院结合了美式文科学院的设置框架,继承了韩国顶级私立研究型大学的师资和资源,是一所精英式人才选拔学院,开设了国际研究专业和亚洲研究专业。国际研究专业注重培养学生运用社会科学和人文科学的能力,其优势在于突破传统学科的局限,为解决全球化问题提供全方位跨学科视角。亚洲研究专业以社会科学和人文科学为基础引导学生对亚洲进行全方位、由浅入深、由表及里的探索,培养学生深入批判研究的能力。

东亚国际学院借助先前延世大学对东亚地区研究的优势,开设了东亚政治与文化专业、东亚经济与商业专业,旨在培养熟悉东亚地区政治、经济和文化的综合性人才。延世大学的安德伍德学院主要从事精英人才培养,东亚国际学院主要从事普通人才培养。

3. 课程设置

本科阶段,安德伍德国际学院和东亚国际学院均采用传统的"基础必修+专业选修"和"通识教育+自由选修"的课程体系,第一、二年课程以基础知识为主,第三、四年着重提升学生的批判性思维能力,教授政治、经济、文化、法律等具体领域的知识。本科课程体系中有关区域政治、经济、历史领域的内容以导入型课程为主,语言类课程为必要选项,自由选修中包含了许多有关社会现象的现代化课程。研究生阶段,硕士课程除了根据传统课程体系进行课程设置,还针对知识领域和不同研究区域进行了模块分类,进一步细化课程体系,使学生有更多的选择空间按照个人兴趣选课。必修课程以概论型课程和研究方法论课程为主,选修课程以研究领域和研究区域的综合性知识为主。博士课程的设置与硕士课程一致,但更倾向于选择固定主题的课程以便博士完成论文。

4. 研究中心设置

延世大学有关区域研究的研究中心数量庞大,总体上可以分为东西方研究所、韩国统一研究所和中国研究院。东西方研究所下设有19个不同区域、领域的研究中心,其研究总体方向在于将不同领域的理论韩国化,通过引进西方文明实现韩国民族文化复兴,并以此形成优势,发展外交、政治,解决关键

问题。东西方研究所研究区域广泛,包括东南亚、美国、欧洲、加拿大、拉丁美洲等,研究领域也涉及多个方面,包括政府、企业、海洋、环境资源等。韩国统一研究所以领土发展研究为主要研究内容,中国研究院则是从人文社会学科的角度对中国进行综合性研究。

三、延世大学区域国别人才培养的特色

1. 重视多种语言能力培养

以最具代表性的区域研究研究生院为例,语言要求在区域研究中占据重要地位。区域研究研究生院将区域研究定义为对特定区域或国家的政治、经济、社会和文化进行专业的分析,是政治学、经济学、人类学、文化学、语言学、文学等多学科的综合,是以跨学科交流为基础的融合交叉学科。学院不仅针对所研究的区域提供相关课程,还在专业毕业要求中明确注明语言能力要求。例如,区域研究研究生院的硕士生和博士生的语言要求从两方进行评估,一是语言测试考核,二是实践考核(见表1)。

表1　区域研究研究生院语言和实践的毕业要求

专业名称	英语水平	研究区域语言水平	实践考核
中国研究	TOEFL > 80分	硕士 HSK 四级>180分博士 HSK 六级>180分	本科为语言专业/或在研究区域当地学习>6个月
日本研究	TOEFL > 80分	JLPT/JPT 达到中级及以上	本科为语言专业/或在研究区域当地学习>6个月
东南亚研究	TOEFL > 80分	完成中级语言课程;通过国家语言认证考试	本科为语言专业/或在研究区域当地学习>6个月
欧洲研究	TOEFL > 80分	完成中级语言课程;通过国家语言认证考试	本科为语言专业/或在研究区域当地学习>6个月
俄罗斯研究	TOEFL > 80分	完成中级语言课程;通过国家语言认证考试	本科为语言专业/或在研究区域当地学习>6个月
除日本和中国研究外的留学生需要通过韩国语考试 TOPIK 5 级			

本科阶段教学中,安德伍德学院采用全英语教学模式,又提升了学生入学的门槛,也保证了教学研究的质量。东亚国际学院提供韩语(留学生)、中文和日语三个语种的课程,学生毕业时也需要获得第二语言考试认证。在培养区域国别人才的方案上,延世大学除了提供相应语言的课程和规定语言能力的必要证明外,区域研究研究生院还定期派遣学生与研究区域国家的学生进行交流或外出实践,其中包括中国复旦大学、日本京都大学等知名高校的学生。实践机会为学生语言能力的培养创设了真实的学习环境,更方便学生根据自身需求提高语言能力,是一条相对高效的语言培养通道。

2. 聚焦韩国本土问题研究

韩国一直对本土问题保持高度关注,韩国学者们一直在研究如何应对本土问题,并积极探索解决方案。韩国本土问题的研究对于东亚地区的研究有重要借鉴意义,延世大学在区域研究起点上就体现了本土化的特征。国际研究研究生院以"韩国研究"这一本土研究拉开了延世大学区域国别研究的序幕。韩国研究专业对韩国政治、经济、文化等方面进行了全方面的解读(见表2)。课程设置上,除了开设研究韩国本土的课程,研究东亚区域、外交关系等课程也是从韩国视角出发,为解决韩国本土问题服务。其他区域研究专业的课程中,也开设有全球背景下对于韩国本土研究的课程(见表3),这些课程都为培养解决韩国本土问题的人才提供了便利,也让韩国在文化、经济等领域的发展上体现了国际化的特点。东西方研究所更是试图将政治、经济、社会等社会科学领域的理论韩国化以适应韩国本土的变化、解决现代韩国社会问题。例如,东西方研究所下的著名国

表2 韩国研究专业部分课程

专业名称	课 程 名 称
韩国研究专业	韩国社会与文化 韩国历史研讨会 韩国传统历史 韩国现代性的文化史 韩语与文化 朝鲜历史上的儒家思想 社会运动和公民社会 非政府组织和发展 韩国发展中的政治经济学 韩国的经济制度和政策 朝韩关系 韩国法律和政治……

际期刊 Global Economic Review 重点关注国际政策导向的研究,目的是为了突出韩国和东亚经济产业的动态变化,其研究覆盖领域中特别注明了韩国和东亚的经济问题。韩国作为亚洲为数不多的发达国家,对于自身的社会文化问题、政治经济问题一直给予高度的关注,不仅是为了促进韩国本土的发展,更是为了提升国际地位,获得国际话语权。

表3 区域国别相关专业中体现韩国本土研究的部分课程

专 业 名 称	课 程 名 称
国际研究专业	朝鲜媒体研究
亚洲研究专业	韩国的主权和民族主义 现代韩国小说和电影 朝鲜与韩国
全球公民研究专业	韩国社会理解 韩国社会与文化 韩国近代文化史
区域研究专业(中国研究、日本研究、俄罗斯研究、欧洲研究、东南亚研究)	韩国视角下的全球化与区域转型 韩国视角下的全球化与区域治理 韩国视角下的全球治理维度
东南亚研究专业	朝鲜半岛统一与东亚国际关系

3. 强调韩国本土文化输出

朝鲜半岛自解放后,当地知识界一直积极思考如何摆脱殖民史观、建立民族话语。随着朝韩分裂的固化,韩国学界又面临探索有别于朝鲜视角的本国发展叙事。一直到20世纪60—70年代,韩国才逐步确立起以去殖民化和现代化为基调的发展研究(李婷婷,2019)。在过去30年里,韩国对本土文化和民族主义的宣扬已经成了国家发展战略的重点对象。韩国研究专业课程中现代化教育内容突出,除了基本的韩国本土历史文化、政治经济外,有关当代韩国社会现象、社会主流元素、韩流文化发展的课程也包含在内,这一现象在其他区域研究专业中也有体现(见表4)。社会现象的课程以"韩流"文化输出为核心,学生可以了解到韩国文娱产业发展的历程以及文娱市场产品和社会偏好的知识,以此来实现韩国文化的强基和强化韩国文化的输出。不仅如此,"韩流文化"元素渗透到了其他专业,例如全球公民研究专业的专业必修中开设了"韩流文化重组"

"从韩流音乐了解韩国社会"等课程;区域研究研究生院开设了研究生公共课"韩国视角下的全球化和区域转型/治理"。由此可见,延世大学在区域研究人才培养上强调韩国本土文化的重要性,并以文化输出为潜在的发展目标,培养兼具韩国视角和全球视角的国际人才。研究区域的外部环境、内部市场、企业特征等内容在课程中均有体现,这也体现了韩国在宣扬本土文化和民族主义中兼顾了大环境和细节性探究。

表4 区域研究专业的文化输出性质的部分课程

专业名称	课程名称
韩国研究	了解流行音乐和韩国社会 韩国电影和文学作品中的性别与性取向 东亚电影 韩流与媒体 韩国文化和媒体产业的发展
全球公民研究	韩国社会与文化 韩流与大众文化交流 韩国文化传媒产业史 韩国近代文化 从韩国流行音乐理解韩国社会
国际研究/亚洲研究	韩国媒体研究 现代韩国小说和电影 韩国主权和民族主义 韩国绘画史

4. 围绕韩国地缘政治优势开展研究

延世大学利用韩国的地缘优势,其研究的目标区域以韩国本土研究为基础,以亚洲地区为中心,并向欧美等四周逐步扩散。研究范围专注于亚洲,以政治、经济为主要研究内容。研究生阶段,延世大学的区域国别研究以国家研究为主,最先开始韩国这一具体国别的研究;随后开展了中国研究、日本研究;欧洲和俄罗斯为拓展领域。本科阶段的两个学院是以东亚三国为主要课程内容,除了教授东亚三国的语言、政治、历史的知识,还囊括了有关韩国、日本、中国三国思想文化、民族主义、社会现象的课程(见表5)。其中大部分课程都体现了韩国的主权和民族主义,以此为基础展开对他国相同内容的探究。韩国利用其地缘政治优势对东亚三国展开了详细的研究,在获取三国异同信息的同时完善人才培养的课程体系,并不断深化对韩国周边地区的研究,提升自己的国际话语权和影响力。在朝韩关系的研究

上,也开设了许多课程,并设立了相关研究中心。从区域国别相关专业对于语言的要求中可以得出,其研究范围始终以亚洲为主,从建设战略上看,对于周边主要国家语言的掌握方便其对目标国家进行深入调查研究。

表5 本科专业中与东亚三国相关的课程

专业名称 \ 研究国家	中国	日本	韩国
国际研究专业	中国政治	日本政治	韩国政治与商业 朝鲜媒体研究
亚洲研究专业	中国政治与文化 中国思想 中国全球化文化 现代中国文学	日本近代史中的性别 日本政治思想 战后日本近代日本社会运动	韩国绘画史 韩国主权和民族主义 韩国战争
东亚政治与文化/东亚经济与商业	中文 中国政治与经济	日语 日本经济与文化	朝韩关系 韩国品牌案例

延世大学依靠地缘政治优势获得研究资源的做法突破了韩国自身领土狭小的局限。他们先进行具体国别研究,然后在此基础上进行区域研究,国别研究为区域研究奠定了基础。

5. 根据社会需求确定人才培养目标,凸显商务、经济、区域企业研究

该校根据企业、政府、国际组织需求确定人才培养目标。区域国别研究是一种跨学科研究。区域国别学是一门交叉学科,其人才培养需要充分考量社会各领域对复合型人才的需求。延世大学的人才培养不仅注重学术研究能力,还注重应用实践能力。区域研究专业明确指出要培养学生运用人文科学和社会科学作为分析社会问题的工具,让学生能够应对社会的问题,实现自身价值。而在国际研究专业和亚洲研究专业,人才培养目标中更为具体地表达了区域人才的培养需要满足企业、政府、国际组织等单位对区域知识的需求,其课程设置中也不乏企业管理、国际组织运作的内容。学院与企业的对接也指明了企业、政府对区域研究人才的需求,体现了政、企、学、研联合培养人才的模式。这些设置对于

选择就业而非进一步研究的学生来说提高了学生对于区域特定领域学习的积极性，也跳出了纯文科专业的局限性，是以学生为本、以长期发展为宗旨的人才培养方案。

人才培养中凸显商务、经济、区域企业研究，服务国家战略。 本科阶段和研究生阶段，各学院都与海内外企业有着密切联系。学院鼓励学生参与中日韩不同地区企业或机构的实践，也积极保持与企业的合作，为学生提供实践机会。尤其是在课程设置上，国际研究专业中涉及经济学、金融学等知识，中国研究、日本研究等区域研究除了开设政治、经济学等课程外，还有针对某一特定区域企业案例研讨、企业管理等课程，这些课程的设置不仅体现了区域研究中跨学科的性质，也是从学术和就业角度考虑到学生未来的发展，在提升学生批判性思维的同时又教授了企业管理的知识。从研究中心的安排上看，东西方研究所不仅开设了企业、政府等机构的研究中心，还形成了以海外市场为目标的韩国企业发展讨论的趋势，例如拉丁美洲研究中心以扩大韩国企业在拉丁美洲的影响力而与当地顶尖大学合作，进行企业发展、社会偏好等方面的研究，以塑造韩国企业的形象，发展韩国经济；俄罗斯和中亚研究中心则是研究区域的经济、企业管理等内容，为后续资源整合和政治力量的积累奠定基础。

6. 全面贯彻跨学科理念，鼓励毕业生多元化就业

该大学全面贯彻跨学科理念。 无论是研究生阶段还是本科阶段，延世大学在区域研究上始终贯彻跨学科的人才培养理念，相关学院的设置并非单纯的文理分科，而是直接以跨学科人才培养为目的设立学院。首先，本科阶段，安德伍德国际学院的专业设置具有明显的跨学科性，其专业涵盖了政治、经济、文化、生物、信息技术等多个方面。安德伍德国际学院对区域研究的定义依然具有跨学科性质，以人文科学和社会科学为核心，倾向于通过区域基础知识构建宏观思维体系，培养学生对人文、社会科学问题的批判性思维，要求学生掌握政治、经济、文化、历史等方面的知识。东亚国际学院的整体培养方案在学习有关东亚历史文化、政治经济的基础上增加了对区域企业管理的学习，旨在培养出本科阶段具有国际竞争力的人才，这也充分体现了东亚国际学院在区域研究上遵循交叉学科的跨学科性质。其次，研究生阶段，国际研究研究生院对课程进行了不同领域的分类，如设置了有关政治领域、经济领域、文化领域等课程，学生可以自主选择不同领域的课程进行跨学科知识的学习，同时国际研究研究生院以国际化的视角为学生提供不同职业领域的实践机会，跨学科知识的应用也提高了人才培养的质量。区域研究研究生院以不同区域的人才培养为目标，秉持理论与实践并重的观念，学生在学习区域研究定性和定量方法的基础上需要融合经济学、政治学、社会学、法律等领域的知识，并获得到海外和国际企业中实践的机会。在学位的授予上，尽管硕士生学位仍然以文学学士为主，但在授予学位时会注明研究领域，博士生则可以通过不同的研究领域获得不同的学位，包括文学、政治学、社会学博士学位，区域研究交叉学科的属性在区域研究研究生院获得了充分认可，这样为后续的区域研究奠定了跨学科的基础。

该大学鼓励毕业生多元化就业。 跨学科研究可以强化学生解决问题的能力。区域研究交叉学科的属性可以更好地培养学生的复合能力，让学生有机会尝试更宽领域、更多性质的工作。学生在区域研究专业学习了多元化的课程和不同领域的知识。学生按照研究方向可在不同种类的课程模块中进行课程选择，如文化输出类、营销类或者企业管理类等，以此提升跨学科素养。通过这些跨学科课程的学习，学生具备了跨学科素养，提升了知识技能，所以他们可以胜任多个领域的工作，无论是外企或国企，还是单个领域或复合领域的工作。学院在人才培养上兼顾了学术性和实用性，更加注重社会科学的分析能力，因此学生社会应变能力、综合分析能力也较强。区域研究专业的学生有的到海外公司从事有关媒体、投资等行业的工作；有的在韩国国内知名企业和政府机关就业；还有的学生去国际性的组织和企业工作，或选择国际商务、法律、外交等行业的工作。

四、延世大学区域国别人才培养对我国的启示

延世大学在区域国别人才培养方案的制定规划上有着清晰的思路，在专业要求中一直坚持区域知识"本土化"的理念，在研究区域的选择上偏重东亚地区，在利用自身地理和文化优势的前提下提升对临近地区的研究，同时也注意加固对欧洲和俄罗斯地区的研究。具体来说延世大学的区域国别人才培养模式对我国主要有以下4点启示：

（1）以"语言先行"为区域知识"本土化"开辟道路。 对于不同区域的研究，一手文献的阅读和与当地学者的交流是基础，学习目标区域的语言不仅是通晓地区知识的途径，更是内化知识的必然要求。

语言、文学和翻译是打开国别研究的钥匙，其他维度的研究必须以外国语言文学为前提，或者必须是基于对象国语言文学而进行的拓展性研究。（赵可金，2021）语言在区域国别研究中起到了"引进来"的作用，为后续将其他区域知识"本土化"奠定了基础。（刘鸿武，2020）虽然近年来部分高校强调多语种人才的培养，但实践中，学生大多以应试完成学业为目的，缺少实际应用，复语实践应用能力不足，这也就导致了区域知识"本土化"阻力重重。延世大学在区域国别人才培养上一直重视多语种人才的培养，对于第二外语的要求也不仅是以应试为目的，而是强调应用，要求能够与目标区域的学者进行自由交流，并获取有效信息，从韩国视角研究其他区域。这些多语能力的应用大大提升了区域知识"本土化"的效率。延世大学在区域研究的相关要求中对语言等级提出了明确的要求，且在多语种人才的培养方面延世大学不仅培养本国学生，还积极招收海外生源，聘请海外教师，为学生提供了良好的语言学习环境。我国学者虽然认识到了区域国别研究中语言先行的重要性，但在区域国别人才培养要求中并未对多种语言能力进行明确规定。因此，笔者建议高校在区域国别人才培养的规格上，对多语实践能力给出明确的要求。例如，在区域国别人才培养的毕业要求中设立语言等级的强制性要求，并设立区域研究的语言门槛，提高多语能力的评估标准，做到"严进严出"，提升区域国别人才培养的质量。语言道路的铺垫是区域知识"本土化"的基石，语言门槛的设立是区域国别人才培养的首要前提和必然要求。只有培养多语种人才，区域国别研究才能更加通畅。（张蔚磊、李宇明 2022）

（2）开展"中国研究"，发展"中国学"，为区域研究打基础。 俗语说"知己知彼，百战不殆"。在进行海外区域研究之前，首先要对本国区域如指诸掌，才能让区域国别研究更好地服务本国的发展。延世大学区域研究起于韩国研究，采取"知己"的策略，奠定其区域国别研究的基础。韩国三面环海，与中国、日本隔海相望，这一地缘优势加上"知己"的研究策略为后续的"知彼"研究提供了便利。我国现行的区域国别研究中过度关注发达国家，这也导致对中国自身研究的失衡。（张蔚磊等，2022）开展中国研究的前提，是要明确中国学的特色，把握中国区域的特点；进行中国研究的目的，不仅是深化内部认知，更是将本土化的成果转化为中国区域研究特色的对外输出动力，提升国际地位。学者们应当将中国研究的成果从"本土化"转向"特色化"，比如可以在中国研究中融入中国传统文化元素、在中国学中融入习

近平新时代中国特色社会主义。同时，中国地处东亚的地理优势为中国研究汲取他国经验和输出本国特色创造了机会。因此，笔者建议中国研究可以从两个部分着手，其一是对中国本土的研究，其二是中国本土研究成果对外输出的探究。"中国研究"可采取"双线"的方法，利用自身的优势全面开展中国研究的同时汲取他国经验，以他国经验充实中国研究，以中国研究推进对其他区域的研究，做到"双线"的相互促进。高校在传授理论知识的同时应当积极创造实践机会，鼓励学生用中国数据解释中国理论，将中国理论运用到中国实践，再通过中国实践创新中国理论，最终助力形成中国的学科体系、学术体系和话语体系。一些地方高校一味依托外国语学院、国际关系学院等二级学院展开区域国别研究，表面看是利用自身优势进行区域国别研究，实则限制了区域国别研究的内涵。（于海阔，2022）此外，目前我国开展区域国别外语人才培养的高校数量有限，处于起步探索阶段，无法满足从区域研究走向全球治理的需求，因此关键的"知己"一步的必要性更加凸显。高校和院系之间应积极协调互助，明晰自身优势，结合校本特色，共同建设中国研究，协力发展区域研究。（张蔚磊、邹斌，2023）

（3）提升学科设置的自由度，创新区域国别学的课程体系。 延世大学在区域国别人才培养方面给予了学院很高的自由度。最初的韩国研究专业为一级专业而非方向或分支，这一点与此前中国区域国别学多数为二级学科或方向分支有着本质的区别。尽管我国目前把区域国别学列为交叉门类下的一级学科，但对有些高校而言，并无直接设立该一级学科的权限，只能在原有的经济学、文学、法学或历史学下设立区域国别的二级学科点，这严重限制了区域国别学的发展。作为二级学科的区域国别学无论是在重视程度还是社会功能方面仍然与一级学科有很大差异，所以我国需要考虑适当的政策上的调整。高校应当在语言专业、历史专业等专业中逐步添加区域研究元素，让单一学科开始向复合学科靠拢，赋予学生跨学科的知识和技能。高校在考虑学生毕业去向时，也应当兼顾学术和就业，让区域研究成为顶天立地的学科。因此，社会和高校可以开展合作，例如高校与企业间实行校企合作，高校按照现代企业要求的复合型人才调整培养方案，开展订单式人才培养。

学科设置自由度的提升也意味学生学习内容的多元化，这也为学生的就业提供了更多的可能性。我国目前专门针对交叉学科——区域国别学的课程体系仍不够完善，高校应该突破传统的"必修+选修"

的课程体系设置模式,针对研究的目标区域设置相应的课程模块,以问题为导向,更加针对性地提供区域综合研究课程,建立新的课程体系,形成新的知识结构,进而进行区域国别学的知识生产。课程模块设置上可以考虑按照6大模块进行设计:区域国别理论与研究方法类课程模块、语言类课程模块、目标国家领域类课程模块、中国国情知识课程模块、实践课程模块、区域国别通识类课程模块。实力雄厚的高校应当成为示范,带动其他高校的创新发展。

(4)夯实研究生阶段基础,追求本科生阶段创新。 延世大学的区域国别研究首先在研究生院开展,本科阶段的人才培养则建立在研究生阶段相对扎实的区域研究资源之上,并与研究生阶段贯通,也为研究生阶段直接输送人才提供了便利。同时,研究区域是逐渐拓展的(见图3)。延世大学首先在研究生阶段的区域国别研究打下了坚实的基础,这一基础不仅体现在课程的多样化和丰富的实践资源,更体现在研究区域的选择上。延世大学以韩国本土研究为开端不断向东亚地区乃至全球扩展,由国家研究到区域研究,由点到面地拓展研究区域,既保证了研究资源的可及性,也为后续区域研究人才培养夯实了基础。这一基础也有助于区域国别研究网络的形成,是人才培养的重要因素。我国地大物博,资源丰富,在区域国别研究的区域和内容的选择上涌现出多种可能,这一条件虽然给予了区域研究很大的操作空间,但也给研究价值预期带来了巨大挑战。目前,我国的区域国别研究绝大多数在高校研究生阶段开展,研究生阶段所研究区域的广度和深度、课程内容的多样性和融合度都直接关系到研究成果和价值甚至未来本科阶段的走向。笔者建议开展本硕博贯通的区域国别人才培养。我国高校不仅要充分考虑国际视角、基本国情、利弊等要素,为研究生阶段区域国别人才培养创造良好氛围,为本科阶段区域国别的人才培养铺设道路,还要从素质培养、知识培养、能力培养等维度出发强化新文科背景下区域国

别人才的核心涵养(张蔚磊,2021)。研究生阶段打好"地基",本科生阶段应当站在研究生阶段的"肩膀"上,突破传统人才培养模式,积极寻求创新点,形成新的人才培养体系。

五、结语

尽管区域国别学在我国已经成为一级学科,但与传统学科相比,该领域的内容庞大而复杂,存在着理论基础不够坚实、尖端师资力量不足、科学应用实践不足等问题。这些因素都影响着交叉学科体系的建设。这些问题也影响了专业设置、人才培养、课程知识融合以及学科发展走向。

在区域国别学科体系建设方面,延世大学有着明确的思路。近年来,韩流文化在国际上的影响逐渐增强,延世大学通过超前的交叉学科思维和学科知识的高度融合,成功削弱了学科间的壁垒。此外,其本土化策略也使得复合型人才在国际上占据重要地位。尽管该校部分人才培养模式存在套用传统模式缺乏实质性创新的缺点,但其中有关语言能力的设置、研究区域的选择、不同阶段教育内容的制定等方面都能为我国区域国别人才培养提供借鉴。本文旨在抛砖引玉,期待更多的学者关注区域国别学学科建设和人才培养体系的构建。

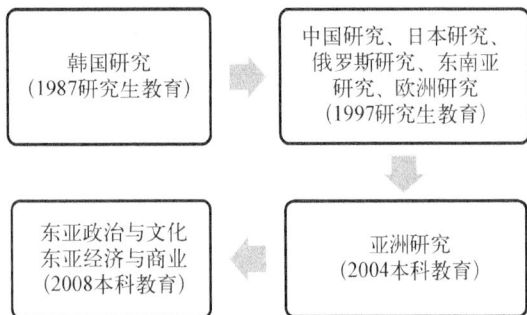

图3 延世大学区域国别学阶段性专业设置

参考文献

[1] 李婷婷.反思国别区域知识的"本土性"——以韩国发展研究为例.《公共管理评论》,2019(2):3—14.

[2] 刘鸿武.中国区域国别之学的历史溯源与现实趋向.《国际观察》,2020(5):53—73.

[3] 钱乘旦.兼旦1+1>2?区域国别学为学科融合开新局.《中国社会科学报》,2022-06-16(005).DOI:10.28131/n.cnki.ncshk.2022.002357.

[4] 于海阔.新文科背景下区域国别学的学科发展若干问题.《中国大学教学》,2022(11):57—63.

[5] 张蔚磊、李宇明.区域国别研究,语言先行.《中国社会科学报》,2022-10-11(008).DOI:10.28131/n.cnki.ncshk.2022.004167.

[6] 张蔚磊、詹德斌.加强区域国别学人才培养.《中国社会科学报》,2023-01-31(001).

[7] 张蔚磊、杨俊豪、徐硕.新时代国别和区域人才培养体系建设.《外国语文研究(辑刊)》,2022(2):262—265.

[8] 张蔚磊.新文科背景下国别和区域人才培养探

析.《浙江外国语学院学报》,2021,No.171(05):72—76.

［9］张蔚磊、邹斌.区域国别外语人才培养：为什么？怎么做?.《外语教学理论与实践》,2023(3):18—25+77.

［10］赵可金.国别区域研究的内涵、争论与趋势.《俄罗斯研究》,2021(3):121—145.

［11］延世大学安德伍德国际学院.<https://uic.yonsei.ac.kr/main/default.asp>(accessed 2023-3-13).

［12］延世大学国际研究研究生院.<https://gsis.yonsei.ac.kr/gsis/index.do>(accessed 2023-3-13).

［13］延世大学区域研究研究生院.<https://area.yonsei.ac.kr/area/English/Area.do>(accessed 2023-3-13).

［14］延世大学东亚研究学院.<https://eic.yonsei.ac.kr/eic_en/index.do>(accessed 2023-3-13).

语言学视域下的诗学转型[①]

——以库尔德内对俄国形式主义学派的影响为例

杨 燕 凌建侯

（哈尔滨师范大学 北京大学）

摘 要：20世纪初俄国形式主义诗学的兴起开启了"文本中心论"的时代。语言学理论不但为形式主义学派提供分析和加工语言的独特视角，而且直接启迪文艺研究的新方法论的形成，不但充当了形式主义学派崛起的源动力，而且为其发展指明了方向。本文作者认为，波兰-俄国语言学家库尔德内的语言学理论在其中发挥了最重要的作用，他不仅强调语言与主体间不可分割的关系，认为语言与心理具有天然的联系，更明确要对语言内部结构进行系统研究。与之相应，俄国形式主义诗学虽强调文本的自足性，但文本陌生化手法的加工与陌生化效果的确证都无法离开主体，所以并未真正否定主体的存在，只是将其"悬置"而已；同时，形式主义学派的研究重点集中于以语言符号为标志的形式结构，对其内在规律与加工方法做了较详细而深入的阐释。

Abstract：At the beginning of the 20th century, Russian formalist poetics which stepped onto the academic stage, initiated the most intense criticism and rebellion against traditional European and American poetics and literary criticism, and opened the era of "text centeredness". The contribution of linguistic theory to the rise of formal schools, not only were language and writing resources available for analysis and processing, but they also provided a new methodology for studying literature and art, providing the driving force for the rise of the formal school and pointing out the direction for its construction and development. Particularly, the influence of Kurdish internal linguistic theory was the most prominent, which not only emphasized the inseparable relationship between language and subject, believing that language and psychology had a natural connection, but also clarified the need for systematic research on the internal structure of language. Correspondingly, although Russian formalist poetic theory emphasized the self-sufficiency of texts, the processing of text unfamiliarity techniques and the confirmation of unfamiliarity effects could not be separated from the subject, so it did not truly negate the existence of the subject, but simply suspended it; at the same time, the research focus of the formal school of thought, which was on the formal structure marked by language symbols, provided a detailed and in-depth explanation for its inherent laws and processing methods.

关键词：库尔德内；俄国形式主义诗学；语言学；内部结构规律

Key Words：Boduen de Kurtene；Russian fomarlist poetics；linguistics；internal structural rules

一、引言

19世纪末20世纪初欧美语言学理论得到了前所未有的发展，其影响几乎波及人文与社会科学的各个领域，特别为文学研究者打开了一扇通往"新世界"的窗口。学界在阐释俄国形式主义诗学的影响源时，往往首先提及的就是语言学理论，但后者具体

---

① 本文系国家社科基金重大项目"俄罗斯诗学学派研究"（编号：22&ZD286）的阶段性成果。

如何影响了前者的形成与发展,这是研究者无可回避的问题。然而绝大多数研究成果均围绕弗迪南·德·索绪尔(Ferdinand de Saussure)语言学理论展开讨论,认为"俄国形式主义文论主要是借助了现代语言学的研究方法,即索绪尔共时性语言学的方法"(颜文洁、张杰,112)。其实,在19与20世纪之交"语言学转向"中涌现出很多引领潮流的语言学家,波兰-俄国学者博杜恩·德·库尔德内(Boduen de Kurtene)便是其中之一。长期以来库尔德内在中国并未受到应有的重视,进入21世纪后他的《普通语言学论文选集(两卷本)》中文译本才问世,随之越来越多的中国学者更深入地认识到其语言学理论的重要价值。尽管如此,依然很少有人注意到他对俄国形式主义学派的影响。米哈伊尔·米哈伊洛维奇·巴赫金(Миаил Миайлович Батинг)在访谈中曾提及二者之间的师生关系:"库尔奈特(即库尔德内——本文作者注)实际上是鼻祖……整个形式主义的鼻祖……什克洛夫斯基(V. B. Shklovskii)是直接弟子,没错。其实,所有在列宁格勒大学(即今彼得堡大学——本文作者注)学习过的人,都是库尔奈特的学生。"(巴赫金,390)以维克托·鲍里索维奇·什克洛夫斯基(Виктор Борисович Шкловский)为首的诗语研究会(又译"奥波亚兹")成员们,在学生时代开始对传统文艺批评深表不满。库尔德内的语言学理论恰逢其会,为他们建构新的诗学体系提供了方法论的启迪,而俄国未来派的文学创作提供了新的文本材料。本文以库尔德内语言学理论为切入点,具体从语言与主体及其心理之间的关系、语言的演变规律入手,探讨俄国形式主义学派在库尔德内语言学思想引领下开启现代诗学转向的理论必然性。

二、库尔德内取代索绪尔的"光环"

目前研究俄国形式主义诗学的成果众多,对其诗学产生的理论渊源的发掘占有重要地位。在文学实践层面,有的学者从传统诗学和文学批评的弊端不断暴露、19世纪末20世纪初俄罗斯白银时代文学的各种新变化催生新的理论等角度阐释。德米特里·谢尔盖耶维奇·利哈乔夫(Дмитрий Сергеевич Лихачёв)说:"后来日尔蒙斯基(V. M. Zhirmunskii)回忆,在大学时就对传统文艺学强烈不满。这种不满在很大程度上决定了在文艺学中他对待形式学派的态度。"(Жирмунский,10)在理论资源方面,有学者挖掘亚里士多德诗学、德国古典美学以及俄罗斯本土美学、哲学等理论对形式学派成员的启发和影响,"18世纪以来,俄国开始形成'文学中心

主义'的土壤"(凌建侯,2023:142)。也有学者认为,"以亚里士多德《诗学》为代表的古典文论,尤其是19世纪的浪漫主义文论是形式主义批评的直接理论来源,当时方兴未艾的语理学理论则为其做好了方法论上的充分准备"(覃承华,168)。总之,俄国学者以反叛者和开创者身份"重构"欧洲传统诗学的内在动因应归功于各种语言学理论。就俄国形式主义学派而言,19世纪末20世纪初欧美语言学理论的最新研究成果为其具有革新性的诗学研究提供了重要的理论给养,成为其最为强劲的源动力,而这一影响的最直接源头当为比索绪尔更早的库尔德内。

当前围绕语言学理论具体如何影响形式主义诗学体系建构的研究成果主要围绕索绪尔语言学展开,往往从其历时语言学和共时语言学出发,强调共时语言学对形式学派的影响。共时语言学侧重于整个语言发展规律的研究,为言语活动立法。俄国形式主义诗学的确抛开了传统的外部研究,回到语言形式本身,探求文本建构的陌生化手法,并探寻这种手法背后的规律。但是,俄国形式主义诗学思潮是"从库尔特奈主持的未来派聚会里走出来的"。这位语言学家有关音素和语音交替的理论认为"语言是一个静态体系的见解""语言各要素在这个体系中发生着各种不同的关系。他的这些观点与索绪尔《普通语言学教程》里的一些思想不谋而合"(凌建侯,2007:102—104)。这也许是学术界谈及俄国形式主义学派的语言学影响源时忽视库尔德内而强调索绪尔的深层原因。库尔德内与索绪尔虽有各自的语言学理念和发展走向,但具体的观点却存在诸多相似之处,如对语言与言语、历时与共时、语言系统等问题两者都有研究,并颠覆了当时流行的语言观。令大家意想不到的是,库尔德内的很多观点比索绪尔提出的更早,在索绪尔"还是学生之前,博杜恩与科鲁舍夫斯基已经写成论文和专著发表了。在相互认识之后,博杜恩还寄给了他一些"(赵蓉晖,67)。库尔德内将语言作为一个整体来研究,其"在毕生研究中逐渐回归语言本身,思索语言的本质,对语言学的普遍性问题进行了深入探索。他的理论研究推动了普通语言学成为一门独立学科的进程"(孟修竹,84)。喀山语言学的创始人库尔德内提出了一系列超越同时代的语言学思想,表现出敏锐的学术眼光,对形式主义学派产生了最关键的影响。什克洛夫斯基在著述中多次提及其恩师及他对语言学的贡献,他在回忆录《往事》中说:

> 博杜恩对今日语言及其所有的表现形式、文学感兴趣,也包括对未来主义者感兴趣。语言学

家雅库宾斯基(L. P. Yakubinskii)、波利瓦诺夫(E. D. Polivanov)、别林施坦(S. I. Bernshtein)、邦季(S. M. Bondi)、维戈茨基(D. I. Vygodskii)都曾做过他的学生。我看见他时他已是一个65岁左右的老头,个子不高,头发花白。他讲课,声音洪亮,结结巴巴。可他本来并不结巴,而是因为刚刚展现在他面前的那些事物让他惊讶不已。

(什克洛夫斯基, 2009: 200)

索绪尔的语言学讲稿的俄语版在1926年才问世。不过,"十月革命前后,俄国已有学者了解索绪尔《普通语言学教程》中的一些基本观点"。"1918年,师从索绪尔的卡尔采夫斯基(S. O. Kartsevskii)从日内瓦返回了莫斯科,很快就加入了'莫斯科语言学小组',并为小组成员们做了有关俄语动词体系的两次报告。报告中就大量介绍和运用了索绪尔的理论"(凌建侯、杨波, 2011: 8)。俄国形式主义学派的两个分支——彼得堡大学的"奥波亚兹"与莫斯科大学的"莫斯科语言学小组",最先接受的是俄国形式主义语言学思想,之后才开始接受瑞士学者的理论。相比之下,莫斯科的成员们,尤其是罗曼·雅各布森(Roman Jakobson),对《普通语言学教程》情有独钟。1929年他率先提出结构主义(structuralism)新术语:"如果要让我们表述现今形式极为丰富多样的科学的基本观念,那么我们恐怕找不到比结构主义更好的表达法了。当代科学所研究的各种现象的任何总和,当代科学都不是把它看成偶然的累加,而是结构的整体,并且其主要任务在于揭示这一体系的……各种内在规律。"(转引自凌建侯, 2007: 102)当然,此时的雅各布森早已流亡俄罗斯国外,他的形式主义诗学思想也开始发展为结构主义文艺理论。

从库尔德内、索绪尔与俄国形式主义者的学术交往可以发现,库尔德内比索绪尔更早对俄国形式主义者有关艺术语言形式的形成、发展、演变问题的论述产生深远影响。总之,对于俄国形式主义诗学的形成,库尔德内的语言学起到了根本性的推动作用,特别是具有重大的方法论意义,是形式主义学派发起现代诗学转向的最强劲的源动力和内驱力。

三、库尔德内语言学的心理学倾向与陌生化诗学

俄国形式主义诗学开启了"文学内部研究"的帷幕,具有划时代的意义,所以人们往往将文本的自足性作为理解和阐释这种诗学的前提。毋庸置疑,形式主义学派的确将文学艺术的研究从传统的功利阐释中"解救"出来,强调文学艺术并非各人文社科领域思想的附属,其合法性只有在对文学自身审美价值的独立阐释中才能得到确证。

需要强调的是,形式主义者强调文本的自我指涉,但文本并非绝对自足,这种自足有其"限定"条件,即在价值的生成与阐释层面该结论成立。正如伊曼努尔·康德(Immanuel Kant)在《判断力批判》中讨论审美对象时提出的"无目的的合目的性"原则,虽然没有明确的目的概念,但同时又在对象上设置了一种目的因关系。俄国形式主义诗学的立足点——文本的自足性——同样具有另一维度的非自足性特质,这主要体现于文艺作品的生产及其实现价值的过程中。在文本生产中,文字符号如何创造加工取决于作家的创造性活动,依赖于作家多年的积累和独特加工手法的运用;在实现价值的过程中,主要体现为读者是否在艺术观照的过程中获得美感,简而言之,文艺作品既是自足的意义体,又是依赖作家与观者的非自足体。

对文本存在边界的判断是理解俄国形式主义诗学的基础和前提,这直接决定对其整个理论体系的理解和阐释。在该问题上,形式主义者的诗学研究与库尔德内的语言学研究具有相同的方法论:前者在对其同时代的文学批评感到厌恶之时,在库尔德内的语言学思想中看到了"希望";后者反对奥古斯特·施莱谢尔(August Schleicher)将语言看作有机体的观点,认为语言系统与人无法分离,因此语言学的重要任务之一是对语言与心理的复杂关系展开研究。

首先,库尔德内强调语言系统与人之间的重要关系。库尔德内语言学观点的提出离不开戈特弗里德·威廉·莱布尼茨(Gottfried Wilhelm Leibniz)、施莱赫尔、威廉·冯·洪堡特(Wilhelm von Humboldt)等哲学家和语言学家的影响,在对这些语言学家思想的批判性继承中建构了其超越时代的语言学理论大厦,提出了很多引领潮流的理论观点。

在语言与人的关系问题上,库尔德内反对施莱赫尔将语言看作"有机体"的观点,强调"谁认为语言是有机体,谁就将语言人格化,将语言看作完全脱离其载体、脱离于人的现象"(库尔德内, 35)。施莱赫尔矢志不渝地强调语言作为有机体的性质,语言是脱离人而存在的,同时作为这个有机体的一部分——语言的发展与人的精神也毫无关联,"也就是不承认从心理角度阐释语言现象"(同上, 8)。虽然他在晚年承认了自己在该问题上所犯的"错误",如果不考虑人的因素,很多现象将无法解释,但生命已走向尽头的他已经无法对其展开阐释了。

库尔德内反对将语言孤立化,而将语言分为外

部历史与内部历史。索绪尔的外部语言学和内部语言学与之十分相近,但不同的是,索绪尔的内部语言学是一种独立存在的语言结构,不被外物约束,完全独立于语言的载体——民族、社会、文化、历史等因素,而库尔德内的语言内部历史不能脱离载体而存在,其内部历史与外部历史存在相互作用、彼此影响的关系。所以,库尔德内给语言下了如下定义,即语言是"语言肌肉和神经的有规律行为的、可听见的结果。或者,语言是分节音和有意义音素及借助于民族感觉联系在一起谐音的综合体(感觉和无意识概括的单位集合),归属于以共同语言为基础的范畴和种属概念中。"(同上,36)由此,库尔德内的语言学研究与人的心理产生了无法分割的密切联系,其语言学的重要任务之一就是分析这二者之间的关系。

其次,语言与心理的天然联系。什克洛夫斯基首创的诗学范畴——陌生化奠定了俄国形式主义诗学的重要理论基调,深刻影响了整个学派的诗学建构与发展走向。作家在创作中进行具有个体独创性的设计加工使作品产生陌生化效果,将读者从司空见惯的日常生活中拯救出来,而他的创作是否成功,唯一的验证手段即是读者心里是否产生美感,因此楚达科夫(A. P. Chudakov)在1990年重版什克洛夫斯基文集《汉堡账单》时所作的序言中作出了如下对比:

> 艺术作品是一种创造出来的东西,用来被人接受。所以,一切真实存在的形式在这个创造物中都转变成各种相应的价值。各种完全不同的存在形式可以归结为有关同一种形式的观念。
>
> 希尔德布兰德的这些论断与很快就到来的形式诗学得出的结论是如此的接近。
>
> (Шкловский, 1990:4)

德国著名雕塑家和艺术学家阿道夫·冯·希尔德布兰(Adolf von Hildebrand)于1914年出版《造型艺术中的形式问题》,上述论断正是在这本书中做出的。什克洛夫斯基在1919年的文章《绘画中的空间与至上主义者》中提到了希尔德布兰德。(同上,97)文学作品是为了让读者接受而创作出来的,那么语言符号与读者心理之间发生交流与影响的前提或条件是什么?或者说,由语言符号过渡到读者心理的理论必然性表现在何处?要回答这个问题,我们需要回到问题产生的原点或起点。

有关语言学与心理学之间关系的讨论历史久远。大致在20世纪中期,心理语言学作为一门交叉学科得到了确立,但在此之前,俄罗斯学者在语言学与心理学的交叉研究中早已取得了突出成绩。库尔

德内便是其中较有影响力的一位研究者。他认为,语言应当属于心理科学,语言与心理之间有着天然的联系,通过语言符号加工而成的文字形式与人的心理之间必然具有密切的关系。他进而强调,民族感觉是语言的天然成分之一,它并非主体使用时被"刺激"而产生的相应的心理体验。"在现有的科学状态下,从方法上和内部结构的角度看,语言学属于自然科学,而从研究对象的性质角度看,属于历史心理科学。如果不以一个民族的语言感觉为依托,那么就连语音都无法解释。"(库尔德内,7)如果不考虑感觉或心理要素,那么在语言与人的心理之间具有一道难以逾越的鸿沟,无法实现真正的沟通,而以语言符号为依托的文学作品就无法在读者心里得到呼应。库尔德内的在研究民族语言时形成的上述理念是俄国形式主义诗学体系得以建立的必要条件。与此同时,库尔德内强调语言的心理性其实就是其思维性,也就是说,语言交流过程所引起的心理反应其实也是一种思维反应,两者的"运动"同时进行,但内部关系异常复杂,难以精确概括。所以,库尔德内强调:"语言中的物理成分和心理成分是密不可分的(当然,不能从形而上学的差异角度理解这些成分,应当将它们看作种属概念)。"(同上,25)这其中所涉及的内容并不是传统意义上的生理学家和心理学家所关注的,它们只为语言研究者所重视,只有在语言学家那里才被挖掘真正的理论精髓,语言学因此也就成了"独立的学科"。库尔德内深受威廉·冯特(Wilhelm Wundt)的民族心理学和约翰·弗里德里希·赫尔巴特(Johann Friedrich Herbart)的个体心理学的影响,提出社会-心理语言学,强调语言中"个体的东西同时也是共同的、全人类的"(同上,144)。这样,语言规律须在个体与社会的双重视野中得到揭示。

19世纪心理学的快速发展影响了人文社会科学的诸多领域,语言学与心理学的联姻即为当时的一种潮流。俄国形式主义者提出的陌生化手法强调每位作家的作品只有体现个体独创性方能成为读者真正的审美对象,从而在读者心中引起美感,但同时这种体现作家陌生化手法的艺术作品往往会在不同的主体那里产生回响。这说明,具有陌生化特征的作品又同时具有某种地域性、民族性等普遍特征,也体现为个别与一般的统一。可以说,库尔德内语言学理论中强调心理因素的个别与一般相统一的观点是形式主义诗学有关读者审美心理之效果的直接理论来源。

对文艺作品独立性问题的界定是俄国形式主义学派的理论出发点,也是其诗学体系区别于传统诗

学的根本点。形式主义学派的基本理念深受库尔德内有关语言系统、语言与心理关系的理论思想的影响，从而巧妙地将文学从功利主义的阐释话语中拯救出来。

四、库尔德内的"语言系统"与文学的内部研究

俄国形式主义诗学其实并未真正给予文学文本以十足的"自足性"，依然将人纳入思考的视野，但在具体理论体系建构中又集中于对文本内部组织结构的讨论，将主体因素"悬置"在阐释焦点之外，甚至连"'素材'的概念依然没有走出形式的界限——它也是形式主义(重形式)的，它同结构之外的因素结合是错误的"(Тынянов，25)。在这一点上，库尔德内语言学与形式主义学派可谓"志同道合"。库尔德内强调语言系统与人之间的重要关联，其研究重点是对语言系统内部组织结构的分析和把握。在他看来，分析语言系统内部组织结构、把握语言内部结构规律是语言学的重要使命。在俄国形式主义者看来，文学天生具有言语的属性，文学文本自称系统，分析其内部的艺术语言组织结构、把握这种语言的运作和演变规律则是诗学的使命。

首先，库尔德内语言学的研究任务是对语言系统内部结构规律的讨论。库尔德内将语言学从各种学科研究的复杂关系网中抽离了出来，将语言学看作独立的科学系统，所以他批评传统语文学，认为它像百科全书一样无所不包，"涵盖了一般概念的历史或者哲学史，文学创作和智慧发展的历史或者文学史，社会和社会政治斗争的历史，即所谓的通史，法治史、生活方式规律史和法律史，民俗和习俗史、民族史、信仰或者神学史，语言史或者广义的语法史，换言之，语言学史"(库尔德内，142)。在 19 世纪晚期，这种语文学研究依然占据核心地位，这令库尔德内觉得"简直不可思议！""应该研究客体本身，不应将其他的范畴强加于它"(同上，258)，"科学不应当将异己的范畴强加于对象，应当以对象的结构与组成为前提，寻找它本身固有的东西"(同上，29)。在库尔德内眼中，语言这种特殊的文化现象是人类有智慧、有目的的活动，它表面看上去显得杂乱，实际上存在一定的规律。"语言学在这里没有带来任何新东西，它只是完善和净化了思维，使其摆脱了偶然性的束缚，而一连串有意识的、准确定义的概念取代了众多摇摆不定的概念。"(同上，143)具体而言，库尔德内认为语言学理论应包括对语言学的分类及其原因，每种语言学及其各组成部分的性质、规律的研究，因此将语言学分为纯语言学、语言学自身和应用语言学三类，并分别阐释其形成及演变规律。在此观念的统摄下，库尔德内建构了庞大的语言学理论体系。这个理论体系的核心正是探索语言内部发展规律。

俄国形式主义诗学也反对对文艺作品进行百科全书式的研究，提倡回归文学自身独特价值的挖掘，因而必然要集中于对文本内部组织结构规律的研究。形式主义学派的做法受到了同时代人的批评，成员们在 20 年代中后期也不断反思，如鲍里斯·米哈依洛维奇·艾亨鲍姆(Борис Михайлович Эйхенбаум)、尤里·尼古拉耶维奇·特尼亚诺夫(Юрий Николаевич Тынянов)等核心成员开始修正以前那些极端化的观点。

其次，语言与文学的发展模式相近。形式主义诗学体系中关于文艺创作及其发展演变的基本特征与模式在库尔德内语言学中大都能找到依据。库尔德内的语音学研究深受法国哲学家、社会学之父孔德有关社会静力学和社会动力学理论的影响，首次提出了语言的静态和动态研究。"静态是研究语言的平衡规律，动态是研究在时间上的运动规律、语言的历史运动规律。"(同上，66)当然，语言中不存在绝对的静止状态，语言的各组成分理论上讲永远处于变动之中，"语言犹如生活的其他现象一样，永远是变化的，永远处于运动状态。此时无限小的但经常起作用因素的影响也会引起读者语言的根本变化"(同上，285)。"比如一些语言学者提出所有亲属语言中的词根、变格和变位的词干永远是一致的、不变化的观点，只是学术上的想象，学术上的虚假现象，同时也妨碍了客观研究"(同上，257)。变化才是语言的常态，所以库尔德内十分赞赏儿童语言，主要原因就是儿童在发音和形态结构上追求变化。与之相应，索绪尔提出了共时语言学与历时语言学，很多学者认为索绪尔与库尔德内的语言静态研究与动态研究中存在影响与继承的关系。如雅各布森指出："索绪尔在认真研究和领会了库尔德内和克鲁舍夫斯基的理论之后，在日内瓦的讲课笔记中使用了这个观点。在基础的二分法中，索绪尔接受了库尔德内的静态和动态之分。"(转引自杨衍春，2016：136)当然，两者的分歧也十分明显，索绪尔更重视共时语言学研究，库尔德内强调语言动态研究的绝对性。显然，后者对语言静态性与动态性的研究立场与俄国形式主义诗学在动态变化中探求文艺作品创作手法的演变规律是一致的。

文学创作是否总需要有新的词汇？答案是否定的。就像俄国形式主义者强调作家可以利用此前文

学中出现过的素材，虽然此前的作品已经自动化，无法吸引读者，但依然存在被重新利用的价值，后来者可以将之作为素材，用自己的作品形式使其重获新生。库尔德内强调："无中不能生有的格言在语言学中得到完全的体现。看起来没有任何基础的语言单位（音位或者音素、词素等）实际上都是由现成的材料构成，只是获取了新形式而已。"（库尔德内，258）语言在发展的不同阶段不断获得新的表现形式，这成为其不断发展演变的标志。每个新语言形式的出现均是以此前的语言为素材，重新对其进行加工与整合，也就是说，"每一个时期都创造了新的现象，在逐渐向下一时期的过渡中这些新现象又成为继续发展的基础"（同上，29）。形式主义学派强调文学史的发展演变并非某种集体的前进和变化，而是表现为具体作品的创造与突围，只有通过每个个体的发展才有整个文学史的演变与推进。库尔德内在强调语言的发展演变时也强调，语言理论的发展并非语言整体的推进，而是表现为每个个体语言的变化和发展，"只有个体语言才有发展，部落语言、民族语言及作为社会现象的语言只能有历史，而不是发展"（杨衍春，2014：24）。对比这两种观点，不难发现俄国形式主义诗学与库尔德内语言学的同源性。

可以说，无论是俄国形式主义诗学，还是库尔德内的语言学，都是十分庞大且结构复杂的理论体系。形式主义学派成员对库尔德内语言学理论可谓推崇至极，在著述中经常流露出对后者的崇敬之意。俄国形式主义学派虽不排除受到索绪尔语言学的影响和启发，但来自库尔德内语言学的影响更直接、也更深刻。诚然，并非库尔德内的所有观点都被形式主义者所接受，如在对待语言发展变化的源动力问题上，库尔德内强调语言思维领域追求省力、简化的原则，而形式主义诗学恰好相反，无论是诗歌领域，还是叙事文本，追求的都是"繁复"，甚至故意设置困难，试图将读者阻滞于文本中，延长其心理感受的时间，究其原因，日常语言与文学语言所属领域不同，两者追求的目的有着根本性的差异。

五、结语

如果说 19 与 20 世纪之交"语言学转向"为人文社科的发展催生出许多新的学术生长点，那么这只能算是语言学影响的结果。各人文学科新发展的逻辑起点何在？或者说这种影响的根源何在？具体又是如何发生的？类似的问题至今仍未得到全面而深刻的阐释。而这些问题的答案又深刻地影响着语言学科以及各人文学科各自的研究，更影响着我们当

下对上述问题的反思与阐释。当然，学科不同，语言学发挥作用的内在机理也会千差万别。对于俄国形式主义者而言，语言学理论的作用绝不仅仅是将诗学视线拉回语言本身，毕竟他们面对的是一个影响异常强大、根基特别深厚的西方诗学传统，反抗这样的传统需要更强劲的动力。而语言学理论也"不负使命"，为俄国形式主义诗学的出现提供了基本方法论，从基本理论立足点到理论体系的建构，全方位地为其指引了方向。

本文通过以上分析初步揭开了俄国形式主义诗学的一种动力来源，即来自库尔德内语言学的动力来源：将传统上被视为工具的语言形式提升至本体论的高度。倘若只笼统地谈语言学的影响必定会遮蔽语言的工具论意义和本体论意义之间重要而复杂的关系，最终只能泛泛而论语言学这个影响源。所以，有必要从具体的语言学的具体理论观点出发，探寻俄国形式主义诗学的现代转型的必然性。总之，俄国形式主义诗学的出现并非偶然，一切都有迹可循，它虽然受到俄罗斯本国及欧美艺术理论、最新文艺实践的推动，但现代语言学在方法论上的作用和启迪更为突出，特别是库尔德内的现代语言学思想是其直接内驱力与源动力。俄国形式主义诗学对于 20 世纪西方诗学发展的影响十分突出，因而探寻其产生的根基与源动力至关重要，这不仅有利于对俄国形式主义诗学的研究，更能清晰地把握俄国形式主义诗学与 20 世纪西方相关诗学流派的内在发展逻辑与影响链条。

参考文献

［1］Жирмунский，В. М. *Теориялитературы. Поэтика. Стилистика.* Л.：Наука，1977.

［2］Шкловский，В. Б. *Гамбургскийсчёт.* М.：Советскийписатель，1990.

［3］—. *Zoo или Письма не о любви.*СПб.：Азбука-классика，2009.

［4］Тынянов，Ю. Н. *Проблемастихотворногоязыка: стиьи.* М.：Советскийписатель，1965.

［5］博杜恩·德·库尔德内.《普通语言学论文选集（上、下）》.杨衍春译.桂林：广西师范大学出版社,2012.

［6］巴赫金.《巴赫金全集（第五卷）》.石家庄：河北教育出版社,2009.

［7］孟修竹.博杜恩·德·库尔德内普通语言学思想分析.《语文研究》,2021(4)：84—91.

［8］凌建侯.诗学的范畴——俄罗斯现代文论钩沉.

《外国文学动态研究》,2023(5)：131—143.

［9］——.巴赫金哲学思想与文本分析法.北京：北京大学出版社,2007.

［10］凌建侯、杨波.词汇与言语——俄语词汇学与文艺学的联姻.北京：北京大学出版社,2011.

［11］覃承华.俄国形式主义批评理论探源——以亚里士多德《诗学》为研究视角.《学术交流》,2023(3)：167—179.

［12］杨衍春.《现代语言学视角下的博杜恩·德·库尔德内语言学思想》.桂林：广西师范大学出版社,2014.

［13］——.试论博杜恩·德·库尔德内与索绪尔学术思想的一致性.《俄罗斯文艺》,2016(1)：133—139.

［14］颜文洁、张杰.批判的继承：洛特曼与俄国形式主义.《俄罗斯文艺》,2021(3)：110—115.

［15］赵蓉晖.《索绪尔研究在中国》.北京：商务印书馆,2005.

利哈乔夫的实践诗学[①]

靳 涛

（山西大学）

摘 要：实践诗学是俄罗斯诗学研究中的新领域，旨在揭示具体作家、文学流派乃至文学时代的艺术特质，是一种立足于文学创作实践的描写性诗学。利哈乔夫作为俄罗斯著名的古代文学专家，将古罗斯文学置于历史与文化学的双重视域下，呈现出内蕴于古罗斯文学自身的诗学，不仅为俄罗斯古代文学研究做出了开拓性的贡献，还创建出研究"某时代文学之诗学"的新学术文体，开辟了实践诗学的新方向，促进了俄罗斯现代诗学的发展。

Abstract：Practical poetics is a descriptive poetics based on literary practice, which intends to reveal the artistic characteristics of the literature works of some writers, literary schools, and even literary eras. As a notable expert in ancient Russian literature, D. S. Likhachev placed ancient Russian literature in a dual perspective of history and culturology, presenting the poetics inherent in ancient Russian literature. Not only did Likhachev make pioneering contributions to the study of ancient Russian literature, but he also created a new academic style to study the poetics of literature of a certain era, opening up a new research direction for practical poetics, simulating the development of modern Russian poetics.

关键词：D. S. 利哈乔夫；实践诗学；古罗斯文学；历史；文化学

Key Words：D. S. Likhachev; practical poetics; ancient Russian literature; history; culturology

一、引言

德·谢·利哈乔夫（Д. С. Лихачев，1906—1999）是俄罗斯著名的文艺学家、文化学家，是古斯拉夫和古罗斯文学与文化研究界的领军人物。利哈乔夫一生著作等身，出版专著50余部，发表文章千余篇，研究范围涉及文艺学、文化学、艺术学、历史学等诸多人文科学领域。从20世纪60年代起，利哈乔夫开始蜚声国际，但他更多以俄罗斯文化大师的身份活跃在大众视野中，其终生所从事的文学研究反而成为凸显他文化身份的底色，其文艺学研究的卓越成就目前仍属于隐学。利哈乔夫作为20世纪俄苏重要的文艺理论家之一，先后出版了《古罗斯文学中的人》（1958）、《文本学：基于10—17世纪俄罗斯文学的材料》（1962）、《古罗斯文学的诗学》（1967）、

《10—17世纪俄罗斯文学的发展：时代与风格》（1973）、《文学—现实—文学》（1981）、《艺术创作哲学概论》（1996）等十余部文艺学相关专著。他主要从历史和文化角度出发，对俄罗斯古代和现代文学展开了具体的基于文本和事实的理论性文艺学研究，提出了具体文艺学、文本学、理论文学史等一系列极具创新性的概念和思想，对俄罗斯21世纪的文艺学发展产生了重要影响。在诗学研究方面，利哈乔夫出版了专著《古罗斯文学的诗学》。该书曾在俄苏多次再版[②]并两次获得苏联国家奖，被译为英、法、德等多种语言。《古罗斯文学的诗学》不仅立足于古罗斯的文学创作实践，在历史与文化学的双重视域下揭示出古罗斯文学的艺术特质，呈现出内蕴于古罗斯文学自身的诗学，还开拓出实践诗学中的新方向，创建了"某时代文学之诗学"这一新的学术文体，被誉为"学术著作的经典文本"（Verkholantsev, 559）。

---

① 本文为国家社科基金重大项目"俄罗斯诗学学派研究"（编号：22&ZD286）的阶段性成果。

② 《诗学》首次出版于1967年，后在1971、1979年两次以单行本出版，于1987年被收入三卷本《利哈乔夫选集》出版，在利哈乔夫逝世后的2001年又被编入《俄罗斯文学的历史诗学·作为世界观的笑》中出版。

二、实践诗学的开拓

诗学（поэтика）概念源于亚里士多德的《诗学》，指对文学创作"进行理论性描述的学问"（凌建侯，135）。从 19 世纪六七十年代至今，"诗学"一直是俄国文论界经久不衰的论题之一，有从理论角度提出的理论诗学、历史诗学、普通诗学、描写诗学等范畴，还有从方法论角度提到的形式主义诗学、马克思主义社会学诗学、结构主义诗学等概念，以及描述具体作家或流派创作的果戈理诗学、浪漫主义诗学等提法，百家争鸣，使得古老的诗学在俄罗斯得到了多样化的发展演变，而利哈乔夫对古罗斯文学诗学的研究则另辟蹊径，开拓出新的诗学研究方向。在亚里士多德的理论性"诗学"出现之前，文学创作及内蕴其中的"诗学"早已存在。为将两种"诗学"区分开，谢尔盖·阿韦林采夫（С. С. Аверинцев）把研究具体作家或其群体之创作原则和方法体系的学说称为"实践诗学"（практическая поэтика），把从理论角度探讨文学创作一般规律与原则的学说称为"理论诗学"（теоретическая поэтика）①。另外俄罗斯学界还把研究诗学各范畴和诗语结构规律之历史嬗变的学说称为"历史诗学"（историческая поэтика）②。其中实践诗学从文学创作的实践出发，以描述具体文学创作的原则和方法体系为目标，其成果又可为理论诗学和历史诗学服务，是第一性的诗学。它旨在揭示"具体作家、文学流派和时代文学的创作原则体系"，是一种先于理论而"内蕴于文学创作自身的诗学"（Аверинцев，7）。巴赫金（М. М. Бахтин）的《陀思妥耶夫斯基诗学问题》首开实践诗学研究之先河，把具体作家的创作视为诗学的研究对象，而利哈乔夫的《古罗斯文学的诗学》则在巴赫金之后又开辟出新的研究场域，将某一时代的文学创作也纳入实践诗学的观照中。利哈乔夫的贡献在于具体观察并描述俄罗斯古代文学的诗学现象与特征，开拓了实践诗学中"某时代文学之诗学"这一新的研究方向。其中的鲜明例子就是他对古罗斯文学系统的研究。

利哈乔夫受系统论的影响，把俄罗斯古代文学视为一个"整体系统"（система целого），探讨古罗斯文学系统在时间和空间上的外部边界，描绘出古罗斯文学内部的体裁与风格。对利哈乔夫而言，古罗斯文学系统的外部边界是模糊的、渐变的。他通过

缜密的历史考证，提出"在 17 世纪前罗斯文学是没有清晰的民族界限的……东斯拉夫和南斯拉夫人的文学发展在部分上是共通的"（Лихачев，1987：262）。古罗斯文学甫一出现就借鉴了邻近国家保加利亚和拜占庭的经验，同时得益于东南欧斯拉夫民族共同使用的教会斯拉夫语和文学中介（литература-посредница）。17 世纪以前的古罗斯与东南欧斯拉夫各民族（尤其是拜占庭和保加利亚）一直保持着密切的文学交往。以此为基础，利哈乔夫认为俄罗斯文学自古以来就是欧洲的，只是不断在改变其欧洲朝向：11—16 世纪与拜占庭、保加利亚、塞尔维亚、罗马尼亚等东南欧国家的文学联系密切，16—17 世纪与波兰、捷克等欧洲中东部国家的文学联系起来，到 18 世纪开始与法国、德国等西欧国家建立起文学联系。而针对学界"俄罗斯文学处于东西-亚欧之间"的说法，利哈乔夫考证得出，10—17 世纪的古罗斯文学中完全没有译自亚洲语言的译本，即便存在极少数来自东方的情节和作品，那也是经过罗斯的西部边疆、经由欧洲民族传递的。也就是说，利哈乔夫基于对文学事实的考据主张古罗斯文学在空间上一直属于欧洲，并与其他东南欧斯拉夫民族文学之间没有清晰的民族地理分界。但应当说明的是，利哈乔夫在论述古罗斯文学的欧洲性时，谈到的古罗斯文学交际与影响范围主要局限在东南部斯拉夫和拜占庭地区之内，在 17 世纪前并未涉及西欧地区，存在将"东南欧"概念偷换成传统认知中"欧洲"概念的嫌疑，因此为规避与传统"欧洲"概念产生混淆的风险，最好还是称古罗斯文学的"斯拉夫性"或"东欧性"，而非利哈乔夫直言的"欧洲性"。同样，针对盛行已久的"彼得改革是俄罗斯新旧文学转折点"的神话，利哈乔夫也指出彼得统治时期的文学未出现实质性发展的事实，但鉴于彼得改革确实为后续文学发展提供了强有力的历史助推，利哈乔夫将 18 世纪初的彼得改革视为文学发展中的一个转折、停顿时期。他认为新旧文学类型的转变并不以彼得改革为转换节点，而是长期渐进的，"有的现象是在古罗斯文学 7 个世纪的发展中逐渐形成的，有的现象是在 17 世纪出现的，而有的现象直到 18 世纪 30—60 年代才最终确定下来"（同上，275）。

由此可见，利哈乔夫关于古罗斯文学系统的论述都是基于文学事实的。他通过一系列的历史查

---

① 截至目前，学界尚无对诗学各分支的统一命名，根据研究内容的区分，实践诗学又称"具体诗学"（частная поэтика）和"微观诗学"（микропоэтика），理论诗学又称"普通诗学"（общая поэтика）。

② 诗学各范畴指体裁、情节等理论范畴，诗语结构规律指文学语言的结构原则与规律。参见：《俄罗斯大百科全书（2004—2017）》，网址来源 https://old.bigenc.ru/literature/text/2025570?ysclid=lp6caivy3q118580839。

考，推翻了关于古罗斯文学的种种误解，呈现出古罗斯文学系统的外部轮廓。不仅如此，利哈乔夫还立足于古罗斯作家们的创作实践，从现代的文论概念下抽离出来，采取朴素的描述归纳法，研究了古罗斯文学系统中的体裁和风格。首先在体裁方面，利哈乔夫从具体的文学作品中归纳总结出数以百计的体裁名称，如编年史（летопись）、传记（житие）、讲话（слово）、颂词（похвала）、故事（повесть）等，并基于具体的文本学分析发现"体裁之间处于独特的等级关系中有主要体裁和次要体裁、集合其他作品的体裁和构成集合的体裁。文学仿佛在用自己的体裁结构重复封建社会诸侯-宗主系统的结构"（Лихачев，1998：47）。据此利哈乔夫将集合其他作品的体裁称为"宗主体裁"（жанр-сюзерен）或集合性体裁（объединяющий жанр），把构成集合的作品体裁称作第一性体裁（первичный жанр）或"诸侯体裁"（жанр-вассал）。例如，编年史由一系列年度纪文（годовая статья）接续构成，而年代记（хронограф）由单独的历史故事（историческая повесть）集合而成，那么年度纪文、历史故事属于第一性的诸侯体裁，而编年史和年代记则属于集合性的宗主体裁。同时，利哈乔夫还追溯古罗斯文学中主要风格的演变，提出 10—13 世纪的宏大历史主义风格（стиль монументального историзма）和史诗风格（эпический стиль）、14—15 世纪的情感表现风格（экспрессивно-эмоциональный стиль）和心理平和风格（стиль психологического умиротворения）、16 世纪的理想化传记主义（идеализирующий биографизм）等一系列充满原创精神的风格术语。从这些修饰性的、包含定语或同位语成分的术语中可以发现，利哈乔夫创立的术语都是描述性的，他像一位向古罗斯文学朝圣的圣徒，以实际存在的具体作品为依据朴素地描摹出古罗斯文学的原始样态，建构了一种描述性的、从文学创作实践出发的诗学。但应当注意的是，实践诗学主要采用描述法来呈现文学创作的原本样貌，常使用许多修饰成分描绘具体作家或其群体的创作特征，因而在阐析过程中容易出现繁琐细微的问题，使用的术语也不够简洁练达。例如利哈乔夫提出的一系列风格术语就较为冗繁抽象，上述的"宗主体裁""诸侯体裁"概念亦不够明白晓畅。

三、贯彻历史主义的诗学研究

利哈乔夫非常重视文艺学中的历史主义原则，他认为"历史……是对艺术作品进行艺术评价的出发点""历史语境能揭示作品的艺术价值"（Лихачев，

1984：212）。在利哈乔夫看来，纯形式主义的研究会使形式与内容相脱离，无法展现艺术现象的本质特征，而只有从现代形式研究的概念中抽离出来，坚持历史主义原则、从历史语境出发研究内容与形式的统一体，才能发现艺术现象的实质特征。利哈乔夫提出历史主义是文学研究中必须坚持的原则，历史主义不仅丰富、稳定人们对艺术作品本身的理解，对作品进行多元、客观、科学的阐释，同时也为现代人类打开通往过去、其他民族文化的"窗口"，培养人的审美敏感力（Лихачев，1996）。利哈乔夫诗学研究中的历史主义鲜明地体现在他对艺术概括的探讨中。

"艺术概括"（художественное обобщение）指艺术中反映现实的方式，指文学中采用独特的、形象的艺术形式揭示被描写对象的办法，主要包括写实化、理想化、具体化、抽象化等方式。具体来讲，利哈乔夫以古罗斯时期的历史现实为参照，归纳出古罗斯文学中"文学礼制、抽象化、华丽文体和现实主义特征"这四种艺术概括方式。在他看来，中世纪封建主义为加强专制统治往往要求人们遵循固定的礼仪、规制、传统和习俗，于是"礼制"（этикет）成为封建主义进行意识形态压迫的一种主要手段，逐渐统治了人们的世界观、思想和生活的方方面面。相应地，文学中也出现了遵从礼制的现象，即情节事件应该如何进行、人物根据自己的社会地位应如何行事、作家应该使用什么样的语言描写。"文学礼制"（литературный этикет）由此成为古罗斯文学中一种重要的艺术概括方式，指涉作品"内容与形式的假定—规范性联系"（Лихачев，1987：345），即作家根据被描写的对象和内容而选择相应的语言风格和修辞套语，建构恰当的情境和情节。利哈乔夫指出，在封建主义世界观和宗教礼制观念的作用下，作家们总是致力于效仿文学典范，他们在过去的作品中寻找先例、借鉴引文和套语，使自己作品中的情节、人物、话语都遵循文学礼制；但文学礼制不等于刻板套式，古罗斯作家们亦非机械地服从文学礼制，而是基于创作需求、经一定的思考而选择运用文学礼制，目的是"优雅、端庄、体面"地进行叙述。由此，文学中尤其是高级语体中逐渐出现了另一种艺术概括方式——"华丽文体"（орнаментальность），作家们使用同根词或同义词组的重复、元音重复（ассонанс）或协韵（созвучие）、词语的二元组合等华丽的辞藻排布，试图打破词语之间的孤立状态，创造一种统一整个艺术文本的"超意义"（сверхсмысл）。在利哈乔夫看来，古罗斯的华丽文体与新时期文学中的诗歌形式相类似，都是为了克服词汇意义的孤立，在上下文中创造流动于整个诗语之上的超意义，因而在一定程度上

可以认为，华丽文体补充了古罗斯文学中缺失的纯诗歌形式。

另外，利哈乔夫还观察到，受宗教世界观的影响，古罗斯人试图在所有暂时的、易朽的自然现象、人类生活和历史事件中看到永恒的、超时间的、精神层面的、宗教的象征与标志，是以作家们采用"抽象化"（абстрагирование）的艺术概括方式，试图超越被描写对象的物质性和具体性，追寻其背后的神学象征意义，具体表现为作家们尽量拉开文学语言与日常语言的差距，将日常话语要素驱逐出文学，采用假定性的转喻、修饰语（эпитет）、同义叠用（синонимия）、新词语（неологизм）、近义词的成对组合、出人意料的词语搭配等修辞手段，赋予作品语言以神秘多义、难以言说的张力，强调被描写对象的抽象精神意义，揭示现象的内在神学本质。利哈乔夫指出，在第二次南斯拉夫影响①的作用下，古罗斯文学中的华丽文体与抽象化在14—15世纪迅速发展并繁荣，但由于文学礼制的日益复杂化，文学语言变得愈发繁复抽象，内容与形式之间的规范性联系逐渐被打破，并且随着文学中现实主义特征要素的增强，华丽文体与抽象化的艺术概括方式日益式微。

利哈乔夫发现，古罗斯文学整体上追求文学典范和抽象化，遵循"文学礼制"而假定性地描写世界，但当作家认为需要改善现实世界、纠正现实的缺陷时，当作家对现实持批判态度、试图影响同时代人以改变世界时，就会"努力把事件描写得直观、接近现实，力图使用艺术细节揭示其特性，拒绝华丽辞藻与庄严风格，用个性化的形式转达人物的直接引语"，于是"在整体抽象化的背景下，现实主义特征特别突出地表现出来""在某些要素上，真实描写取代了假定性的描写"（同上，414）。利哈乔夫将这类"真实描写"的要素称为"现实主义特征要素"（элемент реалистичности），并指出古罗斯现实主义特征（реалистичность）与新时期现实主义（реализм）的区别：现实主义是19—20世纪的一种文学思潮，是一种完整的艺术方法，从语言角度来说，其典型特征是"借助社会不同性格的自我'声音'再现社会性格"（Виноградов，1959：475），即追求最大限度地采用符合现实的语言手段来描写现实，使描写手段和作品风格接近被描写对象，现实主义的特点是根据被描写对象不断调整描写手段、寻找新的风格，与惯用的、僵化的、一劳永逸的语言形式进行斗争；而古

罗斯文学主要倾向于追求固定的文学典范和"礼制"，虽然因"改善现实"的需求会不时表现出"使描写手段接近描写主题""真实描写代替假定性"的现实主义特征要素，但这些要素是源于改善现实的需求而局部出现的，古罗斯文学依然处于中世纪宗教世界观的统治之下，其作品本质上绝不是现实主义的，其中表现的现实主义特征要素还不是完整的艺术方法。有鉴于此，利哈乔夫强调了术语"现实主义特征"的必要性。他认为，不同时代的文学中存在相似的审美特征，但这种相似性在不同时代的艺术结构中会表现出不同的审美差异，因而不能把新时期文学的观念和术语套用在古罗斯文学上，而应该坚持历史主义原则，在古罗斯的历史现实语境下探究相似现象的来龙去脉。因而他强调古罗斯的"现实主义特征"与新时期的"现实主义"是不同的，应将二者区分开来。同时，利哈乔夫还指出了现实主义特征要素在古罗斯文学中的积极作用。他认为尽管古罗斯的现实主义特征要素还受到宗教世界观的影响，其规模亦相当有限，但"它们破坏了抽象化风格体系的存在，促进了新的、有更多可能的风格体系的出现"（Лихачев，1987：418），尤其是在16世纪的文学中清晰地表现出现实主义特征要素强化与文学礼制复杂化的悖论性组合，并最终导致了文学礼制的破灭。

"诗学最有趣的任务之一就是揭示文学中某种诗学套语、形象、隐喻等现象出现的原因"（同上，360），而利哈乔夫正是从历史现实中去寻找诗学现象出现、发展或消失的根源。没有对封建主义和宗教神学世界观的参照就无从考据文学礼制、抽象化和华丽文体的缘由；没有对历史现实的考量就无法发现古罗斯文学中现实主义特征的发展和文学礼制的消失。利哈乔夫坚持历史主义的研究原则，既从历史现实中探究诗学现象的来出，又从诗学现象中折射古罗斯时期人们的思维意识和历史现实，实现了历史主义与诗学的共振。但应该说明的是，利哈乔夫诗学研究中的历史主义是一以贯之的，绝不限于上述内容。在他考察古罗斯的文学系统与手法、艺术时间与空间时同样坚持了历史主义原则。

四、文化学与诗学的联动

文化学作为20世纪下半叶的一门新兴学科，致

---

① 古罗斯历史上的南斯拉夫影响共有三次，均指以保加利亚为代表的南斯拉夫地区的文化对古罗斯文化尤其是语言文字方面的影响。其中第二次南斯拉夫影响发生在14—15世纪，与保加利亚主教叶夫菲米·特尔诺夫斯基（Евфимий Тырновский）领导的文字改革息息相关，目的在于规范俄语的正字法和书写规则，使罗斯的语言文字更接近教会斯拉夫语和希腊语。

力于从各个学科角度研究文化现象及其进程,以期全面掌握文化运作与发展的规律。文化学具有典型的跨学科特征,而利哈乔夫同时作为文艺学家和文化学家,其诗学研究也具有浓厚的文化学色彩。他认为"文化各方面存在共同的倾向"(Лихачев, 2006:350),"许多现象是同时期、同来源、相似的,它们有着共同的根源和形式表征"。因而他在研究古罗斯文学的诗学现象时,总是将其带入整体文化的背景下,在古罗斯文学与同时期其他文化现象的比照中"揭示那些我们单独研究每种艺术(其中包括文学)时没有发现的规律和事实"(Лихачев, 1987:288)。

利哈乔夫在《古罗斯文学的诗学》第四章中研究了古罗斯文学和民间创作中的时间问题,他使用"艺术时间"(художественное время)术语,意指"作为文学艺术要素的时间",用以表示"艺术作品中如何再现、描绘时间"。在利哈乔夫看来,艺术时间是"文学作品艺术肌理的现象"(同上,491—493),其艺术任务决定作品中的语法时间、作家对时间的哲学理解等其他时间形式。他认为艺术时间既取决于作者的艺术构思,也与当时人们对时间运动的一般认识有关,由叙述情节的时间、作者或讲述人或叙述者的时间、读者或听众的时间三个层次构成。利哈乔夫提出,"要理解现代文学中对艺术时间的应用,应当看看过去的时代。古代文学和民间创作中艺术时间的微小作用有助于理解艺术时间在19—20世纪的多样化表现"(同上,497—500)。因此他全面考察并对比了民间创作与古罗斯文学中的叙述时间,并在此基础上探讨了古罗斯艺术时间在新时期文学中的应用。

利哈乔夫认为民间创作中的叙述时间总是假定的、单向的、封闭的,无论是抒情歌中的表演者时间,还是勇士赞歌的史诗时间(эпическое время),或者是哭别曲中的仪式时间,民间创作的艺术时间都封闭在作品之内,在文本内开始,在文本内结束,按照事件顺序在作品内单向流动,与真实的历史时间无关。但涉及文学作品时,情况就变得复杂了,因为这首先与不同时代对时间的认识有关。利哈乔夫指出,中世纪尚未出现关于时间的主观意识,时间是客观存在的,与人的主观认识无关,于是古罗斯作家不会按照主观理解或创作意图描写艺术时间,而是再现客观的时间,因此作品的叙述时间与节奏快慢取决于叙述内容本身的饱和度,服从情节发展。但利哈乔夫强调,这并不意味着艺术时间在古罗斯文学中不起作用。他认为古罗斯文学中遵循完整描写原则,事件的描述是完整的、从头至尾的,因而作品中的艺术时间类似于勇士赞歌的史诗时间,不仅是封闭完

整的、有自己的开始和结束,而且能在单向持续进展的过程中赋予叙述一种平静感。然而,古罗斯文学作品中很早就表现出对史诗时间封闭性的破坏:一方面,古罗斯文学中盛行组合和汇编,一部大型作品可能由好几部小作品串联而成,例如一部圣徒传的前言、传记、赞歌、死后神迹描写等各部分可能都是单独的、体裁相异的第一性作品,各自有着完整封闭的艺术时间,但在它们接续构成的圣徒传中,各自的艺术时间被机械拼接到一起,时间的封闭性被打破;另一方面,相对于民间创作而言,古罗斯文学中开始具有历史时间的概念,尤其在编年史等历史文学作品中,作家致力于将历史事件记录"至今"(即作家写作的当下),艺术时间不再封闭在有始有终的单一情节内,而是在不断延续的情节中突破到"现在"。比方说在编年史中,艺术时间的开端往往是封闭的,但随着历史的发展,编年史的结局不断被新时代的编年史家续写,叙述结束的时间一直被后延,艺术时间的封闭性不断被打破,但同时又持续表现出叙述结束、时间封闭的惯性。利哈乔夫指出,一方面编年史中把历史上最官方的、与国家和统治者有关的事件记录下来,并不解释事件间的因果联系,而是等量齐观地把事件编织到统一的年代顺序中,表现为一种遥远的、集合着历代编年史家集体意识的史诗时间,用以展现生活的变化无常、存在的短暂易逝,强调历史的虚幻性和超时间永恒的重要性。但另一方面应当注意到,在16世纪统一的俄罗斯国家形成之前,罗斯各地区尚未形成对时间的统一认识,不同地区存在着不同的纪年体系,因而编年史家很难把各公国的事件放入统一的时间表中,尽管古罗斯的编年史家们付出过很多努力,试图把不同的时间线索汇总为统一的时间流,却仍不可避免地在叙述中表现出机械性和强制性,平静叙述的"史诗时间与这种新的、历史的时间概念结合在一起"并持续处于斗争之中,"直到16世纪,才确定了新的时间意识的明显胜利"(同上,593)。

以此为基础,利哈乔夫在陀思妥耶夫斯基的创作中发现了对编年史时间的创造性应用。他认为陀思妥耶夫斯基主要小说中的事件似乎都是被"匆匆记录"下来的,事件情节大多偶然、混乱且无序,但时间仿佛一直在确定不变地向前运动,因此事件总是先被记录下来,并在其间夹杂各种传闻、故事,关涉了作者、讲述人、人物等多重叙述视角,而后才被理解和思考。于是,利哈乔夫发现了陀氏作品中艺术时间与编年史时间的两点相通之处:其一,陀氏采取速记的方式先把事实迅速记录下来,堆砌在一起,然后再试图从事件堆砌的"虚空"中寻找永恒真理,思

考事实本质，类似于编年史中史诗时间和历史时间的斗争；其二，陀氏有意识地创造了作者、讲述人、人物和传闻故事等多重叙述视角，既有作者的全知叙述，又有讲述人、人物的近距离追踪，类似于编年史中历代编史家的视角集合。但利哈乔夫指出，编年史家们的编年史时间是集体意识和史诗时间的自然表达，是在体裁中自发生成的，而陀思妥耶夫斯基的"编年史时间"是一种有意为之的"描写世界的方法"。他认为陀氏创造性地打散、变形了古罗斯的编年史时间，是古罗斯诗学现象融入新时期文学的典型表现。同样，利哈乔夫还分析了古罗斯布道文、16世纪《皇家谱系》、17世纪初俄罗斯戏剧和阿瓦库姆《传记》中的艺术时间，指出艺术时间在10—17世纪的古罗斯文学中逐渐独立于现实时间、获得内在规律的发展脉络，并发现了古罗斯艺术时间在《奥勃洛摩夫》《一个城市的历史》等新时期文学作品中的创造性应用，揭示出古新俄罗斯文学的审美差异和继承性联系。也就是说，利哈乔夫既采用文化学方法论，参照古代民间创作分析了文学作品中的艺术时间，同时也坚持历史主义原则，以不同时期的历史现实为背景考察了古罗斯艺术时间的历史流变及其在新时期文学中的应用，实现了历史视域与文化学方法论的双向建构。

此外，利哈乔夫还研究了与艺术时间密切相关的艺术空间（художественное пространство）。他首先比对了古罗斯童话和编年史中的艺术空间，他认为语言作品中的艺术空间与情节场景的环境阻抗（сопротивление среды）相关，影响着人物行为的难易和快慢，比方说童话的艺术空间中几乎没有环境阻抗，人物能轻易理解动植物的语言，能在其间快速移动，即便场景中出现了环境阻抗，也是出于情节的需要而不会影响艺术空间，于是童话的艺术空间广阔无垠，具有超导性，与现实无关。同样，编年史中的艺术空间也非常庞大，人物没有出行困难、能迅速从一个地点转移到另一个地点，而编年史家也仿佛在"鸟瞰"世界，能同时讲述不同地方发生的事件，也就是说，编年史的艺术空间同样广阔且具有超导性。但与童话中假定的艺术空间不同，编年史中的地理空间都是真实的。其次，利哈乔夫借助古罗斯圣像画研究了中世纪的空间意识，他指出圣像画中空间表现的三个特征：其一，圣像画通过被描写事物的大小对比来构建事物等级，其中重要的事物被描绘得更大、更接近观众，而不重要的对象则被缩略简化；其二，圣像画的整个画面是紧凑的，画面上几乎没有空白，整个布局非常饱满，但事物各自以最容易理解的视角被描绘，呈现多维度透视，而非现代绘画中的

统一透视；其三，圣像画面对祈祷者而展开，画面从上方鸟瞰式地面向祈祷者，耶稣、圣母、圣徒等形象都转向祈祷者，试图与祈祷者建立精神联系。与之相对应，古罗斯文学的艺术空间同样采取鸟瞰的视角，利用被描写对象的大小关系来实现艺术空间的统一，作家们运用缩略手法在作品中建立世界的微模型，描述人物在空间内的快速位移，把不同地点的事件结合在一起讲述，试图尽可能完整、广阔地覆盖世界，使空间呈现紧凑、假定的艺术特征，反映出宗教高于现实、罗斯大地一统的空间意识。比如，《伊戈尔远征记》中的艺术世界，就是一个广阔轻盈、行动不会受阻的空间，作者好像自上而下地鸟瞰世界，叙述迅速地从一个地点转移到另一个地点，远征情节在广阔的罗斯大地展开，主人公以神奇的速度移动，悲痛、光荣等抽象情感在大自然的纵向空间中"流洒"，树木、花草、鸟雀、野兽、河流、海洋等构成多维的"情感透视"，创造出一个超导、轻盈、动态且多维的艺术空间。

可见，利哈乔夫对古罗斯文学中艺术时间和空间的考察紧密参照了同时期的民间创作和造型艺术。正是基于对民间创作中史诗时间的研究，他才发现编年史艺术时间中史诗时间与历史时间的斗争关系，揭示出古罗斯时期时间意识的发展，并窥见古新俄罗斯文学中艺术时间的差异化表现和继承性联系，也正因为他对民间创作和造型艺术中空间意识的把握，他才发现了古罗斯文学中庞大、超导且多维的空间。可以认为，利哈乔夫的诗学研究是发生在文化学维度之下的，他在古罗斯文学、民间创作与造型艺术的文化比照下研究诗学现象，揭示出古罗斯文学的美学价值，"使过去的文化作品服务于未来"（同上，648），构成了文化学与诗学的有效联动。

如上所述，利哈乔夫的文化学方法论与历史主义原则之间是共同协作的关系，他不仅在文化学视界下窥得诗学现象的同时期艺术表现，还始终贯彻历史主义原则，以"历史-文学进程的全面复杂性及其与现实的多样联系"为基础（同上，653）探究诗学现象的来龙去脉，对古罗斯文学进行了历史-文化学视域下的实践诗学研究。在他对本民族古代文学的诗学考察中，无论是对文学系统与民间创作、造型艺术之间关系的把握，还是对文学手法的归纳、对时代风格流变的考量，抑或是对新时期文学中古罗斯基质的发掘，都显现出利哈乔夫宏阔的历史-文化学视野。

五、结语

利哈乔夫是一位具有"百科全书式"思维的学者

（Milner-Gulland，2000：143），他采用一种跨历史、跨学科的历史-文化学研究范式，描摹出古罗斯文学的实践诗学。从学术观点来说，利哈乔夫一方面揭示出古罗斯文学的诗学特征与品格，在诗学现象背后窥得俄罗斯古新审美意识的差异与继承关系，勾勒出千年俄罗斯文学一以贯之的发展脉络，彰显了古罗斯文学独特的诗学价值与文化内涵；另一方面又极力论证俄罗斯文学自古以来的欧洲属性，旨在推崇俄国古代文学的历史价值与文化意义，显露出一定的欧洲中心视角和民族主义立场。从研究方法来看，利哈乔夫穿越千年的历史尘埃，打破现代精细化学科之间的边界，将古罗斯文学置于历史-文化学的双重视域下，对古罗斯文学的诗学现象予以共时性聚焦和历时性考察，还原出古罗斯文学独有的诗学特质及其历史流变，使遥远时代的诗学现象在与新时期文学的历史呼应中、在与其他学科的文化学比照中获得了完整的历史文化意义。更重要的是，利哈乔夫回归古罗斯的中世纪语境，采取朴素的描述归纳法，具体再现了古罗斯作家们的创作原则与方法，创造性地提出许多原创性的术语和概念，恢复了俄罗斯古代文学的原始样态，呈现出内蕴于古罗斯文学自身的实践诗学。但需要指出的是，利哈乔夫的实践诗学正如其别称微观诗学、具体诗学所显示的那样，容易出现细微冗繁的问题，是研究过程中应努力避免的。另外，利哈乔夫还开拓出实践诗学中"某时代文学之诗学"的新研究方向，促进了现代诗学的多样化发展。在他的影响下，当代俄罗斯文论家谢尔盖·阿韦林采夫与意大利保加利亚裔学者克拉西米尔·斯坦切夫（Krasimir Stanchev）分别对早期拜占庭文学和古代保加利亚文学进行了类似的诗学研究，推动了中世纪文学之实践诗学研究的繁荣。

作为20世纪俄罗斯最具特色的文论家之一，利哈乔夫以其独到的学术眼光发现了古罗斯文学的诗学价值，既为我们分析中世纪文本提供了理论工具，为俄国古代文学研究做出开拓性的贡献，又揭示出古新俄罗斯文学的审美差异与承继关系，从诗学研究升华到俄罗斯古代与现代历史意识的对比，拓展了人文学科一体化的学术空间。同时，利哈乔夫的古罗斯文学诗学还是历史-文化学视域下的实践诗学，他继巴赫金之后为俄罗斯实践诗学的发展开辟出新的研究领域，首创"某时代文学之诗学"的学术

体例并对后来的诗学研究产生了深远影响，在俄罗斯现代诗学的发展过程中发挥了重要作用。

参考文献

［1］Milner-Gulland, R. "Dmitrii Sergeevich Likhachev (1906-1999)." *Slavonica*, 6(2000)：141-150.

［2］Verkholantsev, J. "Reviewed Work：The Poetics of Early Russian Literature by D. S. Likhachev." *The Slavic and East European Journal*, 3(2016)：559-560.

［3］Аверинцев, С. С. *Поэтика ранневизантийской литературы*. СПб.：Азбука-классика, 2004.

［4］Астафьева, О. Н., Разлогов, К. Э. "Культурология：пердмет и структура." *Культурологический журнал*, 1(2010)：1-13.

［5］Виноградов, В. В. *О языке художественной литературы*. Москва：Гослитиздат，1959.

［6］Запесоцкий, А. С. *Дмитрий Лихачев - Великий Русский Культуролог*. СПб.：Изд-во СПбГУП, 2007.

［7］Лихачев, Д. С. "Культура как целостная среда." *Избранные труды по русской и мировой культуре*. Ред. Ю. В. Зобнин. СПб.：Изд-во СПбГУП, 2006：348-362.

［8］—. *Литература - реальность - литература*. Л.：Сов. писатель：ленингр. отд-ние, 1984.

［9］—. *Поэтика древнерусской литературы*. Том 1 в *Избранных работах в 3 томах*. Л.：Худ. литература, 1987：261-654.

［10］—. "Принцип историзма в изучении литературы." *Очерки по философии художественного творчества*. СПб.：Рус.-Балт．информац. центр БЛИЦ, 1996：109-134.

［11］—. *Развитие русской литературы X-XVII вв.：Эпохи и стили*. СПб.：Наука, 1998.

［12］Рождественская, М. В. "Поэтика древнерусской литературы в трудах Д. С. Лихачева." *Труды Отдела древнерусской литературы*, 54(2003)：8-15.

［13］凌建侯.诗学的范畴：俄罗斯现代文论钩沉.《外国文学动态研究》,2023(5)：131—143.

维谢洛夫斯基与洛特曼：历史诗学比较①

焦丽梅
（盐城师范学院）

摘 要：作为历史诗学的开创者，维谢洛夫斯基从诗人的产生、诗歌的起源及其艺术风格和语言的构成等方面，建构了历史诗学的理论框架。洛特曼继承并发扬了他的思想，深入探究艺术文本形式要素所蕴含的审美意识，形成了一整套独具特色的诗学研究方法，在俄罗斯历史诗学整体发展脉络中彰显出重要的价值与意义。本论文试图求证两位学者在历史诗学领域的学理联系，在具体文化语境中对二者的历史诗学观作出较为客观的定位。

Abstract：As the founder and pioneer of historical poetics, A. N. Veselovsky comprehensively constructed the theoretical framework of historical poetics, covering the production of poets, the origins of poetry and the artistic styles of poetry and composition of language. Yu. M. Lotman inherited and developed Veselovsky's theory of historical poetics. He deeply explored the aesthetic consciousness contained in the form elements of artistic texts and formed a set of unique poetics research methods, which showed important value and significance in the overall development of Russian historical poetics. This paper attempts to verify the academic connection between the two scholars in historical poetics, aiming to accurately position and comprehensively and theoretically generalize Lotman's and Veselovsky's points of view of historical poetics in the specific cultural contexts.

关键词：维谢洛夫斯基；洛特曼；历史诗学；比较研究

Key Words：A. N. Viserovsky；Yu. M. Lotman；historical poetics；comparative studies

一、引言

俄国学者维谢洛夫斯基（А. Н. Веселовский，1843—1918）学识渊博、著述颇丰，研究范围相当广汜。自 1870 年起，他枳极倡导并致力于"总体文学史"的研究，其代表作《历史诗学三章》运用历史-比较方法，以世界各民族文学材料为基础，揭示积淀在诗的形式要素发展演变中的审美意识，试图阐明"诗的意识及其形式的演变"（维谢洛夫斯基，《译者前言》：11），构建了历史诗学的总体理论框架。苏联学者洛特曼（Ю. М. Лотман，1922—1993）是莫斯科-塔尔图结构主义历史-文化符号学派的创始人，但作为维谢洛夫斯基历史诗学在苏联时代的继承者和开拓者的身份至今仍很少有人关注。他于 20 世纪六七十年代倾心研究 18 世纪与 19 世纪之交的文学与文化思潮，撰写《艺术文本的结构》《结构诗学讲义》《诗歌文本分析》等一系列著作，对诗歌语言、艺术风格、体裁、情节等论题进行深入系统的阐释与分析，使俄罗斯的历史诗学获得了进　少的发展。

二、文学史与诗学的融合

维谢洛夫斯基的"总体文学史"力图探究各民族文学发展的共同规律，展现出一种世界文学共同体的宏观理论视野。他指出，世界各个民族都是相互联系的，人们彼此之间具有相同或相似的社会心理，从而导致各民族文学发展具有共通性及相似的规律性。他借鉴西方实证主义思想，采用历史-比较方法，深入探究文学体裁、文学形式及艺术手法等因素的

① 本文为国家社科基金重大项目"俄罗斯诗学学派研究"（项目号：22&ZD286）、黑龙江省哲学社会科学研究规划项目"洛特曼历史诗学理论研究"（项目号：22WWB191）的阶段性成果。

发展演变轨迹,发现并总结其中所蕴藏的某种或隐或显的文学发展规律。维谢洛夫斯基系统论证文学史作为一门科学的方法与任务,提出历史诗学范畴及其研究方法,力图"从诗的历史中阐明诗的本质"(维谢洛夫斯基,《简介》:1),有效实践了文学史研究与文学理论研究的有机统一,即文学史与诗学的融合,进一步彰显出诗学的本体意义。诗学可以为文学史研究提供形式和类型的基本原理和定义,并为其指明研究的主导方向;文学史可以为诗学提供丰富的历史材料,并检验其原理和定义是否与历史材料相符。由此"可以说明作为理论社会学诗学与文学史之间的中间环节的特殊历史诗学的必要性"(巴赫金,1998:147)。历史诗学的根本任务主要在于发掘并阐明隐藏于文学文本背后世界各民族文学共同具有的艺术形式发展及演变的规律,以便建构一种新的诗学命题,从而以一种新的方式来重新描述文学史。从这个意义来看,"维谢洛夫斯基不仅仅在俄罗斯,而且在西方,都是他的先驱者和同时代的文艺学家中的佼佼者"(Гудзий,139)。

维谢洛夫斯基开设的"总体文学史"课程,第一讲就开宗明义地指出:"文学史,就广义而言,是一种社会思想史,即以语言形式固定下来的,体现于哲学、宗教以及诗歌等运动之中的社会思想史。"(维谢洛夫斯基,《译者前言》:10)要理解伟大的诗人,首先要研究诗人所处的社会历史文化语境,在此基础上探究诗人所做的贡献。他强调不要把个体创作与文学史进程混同起来,而是要切近地确定二者之间的界限。任何一个诗人,他的创作一方面不可避免地会与前人文化遗产发生关系,另一方面又一定会使用同时代的现成语汇库,并与当下流行的某种文学样式发生联系。按照维谢洛夫斯基的观点,但丁与文艺复兴运动是密不可分的,但是,"在中世纪诗人之中,也许是仅有的一位诗人,但丁不是为了外在的文学目的,而是为了表达自己个人的内容,才去掌握各种现成的情节"(同上,18—19)。薄伽丘、彼特拉克、拉伯雷、莎士比亚等文艺复兴时期的文学巨匠正是沿着但丁所开辟的道路,把诗歌、小说、戏剧等各种文学样式的创作推到了一个新的高峰。

20世纪50年代,洛特曼以一名文学史家的身份登上学术舞台。从大学时期开始,他致力于研究18世纪与19世纪之交的俄国文学及社会思潮,其中,十二月党人、拉吉舍夫、莱蒙托夫、卡拉姆津、普希金和果戈理都是他主要的研究对象。洛特曼始终坚持将文学作品放置于文学发展演变的文化背景中去阐释,发表了一系列史论结合的文章,其成果不仅具有文学史意义,而且具有文学理论意义。例如,20世纪

60年代初在《国立塔尔图大学学报》上发表的"文学史札记"系列论文,具体阐述了文学创作过程中文学体裁、文学形式及文学手段的发展演变轨迹。其中,《文学史札记:2》剖析了莎士比亚的戏剧创作对莱蒙托夫的剧本《假面舞会》及抒情诗《诗人之死》的创作所产生的重要影响;《文学史札记:3》解析了普希金的叙事诗《塔齐特》与莱蒙托夫的叙事诗《童僧》在创作方面的重要关联。进入1980年代,洛特曼对文学史的研究依然保持浓厚的兴趣。在《论〈但丁与普希金〉问题》(1980)中,洛特曼探讨了普希金在《鲁斯兰与柳德米拉》《青铜骑士》和致达维多夫的信中对但丁作品的引用。在《丘特切夫与但丁》(1983)一文中,他分析了但丁对俄国诗人丘特切夫的《已是语言疯狂的第三年》一诗的影响。丘特切夫的这篇诗作采用十四行诗的形式,主要就是受到意大利诗歌的影响。此外,这首诗还体现出某种"但丁风格",如但丁所偏爱的鸟形象就出现在诗中。洛特曼指出,情节与文本的重叠现象并不是简单的"借用"问题,而是体现了作者"自己特有的创意与已知文学范例的论战、排斥与对抗",并由此看出"作者艺术创意的独特性"(Лотман,1996:546)。

不难发现,洛特曼分析和阐释文学文本,一方面想揭示文学传统对个人创作过程的影响和制约作用,另一方面也是想强调对挖掘作家个人创作的独特性。显然,这与维谢洛夫斯基的历史诗学观是一致的。不过,维谢洛夫斯基的"总体文学史"更多是一种理论构想,而洛特曼通过文本写作与理论实践对前者的历史诗学予以重要的补充与完善。

三、文学形式的发展演变

维谢洛夫斯基从试图构建统一的"历史诗学"走到了文学理论最基本也是最重要的问题,即文学形式的问题。他用自己所有的论著证明不可能构建某种基于"内容"分析的文论概念。如果文学史是"语言文字史",那么它应该包括科学、政治、经济等其他非文学文本,而事实上,文学史是以独特方式形成的特定"内容"的组合,也就是说,只有文学形式才能确保确定文论研究范围的明晰性和科学性,并从中排除不具备文学性特征的非文学文本。维谢洛夫斯基是在人类历史文化演变的过程中探究文学艺术形式的发展演变规律,他把诗歌看作"民族生活的精华,是完整表现民族心理与性格结构的中间地带"(Веселовский,388)。他特别强调指出:"在我们所继承的诗歌形式之中,存在某些合乎规律的、由特定社会心理过程所形成的东西。"(Веселовский,317)所

以,在他关于诗歌形式发展演变规律的阐述中,对古文学作品的社会文化历史分析始终占据重要位置。但是,社会思想史是一个比较宽泛的概念,文学只是它的局部表现。所以,"要使文学分化出来,必须把什么是诗歌、什么是诗意意识及其形式演变搞明白,否则我们就无从谈论历史"(维谢洛夫斯基,30)。维谢洛夫斯基运用大量的民族学、风俗学材料,从原始社会的概念体系及日常生活中寻找有关诗歌形象及艺术手段、母题及情节起源等问题的答案。他认为,任何一个诗人都会继承前代已经形成的文学样式和表达情感的艺术手段,为了运用这些文学样式来表达自己新的情感体验,就需要对样式加以改变。因此,每一个时代都要对旧的文学样式进行重新组合,对古代流传下来的艺术形象进行加工改造,并进一步补充其对新时代生活的新理解。"无论是在艺术领域,还是在文化领域,我们始终都会受到传说的束缚,同时又要在传说中获得发展,我们并没有创造出新的艺术形式,只是赋予它新的观点与看法,这似乎是一种自然的'力量积蓄'。"(Веселовский,376)。维谢洛夫斯基研究诗歌形式的演变与发展,以及诗歌形式中不断重复的情、形象、修辞等因素,最终得出结论:旧的文学形式经过加工改造服务于新的时代内容,并且随着时代的不断发展而发展、不断变化而变化,同时不断趋于完善,最终导致新文学形式的诞生。

洛特曼显然汲取了维谢洛夫斯基的上述思想,他们不但都反对西方传统规范诗学的文学创作原则,而且都反对摹仿说把文学艺术看作对社会生活及自然的如实描摹。但是二者都承认文学传统的继承性和文学形式发展演变的延续性,并倡导诗人在继承传统过程中要有所创新。如果说维谢洛夫斯基承认社会历史文化之于文学创作的重要性,并未完全割裂内容与形式的关系,那么"洛特曼把思维的辩证法引入了整个艺术研究之中",从而"能够克服文本中'内容'和'形式'的对立矛盾"(Григорьев,6)。洛特曼从结构和功能的视角研究诗歌文本的形式特征,他认为,诗歌是内文本系统和外文本系统的有机统一,只有把诗歌文本放置于社会历史文化的外文本系统的广阔语境中才能获得正确理解。洛特曼接受了形式主义学派的"陌生化"理论,注重延长读者的审美感受过程,但是他反对使用艰涩、变形化的语言,而是主张运用"对立美学"的方法与原则去分析诗歌文本。洛特曼把诗歌文本看作具有不同等级层次的结构系统,而"对立美学"的核心要义就是将诗歌文本中的不同等级系统进行对比对照,如音位的对比、词汇的对比、诗行的对比、语法的对比等。通

过对比,寻求语义之间的差异,促使诗歌文本意义的增殖,并有效延长读者的审美感受过程,从而使读者获得一种"陌生化"的效果。

四、历史诗学中的情节诗学

维谢洛夫斯基从民族学视角将"母题"与"情节"两个概念进行了区分。"母题是人类对原始社会生活的摹仿,在人们生活习俗和心理条件相同的情况下,母题可以自主产生,且表现出相似的特点"(维谢洛夫斯基,595),维谢洛夫斯基称这种现象为"自生说"。由于"自生说"不能解释文学作品中情节迁移现象,维谢洛夫斯基在此基础上又提出"移植说",即不同文学作品中情节相像的现象源于各民族文化历史的联系以及对其他民族文学作品的移植。但是,单纯用"移植说"来说明情节的迁移也不够全面,因为,真正对情节模式起推动作用的始终是其背后的社会现实生活,所以,维谢洛夫斯基主张将移植说和自生说统一起来,二者相互补充。作品情节是由若干母题构成的综合体,母题的数量越多,情节模式就越复杂,而且这些情节模式在文学史上会反复出现。自古至今,文学创作一直面临情节模式有限性的问题,很显然,这不是指作家认识潜能的有限性,也不是指后代人对前代文学作品的情节模式不能做有效的补充,而是指相像的情节模式要服务于永无止境的艺术创作,要表现各种各样的文学作品的主题和内容。斯洛伐克文论家、比较文学学者杜里申(Д. Дюришин,1929—1997)指出,维氏对于移植说与自生说的结合具有重要意义,"维谢洛夫斯基不仅突破'纯粹'移植说的界限,而且有效地克服其局限性,进而引导比较研究向诗学理论方向进行发展"(Дюришин,43)。

洛特曼与维谢洛夫斯基一样,也对情节诗学进行了系统的研究,但是在关于情节概念的定义上,二人的观点并不一致。如果说维谢洛夫斯基借助"母题"来解读情节,那么洛特曼则是通过诠释"事件"的定义来阐释情节概念的。洛特曼将事件(фабула)看作情节概念的核心和基础,因为事件是对作品中不同事情以及各种要素矛盾冲突发展变化的具体陈述,它是情节结构的重要组成成分。洛特曼阐明文学创作需要依据特定的情节发展规律,而运用叙事规律来分析缺乏移植依据的迁移情节,就为迁移情节的研究提供了崭新的思路。洛特曼指出:"文本中的事件是人物跨越语义域界限的转移。"(洛特曼,2003:326)事件的概念与界限密切相关,但不是所有的事情都能被看作事件,只有那些越界的事情才能

被称为事件。例如，现实生活中的人是不能随意穿越生死界限的，可是在文学作品的情节创作过程中某些特殊人物就能做到。但丁《神曲》中的主人公能够穿越地狱、炼狱，最后到达九重天，见到上帝；《西游记》中的孙悟空可以上天入地；童话故事里各种人物死而复生等。基于对事件的分析，洛特曼将作品中的人物分为静态人物与动态人物两类。前者只能在特定时空里活动，不能跨越边界，后者则可以打破不同界限。例如，莎士比亚的戏剧《罗密欧与朱丽叶》中，男女主人公打破两个家族敌对的界限，勇敢追求爱情，虽然最终以悲剧结局，但促成了两个家族的和解；再如我国古代戏曲《西厢记》，张生与崔莺莺打破阶级的界限，勇敢相爱，冲破层层阻碍，最终实现了有情人终成眷属的美好愿望。如果这些作品中的主人公没有超越禁界的移动，而是在约定俗成的空间里活动，那就无法成为事件了。

此外，洛特曼与维谢洛夫斯基关于迁移情节的看法也表现出一致性，二者在情节建构方面都强调外部现实因素的重要影响。洛特曼指出，情节系统与无情节系统在文学作品中是相互对立的，无情节系统可以独立存在于作品中，是主要的，而情节系统是次要的，它是在无情节系统基础之上建构的，是对无情节系统的否定，也就是说，在无情节系统中确定为不可能的东西，正好构成情节系统的内容，所以情节被称为革命性因素。如果我们把世界分为两组：生者与死者，二者之间的界限显然是不可逾越的，生者不能与死者相交，死者也不能访问生者。但是，情节系统可以引入违背这种禁令的人物：如爱涅阿斯、忒勒玛科斯和但丁都提到鬼魂世界；再如茹科夫斯基、勃洛克等人的民歌作品中，死者也可以拜访生者。在论及小说情节设置特点时，洛特曼尤其注重"对立美学"原则在小说叙事结构中的应用，他批判了读者能够事先预知文本情节的"同一美学"类型的作品，在论及"对立美学"作品的情节设置特点时，他指出："作者安排他自己的、独创性的情节发展结果，与读者所熟知的摹拟现实的方法相对立，他相信这才是真正的情节结果。"（洛特曼，2003：409）这种情节安排虽然会使读者暂时感到期待受挫，但正是这种期待受挫能给读者带来深刻的审美体验，并有效延长读者的审美感受过程。在消解"同一美学"单一情节结构的同时，洛特曼并没有走向解构主义，而是时刻与其保持着距离，他坦言"艺术创造不可能完全脱离规则和结构联系来进行，这样做将导致无法借助艺术去理解世界、无法对读者传达正确理解"（洛特曼，2003：409）。洛特曼的"对立美学"情节理论与后现代主义作品的淡化情节倾向、时空颠倒等拼接

特征形成鲜明对比，可以说，他既实现了结构中的解构，又坚持了解构中的自成一格。

五、符号学视域下的方法论原则

维谢洛夫斯基被称为俄国符号学的开创者。为了阐述艺术符号的特殊性，维谢洛夫斯基深入系统地分析了诗歌语言与散文语言的差异，并指出这种差异是相对的，其界限是历史地形成和发展变化着的。诗歌语言为了保持自己丰富生动的诗意特征需要借助各种修辞手段，历史诗学的任务就在于通过不同民族文学修饰语发展演变的历史比较研究揭示诗歌语言及其艺术风格形成和发展的规律。由此，维谢洛夫斯基得出结论："修饰语的历史就是一部缩写版的诗歌风格史。"（维谢洛夫斯基，67）为了探究人类审美心理及其诗歌形式发展演变的规律性，维谢洛夫斯基运用心理对比法对诗歌语言进行了专门的分析，这种分析方法启发了洛特曼诗学中"对立美学"思想的产生。不过，维谢洛夫斯基运用符号学方法来研究历史诗学这一宏伟计划并没有最终完成，洛特曼在维谢洛夫斯基理论构想的基础上实现了重要突破。他借鉴生物学最新成就提出符号域概念，将民族历史文化看作包含不同结构层次的复杂文化系统。洛特曼指出，任何民族文化历史都可以从内系统与外系统两个方面进行考察，"外系统的文本通常构成了建构民族文化未来体系的资源，内系统与外系统之间的作用形成了文化发展机制的基础"（Лотман，2000：565）。为了揭示各民族历史文化整体性、普遍性规律，洛特曼文化符号学不仅对本民族历史文化的演变与发展进行了系统研究，而且对不同民族历史文化的交流与互动进行了深刻的阐述。在洛特曼看来，外系统是对内系统的重要补充，也是形成民族历史文化发展动力的关键所在。各民族历史文化的发展，其实就是本民族文化符号系统与外系统进行置换的结果，各民族文化符号系统在发展过程中排除老化因素，吸纳系统外因素，从而使本民族文化系统获得不断发展。文学的世界性问题就是不同民族、不同符号域的文学观念交流与对话的问题，而进行这种交流与对话的前提是承认各民族文化符号系统具有异质性。维谢洛夫斯基"总体文学史"观强化了各民族文学的国际联系性，却忽略了各民族文学自身的特质。洛特曼历史诗学理论从早期的结构主义文艺学发展到后期的文化符号学，不仅有效深化与拓展了维谢洛夫斯基历史诗学的符号学视角，而且对其"总体文学史"观也进行了重要补充与修正。

在 19 世纪中期的俄国,学术界开始最大限度地把自然科学方法应用于文学研究。维谢洛夫斯基毫无保留地承认自然科学方法的优势,但是他在诗学实践中运用自然科学方法时极其谨慎,不是把文学发展演变的一些规律同自然世界发展的规律简单混合在一起。在西方实证主义哲学思想影响下,维谢洛夫斯基指出:"只有现象或事实是'实证的东西',因此,要通过现象的归纳获得科学的定律,并'强调要经常使用事实进行检验',才能'获取最终的、最充分的概括'。"(维谢洛夫斯基,《译者前言》:20)同维谢洛夫斯基一样,洛特曼始终坚持科学实证主义精神,他试图通过对具体文本的分析来阐释自己的诗学观,从而实现其科学论证的目的。洛特曼将人脑智能、信息论、系统论、控制论以及生物学、物理学、数学、拓扑学、耗散理论等自然科学方法移植于文艺研究,取得了重要成果。洛特曼主张科学地认识文学艺术的特性,坚持文艺学就是科学的思想。他发表大量文章论证人脑左右两半球并不对称,并据此将艺术文本分为离散型文本和非离散型文本两种类型,由于文本编码是多元的,不可互译的,因此两种类型文本在相互融合的过程中,就会导致文本意义的极大增殖;洛特曼在考察文化文本的基本特征及相互关系时使用了数学及拓扑学观念,在文化的多种形式的表达下面存在着恒量或常数,因而文化的结构可以被视为拓扑的,恒量的存在使得文化的交流与传递变成了可能。这些先进、科学的分析方法在人工智能作为战略性新兴部门的新的时代背景下尤其值得我们借鉴和学习。在《文艺学应当成为一门科学》一文中,洛特曼指出:"新型的文艺学家不仅应该成为杰出的语言学家,而且也应该是杰出的心理学家,同时,他还应该是一个数学家,这样的文艺学家不仅要保留人文学科的思想内涵,还要不断培养自己自然科学的理性精神与逻辑思维能力。"(洛特曼,2010:15)由此可见,洛特曼历史诗学研究不仅突破了传统文论研究的窠臼,而且进入了跨文化、跨学科的比较研究这一更为广阔的领域。

六、结语

通过对维谢洛夫斯基与洛特曼历史诗学的比较,我们理解和认识了俄罗斯学者提出的文学形式演变和发展规律的基本情况,有助于更深刻地把握维谢洛夫斯基历史诗学的核心和动力,以及洛特曼从文化符号学的角度并用跨文化、跨学科的方法对前辈理论的发展。21 世纪以来,历史诗学研究进入新的阶段,学者们开始将历史诗学纳入比较文学与世界文学的格局中加以考察。俄罗斯的历史诗学是通过对各个民族大量文本的比较研究与考证归纳总结出来的,因此对各个民族的文学发展都具有普遍的适用性,它也为中西诗学比较研究提供了一个难得的参照。

参考文献

[1] Веселовский, А. Н. *Историческая поэтика.* Составитель и автор комментария В. В. Мочалов. Москва：Высшая школа，1989.

[2] Гудзий，Н. К. "О русском литературоведческом наследстве." *Вестник Московского университета* (*Историко-филологическая серия*)，1957，№ 1，c.128-140.

[3] Григорьев Роман, Даниэль Сергей. "Парадокс Лотмана"// Лотман Ю. М. *Об искусстве.* Санкт-Петербург：Искусство-СПБ，1998：c.5-13.

[4] ДюришинД. *Теория сравнительного изучения л итературы.* Москва：Прогресс，1979.

[5] Лот ман Ю. М. *О поэтах и поэзии.* Санкт-Петербург：Искусство-СПБ，1996.

[6] —. *Семиосфера.* Санкт-Петербург：Искусство-СПБ，2000.

[7] 巴赫金.文艺学中的形式主义方法.《巴赫金全集(二)》.李辉凡等译.石家庄：河北教育出版社,1998.

[8] 洛特曼.《艺术文本的结构》.王坤译.广州：中山大学出版社,2003.

[9] ——.文艺学应当成为一门科学.李默耘译.《文化与诗学》,北京：北京大学出版社,2010(1)：1—15.

[10] 维谢洛夫斯基.《历史诗学》.刘宁译.天津：百花文艺出版社,2002.

论埃科的清单符号诗学[①]

白春苏

（湘潭大学　嘉兴大学）

摘　要：清单，不仅出现在日常生活中，也出现在文学作品中。埃科作为一名"清单爱好者"，经常在自己的小说中留下清单，并著书研究清单。在埃科看来，清单独具诗学魅力，而非单纯的实用之物。文学作品中的清单是一种独特的诗学结构，它开辟了作者与读者双向互动的编码游戏空间，充分体现出有序与无序、有限与无限、规则与随机之间的艺术张力。清单在埃科的小说创作和符号学研究之间架设起一道桥梁，成为其兼具平衡性、整体性和开放性的符号诗学主张的重要喻体，他对清单的兴趣本质上是对这一符号诗学理念的追求。

Abstract：Lists appear not only in everyday life，but also in literary works. As a "list lover"，Umberto Eco often left lists in his novels and wrote books to study them. In Eco's view，lists have a poetic charm，rather than a purely practical thing. Lists in literary works are a unique poetic structure，which opens up a coding game space for two-way interaction between authors and readers，fully embodying the artistic tension between order and disorder，finite and infinite，rules and randomness. Lists serve as a bridge between Eco's novel and semiotic research，and become an important metaphor for his balanced，holistic，and open-ended semiotics claims，and his interest in lists is essentially the pursuit of a semiotic poetics idea.

关键词：翁贝托·埃科；清单；符号诗学

Key Words：Umberto Eco；lists；semiotic poetics

一、引言

翁贝托·埃科（Umberto Eco）在其小说《玫瑰之名》中为读者留下一个著名的谜题："玫瑰之名"到底是什么意思？众读者给出的解释几乎构成了一个玫瑰的"所指宇宙"，而埃科在这场喧嚣的解释之争中只留下一句："玫瑰就是玫瑰就是玫瑰。"（Eco，1984：506）这句话看似无意义的重复，然而诸多论者早已提醒我们：重复本身就意义重大。"这种重复的符号活动是意义世界的最基本单位"（赵毅衡，2015：121），人们能够理解符号正是有赖于多次意义活动积累所形成的共同意识。为了解开"玫瑰之谜"，我们似乎可以跳出其所指，回归到这一重复性的结构当中。"玫瑰就是玫瑰就是玫瑰"一句本身是封闭的、有限的，然而重复性的结构却让它产生一种绵延

之感，似乎可以无休止地延续下去。该句为"玫瑰之名"提供了一个独特的结构系统——清单，让我们看到了形式之有限与解释之无限之间的张力。"清单"不仅出现在埃科的小说和研究中，也隐含了埃科的诗学观念。除他之外，文学史上不乏其他清单爱好者。我们不妨通过埃科的研究与创作，探讨一下清单的诗学问题。

二、清单的诗学特质

清单很少引起人们的关注，尤其是文学作品中的清单，经常是被读者跳过的段落。比如拉伯雷在《巨人传》中说到卡冈都亚喜欢做的游戏，列了长达一页的清单。它对情节推进并无益处，主要展示了作者"过度的清单之爱"。埃科称此类清单为"'为清单而清单'的诗学之始"（艾柯，2013：253）。除此之

---

① 本文系湖南省哲学社会科学一般项目（21YBA062）成果。

外,《伊利亚特》中的阿基琉斯之盾、《看不见的城市》中大汗的地图、《芬尼根的守灵夜》中成百上千的河流、《万有引力之虹》中史洛斯普乱七八糟的办公桌等,太多作家表达了对清单的迷恋。除了作家的个人癖好,我们也要思考:清单的魅力到底在哪?清单为什么会频繁进入文学表达?

我们先要将文学中的清单从一般清单中区分出来,找出清单的诗学特征。埃科对"实用"清单和"诗性"清单做了界分。前者在日常生活中经常出现,比如书单、采购单、旅客名单、服装名录、菜单、字词表等。埃科总结了"实用"清单的三个主要特征:外指性、有限性和统一性。外指性是指此类清单以实用为目的,指涉外在世界的事物,意义非常明确。这样的清单是有限的,因为所涉及的对象有限,就像我们购物一般都有明确的采购对象,所以清单不可能无限延续。另外,实用清单将所有东西统一于一个系统当中,不管这些东西看起来差异多大,都要服从一种"脉络压力"(同上,113)。

在埃科看来,所有以艺术为目的的清单,皆属于"诗性"清单,包括文学、绘画、音乐等各类形式。埃科并没有直接归纳其特征,但通过与"实用"清单比较,我们也可以总结为三个基本特征:内指性、无限性和统一性。所谓内指性,是指"诗性"清单不指向外在世界,与"实用"清单不同,其所列之物可能在现实世界中并不存在,比如《神曲》中的天使名、埃科小说《波多里诺》中助祭王国的东方异族清单等,其意义仅限于文本内部。如罗伯特·贝尔纳普(Robert E. Belknap)所说,"非文学清单必须具有实用的成分才能有用,但文学清单虽然通常具有某种形式的内在逻辑,却没有这种义务。"(Belknap, 5)在无限性问题上,埃科与贝尔纳普的意见不同,他认为作家可以在自己的清单中无限添加项目,贝尔纳普则认为清单类作品受到形式(节奏、音步等)的限制,是有限的。而无论是"实用"清单还是"诗性"清单,其基本功能都是将事物统一,让事物从属于同一脉络或秩序。例如有这样一份清单:丘吉尔、福尔摩斯、鲁迅、海明威、纪晓岚,他们之间看似毫无关系,但"抽烟的名人"这一脉络使他们成为了同质的整体。

那么"诗性"清单对作家们的吸引力在哪里?

清单彰显了语言本身的魅力,无论是声音还是形式。比如圣母祈祷文一直重复着"请为我们祈祷"。重复本身并无实在意义,也很难谈得上形式美感,但是当人们反复颂念,就会呈现出抑扬顿挫的韵律美,它们如同咒语一般形成一股强大的、笃定的力量,震慑人心,崇高的风格油然而生。埃科曾说他将清单放入小说中,"纯粹是为了声音的快感",以及"对大杂烩

的癖好"(艾柯,2013:287)。此说法自然无法充分解释其小说中的清单,但也让我们看到清单不可忽视的听觉魅力。贝尔纳普也认为,"当对文字本身纯粹的喜爱驱使我们去罗列清单的时候,意义不如声音重要"(Belknap, 20),清单为我们提供了一种单纯的语音美。中国传统相声中的常见表达形式"贯口"其实也是此类代表。《报菜名》《地理图》等经典段落重点不在于抖包袱,而在于演员能够一气呵成、节奏清晰、吐字清楚、情绪饱满地把一段词儿说出来,观众听得酣畅淋漓,为语言的节奏感、音乐性所折服。

从形式上看,清单主要包括两个部分,一是构成清单的各个元素,二是各元素所组成的框架。文学清单中的各元素都经过了作者的精心编写,具备了超编码的特征。通过编写,作者可以唤醒这些词汇的深层内涵。比如在埃科的小说《波多里诺》中,波多里诺一行人终于到达位于东方的助祭王国,见到了助祭约翰,这次会面可以说是一场充满了欺骗与反讽的闹剧。助祭王宴请波多里诺等人,文中出现这样一张晚餐"清单":焦黑的烤饼、认不出是鱼的炸鱼、"大便味道"的清汤等,来宾吃得既痛苦又失望。晚餐结束后约翰终于露面,这位被囚禁的王子对西方表现出极强的好奇心,连连发问:

> 同样,这座城市里,是不是有一座现今的基督徒用来分食狮子的巨大圆形建筑?这座建筑的拱顶上是不是有着仿造得惟妙惟肖、尺寸如实际大小的太阳和月亮,在天顶上移动时,周围的人造小鸟则发出甜美无比的声音?……通往这栋建筑物是不是必须经过一条楼梯,而在某个阶梯下有一个可以见到宇宙万物的洞穴:深海里的所有怪物、晨曦和夜晚、生活在世界尽头的人群、一座黑色金字塔中央一张色泽如月光的蜘蛛网……辽阔似无边湖泊的水域、公牛、暴风雨、大地上存在的各种蚂蚁、一个仿制星体运行的球体、心跳与内脏蠕动的秘密,以及遭到死神动手改造之后每一个人会出现的面貌……
>
> (埃科,2015:398)

约翰的清单来自关于西方奇景的传闻,仿佛某个中世纪修道院的收藏名录,只不过有些词汇被以"迂回表述"(circumlocutio)的方式代替了。钟表被称为有人造小鸟的太阳和月亮,器官标本是心跳和内脏蠕动的秘密,骷髅头是被死神改造过的面貌,等等。埃科如果将本体直接罗列,那么词语神秘、幽奥、疏离、未知的部分则无法被揭示。正是在约翰独有的个人想象清单中,这些词语的可能属性才得到彰显。约翰的清单不仅表现了一个与世隔绝的悲情

王子形象,也与前面的晚餐清单形成呼应:东西方对彼此的想象很长一段时间建立在语词基础上,两份清单的出现让读者看到想象的双双破碎,小说中一直回响的"历史文本性"在清单中得到印证。

相比于各元素,清单更具诗学价值的是它的框架,即构成方式,这从前述特点中便可知一二。一方面,清单的内指性和无限性特征使得它对于表达浩大的事物、未知的事物、无法用言语穷尽的事物来说可以起到举例的作用。例如荷马在《伊利亚特》中清点希腊联军人员,他不能将所有人一一列出,只能开列一张"样品"清单,列举其中数位。而且这些人是杜撰的,清单并不指向外界,而是指向史诗世界。埃科称此类清单为"难以言喻的申论模式"(艾柯,2013:49)。在这里,清单是一种换喻,通过部分来代表整体。另一方面,清单的统一性使文本成为一个充满张力的表达空间。"在最简单的情况下,清单是将单独的、不同的项目组合在一起的框架。清单是可塑的、灵活的结构,其中一系列组成单元通过特定吸引力产生的特定关系凝聚在一起。"(Belknap,2)清单可以将无序之物统一,事物之间的关系被重新定义,通过架设皮尔斯意义上的解释项生产意义。

总之,清单作为一种有意味的形式在文学作品中大量存在,其诗学魅力主要也来自形式本身。正因如此,在修辞手法中遍布清单的身影,最典型的就是铺陈,它可以是对项目进行依序排列,也可以表示聚集,用意思相同的词句重复同一个意思,以呈现其不同层面;还可以是前文提到的"迂回表述",即不用事物的名称来称呼它,等等。

三、清单的符号学意义

清单的诗学意义很难在单个元素上体现,更多地体现在这些元素的组合关系上。它们可以生成韵律和节奏,生成动态画面,也可以生成主题和思想。所以,贝尔纳普称文学清单为"意义创造者"(同上,3),它创造的不是现实意义,而是诗学意义。赵毅衡说:"意义必用符号才能解释。"(赵毅衡,2011:48)文学清单也是一个由诸多符号构成的语义场,埃科的语言符号学可以解释其诗学意义的生成模式。

在符号表意上,查尔斯·皮尔斯(Charles Sanders Santiago Peirce)提出的三元论影响深远,埃科就是追随者之一。弗迪南·德·索绪尔(Ferdinand de Saussure)将符号视为能指与所指的结合,而皮尔斯却将所指部分,即意义部分,进一步分割为对象(object)与解释项(interpretant),形成了符号的三元模式(见图1)。

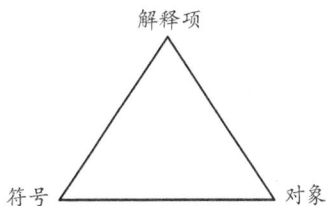

图1 符号的三元模式

解释项是皮尔斯符号学的核心部分,"它是由符号所创造的,但创造它的却不是那种作为它所属之全域的一个成分的符号,而是那种能承受对象之决定的符号"(皮尔斯、李斯卡,2014:43)。皮尔斯创造性地提出解释项问题,它并不源自符号本身或其所指对象,而是"产生于一个心灵中"(同上,43)。比如我们面对一幅风俗画,画中人物服装的风格并不是表意的一部分,但如果我们对该风俗有所了解,就能够捕捉到来自风格的信息。关于解释项到底怎么理解后来者有不同的看法,比如埃科就不同意将解释项理解为人(解释者),他认为解释项是"指涉同一'对象'的另一种表现形式",即另一个符号。所以一个符号需要另一个符号来进行解释,以此类推,产生了一种"无限符号化过程"(Eco,1976:78)。这个符号衍义过程最终形成的是"整个语义场"(同上,79),即文化。

但埃科在符号学理论上更像一个平衡者,他同时接受了路易·叶尔姆斯列夫(Louis Hjelmslev)的结构主义的影响,因此其符号学理论兼有皮尔斯和索绪尔的影子。叶尔姆斯列夫的研究向我们表明语言如何通过对立和差异结构来组织世界。他将语言分为表达面和内容面(expression plane and content plane),再将两个平面各分为表达-形式、内容-形式、表达-实质、内容-实质,语言的内在结构就是由两平面的各级要素共同构成的关系。该结构确立了一个有效的意义分类系统,比如我们将猫和狗都归为哺乳动物,并将它们放入猫科和犬科加以区分。然而并不存在能够解释一切知识和语言的对立项全系统,比如关于鸭嘴兽的定义就经历了一个漫长的过程,因为它既下蛋又哺乳,该过程并不完全依据结构语义学,更重要的是文化协商。所以,我们在理解世界的过程中,"结构时刻和阐释时刻相互交替、相互补充",埃科"试图把叶尔姆斯列夫的结构主义观念同皮尔斯的认知-阐释符号学结合"(Eco,1999:251-253),提出了以"字典"和"百科全书"为基础的符号衍义系统。

字典是以概括性的语言来表述某物的属性的,

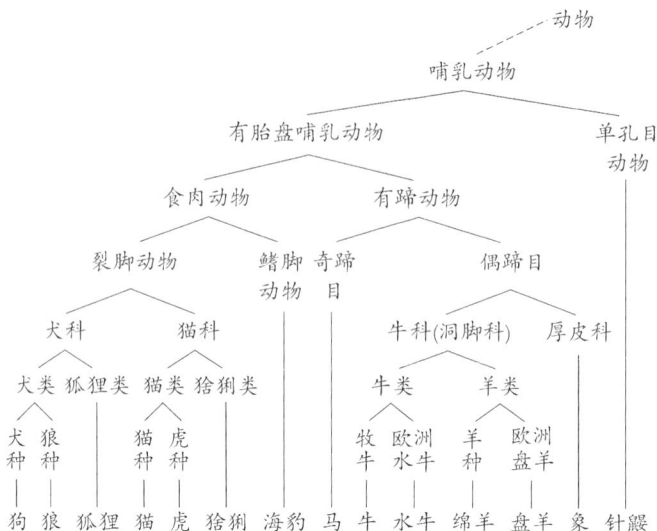

图 2　猫的树形图表示

是符号的直接义。比如:"猫是哺乳的、有胎盘的、食肉的、猫科的、猫类、猫种的动物"。这是字典中的一个词条,从界(哺乳动物)、纲(有胎盘哺乳动物)、亚纲(食肉动物)、科(猫科)、类(猫类)、种(猫种)逐次给出猫的定义。字典在某种意义上是一种科学化的分类方式,目的是厘清概念,去除含混,可以通过树形图来表示(见图 2)。

"树形图,通过一定的名称(一种语言与另一种语言不同),通过极为类似古典拉丁语的自然主义的世界语被表达(非本质地)的等级或系谱的名称,代表着非本质地被标记下来的自然类的类别。"(埃科,2006:107)由此可见,字典以有限为目的,尽可能采取简单、明晰、不可分割的原始词来解释词语。因此,字典的根本企图不是要提出某物的意义,更不鼓励意义的生产,而是通过分类找到秩序和集体。

字典模式显示出对清单内部各元素的有序安排和有效分类,表现了结构的稳定性和等级性。正如图 2 所示,有一种分类规则主导该图,它源自符号的表层衍义,不进入引申义的探讨。很多清单以此模式为主,比如字典、图书馆、自然科学书籍等。那它的诗学意义在哪里呢?

严格意义的字典清单在文学作品中几乎是不存在的,除非文中真的引用了字典中的一段内容:玫瑰为蔷薇目、蔷薇科、蔷薇属。但字典模式极大地凸显了清单的意义连贯性,尤其是一些重在建立某种秩序和等级的清单文本,比如《神谱》中的诸神清单所指涉的就是一个系谱,大地、天空、雷电等在逐步诞生中呈现出一个等级森严的宇宙体系。《伊利亚特》第十八章中,赫淮斯托斯为阿基琉斯打造了一个"包罗万象"的盾牌,它不仅包括日月星辰,还包括两座生动鲜活的城市,宇宙与人间秩序井然。阿基琉斯之盾是一个奇妙的世界清单,它边界清晰,自成体系,"艺术在这里建构了一系列和谐的再现,在它所刻画的主题之间建立一种秩序,一套阶层井然的结构"(艾柯,2013:12)。这种秩序感在中世纪文学中体现得更为明显,从但丁创建的天堂就可见一斑。

字典模式的语义结构显然不能满足文学的表现力,比如我们对玫瑰的书写和解读很难不涉及其他偶有属性而进入引申义层面。作家笔下的玫瑰通常包含了美丽、娇嫩、象征爱情等属性。所以埃科说"字典是一种被掩盖的百科全书"(埃科,2006:128),它是百科全书中代表直接义的树形部分,其诗学意义相对有限。清单的诗学魅力更多是通过百科全书式的语义模式展现出来的。

百科全书模式是无限符号化过程的体现:一个符号的意义需要其他符号来进行解释。该模式指的是这些解释的总体。文学清单虽然形式是有限的,但语义的百科全书模式揭示了其诗学意义的延伸潜力。所以埃科认为百科全书模式不是树状的,而是德勒兹式的根茎图:不存在真正的点,只有由解释项创设的关系线,因为任何点之间都可相连,它们之间的关系都可以组装和倒置,每个部分也都可以切分。该模式不是为了确定表达之意,而是为了生产和创造意义。

正因为"百科全书"的存在,文学清单潜藏着丰沛的诗学意义。作家为描述某人或某物而开列清单时,其诸多属性构成了清单内容,更多的隐喻关系被揭示了出来。还是玫瑰的例子(见图 3):

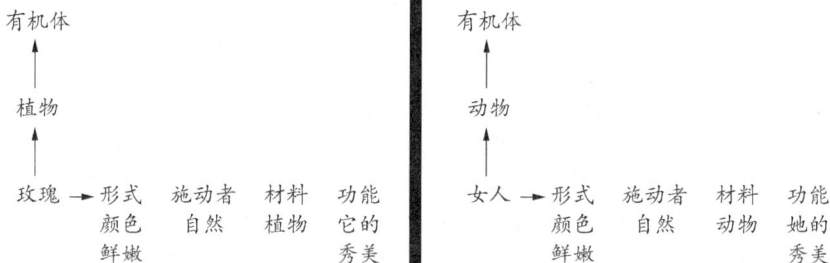

图 3   玫瑰与女人的清单对比

字典式的树形图是以偶对式的差异为基础，因此在低级结点上主要显示的是对立（如植物和动物）；隐喻以共性为基础，在延伸至其百科全书属性时（形式、施动者、材料、功能），玫瑰与女人才确立了隐喻关系，如女人与玫瑰在形式上都具有鲜嫩的特征。这只是百科全书中微小而简单的一部分，在更复杂的文化意义上，玫瑰与女性会有更多属性关系的交叠。鲁文·达里奥（Rubén Darío）在《阿根廷颂》中，赞美女性为"前所未有的玫瑰、菊花或风信子"（达里奥，2003：371），女性与玫瑰等便形成了隐喻关系。诗歌中开列的女性美清单中还出现了一些与花朵迥然不同的复杂属性，比如"北欧的黄金·帕洛斯的大理石""爱恋的雌狮或温馨的敌人"（达里奥，2003：372）。我们会去思考它们的百科全书是以怎样的方式联系在一起的。在多层次的隐喻中，女性美的内涵进一步扩大了。

安德烈·布勒东（André Breton）在《自由结合》中的女人清单更为疯狂和混乱："我女人的脚，大写字母/钥匙鸣响，麻雀饮酒/我女人的脖子，大麦珠串/我女人的喉咙，黄金山谷。"（艾柯，2013：338）该诗在表面形式上是连贯的，如同 blason① 这一诗歌体裁形式：从头到脚有序地描述女性，然而内部结构却和《阿根廷颂》完全不同。达里奥的诗歌统一于女人与花朵的美的共性，布勒东的诗歌在有序的外形之下却呈现出混乱、任意、待生成的特点，符号之间的理据性失落。"女人"的每个部分都在各自的百科全书上自由延伸，脱离了连续性和类比，脱离了"女人"的整体。在混乱的作用下，诗歌恰恰进入了其引申义部分，即百科全书，至此清单中的所有元素与题目"自由联结"互相指涉，形成更庞大的百科全书系统。"女人"在诗歌中起到了指示符号的作用，其功能是"给对象一定的组合秩序"（赵毅衡，2011：82），当新

的解释符号"自由联结"出现时，此前的符号"女人"已然退场，但解释并不终结于新符号的出现，而是在各元素的百科全书上继续延伸。这不禁让人联想到伊塔诺·卡尔维诺（Italo Calvino）所说的"火焰"形态，"从噪声到有序"（卡尔维诺，2012：70），诗歌成为一个去中心化的网络，"自由联结"的关系线由混乱中生成。

混乱与秩序构成了这首诗歌的张力，清单的百科全书结构为意义延伸提供了更多可能：局部显现出字典特征，整体则是网络式的，与根茎、迷宫、地图等具有同类性质。"哲学家知道观察这个迷宫，并发现它的秘密关联，发现它的临时分支和构成这种像世界地图一样的网络的相互制约性。"（埃科，2006：135）这一特点在现代主义及后现代主义作品中体现得极为明显。博尔赫斯的"巴别图书馆"可以无限扩张，里面收藏着无数书籍；《尤利西斯》的主角布鲁姆在外界刺激下产生了一系列的思绪。清单内部是混乱的，但将其作为整体来考量又是可解释的，"'局部'的混乱印象就会消失"（艾柯，2013：283）。德勒兹分析普鲁斯特的作品时也指出，我们要破除把艺术品视为有机体的陈词滥调。"正是在一种反逻各斯的风格的曲折与环节之中，它形成了如此众多的迂回，这都是为了聚集那些根本性的片段，以不同的速度带动所有的碎片，每个碎片都指向着一个不同的整体，或，每个碎片都不指向任何整体，或，它不指向除了风格的整体之外的任何其他整体。"（德勒兹，113）

四、文学清单的编码游戏

从以上语义学分析可见，清单开启了一个意义丰富的诗学空间，该空间是在作者和读者的双向互动中形成的；正是由于读者的加入，文学清单才会拥

① 注释：一种通过对女性属性的特殊化表现来赞美女性的诗歌体裁，允许诗人每行描述或隐喻地阐述一个特征，创建一个垂直汇编。

有百科全书式的结构、纵横古今的时空和指向其他世界的可能。

贝尔纳普视文学清单为来自作者的邀请:"在这里,我们不寻找特定的信息,而是接收作者希望与我们交流的信息","体会搜索清单顺序的喜悦"。(Belknap, 5)他还引用了现代神经学的观点,即人类大脑在面对无序的时候,会发明关系以降低项目集合熵。因此,清单是作者为读者创设的游戏场域,是充满互动性的诗学空间。但读者是否会像神经学家说的那样自然接受邀请呢?

在埃科看来,作品"没有邀请每个读者参加相同的派对"(埃科,221),不是谁都能加入清单的游戏。他提出了标准读者的概念:"为了使文本有利于交流,作者设想与他共享相同代码的可能性读者群体,能以作者表现文本的方式去诠释文本。"(艾柯等,7)标准读者也分为两个层次:语义读者和符号学(美学)读者。第一层次的读者想知道故事的发展和结局;第二层次的读者"想探究发生的事是如何被叙述的"(埃科,224)。想要成为第二层次的读者,首先需是一个好的第一层次读者,有些文本要经过反复阅读才能进入第二层次。

文学清单一定程度上拒斥了第一层次的阅读,主要有两方面原因。第一个原因,清单经常处在"离题"的状态,即远离叙事中心。离题是小说创作中的常见技法,清单则是一种典型的离题方式。比如中世纪文本中时常插入有关自然科学、哲学、历史等方面的知识,像《论寰宇》中的宇宙万物的清单、《流芳之殿》中的音乐家清单、《智慧的宫殿》中的鸟兽虫鱼清单等。对于专注故事情节的第一层次读者来说,清单可能是被跳过的部分。第二个原因,作者可以通过清单向读者提出深度阅读的挑战,尤其是在互文反讽式的作品当中。如果不具备足够的知识,以及寻找关系与秩序的信心和耐心,读者很难发现作者的深层编码,无法进入到第二层次的阅读。埃科正是此类作者,他的作品充满了文本间的对话与相互指涉,他称其为作者对读者"有文化内涵的眨眼示意"(埃科,221)。比如《玫瑰之名》中阿德索光怪陆离的梦之清单,埃科在清单之下织就了一张庞大的互文之网,盛邀读者参与其中。因此他说"互文反讽是个有等级歧视的选择者",那么清单一定是那块筛选读者的试金石,因为它集中体现了符号背后"高度复杂的变迁关系网络"(同上,221)。

"符号是编码规则的临时结果,这些规则建立了元素之间的暂时相关性,其中每一个元素都有权在给定的编码环境下进入另一个相关性,从而形成一个新的符号。"(Eco, 1976: 49)尤其是欠缺意义连贯性的清单,各元素的关系处在有待生成的状态,每一位读者的介入都可能导致百科全书的生长。但这种介入不是纯粹个体意义上的介入,而是"文化不停地将某些符号转化为其他符号",即读者所携带的不同的文化单位对符号进行着一次又一次的排列组合,所以符号化过程最终形成的是"文化单位链"。(同上,71)埃科对此有一个形象的比喻:文化单位是盛放在盒子中的一些大理石,它们有磁化的可能性;我们每次摇晃盒子,相当于制造了不同的系统平面,大理石之间会在新系统下发生不同的磁化现象,每次晃动都有新的吸引和排斥关系产生。所以语义符号隐含一种双重关系:其所处平面的系统关系和其他相关平面的能指关系。

清单就好像这样一个大理石盒子:作者可以让符号的大理石呈现出高度熵的自由状态,以游戏的姿态等待读者的平面加入,产生无数"瞬时关系";作者也可以重点针对符号在不同平面的能指关系进行编码,向第二层次读者发出秘密的邀请,这一点,互文反讽式文本体现得最为明显。对于热衷于游戏与互动的作家来说,清单的确为他们提供了一个合适的发挥空间。

至此,让我们回到开头关于"玫瑰之名"的讨论。埃科无疑是有意挑起一场诠释之争,读者势必会为玫瑰列出一个长长的清单。哪怕他希望通过"Rose is a rose is a rose is a rose..."让读者们回归字面义以终结解释,但我们依然可以在这个重复式结构中看到作家的游戏意图,或者说文本的游戏意图:这个回应就像是对读者所发出的又一个清单邀请。

"S is P"句式自古就关乎哲学本体问题。从早期哲学上看,主要有这样几重意思:(一)表示属于,"S is P"意味着"P属于S",作为属性的P依附于作为实体的S;(二)表示定义,"S is P","是"相当于等号,两端可以交换位置;(三)表示存在,"is"指向S自身,一种实体性的存在方式。由此可见,"is"不代表两端绝对的相等,其多重指向性逐渐衍生出隐喻的维度,比如,"她是一朵娇艳的玫瑰"。所以"S is P"本身就是一个无法终结解释的句式,更何况"Rose is a rose is a rose is a rose ..."又指向了其他文本,如格特鲁德·斯泰因(Gertrude Stein)的诗歌 Sacred Emily。该结构成功地"把解释者的注意力引向符号文本本身"(赵毅衡,2015:125),像雅各布森说的那样,诗性由此产生。

玫瑰的所指为何,自然是埃科抛出的谜题,但是我们也不能忽视结构对第二层次读者的召唤。"rose"的每次重复都为百科全书的延伸提供了条件,这张"玫瑰清单"看似单调重复实则意义丰富。为便于理解,我们将该句式改写为"A is B is C is D..."。若 A 指小说题目中的玫瑰,那么 B 的意义可能发生如下增殖(如图4):

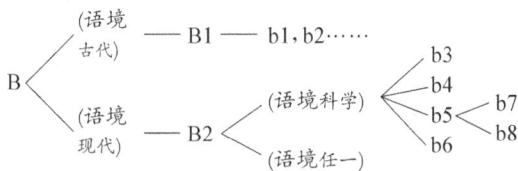

图4　B 的意义增殖

"玫瑰"在古代语境中是一种花(B1),在其二级属性中还包括大量比喻功能,比如"女人"(b1)"爱情"(b2)等。在现代语境中,"玫瑰"可以从科学层面上考虑其字典层次;另外现代语境允许读者做更多维度的解读,可以是《罗密欧与朱丽叶》中的玫瑰,也可以是《玫瑰传奇》中的玫瑰;玫瑰可以象征美丽和爱情,也可以象征阴谋与血腥,等等。"玫瑰"每重复一次,"玫瑰之名"便可能在读者的介入下实现一次意义的扩张。但是,埃科绝不希望玫瑰之名无度衍义,他在《诠释与过度诠释》和《〈玫瑰之名〉后记》中早已表示,否则《玫瑰之名》最终可能消解于互文网络之中。所以如果我们过度关注"玫瑰"的所指就很容易陷入诠释的泥潭。

那么玫瑰清单的结构对于文本有怎样的作用呢?埃科将"玫瑰之名"作为小说题目,就像放置了一把打开潘多拉魔盒的钥匙,经由读者释放出了多元、无限,充满张力与矛盾的诗性空间。这种空间拓展与文本的意图是相辅相成的。小说背景虽然设置在中世纪,但很明显埃科无意写一部老实的历史小说,所以其中不乏时代的错位和后现代小说技巧的运用。多有学者就此展开论述,此处不再赘言。因此,我们看到的是一个充满跨时代主题的小说空间。

《玫瑰之名》中的主角威廉和豪尔赫虽然处于对立的双方,但本质上都是对秩序的崇拜者,只不过一个崇拜理性秩序,一个崇拜神性秩序。中世纪人信仰理想的秩序,"一旦这个秩序受到挑战,无序露出蛛丝马迹,人们就会不安、惊恐"(蒂利亚德,23)。所以豪尔赫会因为担心失序而杀人,威廉会在他的推理大厦崩塌之后黯然离开。我们在埃科的笔下看到了偶然对必然的冲击、感性对理性的挑战、真实与虚构的含混等多重跨时代主题的存在。就像玫瑰一样,在不同时代语境的观照下,它的内涵纵横交错。埃科认为所谓后现代主义是对过去所进行的"反讽式"(Eco, 1984: 530)的重访,"玫瑰"正是这次重访的第一个入口,它如同威廉所追寻的马蹄印一样,指

引读者走进埃科创设的多元世界。随着读者的加入,"玫瑰"的清单慢慢展开,它们便成为读者重访的路标,每个读者依循路标展开自己的小说之旅。《玫瑰之名》也由此成为了"玫瑰"清单上的一员,"玫瑰"的意义在一次次命名中完成了历史意义的积累和新的蜕变。

五、开放的符号诗学观

清单可以是文学作品的一部分,一种文学表现形式,从埃科的研究可知,它还代表了一种诗学观念。中世纪的诗性清单是对天上秩序的模仿。C. S. 路易斯为中世纪清单提供了两种解释。第一种是以"修辞术"为依据,清单可视为推延法,"拉长了一部作品",但这"能解释的是形式特征,而非内容特征"(路易斯,274)。第二种解释更为简单,却更有启发意义:诗人和艺术家们喜欢流连于这些事物,因为"其他时代并没有一个宇宙模型被如此普遍接受,如此易于想象,如此能满足人的想象"(同上,277)。

中世纪人对宇宙和世界的认识具有极强的秩序性和复调特征:人类秩序是对天上秩序的模仿。按照伪狄奥尼索斯的说法,"宇宙如同一首赋格曲",由"施动方——媒介——受动方"(同上,114)构成,人与上帝的媒介即为天使,天使仿佛"透镜"一般将等级制展示给人类,人间的等级也在模仿中建立。哪怕是人本身也是对宇宙的模仿。柏拉图在《蒂迈欧篇》中说诸神是"按照宇宙的样子"从被赋予"神圣运动"(柏拉图,32)的头开始,依从理性秩序创造了人。被圣文德称为"第三种力"的艺术则是模仿的模仿,所以中世纪的艺术更倾向于"构造",而非"表达"(艾柯,2021: 221)。因此,中世纪的文学清单体现了诗人对宇宙模式模仿的自觉与热情,在"返回家园"的本能驱动下,所有事物都在寻找"自己的位置"(路易斯,2019: 140),文学艺术活动同样指向这一目的。清单作为天上秩序的副本导向唯一性和终结性解释。

后现代语境下的清单凸显了文本的开放性、不确定性和解释性,是埃科所主张的"开放诗学"的体现。埃科早在发表于1962年的《开放的作品》中便提出"开放诗学"。该作一经问世就引起评论界的热议。同意者称该书在揭示艺术作品中普遍存在的"形式和开放性、有序和偶然、传统的形式和含糊的形式之间的辩证统一"(艾柯,2005: 9)方面具有方法学上的创新性。而拒绝者则称其为"伪托马斯主义""反形而上学",在艺术和现实的关系问题上表现出"马克思主义的旧模式"(同上,12)。争议声中,贾尼·斯卡利亚的评论最有见地,认为该作中"没有语

言学、没有符号学、没有结构主义的前景"，因此缺乏"连贯性和说服力"（同上，19）。纵观埃科此后的研究，他正是沿着斯卡利亚所指出的这条道路从符号学、语言学等多个角度不断深拓"开放诗学"的研究空间。因此，埃科称《开放的作品》为"前符号学"著作，而"开放诗学"也逐渐明确为一种符号诗学。

什么是"开放的作品"？埃科在评价先锋派艺术时称，它们"没有封闭的、确定的信息"，"有多种可能的组织方式"（Eco，1979：48），处于"未完成"的状态，欣赏者可以多种方式看待作品和进行解释。但"开放性"并不为先锋艺术独有，埃科将其视为"任何时代的任何作品的一个常数"（艾柯，第二版序5），只是在某类作品中体现得更为明显。至于什么是"开放性"，埃科称其为一种"含混"（ambiguity），包括语义符号的含混和美学组织形式的含混，是文本意义生产与信息交流的内在条件。埃科的诗学立场已然显露：他提倡一种整体性的符号诗学——将文本视为融合了内外世界、有限与无限、有序与无序的有机关系体，欣赏者只有遵循作品的理性生长脉络，以符号学的方式阅读，才能享受更多的文本乐趣。具体而言，其开放的诗学主张主要体现为以下三个方面：

首先，文本是一个联通内外的复杂关系体，读者参与文本意义的建构。"开放的作品"结构不是作品内部的客观结构，而是一个"欣赏关系"的结构。这与结构主义有着明显的区别。索绪尔认为语言先于言语而存在，将言语视作语言的体现。这一观点的理论困境在于，他从先验的语言结构出发，"抛弃个别符号这一有效的研究起点，从而割断了符号意义与外部事物的联系"（丁尔苏，32）。因此，结构主义理论有一个共同特点，"即它们从索绪尔的内部角度去审视各种语言现象，注重研究符号文本中各个组成成分之间的相互关系"（同上，46）。而埃科承袭皮尔斯的符号学理论，将"开放的作品"的结构视为欣赏者积极参与的"可能场""启示场"和"解释场"。该结构并不预先存在于文本内部，它是一个复杂的"关系体系"，包括语义、句法、主题、思想、情感等层次之间的关系，以及"它们与它们的接受者之间的欣赏关系"（艾柯，第二版序：9）。"开放的作品"不局限于文本内部，还包括文本与外部世界的持续交流。

其次，文本意义具有无限生成的可能性。作品复杂的内部关系为"欣赏结构"的形成提供了可能，"这里有各种声音的组合，有的可以识辨，有的不可识辨，它们你来我往，互相交织"，而欣赏者如同罗兰·巴尔特（Roland Barthes）所说的"文化漫游历险记的主人公"，欣赏的快感来源于"同生共处，并且相互作用的各种语言"（卡勒，2018：303）。"开放的作

品"因此不能是单义的、封闭的，而是鼓励自由想象，为欣赏者制造挑战，吸引其进入符号批评的领域。詹姆斯·乔伊斯（James Joyce）的小说是埃科心中"开放性"的最高典范。比如《芬尼根的守灵夜》就是一个无限生成的语言清单，一个词可以成为多个隐喻汇聚的"结"，"这些隐喻又对新的组合开放以及新的阅读可能性开放"（Eco，1979：55）。如文中的"a toll"既可以指丧钟，也可以指过冥河时的过路费，又可以指爱尔兰岛，还可以指都柏林的一位主保圣人，等等。（乔伊斯，2012：9）小说布满这样的语义选择路口，欣赏者全凭自己的意愿走进这个无限的网络，"利用各种可能的层次和尺度使其感知充满活力、增殖和拓展至极致"（同上，55）。就像威廉·詹姆士（William James）谈他阅读《尤利西斯》的感受一样，阅读不是为了走向统一的秩序，"承认多元化是理解解释过程的重要一步"（詹姆士，2002：4）。

最后，文本意义受到多重因素的制约。艺术作品的意义虽然具备无限生成的可能性，但是埃科认为，"作品的开放性可能是在给定的关系场中的可能"，"这个世界永远是作者想要的那个世界"（Eco，1979：62）。"作者想要的世界"容易被误解为还原作者意图，其实埃科是指解释所受到的语义符号的制约，也就是叶尔姆斯列夫意义上的语言内在结构。他指出不同的阐释角度都是作品整体的一个碎片，每个碎片不过是从各自的角度揭示了作品。解释者的复杂特性与作品的复杂特性"互相关联、互相交叠、互相阐明"（同上，64），所有解释都是在作品的理性维度之内的无限拓展。比如，斯特凡·马拉美（Stéphane Mallarmé）的作品《书》极致地体现了文本运动开放的特征：它的书页可以随意装订。诗人通过这一方式创造了无数种关于《书》的意义组合，每一种组合都能形成"启示性"关系。埃科认为这种"乌托邦式"的开放性尝试很有意思，但也容易走向神秘和虚无。文学一旦深陷喧嚣的解释游戏中，我们最初的审美感知也会随之丧失。

埃科开放的符号诗学凸显了作者、读者、文本与世界形成的多元交互式关系场。如他所说，"艺术是将含混的想法和情感转化为某种确定的交流媒介的能力"（Eco，1989：27）。像《芬尼根的守灵夜》这样的作品具备丰富的信息价值，它追求多义，通过开放的模式保证"交流方案"（同上，42）的实施。"开放是信息量的扩展"（同上，43），清单是增加信息量的典型方式，也就意味着更大的开放性。这与美学价值无关，但其美学意义却不能被忽视。埃科以清单为喻体的符号诗学拓展了有序与无序、自由与规则、随机与先定的混沌美学空间，充分体现了吉尔·德勒

兹（Giles Deleuze）所说的两种秩序的张力，"一种混乱，一种有序，一种折叠，一种展开，一种收缩，一种扩张"（Grosz, 9）。

六、结语

埃科对清单的兴趣本质上是对开放的符号诗学理念的追求。清单的形式是有限的，却可以产生包容宇宙、跨越时代的美学效果。形式产生诠释，也限制诠释，这恰好投合了埃科的审美旨趣和符号学观念。埃科作为索绪尔传统和皮尔斯传统的继承者和平衡者，在文学批评与创作中都表现出平衡与整合的倾向。在批评中，他坚持以符号学的方式揭示文本意图，坚守亚里士多德诗学中的文本性。哪怕是在解构浪潮汹涌的1960年代，埃科仍然在其《开放的作品》中反复重申回归文本的重要性，在对中世纪秩序与后现代失序的反复探讨中寻找诗学的平衡点。在创作上，埃科乐于在历史的缝隙中开辟诠释的宇宙，他留下一众开放性的谜题，却在编制情节上一丝不苟，引导读者通过"风格-修辞"的符号系统去寻找谜底。清单无疑是这一切最好的隐喻。埃科研究清单、书写清单都是其理论发展的必然，也是其诗学理念最形象的展现。

参考文献

［1］Belknap, R. E. *The List: The Use and Pleasures of Cataloguing*. Massachusetts：Yale University Press, 2004.

［2］Eco, U. *Kant and the Platypus: Essays on Language and Cognition*. New York：Houghton Mifflin Harcourt Publishing Company, 1999.

［3］—. *The Name of the Rose*. New York：Houghton Mifflin Harcourt Publishing Company, 1984.

［4］—. *The Open Work*. Trans. Anna Cancogni. Cambridge and Massachusetts：Harvard University Press, 1989.

［5］—. *The Role of the Reader: Explorations in the Semiotics of Texts*. Bloomington：Indiana University Press, 1979.

［6］—. *The Theory of Semiotics*. Bloomington and London：Indiana University Press, 1976.

［7］Grosz, E. *Chaos, Territory, Art: Deleuze and the Framing of the Earth*. New York：Columbia University Press, 2008.

［8］埃科.《埃科谈文学》.翁德明译.上海：上海译文出版社,2014.

［9］翁贝托·埃科.《波多里诺》.杨孟哲译.上海：上海译文出版社,2015.

［10］翁贝尔托·埃科.《符号学与语言哲学》.王天清译.天津：百花文艺出版社,2006.

［11］翁贝托·艾柯.《开放的作品》.刘儒庭译.北京：新星出版社,2005.

［12］翁贝托·艾柯.《无限的清单》.彭淮栋译.北京：中央编译出版社,2013.

［13］翁贝托·艾柯.《中世纪之美》.刘慧宁译.南京：译林出版社,2021.

［14］翁贝托·艾柯等.《诠释与过度诠释》.柯里尼编.王宇根译.北京：生活·读书·新知三联书店,2005.

［15］柏拉图.《蒂迈欧篇》.谢文郁译.上海：东方出版中心,2021.

［16］鲁文·达里奥.《鲁文·达里奥诗选》.赵振江译.石家庄：河北教育出版社,2003.

［17］蒂利亚德.《伊丽莎白时代的世界图景》.裴云译.北京：华夏出版社,2020.

［18］吉尔·德勒兹.《普鲁斯特与符号》.姜宇辉译.上海：上海译文出版社,2008.

［19］丁尔苏.《符号与意义》.南京：南京大学出版社,2012.

［20］伊塔洛·卡尔维诺.《美国讲稿》.萧天佑译.南京：译林出版社,2012.

［21］乔纳森·卡勒.《结构主义诗学》.北京：中国人民大学出版社,2018.

［22］C. S. 路易斯.《被弃的意象：中世纪与文艺复兴文学入门》.叶丽贤译.北京：东方出版社,2019.

［23］查尔斯·桑德斯·皮尔斯·詹姆斯·雅各布·李斯卡.《皮尔斯：论符号〈李斯卡：皮尔斯符号学导论〉》.赵星植译.成都：四川大学出版社,2014.

［24］詹姆斯·乔伊斯.《芬尼根的守灵夜》.戴从容译.上海：上海人民出版社,2012.

［25］威廉·詹姆士.《多元的宇宙》.吴棠译.北京：商务印书馆,2002.

［26］赵毅衡.《符号学：原理与推演》.南京：南京大学出版社,2011.

［27］——.论重复——意义世界的符号构成方式.《河南师范大学学报(哲学社会科学版)》,2015(1)：121—125.

论小说《牡丹灯记》在日本的跨媒介转换①

——以"落语"为例

周　瑛[1]　肖　妍[2]

（1. 杭州师范大学　2. 杭州电子科技大学）

摘　要：中国明代小说《牡丹灯记》在日本传播的过程中，除了被翻译、改写成日本文学作品以外，还打破文学界限对日本其他艺术产生了深远影响。从落语、电影到电视，从江户时代到现代，日本以多种艺术形式对《牡丹灯记》进行了改编与艺术重构，提供了一个文本跨艺术形式、跨中日两国文化、跨时代旅行的典型案例。落语《怪谈牡丹灯笼》从内容与呈现两个方面对原著进行重构与跨媒介转换，使之成为落语作品中的经典，也为小说《牡丹灯记》在日本舞台艺术与综合艺术领域的深入传播发挥了连结作用。从跨艺术诗学视角对《怪谈牡丹灯笼》的艺术重构进行解析，既是对中国古典作品在日本深远影响力研究进行的补充，又是对日本艺术审美特性的探索，还揭示了日本艺术领域的再创作精神对中国典籍与日本大众文化交融所产生的深远影响。

Abstract：*The Peony Lantern*, a Chinese novel born in the Ming dynasty, has reached well beyond the boundaries of literature in Japan to create a profound impact on other Japanese arts than simply being translated, rewritten or imitated as a Japanese literary reproduction. From the Edo period to modern times, the Chinese original of *The Peony Lantern* has been adapted and artistically reconstructed to make its presence felt in various Japanese art forms from rakugo, movies to television programs, providing a typical example where text travels across eras and art forms from Chinese culture to Japanese culture. The classic rakugo *Tales of The Peony Lantern* (Kaidan Botan Doro) is a kind of cross-media transformation and reconstruction of *The Peony Lantern* both from content and presentation, which has played a connecting role in the in-depth spreading of *The Peony Lantern* in terms of Japanese stage performance art and comprehensive art. This paper analyzes the artistic reconstruction of *Tales of The Peony Lantern* from the perspective of interart poetics. It not only supplements the research on the far-reaching influence of Chinese classical works in Japan, but also explores the aesthetic uniqueness of Japanese art. It also reveals the profound influence of the spirit of re-creation in the field of Japanese art on the development of the fusion of Chinese classics and Japanese popular culture.

关键词：《牡丹灯记》；落语；跨艺术诗学；跨媒介；艺术重构

Key Words：*The Peony Lantern*；rakugo；interart poetiecs；intermedia；artistic reconstruction

一、引言

《牡丹灯记》是明代文言短篇志怪小说集《剪灯新话》中的一篇，早在 1482 年之前就流传到日本（沢田瑞穗，1938：186—188），得到浅井了意等作家的翻译与改写。不仅如此，它还被日本的舞台艺术与影视艺术界进行了再创作与艺术加工。1810 年四世鹤屋南北（1755—1829）创作的戏剧《阿国御前化妆镜》是《牡丹灯记》在日本从文学走入艺术领域的最初尝试。1864 年落语（相当于说书或单口相声）《怪谈牡丹灯笼》、1887 年狂言（一种舞台喜剧）《牡丹灯笼》、

---

①　本文受浙江省哲学社会科学重点研究基地"文艺批评研究院"、杭州市社科重点研究基地"杭州文化国际传播与话语策略研究中心"的资助。

1923 年话剧《牡丹灯笼》、1974 年歌舞伎《怪谈牡丹灯笼》先后在舞台上演。1955 年电影《怪谈牡丹灯笼》、1993 年电影《青春牡丹灯笼》、2019 年电视剧《令和元年版怪谈牡丹灯笼》相继出现在荧幕上。诸如此类被日本艺术界赋予艺术生命的中国经典题材是一个庞大的群体，如杨贵妃与唐玄宗的爱情故事、钟馗祛鬼、西王母献桃等。这一系列艺术作品不拘泥于中国经典作品在日本被注疏、翻译与"翻案"（改写）的传统传播路径，而是以文字以外的其他类型的媒介进行重塑。它们如何实现从中国文学文本到中国题材的日本艺术作品的跨媒介转换，这一研究既是探索同一题材跨媒介转换的必然，又是钻研日本艺术审美特性的要求，还能推动文明互鉴的深入发展，为中国典籍传播和话语建构提供一种路径的参考。

"落语"是一门在日本曲艺场讲述市井之事的语言表演艺术，亦被称为"逗乐艺术"（桂米朝，2015：77）。"其歇语必使人捧腹绝倒，故曰落语"（黄遵宪，2005：879），即早期落语结尾处往往以诙谐幽默之眼娱乐大众。有些落语段子的高潮则是故事发展过程本身，"很多时候都无需演到结尾处，只在故事的高潮部分就戛然而止了"（桂米朝，2015：74）。随着落语的发展，其内容除了滑稽说以外，还出现了人情说、怪谈说、戏剧说、音曲说。落语大师三游亭圆朝（1839—1900）将小说《牡丹灯记》改编为以反映世态人情为特色的人情说作品《怪谈牡丹灯笼》。这一创举实现了《牡丹灯记》从文学文本至曲艺的跨媒介转换，不但为日本观众献上了一个融中日两国文化为一体的经典曲艺节目，还为日后诸多带有《牡丹灯记》元素的日本艺术作品的产生提供了艺术资源与跨媒介经验。落语《怪谈牡丹灯笼》的跨媒介转换价值不仅在于对小说《牡丹灯记》内容的日式改编，更为重要的是以一种崭新的媒介形式对他国文学文本进行艺术重塑与舞台呈现的尝试。正如荷兰学者米克·巴尔（Meke Bal）所言，"通过反复使用以前作品存在的形式，艺术家可以理解文本，从借用的典故中解脱出来，同时用其碎片构建新的文本"（巴尔，2017：65），新的媒介追求的正是为旧文本赋予不同艺术形式的特有呈现效果。

西方"跨艺术诗学"（interart poetiecs）打破媒介界限，研究不同媒介和不同艺术之间的相互影响和相互转化（欧荣，2020：69）。这一理念亦被中国学者与日本学者用于对文学与艺术门类交涉的研究。钱兆明以华莱士·史蒂文斯（Wallace Stevens）的诗歌《六帧有趣的风景》为例，探讨了诗人通过渗透禅宗理念、与南宋诗画关联、结合"非本土"个性创作中国风格的跨艺术诗歌的再创作精神（钱兆明，2012：

104—110）。谭琼琳对美国现当代诗人如何将中国禅画时空一体、物我不二和虚实相生特性与西方哲学二元对立思想相融合进行了解析（谭琼琳，2022：180—194）。元好郎子则运用跨艺术诗学中的核心理论"艺格符换"（ekphrasis）比较了阿布·努瓦斯（Abu Nuwas）和布赫图里（al-Buhturi）的诗歌与伊万壁画之间的作用和构造（元好郎子，1999：85—120）。如果说以这三位学者为代表的研究尚且是以诗歌与绘画的交涉为探索对象，那么严锋等学者阐述文学、媒体与电影之间转换关系的研究（严锋，2006：72—82）则将跨媒介转换的讨论指向了文学与舞台艺术以及综合艺术领域。落语作为曲艺场中的语言表演艺术在江户时代末期对引起广泛关注的小说《牡丹灯记》进行跨媒介转换且令其成为时至今日依然备受喜欢的落语经典，这一案例应该成为跨艺术诗学范围内一个值得研究的课题。

当前学界关于《牡丹灯记》在日本传播的研究多集中在其翻译改写的系谱梳理、同一题材的比较研究及其日本本土化特色的论述上，如太刀川清梳理了《牡丹灯记系谱》，张龙妹通过考察《牡丹灯记》和《吉备津之釜》中幽灵描写的异同论述了中日离魂文学的性质和生灵附体的实质等（张龙妹，1999：52—58）。也有个别研究开始关注落语《怪谈牡丹灯笼》等舞台艺术，如斋藤乔论述了落语中新三郎和阿露的孽缘以及爱恋之情（斋藤乔，2005：81—101），入口爱指出《怪谈牡丹灯笼》的怪谈实质是新三郎与阿露的梦中奇遇以及伴藏妻子被害后附身仆人抖露出伴藏所犯恶事的情节（入口爱，2007：67—83）。综合来看，有关落语《怪谈牡丹灯笼》的研究主要是对故事特色等内容方面的讨论，而关于其艺术呈现方面的研究却很少涉及。户村义男从影视制作角度对电影《青春牡丹灯笼》中新型影像制作技法进行解读，赞美了古典物语利用最新影视技术形成的映像美（户村义男，1995：1—6）。这一研究尽管不是直接针对落语《怪谈牡丹灯笼》的讨论，但是成为《牡丹灯记》跨艺术转换研究的一次大胆而崭新的尝试，为小说原著的跨艺术研究打开了新思路。

值得一提的是，王晓平在《近代中日文学交流史稿》中不止谈到《牡丹灯记》对日本舞台艺术产生了影响，还指出落语《怪谈牡丹灯笼》的表演使用了"经过加工的口语"（王晓平，1987：211）。这一研究突破了中国题材域外传播研究主要集中在文学领域的传统模式，开始涉及中国题材在域外艺术舞台的叙事方式。文学作品如何通过二次创作转换为重视听觉效果兼及视觉效果的日本落语艺术，这涉及跨媒介转换创作机制中的表达范式、叙事技巧以及跨媒介转换的审美机制。本文拟通过对落语《怪谈牡丹灯笼》改编特色与舞台呈现特色的探究进一步展开文学作品的跨媒介转换研究。

二、跨艺术诗学与落语《怪谈牡丹灯笼》研究的新思路

"跨艺术研究"（interarts studies）是欧美人文社科领域的一门新兴学科，包括一个备受关注的学派"艺格符换"（亦称艺术转换再创作批评）①（钱兆明，2012：104）。这一研究原本局限于西方文化范畴中不同艺术门类的相互交涉，通过钱兆明《现代主义对中国美术的反响：庞德、摩尔、史蒂文斯》首次将研究范围拓宽至东西方艺术的跨媒介交流与融合。实际上，艺格符换研究具有超越国别地域的普遍性意义与价值，它可以同样发生在东方。在中国与日本自古以来就常见绘画作品被转换成题画诗，或诗词作品被转换成绘画的现象，亦有像《剪灯新话》中的小说被转换成杂剧作品《人鬼夫妻》《金翠寒衣传》之类文学作品的跨媒介转换现象。应当说跨媒介转换并不是一个新事物，亦不专属于西方。以跨艺术研究为背景来讨论东方范围内文学对其他艺术的影响以及文学向其他艺术的转换亦具有重要价值。

欧荣对跨艺术诗学的形成和发展进行了梳理且指出比较文学美国学派学者亨利·雷马克（Henry H. H. Remak）对比较文学的界定"为跨艺术批评奠定了学理基础"（欧荣，2020：127）。雷马克在对法国学派的实证主义研究范畴进行批判时，除了指出比较文学是超越一国范围的文字以外，还指出它研究"文学跟其他知识和信仰领域，诸如艺术（如绘画、雕塑、建筑、音乐）、哲学、历史、社会科学（如政治学、经济学、社会学）、其他科学、宗教等之间的关系"（雷马克，3）。也就是说，比较文学的研究对象从两国文学领域拓展至 国文学和另一国其他非文学领域的交涉。这一界定肯定了文学对其他艺术门类的影响关系，加上"文学和艺术的复杂辩证关系"（欧荣，2020：127），不难看出文学批评已进入"跨艺术转向"，文学对其他艺术的影响以及文学向其他艺术的转换研究具有广阔空间。

落语《怪谈牡丹灯笼》是一个文学作品跨艺术转换的典型案例。《牡丹灯记》对日本的舞台艺术与综合艺术产生了重要影响，形成了中国文学文本跨媒介、跨文化转换的系列日本艺术作品。从《牡丹灯记》本身的文体特征与内容特色来看，其与落语艺术天生具有互通性和包容性。收录了《牡丹灯记》的《剪灯新话》是传奇体裁，是沟通唐宋传奇与清初《聊斋志异》的桥梁，保持了民间话本小说的形式，通俗易懂，带有市民趣味，情节新奇，虽文笔屡弱，但故事性很强（胡士莹，2011：518—519）。"落语"则是一门形成于江户时代的日本大众语言表演艺术。在表演时，落语艺人跪坐在曲艺场，以当时最流行的大白话进行虚实相间的讲述，以折扇为道具，伴随多变的眼神、丰富的表情与小巧的上半身动作，将观众带入故事世界。"落语家一人上，纳头拜客。笾铺剃出（案：此云剃头铺的徒弟），儒门塾生，谓之前座"，"三寸香根轻动，则种种世态人情，入而触目，感兴觉快"（知堂，2009：137—139）。不难看出落语演出在形式上类似于说书艺人在曲艺场的说书活动，多选取符合市民趣味的题材进行讲述，通俗性强，具有吸引广大平民观众的魅力。就此而言，落语与话本小说的特色相通，为《牡丹灯记》从小说转换为落语艺术提供了良好的前提条件。

落语《怪谈牡丹灯笼》将小说原著人鬼恋故事与改编自《牡丹灯记》的一系列日本"牡丹灯笼"文学作品中相关元素结合以后搬上了曲艺场舞台。它以江户时代的复仇主题统筹整个作品，使人鬼恋故事成为复仇主题的组成部分，还结合落语宣传佛教思想的宗教传统与日本民俗为其加入与佛教相关的内容，既突显了落语趣味，又彰显了日本色彩。应当说落语《怪谈牡丹灯笼》在过滤、吸收中国人鬼恋传奇小说的基础上对日本民族元素进行组合，创造了一个集爱情、怪谈、忠孝、复仇等元素为一体的内涵丰富的舞台艺术作品。

落语艺人在表演中，主要以摹仿不同人物对话与台词以及讲述（旁白）为表现手段展开叙事。精湛的语言表现力与惟妙惟肖的情态摹拟成为推动落语叙事、连接观众与故事世界的关键。在落语《怪谈牡丹灯笼》对小说的舞台转换中，艺人以朴素而生动的日语口语将故事娓娓道来，为观众构建了声音世界中有关人鬼相恋、忠君报主、善恶有报的故事。

三、落语《怪谈牡丹灯笼》对小说的内容重塑

圆朝对落语艺术的主要贡献是为落语作品融入海外文学作品元素、促成东京落语界全盛期的到来，

---

① 关于"艺格符换"这一概念，欧荣对其进行了辨析，指出它是用来"指代不同艺术文本、不同符号系统之间的动态转换"。参看：欧荣.说不尽的《七湖诗章》与"艺格符换".《英美文学研究论丛》，2013（01）.

以充满歌舞伎氛围的戏剧说博得人气,以自导自演的怪谈说、人情说开拓了落语艺术的新境界,故被称为"落语之神""人情说大家"。他在 1864 年(时 25 岁)创作的落语作品《怪谈牡丹灯笼》正是吸收了中国《牡丹灯记》的元素进行艺术重构的成果,是一部显示悲欢离合特色的落语人情说杰作。

《牡丹灯记》①本身以话本小说形式讲述了女鬼符丽卿与鳏夫乔生爱恨情仇的故事。该小说虽为文言,但整篇韵散结合,铺叙描摹,故事离奇曲折,"以粉饰闺情,拈掇艳语,故特为时流所喜"。与《牡丹灯记》相比,圆朝创作的落语《怪谈牡丹灯笼》②并非以人鬼恋为主线,而是以复仇为贯穿始终的主题,巧妙嵌套了武士名门之后阿露以幽灵之身与门第差异悬殊的浪人荻原新三郎再续前缘的人鬼恋故事、新三郎的仆人伴藏的犯罪故事及所有恶人终得恶报的因果报应故事。

作者以孝助为复仇者编织了三个具有千丝万缕联系的复仇故事。第一个故事在孝助应报父仇但又不能对主君恩将仇报的冲突中展开,同时为后两个故事中人物关系的构建与剧情的展开进行了铺垫。在第二个故事中,因主君之妾阿国与奸夫私通及其谋划杀害主君的行为导致主君被拟铲除奸夫的孝助误伤乃至离世,故孝助要为主君报仇。在第三个故事中,与孝助父亲离异多年的母亲偶遇孝助,虽告知其复仇对象阿国的藏身之处,但念及阿国的继子身份故以自杀为她争取出逃时间,同时为继母与继子之间的义理关系谢罪,因此孝助又背负了为母报仇的责任。

纵观三个复仇故事中的人物关系,主君是女鬼阿露的父亲,阿国是女鬼的继母,孝助是女鬼父亲的仆人,他们皆是以女鬼为中心而设置的人物。该作品中的另一个核心人物伴藏则是以人鬼恋中男主人公新三郎为中心设置的。他是新三郎的仆人,与女鬼的交易、与女鬼继母的勾搭、与妻子阿峰的冲突以及被阿峰鬼魂附体者抖露犯罪真相的内容构成了一个情节丰富曲折且怪谈色彩浓厚的日本犯罪故事,成为该落语的另一大看点。不论是从人物关系还是从故事内容看,皆可以发现圆朝是以人鬼恋为起点谋篇布局,力图构建日本特色与落语特色。日本坊间传播的人鬼恋故事自然而然为该落语作品的推出奠定了舆论基础,而对它们深度日本化与落语化的改编则成为打动观众的关键。

该落语复仇主题的确定与当时复仇行为的流行存在紧密联系。"整个江户时代,有记录的复仇案例超过一百个"(北岛正元,69—70),幕府甚至建立了复仇申请手续制度。直到明治六年(1873)复仇活动才被太政官布告明令禁止。派生于武士道之自杀制度的复仇制度是幕府用以维持武士内部秩序的手段,被幕府称赞为"武士道之精华"(同上,91)。戴季陶指出日本封建制下复仇活动的根源在于武士的责任就是为主人和自己的家系家名而奋斗,很多日本古典文学称赞复仇是日本作家对"民族的自画、自赞"(戴季陶,2011:67—68)。随着江户时代太平之世的到来,武士失去了发挥武艺的战场,成为开启城市生活的新型武士,"在作为町人文化中心的小剧馆里,常常可以见到来游玩的武士"(梅棹忠夫,2001:68)。鉴于复仇行为的流行以及富裕武士也成为曲艺场重要的消费群体这些现实情况,落语演出不但会考虑整个社会群体对复仇故事的兴趣,还会特别考虑武士这一消费群体的感受。应当说,圆朝在落语《怪谈牡丹灯笼》中构建以武士孝助为复仇者的为主君、为父、为母复仇的故事是为了将原著深入地转化为日本故事,更是迎合世风、讨好曲艺场观众的举措。

除了在故事内容方面的日本化改编以外,落语对《牡丹灯记》中的不少细节进行了"本土化"调适。在人鬼相遇的时间方面,由原著元夕十五夜调适为盂兰盆节第十三天晚上。当晚,新三郎为死去的阿露搭设迎灵棚,阿露则为了和新三郎再续前缘而隐藏了自己已为女鬼的事实。落语以日本人在盂兰盆节供养亡灵的习俗为背景,塑造了男子与女鬼对彼此情深意切的形象。另外,在救助男子的方法上,由原著的道教调适为佛教方法。在原著中,玄妙观魏法师给了乔生两道护符以抵挡女鬼靠近。在落语中,魏法师的形象与功能则由佛教寺院新幡随院的良石和尚替代,这应该是出于日本人信奉佛教而非道教的原因。良石和尚给了新三郎很多符纸,还借给他纯金的海音如来佛像,教他吟诵《雨宝陀罗尼经》以抵挡女鬼。《雨宝陀罗尼经》来自佛教密宗经典,收录于大藏经密教部《佛说雨宝陀罗尼经》,在日本被佛教净土宗高规格寺院新幡随院收藏。海音如来则被东南亚信奉佛教的诸国供奉。加之落语原本就是僧侣以诙谐幽默的讲解方式将晦涩难懂的佛教经典通俗化的产物。"落语之祖"净土宗僧侣安乐庵

---

① 本文以《瞿佑全集校注(下册)》中的《牡丹灯记》为底本。参见:(明)瞿佑著,乔光辉校注.《瞿佑全集校注(下册)》.杭州:浙江古籍出版社,2010.

② 本文以青空文库收录的《怪谈牡丹灯笼》速记本为底本。圆朝著、铃木行三校订。速记本是对现场演出进行速记后出版的文字。1884 年若林玵藏对落语《怪谈牡丹灯笼》现场演出进行了速记,其速记本内容当年在报纸上连载。

策传（1554—1642）1623 年编撰的日本第一部笑话集《醒睡笑》即是以幽默语言教化世人的代表。因此，圆朝在落语中以佛教思想对原著进行重构既迎合了日本观众的口味，又突显了落语趣味。

四、落语《怪谈牡丹灯笼》对小说的舞台转换

落语艺术家桂米朝指出："在高座上表演出来的以说话艺术形式存在的落语，和在《落语全集》等书籍中以文字形式存在的落语是两种完全不同的东西。"（桂米朝，2015：41）。这一说法尽管存在夸张的成分，但却强调了落语现场表演对落语艺术魅力形成的重要性。因此，落语艺术如何对小说进行舞台转换成为继讨论小说内容重塑特色以后的另一个极有研究必要的课题。由于年代久远，对于落语《怪谈牡丹灯笼》首创者圆朝的演出笔者目不能及。鉴于若林玕藏的速记本显示圆朝《怪谈牡丹灯笼》由 21 个部分组成①，加之该速记本在诞生之初（1884）以连载方式发表于报纸的事实，可以推测圆朝当时应该是以多个场次多个段子的形式对内容丰富容量庞大的《怪谈牡丹灯笼》进行了演绎。

三游亭家第六代继承人圆生（1900—1979）表演的《怪谈牡丹灯笼》主要有四个段子：《阿露与新三郎》《揭护符》《栗桥屋》《关口屋遭勒索》，分别演绎了阿露与新三郎初次相见两情相悦，阿露以幽灵之身造访引发的贴护符和揭护符，伴藏为掩盖罪行杀妻灭口、伴藏被源次郎勒索的内容。落语艺人桂歌丸、柳家乔太郎、春风亭小朝、林家正雀、三游亭荣乐、古今亭志生等也对这四个段子进行了选择性的表演，还追加了显示孝助忠心耿耿的段子《忠仆孝助》以及平左卫门在刀剑铺斩杀蛮横无理的孝助父亲的段子《刀剑铺》。通过对这些演出的梳理可以看出后世落语艺人在演绎《怪谈牡丹灯笼》时主要选择阿露与新三郎相遇、相恋以及阿露死后与新三郎再续前缘的段子。与小说《牡丹灯记》直接以乔生元宵夜见女鬼符丽卿貌美而"神魂飘荡""携手至家"展开人鬼情爱故事的手法不同，落语先构建了新三郎在赏梅时与阿露互生情愫的故事，再以浪人与名门千金的身份差距为由设置了双方因世俗偏见而在禁锢各自感情中煎熬直到阿露抑郁成疾而离世的悲剧，如此为人鬼恋故事发生的合理化做好了铺垫，也成

就了一个有关爱情故事的古典落语段子《阿露与新三郎》。

在"以词叙事"的说唱艺术落语的具体表演中，声音内涵非常重要。面对以"听"为主要接受方式的观众，一个艺人以"徐徐陈说"（知堂，2009：139）为主要手段，通过摹拟不同人物对话与叙述故事推动叙事发展。周作人与四方太受落语特征影响而形成的写生文观为"透明之文与纸上之声"（鸟谷真由美，2018：18—29），若借此反观落语，则发现落语是真真切切地描摹诸事的"透明之声"与引观众入胜的"声音中的世界"。

大量使用拟声词营造良好的听觉效果是落语艺术构建声音世界的重要策略。日语丰富的拟声词和拟态词是其区别于其他语言的一大特色（王海燕，1994：58—61）。日语的音节结构极为单一，又缺乏节奏变化，而拟声拟态词的运用则使日语语调抑扬顿挫，富有节奏感。从听觉效果来看，它能增加语言的生动性与形象性，给听众在听觉上带来强烈的感染；还能增加声音的色彩，表达喜爱、赞扬、亲昵、贬斥、厌恶、冷淡、轻蔑等感情，给对方留下明确清晰的印象（彭飞，1983：27—31）。落语艺人在表演《怪谈牡丹灯笼》时频繁使用拟声词来塑造情节，尤其是以一连串摹拟不同声响程度的拟声词巧妙地表现女鬼阿露在夜晚出现时由远及近的木屐声，甚至采用了民间常用却未被收录在词典中的拟声词。由弱渐强、打破宁静夜色的木屐声，加上钟声、风声与水声所形成的多层次的声响裹挟了现场观众，既营造了阿露穿着木屐缓缓靠近的画面，又渲染了鬼魂出没的恐怖气氛。戏剧家冈本绮堂描述他观看圆朝表演"像坐在故事发生的那间小黑屋里，独自一人听人谈鬼说妖似的，禁不住不时环顾四周"，"满场的人都屏息倾听"（王晓平，1987：211）。可见落语艺术中朴实而活泼的口头语言不但能再现故事原有的声音世界，还能烘托气氛，更是通过声音刺激令观众在脑海中构建相应的画面，产生强烈的情感共鸣。落语不愧被称赞为"写生技术之发达，无论是文学还是其他演艺界都不能与其相提并论"（阪本四方太，1906：1—12）。

"文学是将日常语言变形且使之华丽，令它系统性地脱离日常性的对话"（伊格尔顿，27），而"使用奇异词②可使言语显得华丽并摆脱生活用语的一般化"（亚里士多德，2020：156）。与之相对，落语则要尽最

---

① 参考青空文库 https://www.aozora.gr.jp/cards/000989/files/2577_38206.html.底本为三游亭圆朝著，铃木行三校订.『圆朝全集・卷之二』.京都：世界文库，1963.

② 亚里士多德认为"奇异词"指外来词、隐喻词、延伸词以及任何不同于普通用语的词。参考：亚里士多德.《诗学》.陈中梅译注.北京：商务印书馆，2020.

大可能采用广大市民使用的口头语展开叙事。当文学以文字的形式呈现给读者时，读者通过平面化的阅读完成作品人物在意识中的塑造。戏剧艺术则借助人物的行动与经过"装饰"的语言（包含节奏和唱段的语言）（亚里士多德，2020：63）再现假定的当下，实现人物的塑造。前者属于"主观性的人物形象完成"，后者则属于"客观性的人物形象完成"。与戏剧相比，落语虽同属舞台艺术，观众亦处于随着演出推进而不断流转的状态，但它是一种声音艺术，并不是戏剧那种"再现艺术，要把矛盾冲突、故事结构、人物关系、特点通过喜剧化表演'完整'诠释出来"（李团，2020：32），落语需要以点带面的形式进行表现从而实现作品内容在听众想象力中的塑造。与文字媒介的文学作品相比，落语与其相通的是主观性的人物形象完成，但与其审美感知方式不同。文学文本的审美感知是在语言形式和直观想象中"渐次完成和构成的"（王汶成，2012：11），而落语的审美感知则是以比文字具有更为立体的艺术感染力的声音为激发手段，能在短暂的时间内在意识中构建故事画面，迫使观众在消费式的买笑中感知善恶美丑，形成落语之所以为听觉盛宴的独有体验。

对落语艺术而言，情态摹拟是完善声音世界构建的一大命题。据《江户繁昌记》记载，当时的落语演出"手必弄扇子，忽笑忽泣，或歌或醉，使手使目，踦膝扭腰，女样作态，伧语为鄙，假声写娟，虚怪形鬼，莫不极世态，莫不尽人情"（周知堂，137）。受限于跪坐在舞台上叙述故事的演出形式，落语艺人基本上不开展较大的动作，仅是借助有限的上半身动作摹拟角色形态与抒发叙事者的感情色彩。比如在讲述阿露见不到新三郎的情节时，一边做啜泣状，一边摹仿年轻女性的嗓音念叨："阿米呀（啜泣），明明那样约定好了，（啜泣）萩原大人变心，（啜泣）男人的心就像秋日的天空一样善变，（啜泣）我好悲伤，（啜泣）无法放下萩原大人，阿米啊，（啜泣）我不能离开。"这一连串摹仿传神地表达了阿露对新三郎既思念又埋怨的形象。在讲述伴藏谋杀阿峰的情景时，艺人则以别在腰间的扇子为"胴金腰刀"，左手扶刀，右手作用力拔刀状，同时显示出狰狞的面部表情，将伴藏凶狠无情的面目表现得入木三分。

情态摹拟属于表演的一种，但是落语中的情态摹拟表演又不同于戏剧表演。所有摹仿的区别皆体现在媒介、对象和方式三个方面（亚里士多德，2020：42）。中国之真戏剧"必合言语、动作、歌唱以演一故事"（王国维，2011：32），西方悲剧是以人物的行动对"一个严肃、完整、有一定长度的行动的摹仿"（亚里士多德，2020：63）。与之不同的是，落语在表演中并

不以歌舞演故事，不展开具有一定长度的行动。加之没有舞台布景，亦没有除却折扇以外的道具与复杂的服饰等综合艺术手段的表现方式，只依靠眼神、表情、有限的上半身动作进行表演，但是这些摹仿所形成的各种定式、定格却能以点带面、虚实结合地塑造人物，形成落语艺术的表演特色。比如艺人在塑造伴藏妻子阿峰的形象时，曲背、垂肩、交叠双手的姿态鲜明地勾勒了女性形象。落语表演中的情态摹拟虽动作微小，但具体可观的表情与动作塑造了鲜活的人物形象，增加了叙事立体感，增强了艺术感染力，拉近了与观众的距离，激发了观众对故事情节的想象，令他们对善恶美丑进行了再认识。与之相比，文学以文字叙述逻辑，以比喻、反讽、象征、夸张、通感等修辞方式激活文学作品韵味，其呈现多依赖抽象的表现性（刘俊、董传礼，2020：165），因此文学读解是读者由"言"的阅读到"象"的想象再到"意"的感悟的纵向深化过程（王汶成，2012：11），需借助其可常观的特征反复阅读与思考一步步逼近作者所刻画的世界。落语则是即时性的艺术，艺人的表演与观众的欣赏皆在不断流转，因此亲切生动的叙说语言以外，鲜活幽默的情态摹拟成为吸引观众、将观众快速导入预设情景的落语特征。

事实上，落语艺术与其他曲艺场艺术皆需要以符合大众趣味的文学文本为基础进行艺术表演。落语艺术在将文学符号转化为以声音为主要媒介的表演时，必然针对两者不同的表达范式与叙事技巧而采取转换策略。最为基础的转换工作是将文学那种经过层层装饰的语言简练化、日常化，以此拉近与观众的距离，营造轻松的氛围，在话艺的加持下以此种大众化语言展开叙述。在此基础上，以惟妙惟肖的情态摹仿加速观众在表演的转瞬即逝中与故事产生共鸣。说到底，文学在读者的推动下发展（严锋，2013：8），而舞台艺术则致力于构建表演者与观众的关系。《骂观众》中指出："你们是处在观众席上的听众。你们的思想是自由的。你们还在动着各自的念头。你们看着我们说话，并且听着我们说话。你们的呼吸彼此类似。你们的呼吸与我们说话时候呼吸相适应。你们在呼吸，正如我们在说话。我们和你们也逐渐形成一个整体"（汉德克，2013：38）。舞台艺术的呈现是将演出与现场观众一体化的过程。与其他舞台艺术相比，落语以其曲艺场艺术的定位呈现出尤为关照观众的特性。它不但选择民生、民本、民俗、民间的话题，还选择以质朴无华的大众化语言来表演。在演出中，它根据现场观众的就坐方位以及观众的反应情况调整叙说与情态摹拟的做法既是取悦观众的表现，又是渴望观众与它共享故事世界

的努力。总之，观众不再是旁观的看客，而是落语艺术的话语中心。因此，落语艺术对文学文本的转换以构建与观众的关系而展开。

五、结语

落语《怪谈牡丹灯笼》以中国传奇小说《牡丹灯记》的人鬼情爱故事为基础而形成。在其艺术重构过程中，其创作与表演立足于面向广大平民观众的曲艺活动这一根本，充分尊重平民意识和平民审美，将其改编为嵌套了爱情与因果报应故事的日本复仇主题；以朴实而生动的日语口头语言将平面化的文字转化为引人入胜的声音，以恰当的语言节奏构建声音世界；再以艺人一笑一颦间形成的具象效果来加强落语艺术意向的构筑；在"戏剧性释放"尤为短暂的演出中实现观众在声音世界中对芸芸众生相的主观想象，使怜悯与恐惧之类的情感得以疏泄，最终满足观众的心理与精神需求。每一个民族都有其独特的审美形态，每一门艺术亦有其审美个性。将中国传奇小说跨媒介转换为东瀛曲艺场说唱艺术的这一尝试在一定程度上揭示了中国小说对日本文化的调适，也反映了日本艺术领域对中国小说的审美接受，为艺术领域重塑经典文学作品提供了启示与经验。

参考文献

［1］Henry, H. H. Remak. "Comparative Literature: Its Definition and Function." Eds. N. P. Stallknecht and H. Frenz. *Comparative Literature: Method and Perspective*. Carbondale: Southern Illinois University Press, 1961: 3.

［2］北岛正元.《江户时代》.米彦译.北京：新星出版社, 2020.

［3］彼得·汉德克.《骂观众》.梁锡江译.上海：上海人民出版社, 2013.

［4］戴季陶.《日本论》.长春：吉林出版集团有限责任公司, 2011.

［5］桂米朝.《落语与我》.王瑜译.南京：南京大学出版社, 2015.

［6］胡士莹.《话本小说概论》.北京：中华书局, 2011.

［7］黄遵宪.《日本国志（下卷）》.天津：天津人民出版社, 2005.

［8］李团.《中国曲艺的美学价值及其艺术表现力》.沈阳：辽宁人民出版社, 2020.

［9］刘俊、董传礼.简论融媒时代跨媒介转换的创作、接受和审美机制——兼及对文学史书写的影响.《江淮论坛》, 2020(4).

［10］梅棹忠夫.《何谓日本》.杨芳玲译.天津：百花文艺出版社, 2001.

［11］米克·巴尔.《绘画中的符号叙述——艺术研究与视觉分析》.段炼编.成都：四川大学出版社, 2017.

［12］鸟谷真由美.透明之文与纸上之声——周作人与四方太写生文观比较论.《长江学术》, 2018(1).

［13］欧荣.当代欧美现代主义文学研究热点述评.《外文研究》, 2014(2).

［14］——.语词博物馆——当代欧美跨艺术诗学概述.《上海交通大学学报（哲学社会科学版）》, 2020(8).

［15］彭飞.日语拟声拟态词的特征.《日语学习与研究》, 1983(1).

［16］钱兆明.艺术转换再创作批评：解析史蒂文斯的跨艺术诗《六帧有趣的风景》其一.《外国文学研究》, 2012(3).

［17］谭琼琳.中国禅画在美国现当代诗歌中的调适研究.《英美文学研究论丛》, 2022(33).

［18］王国维.《宋元戏曲史》.上海：上海古籍出版社, 2011.

［19］王海燕.日语拟声词、拟态词的特征及其汉译.《外语研究》, 1994(2).

［20］王汶成.《文学及其语言》.北京：人民出版社, 2012.

［21］王晓平.《近代中日文学交流史稿》.长沙：湖南文艺出版社, 1987.

［22］亚里士多德.《诗学》.陈中梅译注.北京：商务印书馆, 2020.

［23］严锋.变形的意义：对《大话西游》热的跨艺术解读.《中国比较文学》, 2006(4).

［24］高旭东、蒋永影.《哈姆莱特》在当代中国的研究、改编与艺术重构.《外国文学研究》, 2012(6).

［25］——.《跨媒体的诗学》.上海：复旦大学出版社, 2013.

［26］张龙妹.离魂文学的中日比较.《日语学习与研究》, 1999(2).

［27］知堂.《周作人散文全集（第七卷）》.钟叔河编订.桂林：广西师范大学出版社, 2009.

［28］沢田瑞穂.剪燈新話の舶載年代.《中国文学月报》, 1938(2).

［29］元好朗子. "Reality and Reverie: Wine and Ekphrasis in the Abbasid Poetry of Abu Nuwas and al-Buhturi."『日本中東学会年報』,1999(14).

［30］太刀川清.『牡丹灯記の系譜』.東京：勉誠社，
1998.

［31］斎藤喬.悪因縁と恋心（1）三遊亭円朝口演『怪
談牡丹灯籠』にみる生娘の契り.『東北宗教
学』,2005(1).

［32］入口愛.二人の幽霊￥二つめの怪談、怪談の行
方-三遊亭円朝『怪談牡丹燈籠』を読む.『愛知

淑徳大学国語国文』,2007(3).

［33］戸村義男.ハイビジョンドラマ「青春牡丹燈
籠」の新しい映像制作技法.『テレビジョン学
会技術報告』,1995(19：49).

［34］阪本四方太.文章談.『杜鵑』,1906(9：10).

［35］テリー・イーグルトン.『文学とは何か——現
代批評理論への招待（上）』.大橋洋一訳.東京：
岩波書店,2014.

"勤勉话语"在英国文学中的流变研究

谷惠文　陈彦旭

（东北师范大学）

摘　要：西方思想史中的"勤勉"观念在十八、十九世纪英国的社会转型期作为一种文学中的修辞策略得以充分地发展与演变。论文通过对于当时英国小说中不同层面围绕着"勤勉"这一话题所展开的讨论——包括"勤勉"如何为资产阶级原始积累的创业神话提供了一件光彩的合法性外衣使其产生对于资产阶级欲望合理化与财富获取正当化的观念认同、日渐式微的贵族阶级与日益强大的中产阶级的文化趣味与领导权之争、国家身份建构的思考、中产阶级对于工人阶级的教化与规训、维多利亚时期工业小说对勤勉问题的反诘与质问，来梳理出一张有关勤勉话语在十八、十九世纪英国小说中流变的谱系图，并在此基础上探寻其演变之逻辑。

Abstract：This paper starts with examining the concept of "industry" in Western intellectual history and explores how this idea, as a rhetorical strategy in literature, became a manifestation of power discourse and moral principles during the social transformation period in the 18th- and 19th-century Britain. This paper explores the origins, development, and evolution of "industry" in the intellectual history. Through examining discussions on the topic of "industry" in different aspects of British novels at that time, including how the idea of "industry" provided a shining legitimacy cloak for the entrepreneurial myth of primitive accumulation of the bourgeoisie, creating a concept of rationalization of their desires and legitimization of wealth acquisition, the cultural taste and leadership struggle between the declining aristocracy and the rising middle class, the national identity construction, the education and training of the working class by the middle class, as well as the questioning and interrogation of the issue related to industry in Victorian industrial novels. This paper presents a genealogy of the transformation of the discourse of "industry" in the 18th- and 19th-century British literature, and explores the logic of its evolution.

关键词：勤勉；英国文学；思想史；文化批评

Key Words：industry；British literature；intellectual history；cultural criticism

一、引言

从英国思想史和文化史的角度看，"勤勉"是一个历时性、多层次的概念，在不同历史时期呈现出不同的文化和社会意义。在宗教改革及其后的普世教会时期，"勤勉"被看作实现个人敬虔和救赎的途径，与宗教信仰紧密相连，体现了宗教伦理在个人行为和社会规范中的影响力。如马克斯·韦伯（Max Weber）在《新教伦理与资本主义精神》中提出，新教——特别是加尔文主义——对勤勉的价值观产生

了深远影响（Weber, 271）。随着启蒙运动的兴起，"勤勉"这一概念开始与个人理性、社会进步和科学探索关联起来。约翰·洛克（John Locke）在《论政府》中强调了劳动的价值和个人财产权的重要性（Locke, 27），而亚当·斯密（Adam Smith）在《国富论》中阐述了劳动分工和市场经济对提高生产效率的重要性（Smith, 5-10）。这一时期的思想家们将"勤勉"视为实现个人自我价值、社会繁荣和经济成功的关键。进入工业革命时期，"勤勉"成为经济增长和社会现代化的核心动力，其意义开始与工业生产、效率和时间管理紧密相连。而到了强调个人责

任、自我约束和道德完善的维多利亚时期的英国社会，"勤勉"则更多地与教育、家庭价值观和宗教信仰等方面被赋予深刻的解读意义。

约翰·波考克（John Greville Agard Pocock）曾下过一个精辟的论断：在过去 20 年里，"思想史"（history of thought），或更精准地说，"观念史"（history of idea）的研究重心，也已转向"言说的历史"（history of speech）或"话语的历史"（Pocock, 2）。本文所论述的"勤勉话语"基于这一认识，针对"勤勉"这一核心概念，研究英国十八、十九世纪小说展开的多种相关叙述或论述，重点关注处于社会转型期的英国小说在有关"勤勉"这一议题上表述内容与内涵的转变，并考察种种变化背后的历史、社会与文化依据，旨在将"勤勉话语"在十八、十九世纪英国文学中流变规律梳理出一个清晰的学理脉络，并说明这一来自思想史中的观念与英国文学中的"勤勉话语"之间存在着何种"互文性"关系。

二、勤勉：西方思想史中的一块璞玉

人类思想史中的勤勉观念应追溯到哪里？柏拉图在《理想国》中提出了国家源于劳动分工的重要观念，并在此基础之上将公民分为治国者、军人、劳动者三个等级（Rosen, 192）。将不具备文化与美德的劳动人民排除在城邦统治人群之外，这本身便折射出了对于劳动的歧视与偏见。并且，他认为由"铁与铜"组成的劳动者天生就应勤勉劳作，不应有逾越阶层的非分之想。事实上，柏拉图甚至提出过，要通过立法防止手工业者与农业阶层的人技艺退化。在他看来，"我们倘若给农民穿上亚麻布做的上好衣服，给他们戴上金冠，倒不是什么难事，可是那样他们就不会愿意下地干活儿。同理可证，如果我们允许陶工惬意地躺在椅子上休息，在火炉边大快朵颐……那么他们就不会愿意继续从事制陶的活儿了……我们不能让每个人都幸福……否则他的身上就不具备独有的品性了"（Plato, 252）。由此可见，"勤勉"在古希腊时期专属于地位不高的劳动者，他们被要求安于自己的等级序列，为统治阶级埋头苦干，是柏拉图所言的"城邦正义"得以实现的重要前提与组成内容。

在漫长的中世纪，早期的基督教徒由于沉重的"禁欲"枷锁，鄙视世俗生活，蔑视财富，更不喜辛勤劳动，因为劳动会减少他们宗教生活的核心任务——侍奉上帝。且不谈伊甸园里上帝为亚当与夏娃所预备的丰衣足食的闲逸生活，《路加福音》第十五章中"浪子回头"的故事更是通过对比懒惰的

弟弟与勤劳的哥哥的命运说明了上帝并不介意其子民懒惰的寓意。然而，这一观念在宗教改革之后遭遇了巨大挑战，新教徒将工作贴上了"神圣化"的标签，勤勉工作成了侍奉上帝、荣耀上帝的新形式，勤勉精神亦随之变为承蒙神之恩典的重要品格。

到了人文主义汹涌澎湃的文艺复兴时期，"勤勉"一词则褪去了神性光芒，凸显了"人本特质"。塞缪尔·约翰逊（Samuel Johnson）在他编撰的《英语大辞典》中援引了来自莎士比亚、莫尔、斯宾塞、弥尔顿等多位文学巨匠作品中包含"Industrious"的例子，用来说明该词所具有的人之美德——"勤劳，执着，敬业"，等等。从这一意义上而论，"勤勉"实际上体现了文艺复兴时期人们的进取精神和创造精神，是一种"人权"对抗"神权"的表征。在此时期，最具有代表性的作品莫过于莫尔的《乌托邦》。在他的理想王国中，每个人都需要工作，但每天只需工作 6 小时。工作的目的是为了"给所有人尽可能充裕的时间……来解放与发展他们的思想"（Baugh, 209）历史学家们是这样看待文艺复兴对"勤勉"形成的影响的："勤勉工作的思想表达了人们的自信与活力……他们给予工作尊严，这种精神一直流传到当今的劳动者身上。"（Ryken, 68）此外，考虑到文艺复兴的本质——欧洲新兴资产阶级以重振古典文化为名在意识形态领域引发的一场思想革命，我们还应该对这一时期勤勉话语中的资本主义精神多加留意。

事实上，韦伯亦在《新教伦理与资本主义精神》中将勤勉与节俭、守时、诚实并举，称其为"资本主义精神"之核心，并视其为西方理性资本主义兴起的导源性力量（Weber, 271）。而雷蒙·威廉斯（Reymond Henry Williams）也在《关键词：文化与社会的词汇》序言中将"勤勉"作为资本主义文化研究最值得关注的五个关键词之一（Williams, 237）。而昆汀·斯金纳（Quentin Skinner）更是一针见血地指出，所谓"勤勉"，是社会转型过程中"新生"的社会阶层——以谋取利润和财富的社会群体——所使用的一种修辞策略，其目的是为其工商业活动谋求"合法性"，所凸显的乃是资本主义精神（周保巍, 104）。

不难看出，斯金纳所提及的"社会转型期"实际上是指从封建农业社会逐渐向资本主义工商业社会过渡的英国，而造成这种转型的重要动因就是发生在十八、十九世纪的工业革命。在英语中，"industry"一词涵盖了"勤勉"与"工业"这两层意思，这在某种程度上揭示了两者间微妙而复杂的关系。据考证，这一词首先在 19 世纪 20 年代的法国被赋予"工业"的含义，而"工业革命"（industrious revolution）首次进入英国历史学的专业词汇则是在 1831 年（Clark, 10）。从

具有道德与价值判断意义的"勤勉"到只具备经济学描述意义的"工业"似乎是一种倒退。美国加州大学伯克利分校教授德·弗雷斯（Jan De Vries）就对"工业革命"（Industrial Revolution）一词的精准性提出质疑，建议用"勤勉革命"（两者英文均为 Industrious Revolution）取而代之（刘景华、张松韬，79）。

从文学的视角来看，伊恩·瓦特（Ian Watt）在《小说的兴起》中将丹尼尔·笛福（Daniel Defoe）创作于 18 世纪早期的《鲁滨逊漂流记》定位为英国第一部现实主义长篇小说。那么，伴随着社会转型期各种新旧价值的激荡与碰撞，"勤勉"一词被赋予了何种新的文化、政治或哲学内涵？这些新的内容与当时十八、十九世纪英国小说中的勤勉话语形成了何种互动与对话关系？这是本论文所要尝试解决的关键问题。

三、合理的欲望与正当的财富：18 世纪英国小说新兴资产阶级的勤勉话语

借用一下马克思那句世人耳熟能详的名言："资本来到世间，从头到脚，每个毛孔都滴着血和肮脏的东西。"（卫兴华，15）英国资本主义的原始积累亦伴随着掠夺杀戮这类残酷的暴力行径：对内，可追溯到 15 世纪末到 19 世纪初的圈地运动；对外，则以令人发指的海盗式的殖民制度为代表，贩运黑奴、贩卖鸦片等都是世人皆知的罪恶行为。然而，为了掩饰、美化资产阶级的发家史，资产阶级学者往往祭出"勤勉"这面大旗，宣称"只要通过勤勉工作与严格的自律，任何人都可以变得富有"（Merlo, 2012），试图通过"一勤遮百丑"这种避重就轻的逻辑来转移人们的注意力，借助"勤勉"为资产阶级原始积累的创业神话提供了一件光彩的合法性外衣，使其产生对于资产阶级欲望合理化与财富获取正当化的观念认同。

这种"合理性"与"正当化"是如何实现的？以《鲁滨逊漂流记》为例，主人公是以一个资产阶级开拓者和奋斗者的正面形象出现的。在空无人烟的荒岛上，他自力更生，凭借着孜孜不倦的勤勉精神，建造了房屋、木筏，缝制了兽皮衣服，烧制了陶器等生活用具，还开辟了自己的农场。显然，这一切"财富"的取得具有无可争辩的正当性，因为均是其个人勤勉劳动所得。另一方面，鲁滨逊对这些"财富"的贪欲也并不会使得读者在情感上产生反感或不安的感觉，因为促使其勤勉的源动力是在周遭环境极其贫瘠与恶劣的情况下求得生存。对于"生存"的朴素意义上的生物性追求符合生命延续与繁衍的本能，具有不言自明的合理性。由于在恶劣的客观环境下所

激发出的勤勉精神以及对物质的渴求最初都是被迫而为，并不是主动索取，这样就减免甚至规避了个体因追求金钱与财富而在道德上被人诟病的可能性。同一时期的其他小说都呈现出了类似的特点。如在《摩尔·弗兰德斯》中，女主角摩尔出生在伦敦的监狱里，遭生母遗弃，又被人诱奸，嫁人后又很快成了寡妇，受尽了苦难折磨。她这一生亦兢兢业业，奉行新资产阶级的价值观，但为了改变自己的命运不择手段。有学者将这部小说归在当时流行的"恶棍传奇"，生动地刻画了她是如何从一个天真可爱的少女逐渐蜕变堕落为一个将偷骗当作家常便饭的娼妓。然而更多人则为摩尔一掬同情之泪，认为她这悲惨的一生"除了社会的腐蚀和个人意志的薄弱，更重要的是因为她贫穷"（杨恩芳，96）。类似地，在亨利·菲尔丁（Henry Fielding）的《汤姆·琼斯》中，主人公汤姆是个遭人遗弃的私生子，在他 19 岁时就犯过数次偷窃罪（偷别人家的果子、鸭子、皮球，等等），后来被放逐，也蹲过监狱，对追求财富也有着异常的热情，而他在道德上的最大污点就是睡上了年长他许多的沃特斯太太的床。对于这一看似不可宽恕的行为，作家兼评价家威廉·萨默塞特·毛姆（William Somerset Maugham）却不以为意，并将其原因归结为汤姆的"穷"——"汤姆当时身无分文，兜里连坐马车去她府上的那点钱都没有，而沃特斯太太很富有……很大方……菲尔丁没有惺惺作态地创作什么楷模人物，只是刻画普通的人性"（Maugham, 41）。

这里所谈的"人性"直接指向的是人对于财富的欲望，而追求财富并不是终极所指，而是为了改善自身的生存处境，勤勉则是达成这一目的的手段与态度。正如 18 世纪伯纳德·曼德维尔（Bernard Mandeville）在其讽刺散文诗体《蜜蜂的寓言——私人的恶德·公众的利益》中对"勤劳"（diligence）与"勤勉"（industry）所作出的刻意区分：在他看来，蜜蜂无目的的忙碌就是一种"勤劳"，而"勤勉"的概念中则包含着一种强烈的"改善我们处境的不懈欲望"的内驱性冲动，而环境越恶劣所激发的勤勉精神就越强烈（Mandeville, 2002）。

事实上，在上文论及的三部小说中均蕴含着"贫瘠可激发勤勉"的观念。它在英国思想史上亦源远流长，最早可追溯到对于"荷兰神话"的探求。1673 年，英国大使坦普勒爵士（Sir William Temple）在《联合省考察》（Observation upon the United Provinces）中对荷兰做了如下评价："我相信，贸易的真正起源和基础是大量人群聚集在小范围的土地内，那里所有生活必需品就都是稀缺的；所有有财产的人都趋于极度节俭，但是那些一无所有的人被迫勤勉劳动。

大多数人精力充沛地投入劳动……这些习惯首先是由需要养成的，而及时成长为一个国家的常规。"(Wallerstein, 50) 坦普勒爵士的结论有两点意义。首先，他试图将"必需"(necessity) 与"勤勉"相结合起来，这一观念在英国早期现代是十分流行的，亦见于彼得·德拉考特(Pieter de la Court)、托马斯·孟(Thomas Mun)、大卫·休谟(David Hume) 等人的思想史著作之中(周保巍，111—113)。其次，他倡导将个体的勤勉精神推广为国家之圭臬，赋予其国民操守准则的深意，并把它与国家的兴衰紧密联系在一起。

然而，"勤勉"与"必需"之间的联系只能够阐释有关"生存权"的问题，却未能对"发展权"做出令人满意的解释。譬如说，鲁滨逊通过自己的勤勉劳动解决了基本的吃住问题之后，为何还要接着不懈努力去改善超越生存价值之上的生活品质问题？如果说"生存权"尚属于自然法的范畴，那么"发展权"则是在其基础上的延伸，并在18世纪以法律的形式固定下来而深入人心。这里所说的"法律"，最为典型的莫过于美利坚合众国于1776年颁布的《独立宣言》，以及法兰西共和国于1789年发布的《人权和公民权宣言》。前者宣告了"人的生命、自由和追求幸福的权利不可侵犯"，而后者同样明确提出，人的基本权利有四项，除了与生存权有关的"安全"之外，"自由、财产与反抗压迫"同样神圣而不可动摇。

在以上的陈述中，"生存权"与人对自由、财产的追求权利被放置到了同等重要的地位。依照这一逻辑，人的勤勉精神不仅仅适用于基于"必需"的生存权，同样也可建立在追求幸福的发展权之上。从产生的历史背景来看，这一追求源于早期资产阶级反抗封建王权，渴望通过勤勉劳动与自助精神来积累财富资本，进而提升自身地位的迫切愿望。

然而，工业革命为资产阶级带来巨大财富增长的同时，这种勤勉精神也在逐渐地消减与磨损。笛福曾经不无忧虑地提出，在18世纪后半叶，商人丢掉了勤勉精神，变成了懒惰的"食利者"——"从前商人首先应该积极与勤奋，以便为自己谋取财富；而现在他除了决定要成为懒惰和不努力之人以外，便无须做别的事情。无期有息公债和地产是他储蓄唯一合适的地方"(Bukharin, 16)。

那么，18世纪末的资产阶级为什么变"懒"了？这不仅仅是简单的"饱暖思淫欲"的问题。资产阶级所追求与享受的"懒"，应该用"闲暇"这一词汇来描述更为合适。从文化视角来看，早期资产阶级完成了财富积累之后，渴望社会地位向贵族、地主、士绅靠拢，因此在品位上开始追求"闲逸""高雅""精

致"，开始嫌弃与粗俗的体力劳作相关的勤勉。另外，从文学的角度来看，作为重要文学思潮的情感主义，亦注重细腻的感性、高尚的德行、精美的趣味，是社会动荡时期阶级权力再分配中贵族的一种自觉的文化武器。考虑到法国大革命后欧洲贵族对于资产阶级普遍反感、恐惧的心理状况，他们对"勤勉精神"的贬低与对自身"闲暇品位"的褒扬究其本质是有关社会文化领导权争夺的要害问题。

四、文化战、道德评价、对无产阶级的教化与规训：19世纪英国小说中的勤勉话语之转向

接上文所述，19世纪前30年迎来了英国的摄政时期，纨绔子文化当道，他们蔑视一切通过工作来勤勤恳恳赚钱谋生的人，认为其粗俗不堪。因此，针对资产阶级的勤勉话语在道德与美学合法性上面临着巨大危机。这种危机是在经济与政治上日渐式微的贵族阶级向资产阶级发起文化战争的必然结果，资产阶级在这一过程中显示出了对自身文化形象不自信的焦虑。

不仅如此，在19世纪的英国，作为勤勉思想重要来源之一的清教精神也受到了牛津运动与福音运动的强烈否定与冲击。马修·阿诺德(Matthew Arnold)在《文化与无政府主义》一书中宣称，所谓的清教勤勉精神是一种"低贱的雄心"与"市侩的偏见"，而那些庸俗且一味逐利的中产阶级如圣经中的"腓利士人"一般下贱。阿诺德号召象征着"甜美与文明"的"希腊精神"的回归，取代清教徒的勤勉与奋斗精神。贵族化的精英主义话语从宗教的角度否决了资本主义的勤勉话语的合法性(Arnold, 2008)，这反映了资产阶级勤勉话语的衰落与危机。

摄政时期的主要英国小说家有两位，分别是简·奥斯丁(Jane Austin)与瓦尔特·司各特(Walt Scott)。奥斯丁的小说多以描写青年女子在恋爱与择偶时的种种纠结与矛盾，因此小说中的理想青年男子形象的塑造有着重要的社会价值判断意义。在奥斯丁早期小说《傲慢与偏见》中，衣冠楚楚、气质不俗、举止文雅、冷漠孤傲的达西，以"伦敦蝴蝶"(程巍，3) 般的高傲贵族形象深入人心，成为中产阶级女子争相追求的对象。然而，在她的最后一部小说《劝导》中，穷海军中校温特沃斯通过自己历经七年之久的勤奋工作，积累了大量财富，亦成了众多女子心目中理想的结婚对象，连当初拒绝他的贵族女子安·艾略特也再次对他抛出了橄榄枝。"悠闲的贵族男子"与"勤勉的中产阶级男子"到底哪一个才是那个

时代的白马王子,在这两难抉择的缝隙中,亦可窥见当时围绕着勤勉话语产生的讨论、思考与焦虑。

摄政时期另一位主要小说家司各特以撰写中世纪浪漫传奇与以苏格兰文化背景的小说而著名,但他的历史小说也对"勤勉"这一主题做出了别具特色的回应。首先,正如程巍所言,"摄政时代是不劳而获的长子们从美学和道德上压迫次子们的时代"(程巍,5—6)。因此,这种奋发向上的勤勉精神通常体现在次子身上。从这意义上来说,我们对《艾凡赫》中作为次子的约翰王企图谋害狮子王理查的卑劣行径,以及《一个医生的女儿》中身为次子且被遗弃的理查·米德尔马斯对赴印度淘金的渴望,会产生一个全新的认识。另外,在《中洛辛郡的心脏》以及《古董家》等作品中,通过对比"勤勉的苏格兰人"与"懒惰的英格兰人"这一对相互对立的形象,司各特实际上指出了"勤勉"之于民族精神塑造与国家身份建构的重要意义。这一论点超越了前文所论及的阶级立场价值判断,并赋予了勤勉以道德评价的功能。

将文学作品中树立"勤勉"与"懒惰"的人物形象,并通过两者的命运对比来说教上帝惩恶奖善的寓意,借此在勤勉与否与道德评价之间建立起联系,在18世纪浓厚的清教说教传统中是比较常见的。黄梅先生就曾在《推敲自我——小说在18世纪的英国》中指出画家威廉·霍加斯通过《勤与懒》中对比一勤一懒两个学徒的命运来实现小说教导公众的责任。然而,那时的勤勉话语的道德评价并不带有鲜明的阶级色彩(黄梅,2003)。然而,在19世纪,当资产阶级受贵族以及绅士文化的影响,不再对勤勉精神存有深刻的认同之后,他们试图将勤勉话语的道德评价功能应用到无产阶级身上,而自身则反客为主,成了勤勉话语讲述者的权力主体。

从英国当时公共政策的实施这一角度来观察,最为典型的莫过于数次《济贫法》的改弦易张。1601年,伊丽莎白女王颁布济贫法,规定每个无家可归的穷人都可以在其出生的教区领取一定数量的货币和食物救济。而到了1795年,英国修改了济贫法,将接受救济的对象描述为"每个贫穷而勤勉的人"(Nicholls, 152)。马尔萨斯在《人口原理》中又大力提倡废除济贫法,理由是利用国家财富养活的这些穷人不劳而获,容易养成其懒惰的习性,对国家风气不利(Malthus, 1992)。而1834年英国再次修改的济贫法取消了一切金钱与实物的救济,穷人只有在各地新建的"习艺所"中从事繁重的劳动才有可能得到救济的机会。1816年,贝德福郡的麦奎因博士在给农业部的一封信中暴露了以他为代表的众多资产阶级对于无产者的歧视:"有关济贫税,我总以为是和工人

阶级的懒惰和堕落联系在一起的。"(Thompson, 244)

事实上,19世纪中后期,英国文学中的勤勉话语言说的主体与对象较之前发生了重大变化,聚焦资本家与工人。这一时期的勤勉话语对工人阶级有着明显的教化与规训之意。约翰·罗斯金(John Ruskin)将工人按照勤勉程度作出了"好工人"与"坏工人"的区分,这里的"好"与"坏"既是用来评价工人工作技能纯熟与否的描述性词汇,同时也隐含着对其品质的道德性判断。托马斯·卡莱尔(Thomas Carlyle)所提倡的"工作神圣化",即工作之中自有其永恒的高贵性,甚至神圣性"(钱青,221),呼吁建立新型的劳资关系。受其影响,查理·金斯利(Charles Kinsley)在包括《奥尔顿·洛克》在内的多部小说中阐释了"基督教社会主义"的理念:一方面对于社会主义而言,其所倡导的勤勉劳动由于被"神圣化",从而获得了在道德上与美学上的合法性;另一方面对于基督教而言,它原本不提倡现世观念,亦不鼓励人们劳作,但吸收了"劳动"观念后,变得更加具有现实意义。但是,卡莱尔等文化学者对工人提出的勤勉要求究其本质是中世纪时仆人对主人的忠诚不二、埋头苦干的精神,也应该引起人们的警惕、反思与批判。

19世纪中后期的英国作家对勤勉问题亦有过深刻的思考与积极的回应,并在"工业小说"中开展了丰富的讨论。如查尔斯·狄更斯(Charles Dickens)在《大卫·科波菲尔》、《艰难时世》与《远大前程》这一系列小说中表现了从他对"勤勉"的理解与洞察,质疑像大卫、斯蒂芬、皮普这类的人物为什么一直都在"兢兢业业,勤勉有加"地工作,最后却只能换来远大前程梦碎的悲凉结局。值得注意的是,约翰·约旦(John Jordan)曾指出,狄更斯过于关注在工厂的人物,将"劳动阶级等同于工人……这一点可能会使得伊丽莎白·盖斯凯尔(Elizabeth Gaskell)、金斯利等其他工业小说家感到失望"(Jordan, 68)。这一判断是十分精准的,如盖斯凯尔在《玛丽·巴顿》中以英国19世纪三四十年代的宪章运动为背景,指出针对劳动者的、富有训诫意义的勤勉话语只能加大社会贫富差距,进而加深劳资之间的矛盾。在盖斯凯尔看来,勤勉并不应该通过人为的强制性来驱迫获得,而是应该通过激发人类内在的、有关知识与精神的追求来实现自足的勤勉。《玛丽·巴顿》中酷爱博物学知识的约伯与《妻子与女儿》中一心钻研科学的罗杰这两个形象印证了以上的这一说法。而金斯利小说《奥尔顿·洛克》中的主人公洛克在白天做完了漫长的苦工之后,夜晚还要瞒着母亲通宵夜读,不惜透支自己的生命体现他对知识的渴求,来实现"自学诗

人"(self-educated poet)的目标,这更是对于以上观点的有力回应。只是他在小说结尾壮志未酬、溘然离世的悲惨结局意味深长。

总之,维多利亚晚期工业小说普遍对资产阶级与无产阶级的勤勉话语提出质疑,问诘为何工人终生勤勉却食不果腹? 对中产阶级适用的"勤勉促发社会向上流动性"为何对工人无效? 这些在小说中对于勤勉话语的追问表达了作家对于资本主义工业精神、劳动、阶级流动性以及财富的焦虑和辩证看法。

五、结语

前文所讨论的勤勉话语大多是在十八、十九世纪处于工业革命中的英国迫切追求进步这一大的语境中展开的。然而,在 19 世纪晚期,随着工业革命的偃旗息鼓,亦受维多利亚风尚之感召,一个来源于中世纪的观念"快乐的英格兰"(Merrie England)再度流行开来,人们开始缅怀往昔美好单纯的乡村生活,乡绅理想得到复兴,工业意义上的勤勉精神——无论是针对资产阶级还是无产阶级,又面临着挑战与衰落。以托马斯·哈代(Thomas Hardy)创作的系列小说——《绿荫下》《秋波湛蓝》与《远离尘嚣》为例,它们均充满着浪漫的田园牧歌情调,抒发了对田园生活的爱恋与对农村劳动人民质朴、敦厚高尚情操的热爱,通过着重强调自然的非工具性价值来抵制 19 世纪蕴含着工业精神和实用价值的勤勉话语。这种现象并不能认为是向旧式贵族地主的理想回归,而是新型农业资本家以理想化的往昔为参照在进行自我调节,把英国社会未来的希望寄托在他们的幡然醒悟、改从正道之上。

本文在英国工业革命的背景下,视"勤勉"为资本主义精神之要义,重点关注当时社会的阶级矛盾,借助文化批评的手段、依靠思想史上的术语考察梳理十八、十九世纪处于社会转型期的英国小说中围绕着"勤勉"这一问题与话题所做出的系列回应与讨论,有着该历史时期的独特性与适用性。然而,虽然本文的讨论终结于英国 19 世纪末期,但是对于"勤勉话语"这一话题,对于生活各个方面都在加速智能化、信息化的现代社会来讲,仍然具有毋庸置疑的政治、经济、文化与伦理意义。对于"勤勉"意义的现代性追问有利于人们进行对于自身存在,即对"人"之本真意义的深刻反省,同时亦能促进我们对与所栖身的现代世界之间的关系的进一步理解。在现代性的语境下,对"勤勉话语"在英国文学中的流变进行深入研究将揭示其在世俗性、个体性、创造性、实用性和实证性这些现代性精神维度下的新意义和价值

(罗骞,2022)。尤其在现代科技与信息化的大背景下,人类的生活和认知正在经历深刻变革。此时,对"勤勉"概念的重新审视揭示了其在当代社会中面临的新情境和挑战。一方面,高速发展的人工智能技术为人类的创造力提供了新的机遇,预示着数字世界中勤勉精神的新发展方向。另一方面,实用主义和消费主义对人的勤勉品质构成潜在威胁,尤其在数字时代人们容易在虚拟空间中迷失自我。因此,当前社会亟须从文化和伦理的角度更加深刻反思"勤勉"的内在品质与外部环境,确保其在数字化新时代中能发挥积极作用,这是现代社会应持续关注"勤勉"话题的重要意义所在,而文学作品也必然将为我们提供一个观察和理解现代社会中勤勉精神的独特视角。

参考文献

［1］ Baugh, A. *English Literature: A Period Anthology*. New York：Appleton-Century-Crofts, 1954.

［2］ Jordan, J. *The Cambridge Companion to Charles Dickens*. London：Cambridge University Press, 2001.

［3］ Locke, J. *Two Treatises of Government*. Cambridge：Cambridge University Press, 1960.

［4］ Merlo, F. *The Robin Hood Lies*. Bloomington：Author House, 2012.

［5］ Nicholls, G. *A History of the English Poor Law*. London：P. S. King & Son, 1904.

［6］ Plato. *Plato the Teacher: Being Selections from the Apology, Euthydemus, Protagoras, Symposium, Phædrus, Republic, and Phædo of Plato*. New York：Charles Scribner's Sons, 1897.

［7］ Pocock, J. *Virtue, Commerce, and History*. Cambridge：Cambridge University Press, 1985.

［8］ Rosen, S. *Plato's Republic: A Study*. London：Yale University Press, 2008.

［9］ Ryken, L. *Work and Leisure in Christian Perspective*. Eugene：Wipf and Stock Publishers, 2002.

［10］ 爱德华·帕尔默·汤普森.《英国工人阶级的形成》.钱乘旦译.南京：译林出版社,2013.

［11］ 伯纳德·曼德维尔.《蜜蜂的寓言：私人的恶德,公众的利益》.肖聿译.北京：中国社会科学出版社,2002.

［12］ 程巍.伦敦蝴蝶与帝国鹰:从达西到罗切斯特.《隐匿的整体》.程巍编.开封:河南大学出版社,2009.

[13] 黄梅.《推敲自我——小说在 18 世纪的英国》.北京：生活·读书·新知三联出版社,2003.

[14] J. C. D. 克拉克.《1660—1832 年的英国社会——旧制度下的宗教信仰、观念形态和政治生活》.姜德福译.北京：商务印书馆,2014.

[15] 雷蒙·威廉斯.《关键词：文化与社会的词汇》.刘建基译.北京：生活·读书·新知三联出版社,2005.

[16] 刘景华、张松韬.用"勤勉革命"替代"工业革命"? ——西方研究工业革命的一个新动向.《史学理论研究》,2012(2)：79.

[17] 罗骞.批判视角下的现代性基本精神.《中国社会科学报》,2022.09.20.

[18] 马克斯·韦伯.《新教伦理与资本主义精神》.阎克文译.上海：上海人民出版社,2010.

[19] 马修·阿诺德.《文化与无政府状态》.韩敏中译.北京：生活·读书·新知三联出版社,2008.

[20] 尼·布哈林.《食利者政治经济学》.郭连成译.北京：商务印书馆,2011.

[21] 钱青.《英国 19 世纪文学》.北京：外语教学与研究出版社,2012.

[22] 托马斯·罗伯特·马尔萨斯.《人口原理》.朱泱、胡企林、朱和中译.北京：商务印书馆,1992.

[23] 威廉·萨默塞特·毛姆.《巨匠与杰作》.李锋译.上海：上海译文出版社,2013.

[24] 卫兴华.《资本论》简说.北京：中国财政经济出版社,2014.

[25] 亚当·斯密.《国民财富的性质和原因的研究（下卷）》.郭大力、王亚南译.北京：商务印书馆,1974.

[26] 杨恩芳.《文学世界的女性人生》.重庆：重庆出版社,2013.

[27] 伊曼纽尔·沃勒斯坦.《现代世界体系：重商主义与欧洲世界经济体的巩固：1600—1750》.吴必康译.北京：社会科学文献出版社,2013.

[28] 周保巍.必然、欲望与自由——英国现代早期的勤勉话语.《中国学术》.刘东编.北京：商务印书馆,2011.

流亡的命运与族裔身份的变迁与重构

——一部新发现的在沪流亡犹太人的德语戏剧《第二副面孔》①

刘　炜

（复旦大学）

摘　要：近年来，在沪流亡犹太人的历史受到广泛关注，虽然时隔久远，但依然不断会有新资料得以重见天日。2017 年，意大利学者托玛斯·索玛多斯发现、整理并出版了奥地利犹太作家马克·西格尔贝格的一部德语戏剧的手稿。这部名为《第二副面孔》的四幕剧创作于作家流亡上海时的 1941年，英文翻译版于 1944 年在澳大利亚墨尔本出版。作品以日军进攻珍珠港前后的上海公共租界为背景，讲述了租界内各种势力之间的角逐与冲突。无论是从文学还是从历史的角度，这部新发现作品的独特文献价值都具有研究发掘的必要。同样，体现在作家和作品人物身上的犹太族裔身份，表现出了多样性、复杂性、矛盾性和时代性的特征。本文以这部新发现的德语戏剧为例，结合流亡者的命运和时代的背景，梳理在沪流亡犹太人族裔身份的变迁与重构。

Abstract: In recent years, the history of Jews in exile in Shanghai has received widespread attention. Experts and scholars from various countries have studied and elaborated on this history from different angles, and released a large number of relevant historical materials, all of which should prove challenging to future studies. New and unexpected information continues to be exposed in spite of the huge time gap. In 2017, Italian scholar Tomas Sommadossi discovered, compiled and published a manuscript of *The Second Face*, a German play by the Austrian Jewish writer Mark Siegelberg. It was created in 1941 when the writer was in exile in Shanghai. The English translation was published in Melbourne, Australia in 1944. Set in the background of the Shanghai Public Concession before and after the Japanese invasion of Pearl Harbor, this play focuses on the rivalry and conflict among various forces within the concession. Whether from a literary or historical perspective, this newly discovered work should prove noteworthy for its documentary values. This paper aims to explore the changes and reconstruction of the ethnic identity of Jews in exile in Shanghai as is revealed in this newly discovered German drama with its peculiar historic background and a theme of the fate of exiles.

关键词：《第二副面孔》；在沪流亡犹太人戏剧；马克·西格尔贝格

Key Words: *The Second Face*; *The Face of Pearl Harbor*; exile; Mark Siegelberg

一、引言

《第二副面孔》（*Das zweite Gesicht*）是奥地利犹太作家马克·西格尔贝格（Mark Siegelberg）创作的一部德语四幕戏剧，以日军 1941 年底袭击珍珠港前后的上海公共租界为背景。作家作为在沪流亡的亲历者，将这座经历了淞沪抗战后的孤岛城市描写为一个各方势力角逐的竞技场，尝试以一种特殊的方式向这座倍受日军蹂躏的城市和人民致敬。作品的德文终稿于 1942 年在墨尔本完成，西格尔贝格随即请人将这部并未付梓的德文手稿翻译成英语，英文翻译版于 1944 年出版，同时剧名也改为《珍珠港的面孔》（*The Face of Pearl Harbor*）。西格尔贝格为英文

① 本文系教育部人文社会科学研究项目"德语流亡文学中的历史小说研究"（项目编号：15YJA752007）成果。

版撰写了长篇前言，因为当时上海的情况十分复杂，对设想中的西方读者而言，如果没有介绍和引导，很难理解戏剧情节中多方势力之间发生冲突的背景和因果。就此而言，这篇前言本身就是研究在沪流亡犹太人文化生活的重要一手资料。2017 年，意大利学者托马斯·索玛多斯（Tomas Sommadossi）根据剧本的德语手稿，以平行排版的方式编辑出版了德文和英文的对照文本。

这部德语戏剧此前在国内外学界几乎不为人所知，也少见相关研究的资料可供参考，所以无论从文学还是史学角度，都值得介绍和研究。作品本身不仅是德语流亡文学的组成部分，而且还体现了作家和人物的犹太族裔身份在沪流亡背景下呈现出的多样性和复杂性。有意思的是，有关在沪流亡犹太人的研究和以此为背景的文学创作中似乎都存在一种对难民犹太身份的不言自明，好像"犹太人"这一称呼对他们的身份能做到一言以蔽之，但这种大而化之的做法显然忽视了当时在沪流亡群体的特殊性。虽然历史研究者和机构——如上海社科院以潘光教授为代表的上海犹太研究中心以及上海犹太难民纪念馆——考证梳理了大量难民的身份源起，但对在沪犹太难民身份认同的内涵和变迁却少有关注。所以本文以此为研究对象，梳理体现在作家和作品中的犹太族裔身份的认同与变迁问题。

二、作家族裔身份的变迁和重构

梳理在沪流亡者的犹太族裔属性需考虑个人和时代背景，这种身份的复杂性在作者西格尔贝格身上尤为突出。他的社会身份和犹太族裔属性既是与生俱来的，又是时代的强加于身。作家于 1895 年 6 月 11 日出生在当时属于奥匈帝国的乌克兰。现存的文献中对其出生地有不同的记载，一说在今天乌克兰的首都基辅（李茜，155），另一说在今天乌克兰西北部城市卢茨克（Kniefacz，Siegelberg）。所以直到 1918 年 23 岁时，他都还是奥匈帝国的公民。第一次世界大战后，奥匈帝国解体，西格尔贝格成为奥地利第一共和国的公民，并于 1921 年获得维也纳大学经济学方向的博士学位。此学位虽在 1942 年因纳粹政府推行的种族法被撤销，但又在 1955 年被奥地利第二共和国恢复。（Olechowski et al.，2014：196）其成长和教育背景以及日后的职业、社会经历都没有体现出犹太宗教信仰和文化的痕迹，所以作者应该属于欧洲大城市中常见的已经完全归化的普通市民阶层中的一员，如弗洛伊德、茨威格、爱因斯坦这样的知识分子。所谓犹太裔的身份仅仅是个人文献档案

中的属性，类似于我们今天少有提及甚至不再具有身份说明作用的籍贯。

1933 年希特勒上台后，纳粹德国对犹太人的大规模迫害已经公开化并常态化，无需再假以任何借口。在各种暴行肆意横行的奥地利，像西格尔贝格这样有犹太背景的知识分子当然难以幸免。1938 年底，他先是被关进达豪集中营，后被转移到布痕瓦尔德集中营。羁押的唯一理由就是犹太人的族裔身份。按照霍尔的理论，这是一种被边缘化和丑化的形象，是一种中心主流意识推动下的被动选择。（Hall，441）因为这些身份在被确定和使用时都不曾考虑到也无需顾及当事人的感受和认同。

当时有一个"犹太移民中心"帮助纳粹政府驱逐犹太人，并以提供移民文件为噱头代为征收出境关税，但实际上等于变相将犹太人的财产没收后再将其驱逐出境。西格尔贝格借助这一机构的安排于 1939 年从集中营获释，随即与妻子乘船逃往上海。根据上海社科院的最新研究，整个二战期间，估计曾有约三万个像西格尔贝格这样拥有犹太族裔背景的各国公民因受纳粹德国的迫害被注销了原来的国籍，作为难民过路或滞留于上海。（潘光，72）这种无国籍状态却成了流亡犹太人在沪所特有的社会身份，成了日本占领军将其圈禁在隔离区居住的理由。不过与其他滞留在上海的流亡犹太人不同，西格尔贝格在日军袭击珍珠港的前三天利用与英国外交官的关系登上了邮轮"马尼拉"号，经由马尼拉抵达墨尔本。在澳大利亚墨尔本生活的 27 年中，他作为澳大利亚作家和记者笔耕不辍。1968 年退休后，西格尔贝格搬回故乡奥地利居住，并于 1986 年去世。这种国籍、族裔和社会身份的频繁转换发生在同一个人身上，使他不得不经常面对突如其来的强制性身份认同。对纳粹德国而言，西格尔贝格是被驱逐出境和注销国籍的犹太人；对上海租界工部局的管理部门而言，他是个无国籍难民；对当地中国人而言，他又是个洋人。所有这些身份的背后，都有一个前文所说的主流意识推动下的被动选择，即犹太族裔的背景。于是，西格尔贝格所度过流亡生涯的上海反而成了作家面对、接受、重构并确认自己犹太族裔和社会身份认同的地方。

这种新的身份认同是生存的需要，必然带有明确的时代、地域和个人特点。当时在上海生活着很多德国人，又有大量德语国家的犹太难民涌入，这使德语报刊在短时间内得以畸形繁荣。其中较有名的有《上海周报》（Shanghai Woche）、《黄报》（Gelbe Post）、《八点钟晚报》（8-Uhr Abendblatt）、《上海晨报》（Shanghaier Morgenpost）、《上海犹太早报》

（*Shanghai Jewish Chronicle*）等。（汤亚汀，2019：135）虽然其中很多出版物都是昙花一现，但无疑给西格尔贝格带来了发挥特长的机会。西格尔贝格在1939年流亡上海前，曾担任过《晨报》（*Der Morgen*）和《日报》（*Der Tag*）等媒体的记者。至1941年底离开的两年期间，他在上海利用自己此前在奥地利为多家报社撰稿的从业经历继续从事新闻工作，获得了英国代表团信息处（Information Services of the British Delegation）编辑的职位，还给隶属于《字林西报》的一家英国电台工作。（Siegelberg, 15）利用这些职位，西格尔贝格获得了新身份，建立起了自己的人脉，收集了大量资料，为后来创作《第二副面孔》奠定了良好的基础。

生存得到保障后，作家族裔身份中的文化属性逐渐得以彰显，并反哺自身族裔身份的重构。西格尔贝格在上海深度参与了上海流亡犹太人的社区文化建设，本人也是"欧洲犹太艺术家协会"（European Jewish Artist Society，缩写EJAS）的成员，在创建社区剧院方面发挥了重要作用。西格尔贝格影响较大的作品是与汉斯·舒伯特（Hans Schubert）共同创作、于1941年11月9日在英国驻沪总领馆首演的《面具落下》（*Die Masken fallen*）。他的文学创作往往聚焦于现实生活，与时局发展密切相关。《面具落下》就是一部以流亡犹太人所受迫害为背景和主题的作品，其首演日期竟然选在纳粹德国迫害犹太人的"玻璃水晶之夜"两周年之际。（李茜，162）此外，《第二副面孔》也真实地再现了当时上海公共租界内法西斯与反法西斯势力相互斗争的情况。不过，这种作品虽然能够在流亡犹太人群体内引起广泛共鸣，但它的主题较为敏感，容易造成当时纳粹在沪势力的强烈反弹，因而最终受到当时德国驻沪总领事的抗议而被迫停演。

毋庸讳言，这种文化活动促进了在沪流亡犹太人之间的交流，使像西格尔贝格这样对族裔属性早已淡漠的人重新认识并加强了对犹太群体的认同，并使得这种认同在后来的回忆与叙述中得以延续。

三、流亡犹太人族裔身份的确立——共同的语言文化

在当时的上海，类似西格尔贝格这样的情况不在少数。很多在沪流亡犹太人此前对自身犹太族裔身份的认同感十分淡漠，反而是共同的流亡命运使此前没有任何交集的人聚落成群。受制于有限空间和生存的压力，求同存异、抱团取暖成了生存的前提和法则。当时在上海的各种犹太难民安置和慈善机构运转有序，[①]不但满足了难民最基本的温饱要求，而且文化活动也十分活跃。出版报纸、开办剧场、定期演出使这些本来彼此陌生的流亡者不仅加强了联系，而且使他们感到有了某种精神寄托。抵沪的流亡犹太人多来自大城市，自身拥有良好的教育背景。在这种情况下，共同的语言和文化交流便成了这一群体共性的标志，同时也使这个族群有了更大的凝聚力。于是，文化生活（如戏剧舞台）不但是重要的社交场所，而且也作为媒介完成了对犹太族裔身份的认同和重构，使原先相对松散的犹太族裔认同感得以强化。据统计，在沪犹太人剧团前后共上演过60多个剧目，其中不乏胡戈·冯·霍夫曼斯塔尔（Hugo von Hofmannsthal）、阿图尔·施尼茨勒（Arthur Schnitzler）等名家的作品。（克兰茨勒，236）按照霍尔的理论，这是一种新民族性构建，即"政治的和文化的构建范畴"（Hall, 446）。随着流亡者共同文化圈的确立，埃里克·霍布斯鲍姆（Eric Hobsbawm）所说的"民族主义原型"（霍布斯海姆，54）也逐渐具备，于是在上海虹口隔离区便形成了以犹太裔难民为主体的所谓的"小维也纳"。

这里需要指出的是，在沪流亡犹太人族裔认同的重构与确认与地域和时代的特殊性密切相关。除了犹太人本身对文化生活的执着追求外，当时上海的特殊形势也为犹太流亡者的文化活动开了绿灯，甚至提供了条件。上海作为现代港口城市自开埠以来一直是西方进入中国的桥头堡，拥有数量庞大的国内外西方文化的受众，自然也容易得风气之先，使西方的文化生活有条件在此落户扎根。汤亚汀在研究中更是直接点明："上海租界就是西方市民社会的东方再现。"（汤亚汀，2014：33）在犹太难民大规模抵沪时，本地已经形成了相当成熟的西方文化生态，乃至于在研究中甚至有"音乐上海学"（汤亚汀，2017：3）一说。

上海在淞沪会战后多处于相对平静的状态，所以文化活动也得以逐渐恢复和兴起。犹太人虽然以难民身份来到上海，但其生存状态整体平稳。除了前期有各种犹太委员会接纳帮助外，在后期由日本占领军管理的聚居区中，这些作为无国籍者被收容

---

① 在当时上海的公共租界有不少犹太难民救济组，如："Shanghai Volunteer Corps"（缩写SVC）、"Shanghai Ashkenazi Collaboratin Refilef Association"（缩写SACRA）、"Committee for the Assistance of European Jewish Refugees in Shanghai"（缩写CFA 或 COPMAR）、"American Joint Distribution Committee"（缩写JOINT），等等。

起来的犹太难民并没有完全被封锁，其受到限制的活动与欧洲纳粹设立的"隔都"①不可同日而语。尤其在抗战后期，日军在各战区的形势每况愈下，更是希望犹太难民区的设立能使盟军对日军在沪军事目标轰炸时有所忌惮。所以隔离区各种文化活动的开展并没有因为战局的发展而完全中断，而是作为一种凝聚力始终对族裔的认同和重构发挥着正面效果。

四、流亡犹太人族裔身份的时代特点——戏剧中的反法西斯主题

上海孤岛时期的犹太社区不但排演传统经典戏剧，而且还创作了反映自身流亡命运的作品。所以，西格尔贝格戏剧中的反法西斯主题是不容忽视的时代特点。关于族裔学的研究和分析都强调政治的作用，并赋予表征以极大的意义。霍尔将这种新民族性的构建诉诸文化表现，以电影、音乐等传播媒介作为展现文化认同的工具。（江玉琴，131）同样，在沪流亡犹太人之所以能通过戏剧活动维系和构建族裔认同，除了舞台上演绎的内容展现出文化语言的共性外，还反映了他们因受法西斯迫害所具有的反抗精神。

这种反法西斯的时代特点首先表现在作品的地缘政治特征上。故事情节的时间跨度为 9 天，从 1941 年 11 月 30 日到珍珠港事件后的第二天即 12 月 8 日。剧情地点集中在上海公共租界的有限范围内。此外，戏剧冲突中立场分明的人物分属"汉贼不两立"的反法西斯和法西斯阵营。在反法西斯的主人公——上海英国新闻局局长罗伯茨身上很容易看到西格尔贝格的影子，从而使这部作品带有了一些自传性色彩。

在法西斯和反法西斯阵营之间还存在着一处灰色地带，其代表人物是白俄流亡者米吉亚金一家四口。他们本来是一群在夹缝中求生存的人，拒绝公开站队。但尽管如此，家里的小儿子还是因为赌债缠身而与日本人暗通款曲，大儿子尼古拉和妹妹塔吉雅娜却用实际行动支持反法西斯的一方。在沪的流亡白俄群体和犹太流亡者一样，也是时代剧变中

的产物。苏俄十月革命后，大量白俄流亡者来到上海，例如这部剧中白俄家庭的父亲就是前沙皇俄军的一名军官，曾服役于高尔察克麾下，失败后经西伯利亚从满洲里入境抵达上海。② 正因为这种背景，在沪流亡的白俄对反法西斯的苏维埃政权抱有排斥心理，因而更容易为日本人所利用。西格尔贝格巧妙地利用处于灰色地带的白俄家庭加强戏剧冲突，这也反映出他对上海孤岛时期复杂性的熟稔。

作品中的反法西斯主题围绕日本占领当局在上海进行的政治恐怖活动展开，因为这种恐怖活动的目的就是打压公共租界中的反法西斯立场与声音。在表面中立的上海公共租界中，各方势力展开了一场被研究者称为代理人之间的"影子拳击赛"（Seywald, 198）。纳粹的代理人公开宣传和推行排犹的种族主义，而公共租界当局则对此讳莫如深，竭力维持着中立的假象。对今天的读者颇具讽刺意味的是，尽管抗日战争的战火在中国的大地上已经肆虐了多年，但公共租界依然采取眼不见为净的鸵鸟策略，维持着一种孤岛般的存在。对于日本侵略者的暴行，公共租界当局采取的是一种息事宁人的态度，竭力压制反抗和批评的声音。这种时代背景的设置更能让有类似经历的在沪流亡犹太人感同身受。流亡者观众对自己犹太族裔的认同感被不断唤醒，不断加强；同样，他们与流亡地之间建立的联系也在不断扩大，这些都成为在沪流亡犹太人所特有的地域标记。

第四幕中珍珠港事件的爆发是全剧的高潮。为了突出这一事件的历史意义，根据西格尔贝格的舞台提示，需要用多媒体的特殊手段加强舞台表演的效果，使在场的演员和观众可以通过广播同步获知美国参战的消息。作家在后来的一封信中提到，他曾经将英文剧本提交给墨尔本当地的小剧场，希望能够搬上舞台，但因为技术上无法解决的困难而未能成功。（Siegelberg, 24）这种舞台设计在当时显得十分前卫，作家通过这种复杂的同声处理方式凸显事件中各方势力之间的冲突，希望唤醒观众对这个时代的共鸣。在这一幕中，罗伯茨在办公室与日本

---

① "隔都"是 ghetto 一词的音译，本意指犹太人聚居区，形成于中世纪欧洲对犹太人的歧视性政策。在德国纳粹统治期，犹太人被隔离囚禁于此，最终也由此走上去集中营的不归路。将上海日本占领军治下的虹口隔离区称为 ghetto 并不确切。首先，这一隔离区是日本占领军设置的，与纳粹德国的排犹主义无直接关联。这里针对的是上海生活的无国籍者，虽以流亡犹太人居多，但还有其他无国籍者，如此前因俄国革命而流亡中国的白俄，而拥有苏联国籍的犹太人却不在圈禁之列。他们理论上甚至可以在中国旅行，还能从当时被日本占领军严格禁止的短波台获悉欧洲和太平洋战场上的战况报道，成为犹太难民的重要信息来源。此外，此区域中还生活着上海本地居民。所以，上海的虹口隔离区显然与欧洲纳粹统治下的犹太人"隔都"不可同日而语。

② 当时很多犹太人逃离纳粹德国时选择了经由陆路前往上海。具体而言，流亡犹太人通过苏联的西伯利亚大铁路，经由海参崴或满洲里前往上海。1941 年 6 月 6 日纳粹德国进攻苏联，这条路线中断。

官员深闇展开了一场开诚布公的对话，这也是两种世界观的碰撞。在对话中，深闇第一次撕下了伪善的面具，显示出他的"第二副面孔"。剧中主人公罗伯茨对此直言不讳：

> 您看，我还是喜欢现在您的样子，没有戴着日本人平时喜欢的礼貌面具，现在您让我看到了日本的真实面目。后世的史家也许会将这副面孔称为"珍珠港的面孔"。您说得不错，一直以来我们只看到了您礼貌的面孔，这是我们犯下的不可饶恕的错误。是的，有时候我们也许真是因为懒惰，或因为过时的臆想，不愿意面对那张假面之外的真实面孔。我们会为此一而再再而三地受到惩罚。①

（Siegelberg, 181）

戏剧的最后，罗伯茨在办公室打开了广播，播音员报道了美国政府对轴心国宣战的消息。故事至此戛然而止，呈现出开放性的结局。恰是在这关键时刻，主人公身上的犹太族裔身份已经完全与反法西斯统一战线融为一体，这也是在沪流亡犹太人族裔属性的时代特征的表现。

同样在戏剧的最后部分，罗伯茨与威尔金斯讨论了战局未来发展的走向。尽管面对珍珠港被偷袭的惨败，罗伯茨还是相信正义力量在这场世界大战的最终胜利，并将这一胜利归功于那些为争取自由和民主而奋不顾身的人，归功于人民自我意识的觉醒。他向美国同事威尔金斯解释说，登船撤离上海并不是反法西斯阵营的失败，而是斗争的新起点。在船上告别的一幕让他看到了反法西斯统一战线的形成。正如他所说的，

> 您不知道我当时是多么高兴。我亲眼见证了马耳他号上的短暂告别场景。就在这短短的几分钟里，"盟国"这一概念又复活了，并被注入了新的内涵。王先生、贝尔曼、陶先生，还有上个星期才从天津来的美国人施特德、法国人拉贝乌斯、那个为重庆办公室工作的小个子俄国人。他们是很多不同国家的代表，就像一个小小的家庭，被一个敌人、一个目标统一成了一个真正的国家联盟。相信我，[……]在那条旧货船的甲板上，我才真正意识到，我们这些国家所肩负的职责是多么伟大，多么令人骄傲。让人民重获自由，让像王先生、拉贝乌斯、贝尔曼这样的人能够重新自由呼吸，让成千上万数不清

的受苦受难的人能够重新像人一样生活。

（同上，164）

这里的"我们"带有明确的指向性和归属感，将在沪犹太人流亡的命运和身份与反法西斯的事业联系在一起，赋予苦难以意义和希望。

有意思的是，在这一反法西斯的语境下，无论是戏剧情节中，还是在后来意大利学者的研究中，都强调当时苏联在上海保持中立的立场，强调其没有像西方自由国家一样积极投入与侵略成性的日本占领军的对抗与斗争之中。（Sommadossi, 83）而这一观点显然与史实不符，因为从 20 世纪 30 年代初起，中国实际上就已经展开了艰苦卓绝的抗日战争。在这场实力严重不对等的战争中，给当时中国军队在军事上予以直接支持的就有苏联军事顾问团，以及苏联志愿航空队等单位。（汪金国，71）在 1941 年底珍珠港事件爆发前，他们直接参与中国军事力量的建设，提供军事物资的援助，并在战场上的直接参战，其贡献是当时其他西方国家根本无法与之相提并论的。（张青松，4）这种对苏联在中国抗战中所做贡献的忽视乃至于抹杀一方面反映了剧中人物对当时中国现实情况的疏离，另一反面也真实反映了当时反法西斯阵营中依然存在的意识形态方面的差异乃至对立。这种具有时代特征的差异必然会在人物的观察视角与行为判断上留下印记。

五、一部亦诗亦史的德语戏剧

昨日的新闻已成为今天的历史。西格尔贝格在戏剧的情节中插入了许多历史线索，使这部亦诗亦史的作品成为德语流亡文学中少见的"另类"。作品呈现出了作家别具一格的观察视角，可以让后来的读者通过文史互鉴的方式丰富阅读体验，了解这部戏剧中表达的对西方在华绥靖政策的反思与批判。这种反思来之不易，是一种超越当时敌我界限的观察与评判。

首先，这部戏剧反思了当时西方盟国对日本侵略者的认知历程。《第二副面孔》与西格尔贝格另一部作品《面具落下》之间存在某种隐形的关联，都提到了法西斯彬彬有礼的伪善面孔背后还隐藏着另外一副更为真实的残忍面目。这所谓的第二副面孔或者面具落下后暴露出来的真实面目直到 1941 年底日军偷袭珍珠港后才暴露无遗。对这种两面性的揭露恰是当时西方盟国对日本民族性反思的结果，这在

---

① 本文引用段落由本文作者从德文原文翻译。——译者注

汤因比主编的鸿篇巨制《国际事务概览·第二次世界大战》中也有同样的描述。（汤因比，868）由此引出的"惩罚"二字，则是作者反思西方绥靖政策后的批判。因为所谓的西方自由国家在面对日军在中国的暴行时几乎抱着一种视而不见或隔岸观火的态度，坐视日本的野心膨胀而没有任何实质上的制衡，这才最终导致自己也成为牺牲品。这种观点在后世的研究中虽已是定论（韩永利，61）①，但对当时在华的西方人士而言却实属难能可贵。

其次，这场迟到的自我反思理性地指出了西方自由国家在中国的战略误判与失误，他们在面对中国的积贫积弱和日本侵略者的欲壑难填时显得麻木不仁。剧中人物罗伯茨勇敢地承认失败的根源就在西方人自己身上：

> 您知道为什么吗，威尔金斯先生？因为我们对周围的人熟视无睹。我们曾经真正关心过我们周围的中国人吗？那些数不清的人，他们无声无息地在我们眼前饿死，那些每天拉着黄包车送我们去办公室的苦力？［……］您看，这都是我们的错。我们满脑子都是术语，都是政治学和地理学的概念，但我们却看不到这些概念后边那些活生生的人。他们都是和我们一样的人。

> （Siegelberg，164-166）

在这方面，显然是拥有流亡背景、像西格尔贝格这样接触过社会底层实际生活的人，才最有发言权。

西格尔贝格的《第二副面孔》不同于其他在沪流亡犹太人回忆录性质的文学创作。这部作品具有新闻的时效性和客观性，聚焦于重大历史事件发生的瞬间，从流亡上海的犹太人的视角忠实反映了日本法西斯铁蹄蹂躏下的中国民众的社会生活。故事情节中没有个人的传奇经历，也不刻意强调异域风情。作家利用自己熟悉的上海公共租界勾勒出了时局发展的风云诡谲。不过，为了增加作品的可读性，使之更容易吸引设定中的西方读者，情节中也包含了许多当时中国的国情、民俗、文化信息。例如作家在写作中使用威氏拼音标注人名、地名，刻意地保持语言的异化效果，从而使这部作品在德语流亡文学中显得独树一帜。

除此之外，这部新发现的戏剧作品也为德语流亡文学的研究提供了新素材，其价值不仅在于丰富了文学作品的数量，还在于突出了德语流亡文学研究中此前多被忽视的特殊的中国因素。因为设想中

的西方受众，加上犹太难民在沪经历的独特性，流亡上海的德语犹太作家所创作的作品不易为圈外人所了解和理解，更难产生共鸣。此外，受制于太平洋战争爆发前孤岛时期公共租界中的政治敏感性，以及当地犹太难民群体的文化需求和剧团运作的需要，以消遣和休闲为主要内容的戏剧在当时更容易为人所接受。而像《第二副面孔》这样明显带有时政内容而且立场鲜明的戏剧作品，即使创作出来，也无法通过无所不在的日本检查，很难被搬上舞台。

正因如此，这部作品在当时并没有引起作家所期待的反响，这其中也折射出在沪流亡犹太人文学创作所面临的困局。具体分析其原因，有以下几点当引起研究者的注意。首先就个人而言，西格尔贝格在澳大利亚并没有专注于文学创作，更没有致力于将自己的戏剧作品搬上舞台。德语文学研究领域对他的关注与发掘自然也缺乏，甚至就连一些基本信息也都语焉不详，例如新版书的封底就刊登了寻找当年两位德翻英译者的启事，希望用这种方式获得更多相关资讯以利研究。其次，在上海发生的事情对普通西方受众而言缺乏相关背景信息。尽管作家写了长篇前言，但即使对今天的读者而言，若想搞清楚上海孤岛时期各方势力的关系，也还是有些勉为其难。这些困难显然阻碍了作品的接受与传播，造成很多当年在流亡地上海创作的作品被遗忘。即使其中个别作品在当年曾经付梓，也会因为发行量少而失传。而更多的作品则以手稿形式随作者辗转各地，却没有机会出版，更没有可能为后世的读者所了解。

不过失之东隅，收之桑榆，这种缺失和遗忘却使得时隔多年后还会不断有新的文稿被陆续发掘和整理，使在沪流亡犹太人的文学创作成为德语流亡文学研究中的新亮点，引起了研究者的广泛关注。其中对在沪流亡犹太作家的经历和文本的整理，以及其中所折射出的犹太族裔身份的变迁与重构问题，显然还有更多资料有待后来者发掘。

参考文献

［1］ Hall，S. *Critical Dialogues in Cultural Studies*. London，New York：Routledge，1996.

［2］ Kniefacz，K and K. Siegelberg. "Gedenkbuch für die Opfer des Nationalsozialismus an der Universität

---

① 研究者指出，在日本开始侵华时期，美英东亚战略的核心就是以消极方式维护自身在东亚及中国的利益，就是实行妥协绥靖，结果自身利益反而受到更大的损害。

Wien 1938." <http://gedenkbuch.uni-vie.ac.at/> （accessed 2022-5-23）.

［3］Olechowski, T, EHS, T, and K. Staudigl-Ciechowicz. *Die Wiener rechts- und staatswissenschaftliche Fakultät 1918 – 1939.* Göttingen：V & R Unipresse, 2014.

［4］Siegelberg, M. *Das zweite Gesicht.* German and English Parallel Text. Edited and with an introduction by Tomas Sommadossi. München：Iudicium, 2017.

［5］Sommadossi, T. "Das Kriegsmotiv in der Exilliteratur aus China." *Utopien und Dystopien, Österreichische Literatur in China 5.* Eds. Liu Wei and Maria Hofer. Wien：Praesens Verlag, 2019：72-89.

［6］Seywald, W. *Journalisten im Shanghaier Exil 1939-1949.* Vienna：Neugebauer, 1987.

［7］阿诺德·汤因比.《国际事务概览·第二次世界大战·第 2 卷,大战前夕,1939 年》.劳景素、复旦大学历史系世界史教研室译.上海：上海译文出版社,2007.

［8］埃里克·霍布斯海姆.《民族与民族主义》.李金梅译.上海：上海人民出版社,2000.

［9］戴维·克兰茨勒.《上海犹太难民社区》.许步曾译.上海：上海三联书店,1991.

［10］韩永利.《反法西斯战争时期的中国与世界研究,第 2 卷,中国抗战与美英东亚战略的演变》.武汉：武汉大学出版社,2010.

［11］江玉琴.论当代流散文化中民族性的消解与重建.《深圳大学学报(人文社会科学版)》,2009(26)：128—133.

［12］李茜.战火中的精神家园——犹太流亡戏剧在上海.《比较文学与世界文学》,2014(1)：155—165.

［13］潘光(主编).《来华犹太难民研究(1933—1945)——史述、理论与模式》.上海：上海交通大学出版社,2017.

［14］汤亚汀.《上海工部局乐队史》.上海：上海音乐学院出版社,2014.

［15］——.《上海犹太社区的音乐生活》.上海：上海音乐学院出版社,2017.

［16］——.《上海犹太社区的音乐生活(1939—1949)》.上海：上海音乐学院出版社,2019.

《马耳他的犹太人》中的海外扩张与帝国想象[①]

赵　昕

（河南大学）

摘　要：伊丽莎白一世时期，英格兰脱离罗马天主教会，成为独立的民族国家，进而转向海外意欲建立殖民帝国。马洛戏剧《马耳他的犹太人》对基于海外扩张的帝国想象进行了或隐或显的描述，因此，本文旨在对 16 世纪英国民族国家形成的大背景下的《马耳他的犹太人》和伊丽莎白一世时代的英格兰进行逐一剖析，发现《马耳他的犹太人》影射伊丽莎白时代英格兰的东方贸易、海上掠夺、奴隶贸易和殖民地尝试，隐喻英格兰早期的海外扩张和帝国想象，同时传递作者对早期现代英格兰从民族国家向殖民帝国过渡的积极思考。

Abstract：During the reign of Queen Elizabeth I, England broke away from the Roman Catholic church and became an independent nation. It then turned its focus towards overseas expansion with the intention of establishing a colonial empire. Marlowe's *The Jew of Malta* presents the imagination, whether implicit or explicit, of empire-building rooted in overseas expansion. Therefore, this paper aims to compare *The Jew of Malta* with Elizabethan England in the context of the formation of the English nation-state in the 16th century. It is concluded that *The Jew of Malta* alludes to Elizabethan England's Oriental trade, maritime plunder, slave trade, and colonial attempts, and metaphorically represents early English overseas expansion and imagination of the empire-building. At the same time, it conveys the playwright's positive reflections on England's transition from a nation to a colonial empire in the early modern period.

关键词：《马耳他的犹太人》；海外扩张；帝国想象

Key Words：*The Jew of Malta*；overseas expansion；imagination of the empire-building

一、引言

克里斯托弗·马洛（Christopher Marlowe，1564—1593）的代表作《马耳他的犹太人》（*The Jew of Malta*）"首演于 1592 年，极有可能创作于 1588 年"（Cheney，47）。马洛创作该剧时，正值英格兰民族主义高涨、对外贸易迅猛发展的时期。尽管直到 1640 年英国沿着大西洋沿岸建立起数十个大大小小的殖民地之时，英帝国也许才算真正启动，但"大英帝国成为真正意义上的日不落帝国，其根源可追溯到 16 世纪"（Armitage，271）。伊丽莎白一世时期，英格兰在对外贸易、海盗活动、奴隶贸易和殖民地建立等方面均进行了意义非凡的探索，也在不同程度上客观推动了英格兰朝着殖民扩张和贸易帝国的方向发展。可以说，伊丽莎白时代的英格兰人已然有了较为成熟的帝国构想和丰富的帝国想象。"16 世纪末期，英格兰的帝国梦想已然昭彰，但也只能算是一种帝国想象。"（Belsey，112）

解读伊丽莎白时期英格兰的海外扩张和帝国想象须将其置于 16 世纪英国民族国家形成的宏观背景下。1533 年的宗教改革议会通过了著名的"禁止上诉法案"，明确宣布"英吉利王国是一个帝国，它已被全世界所承认。英国由一个至高无上的国王统治，它拥有相应的至高无上的尊严和王产"（转引自姜守明，2019：22）。这是英国首次提出"帝国"的概念，表明英格兰已经摆脱教皇控制，并开始形成一个自主的民族国家。有了政治保障，又伴随着地理大发现

---

① 本文系国家社会科学基金重大项目"十六世纪英国文学研究"（项目编号：22&ZD287）的阶段性成果。

和新航路的开辟,英格兰人开始以一种全新的视角看待世界,重商主义的实施更加促使英格兰积极参与海外贸易和早期殖民探险。到16世纪80年代,英格兰迎来了属于自己的大航海时代。最早提出"英帝国"概念的是约翰·迪(John Dee)博士,当时他提出"英帝国"的设想也许只是为了强调海外扩张对于英国崛起的意义,但其主张已然为大英帝国的启动制造了舆论,并敦促以理查德·哈克鲁伊特(Richard Hakluyt)、沃尔特·雷利(Walter Raleigh)、马丁·佛罗比舍(Martin Frobisher)和汉弗莱·吉尔伯特(Humphrey Gilbert)等人为代表的航海家们进行早期殖民探险。

剧中当马耳他受到土耳其入侵的威胁时,巴拉巴斯的财富可充公作为给土耳其的贡赋,马耳他即可消除外来威胁。剧中巴拉巴斯的财富在关键时刻可救马耳他于危难。类似地,通过海外扩张获取财富对于彼时的英格兰同样至关重要。伊丽莎白时代,英格兰民族意识高涨,自主的民族国家已然形成,反对葡西霸权的斗争日益尖锐。为了寻求新的海外贸易市场,同时打破葡西殖民贸易的垄断,英格兰冒险家们不断探索到达亚洲的新航路。该剧对基于海外扩张进行的帝国想象进行了或隐或显的描述,包括利润丰厚的东方贸易、海上掠夺、奴隶贸易和殖民地初探。埃米利·巴特尔(Emily C. Bartels)的研究将犹太人的形象置于帝国主义冲突的背景中,认为巴拉巴斯"颠覆传统意义上的犹太人刻板印象,并揭示了犹太人的刻板印象不是宗教的产物,而是殖民主义竞争的产物"(Bartels, 1990:3-4)。大卫·托恩(David H. Thurn)认为该剧揭示了商业和意识形态之间复杂的相互作用,指出"该剧对资本的处理可以被理解为资本主义史前阶段的表现之一"(Thurn, 158)。然而,以上研究成果均未能揭示剧中巴拉巴斯的贸易路线、海盗活动以及奴隶市场的隐含指涉,也忽视了16世纪英国民族国家形成的大背景下马洛剧中影射的早期现代英格兰殖民帝国想象。据此,本文将在民族国家形成的历史语境下,从东方贸易、海上掠夺、奴隶贸易和殖民地初探等方面将《马耳他的犹太人》和伊丽莎白时代的英格兰进行类比,揭示地理大发现时代英格兰早期进行海外扩张的迫切心理和帝国想象。

二、东方贸易与英格兰的亚洲航道初辟

剧中犹太商人巴拉巴斯富可敌国的财富隐喻16世纪英格兰梦寐以求的"新世界"资源,尤其是东方财富。戏剧伊始,巴拉巴斯坐在"塞满了无限财富"(华明,418)的账房中,其中有"成袋的蛋白石、蓝宝石、紫水晶、红锆石、黄宝石、绿翡翠、美丽的红宝石、闪亮的钻石"(同上,417),他的船队装载的"全是波斯的丝绸、黄金与东方的珍珠"(同上,421)。剧中香料、宝石、珍珠等意象皆为东方世界的指代。马可·波罗在《马可·波罗游记》中称元朝的国土遍地都是香料、白银和丝绸。哥伦布曾在航行通信中将西印度群岛描述为世界上最富庶的领地(陶久胜,69)。神秘的东方世界承载了英格兰人对财富的无穷幻想。在英格兰人看来,东方贸易即是黄金的同义词。

剧中巴拉巴斯对东方贸易的偏爱象征英格兰人对东方财富的狂热和渴求。剧中第一幕即展示巴拉巴斯的财富是基于"波斯船队"(华明,416)进口的奢侈品逐步积累而来的,波斯也被视作理想的贸易地。巴拉巴斯还将东方贸易和欧洲贸易进行对比以凸显东方贸易的优势:"印度矿商与我交易,用的是最纯的金属;富有的摩尔人,在东方的矿里轻松地获取他们的财富。"(同上,417)正是由于利润丰厚的东方贸易,巴拉巴斯才能赚取并积累无尽财富。而英格兰人对丰富的东方香料和珠宝的渴望推动着英格兰与东方国家发展贸易关系。16世纪50年代,安特卫普贸易集散市场的解体迫使英格兰商人为日益增长的呢绒制品寻求新的贸易市场。英国经济史学家理查·陶尼(R. H. Tawney)认为正是呢绒出口将英格兰卷入了对外贸易,成为早期探险的动力,并导致移民、殖民地和帝国的形成(Tawney, 3)。英格兰人把"寻找新市场的努力与长期以来抢占丰富的东方香料和丝绸贸易的愿望结合了起来"(Canny, 60)。于是,在持续高涨的民族主义精神和重商主义贸易政策的推动下,伊丽莎白时期以打通亚洲通道为最终目的的海外贸易得以快速发展。

剧中巴拉巴斯海外贸易的路线正是16世纪英格兰竭尽全力打通的到达亚洲的捷径,同时暗喻伊丽莎白时期英格兰的对外贸易。剧中,巴拉巴斯的贸易航线是"从亚历山大出发……沿着坎迪海岸驶向马耳他,穿过地中海"(华明,418)。这里,巴拉巴斯所描述的这条路线也是16世纪英格兰试图打通的与东方贸易的路线,同时隐喻英格兰参与东方贸易的急切心理。"英国梦寐以求的就是从东方获取金银、香料,因此积极探索通往东方的贸易路线。"(陶久胜,67)

马洛通过该剧影射伊丽莎白时期英格兰商业扩张的宏图。安德鲁·西斯柯克(Andrew Hiscock)曾评价马洛剧中的马耳他为一个"贸易站"(a trading station),"来自意大利、西班牙、土耳其以及阿拉伯国家的商人在此进行交易"(Hiscock, 4)。在英格兰人

的帝国想象中，他们一直希望能够与东方进行贸易往来，然而绕过好望角的"新航路"却在葡萄牙的控制之下。尽管如此，他们坚信向东北和西北方向航行同样可以到达东方，因此他们积极进行海上探险。地理学家和探险家理查德·哈克鲁伊特在 1589 年出版的三卷本著作《英吉利民族的主要航海、航行、贸易和发现》（The Principal Navigations, Voyages, Traffiques and Discoveries of the English Nation, 1589）中也特别强调英格兰应尽力探索一个可以避开西班牙和葡萄牙垄断海域的东北或西北通道，以通往东方。早在 1553 年，就有塞巴斯蒂安·卡波特（Sebastian Cabot）和理查德·钱塞勒（Richard Chancellor）等航海家组织船只向东北方向航进，试图寻找一条新的贸易通道，以期打通到达东方的新航路。由于北极地区极其寒冷，诸多船员冻死在拉普兰的阿泽拉（Arzina）。钱塞勒历经艰难险阻终于通过白海到达莫斯科，受到伊凡四世（Ivan IV）的款待，并建立莫斯科公司。钱塞勒于 1556 年再次前往北海地区探险，却在返航途中不幸身亡（Woodward, 16）。就这样，能够抵达亚洲的东北航线以失败告一段落。除此以外，英格兰探险家们还积极尝试西北方向的海上探险。最早鼓励英格兰人避开西班牙和葡萄牙向西北方向探险的是意大利航海家约翰·卡波特（John Cabot）。吉尔伯特也曾发表两篇文章主张朝着西北方向去探寻北方航道，分别是《论通过西北航线到达中国和东印度的通道》（Discourse to Prove a Passage by the North-West to Cathay and the East Indies, 1566）和《论到达中国新通道之发现》（Discourse of a Discovery for a New Passage to Cataia, 1576）（Woodward, 40）。在吉尔伯特的鼓舞下，弗罗比舍筹集资金向西北方向航行，最终抵达了现在被称为巴芬岛的地方。他自认为这是通往亚洲的路径，回国后就宣称发现了"西北通道"。伊丽莎白一世于 1576 年颁布特许状，并成立中国公司。1583 吉尔伯特出航到达纽芬兰并占领该地。之后，约翰·戴维斯（John Davis）先后三次向西北方向航行，但因格陵兰和巴芬岛等地靠近北极地区，海峡被冰封而导致航路受阻（Woodward, 53），因此西北航线探索到亚洲的尝试最终也以失败告终。然而，无论是东北航线还是西北航线的探索，都是英格兰急迫参与东方贸易并走上大英帝国海外扩张之路的有力尝试。

剧中巴拉巴斯堆满无尽财富的"账房"（counting house）隐喻早期现代英格兰商人的贸易公司。马乔里·加伯（Marjorie Garber）认为巴拉巴斯的账房如同《帖木儿大帝》中的地图一般，也是"征服的象征"（Garber, 9）。在葡萄牙和西班牙对海上贸易的垄断

霸权下，早期现代英格兰主要通过规约公司或特许贸易公司进行对外贸易活动。1555 年成立的莫斯科公司经常将英格兰急需的木材、亚麻、缆索等战略物资运回国内，并具备向东扩展的潜力，可谓是英格兰迈向未来殖民帝国的第一步。而 1581 年设立的利凡特公司确保了英格兰在东地中海地区的贸易垄断，使经营该地区贸易的商人们获得了丰厚的利润。这些贸易所积累的资本为进一步的海外拓殖，特别是东印度公司的成立，奠定了坚实的基础。直到 1599 年，航海家詹姆斯·兰开斯特（James Lancaster）绕过好望角，在爪哇岛建立了英格兰的第一个商站，并开始与东印度群岛进行贸易往来。1600 年，伊丽莎白女王授权成立东印度公司，并颁发了特许状。东印度公司的成立标志着英格兰在印度和亚洲的殖民扩张中承担越来越重要的角色，也意味着英格兰在东方贸易的不懈探索中迈出了决定性的一步。

三、海上掠夺与英格兰的海洋霸权初显

尽管马洛借用了马耳他大围城战的历史细节，但他对战争的结局进行了改写。1565 年，在拉瓦莱特（Le Francais Jean de Valette）统治领导马耳他期间，土耳其军队对马耳他发动围攻，这一事件后来被称为"大围城战"（Great Siege），也成为马耳他历史上最著名的事件之一。此次战役以土耳其失败告终，而马洛剧中的马耳他却处于土耳其的管辖中并需缴纳贡赋。那么，马洛此番改写的目的何在？"马耳他没有真正的马耳他人，马耳他是地中海的跨国大熔炉。"（Bartels, 1993: 91）马洛笔下的马耳他也是一个大熔炉，在这里，犹太人、基督徒和穆斯林之间的界限和区别变得模糊，简单的定义或分类变得不可能。剧中人物种族各异，包括西班牙军官、犹太商人、圣约翰骑士团骑士、意大利天主教修士，以及土耳其奴隶。纵然职业不同、种族各异，但剧中几乎所有人物都拥有同一种欲望（利润）并从事同一项活动（交易），因此马洛选择改写历史的原因也许就在于当剧中人物的终极目的皆为利益时，一切的身份地位、宗教差异，乃至战争的最终结局都显得微不足道了。

剧中人物对金钱的欲望隐指伊丽莎白时代英格兰的海上掠夺。巴拉巴斯作为该剧当仁不让的主角，为了保住自己的财富不惜牺牲整个国家，甚至自我总结如下："对穷人铁石心肠，是个贪财的混蛋，为了金钱出卖我的灵魂。"（华明, 518）巴拉巴斯并不是剧中唯一的贪婪之人，剧中除艾比盖尔以外的所有人都被金钱驱使。马耳他总督费尼兹问土耳其人：

"什么风把你们吹到马耳他这里来了？"（同上，507）土耳其大使回答是"吹遍世界的风，对黄金的欲望"（同上，508）。这一答复确认了马耳他作为欲望和占有的空间对象。这种对金钱的渴求不但是剧中的主导因素，而且与伊丽莎白时代英格兰海上掠夺的初衷不谋而合。一方面，伊丽莎白一世时代，西班牙毫无疑问是欧洲最强大的国家，也是天主教会最有影响力的国家，又通过地理大发现而建立海上霸权并垄断世界贸易，而英格兰作为一个刚独立的新教国家不愿与强大的西班牙帝国分庭抗礼，于是开始借由海上掠夺打击西班牙的海上力量，分享西班牙从海外抢夺的财富，争取自身发展。另一方面，与其他欧洲国家一样，伊丽莎白时代的英格兰没有纸币或集中的银行体系，白银、黄金和宝石成为最重要的硬通货。英格兰的商业在很大程度上依赖海盗提供的这些硬通货。当时，英格兰面临着经济增长和国际贸易发展的需求，海上掠夺成为一种获取财富和资源的手段，通过劫掠来获取宝藏和贵重物品，增加国家财富。

剧中对海上掠夺的场面描写明确指向早期现代英格兰的海盗活动。"他们的大型战舰就前来追击我们……我们抢风而上曲折航行，巧妙战斗。我们开炮击中一些船只，击沉不少，其中一艘成为我们的战利品。"（同上，458）英格兰早期的海上掠夺始于16世纪60年代，并于16世纪80年代达到巅峰。伊丽莎白一世对这种海盗式的掠夺行径姑息纵容，甚至明里暗里进行支持。伊丽莎白时代英格兰最臭名昭著的海盗领袖是弗朗西斯·德雷克（Francis Drake）。德雷克经常袭击西班牙的船队，并抢夺大量财富。海盗行径不仅使德雷克变得异常富有，还将英格兰从破产边缘解救出来。"德雷克的主要商船——金鹿号——返航时装载的战利品超过150万英镑，比其他任何大航海时代的船只都多。"（Bergreen，505-508）英国经济学家约翰·梅纳德·凯恩斯（John Maynard Keynes）罗列了德雷克的战利品对英格兰的贡献："伊丽莎白一世还清了英格兰的全部外债，平衡了预算，依然剩余大约4万英镑。于是她投资了黎凡特公司，借由黎凡特公司的利润又成立了东印度公司，而这些都成为后期进行海外贸易的基石。"（同上，394）

以德雷克为代表的海上掠夺预示着大英帝国即将称霸海洋。德雷克成功完成环球航行并带着不计其数的金银财富归来，立刻成为英格兰民众心目中的民族英雄，极大激发了英格兰民众的民族自豪感和自信心。"这是这个时代一种奇怪的现象，反映了民族国家形成初期民族主义和重商主义的奇妙结

合。"（姜守明，2019：194）海上掠夺不仅富裕了冒险家、商人和女王，增强了国家实力，促进了资本的原始积累，也打击了西班牙和葡萄牙的海上霸权。更重要的是，德雷克证明了环球航行的可行性，同时也证明英格兰可以有一条自己的全球海上航线，并向世人展示了英格兰可以称霸海洋的实力。同时，他也验证了约翰·迪的帝国主义理论的有效性。这种有组织的掠夺行为一直持续到17世纪。作为对西班牙商业霸权挑战的信号，英格兰的海盗行为使得英西关系进一步恶化，并最终英西矛盾由对立推向战争边缘。1585年，西班牙首次向英格兰发动进攻，英西海战最终在1588年爆发并以西班牙的溃败而告终。西班牙无敌舰队的失败标志着英格兰取得了反对西班牙霸权的决定性胜利，也意味着伊丽莎白一世基本摆脱即位初期的外部威胁，这也是英格兰走向帝国之路的重要里程碑。由此可见，英格兰即将证实约翰·迪的夸耀，即大英帝国将是无与伦比的。

四、奴隶贸易与英格兰的殖民地初探

剧中明确的马耳他奴隶市场描写指涉伊丽莎白时期英格兰的奴隶贸易。"舰长被杀，其余的人成为奴隶，我们将在马耳他这里出售他们。"（华明，458）西班牙船只在马耳他登陆，双方很快达成互惠互利的交换协议。费尼兹向西班牙人承诺，只要西班牙帮助马耳他对抗土耳其，就提供市场来售卖他们俘虏的奴隶。剧中明确提及奴隶贸易，西班牙海军中将德尔·博斯克将被俘的希腊人、土耳其人和摩尔人带到马耳他的奴隶市场出售。早期现代英格兰的奴隶贸易始于伊丽莎白一世统治时期。当时的英格兰政府经济疲软，入不敷出，而奴隶贸易显然是一个不可抗拒又一本万利的市场，于是，英格兰积极参与跨大西洋黑人奴隶贸易，更是后来者居上，一举超越一百年前就已开始此项贸易的葡萄牙。约翰·霍金斯（John Hawkins）在蓬勃发展的英国奴隶贸易中最为醒目。霍金斯不顾西班牙政府的限制，"从几内亚的黄金贸易中开辟了臭名昭著的黑奴贸易，从而把几内亚和加勒比之间的贸易活动连接起来"（姜守明，2019：200）。霍金斯虽然不是第一个贩卖奴隶的英格兰人，但却是第一个进行"三角贸易"的人。所谓的"三角贸易"是指在长期出售黑人奴隶的过程中奴隶贩子们逐渐形成的一种利润高昂但相对固定的三角奴隶贸易方式。他们进行贩卖奴隶的船只首先从英格兰港口出发，装载枪支、弹药和廉价消费品，然后在西非海岸交换大量奴隶，再横渡大西洋到美洲殖民地，将奴隶换成原材料和金银，最后运回英格

兰。霍金斯一共进行了三次大规模的奴隶贸易远航(1562—1563,1564—1565,1567—1569)(Woodward,22-26),购买非洲奴隶,以换取兽皮、黄金和白银等。1562 年,霍金斯从非洲西海岸劫掠约 300 名黑人奴隶,并将他们运到美西殖民地,换取当地的生姜和珠宝等。1564 年霍金斯再次率领船队出发,其中包括一艘名为"吕贝克的耶稣"(Jesus of Lubeck)的皇家海军船。伊丽莎白一世将"这艘载重 700 吨的海船折合为 4 000 磅股份,投资于霍金斯的奴隶贸易远征。这次霍金斯把一船的非洲黑奴贩运到委内瑞拉和巴拿马海峡,返回时不仅成为'英国最富裕的人',还获得了王室的褒奖"(斯塔夫里阿诺斯,150)。事实上,不仅是霍金斯,还有许多其他冒险家如德雷克、雷利和吉尔伯特也参与了奴隶贸易。

奴隶贸易给当地的非洲经济带来毁灭性的打击,但毋庸置疑的是,英格兰成功地挑战了西班牙的殖民霸权,进一步拓宽了海外殖民的领域,也为伊丽莎白一世王室带来了可观的经济效益。"英国的殖民扩张史,同时就是一部杀戮、征服和奴役史。英国人与走向海洋、进行扩张的其他民族一样,对被征服地区进行的掠夺,包括贩卖黑奴在内,充满了暴力与血腥,殖民掠夺如马克思所揭示的那样,是资本原始积累的重要方式之一。"(姜守明,2019:200)

马耳他在剧中被描绘为土耳其的战败国,并被迫每年缴纳贡税,从而暗示马耳他实际上是土耳其的殖民地。马洛此举隐喻伊丽莎白时代后期英格兰对北美殖民地的初步尝试。马耳他位于地中海中部,西西里岛和北非海岸之间,因与意大利、近东、巴勒斯坦和北非隔海相望而具有重要的战略意义。而北美大陆之所以成为英格兰选择建立殖民地的首选地点,原因也无外乎其战略位置。一方面,它很可能成为通向亚洲的跳板;另一方面,它不在西班牙的势力范围内。吉尔伯特认为"美洲必定是一个岛屿,在美洲建立殖民地,就可以作为通向亚洲的中途基地"(同上,231)。伊丽莎白一世于 1578 年授权他"发现、探测、寻找和考察那些遥远的、异教的、蛮荒的并且未经任何其他基督教君主或人民占有的土地、国家和领地……"(Woodward,48)1583 年,吉尔伯特登上纽芬兰岛并以伊丽莎白一世的名义占领该地。尽管英格兰在该地的殖民时间并不长,但纽芬兰被认为是伊丽莎白的第一个海外领地。之后,雷利接棒吉尔伯特的北美殖民方案。1584 年,雷利获得女王签发的特许状后,派出船只考察西印度群岛,并抵达佛罗里达沿岸。为了表达对"童贞女王"伊丽莎白的敬意,雷利将佛罗里达以北的地区命名为"弗吉尼亚"(Virginia)。1585 年,雷利成功在罗阿诺克岛建立了殖民统治,这是英格兰在北美地区建立的第一个持续时间较长的殖民地(姜守明,2000:239)。然而,由于缺乏后期物资和人力援助,该殖民地最终以失败告终。尽管直到 17 世纪初,英格兰在北美建立殖民地的尝试才取得实质性的突破,但伊丽莎白时代英格兰冒险家们的积极拓展精神已为即将到来的大英帝国积累了经验并开拓了道路。

五、结语

民族国家的形成为海外扩张提供了必要的政治保障,成为独立民族国家之后的英格兰虽错失领头机会但后来者居上,包括东方贸易、海上掠夺、奴隶贸易和殖民地初探等不同形式大航海时代的海外扩张,成为英格兰从一个边缘岛国向大英帝国过渡的催化剂。这一过程,充盈了帝国想象,既填补了政府的财政空缺,促进了英格兰的资本原始积累,又进一步增强了民族自信心和自豪感,最终造就了一个举世瞩目的大英帝国。可以说,伊丽莎白一世时期的海外扩张就是英帝国的孕育期,而以《马耳他的犹太人》为代表的马洛戏剧在 16 世纪民族国家形成的大背景下既承载了英格兰的帝国想象,又有助于提高民族自豪感和构建民族认同,并为大英帝国的启动奠定坚实基础。

参考文献

[1] Armitage, D. "The Elizabethan Idea of Empire." *Transactions of the RHS*, 14(2004): 269-277.

[2] Bartels, E. C. "Malta, the Jew, and the Fictions of Difference: Colonialist Discourse in Marlowe's *The Jew of Malta*." *English Literary Renaissance*, 1(1990): 2-16.

[3] —. *Spectacles of Strangeness: Imperialism, Alienation, and Marlowe.* Philadelphia: Pennsylvania University Press, 1993.

[4] Belsey, C. *Shakespeare in Theory and Practice.* Edinburgh: Edinburgh University Press, 2010.

[5] Bergreen, L. *In Search of a Kingdom.* London: Harper Collins Publishers, 2021.

[6] Canny, N. (ed.) *The Oxford History of the British Empire (Vol. I).* Oxford: Oxford University Press, 1998

[7] Cheney, P. (ed.) *The Cambridge Companion to Christopher Marlowe.* Cambridge: Cambridge University Press, 2004.

［8］Garber, M. "'Infinite Riches in a Little Room': Closure and Enclosure in Marlowe." *Selected Papers from the English Institute*, 1(1975): 3-21.

［9］Hiscock, A. "Enclosing 'Infinite Riches in a Little Room': The Question of Cultural Marginality in Marlowe's *The Jew of Malta.*" *Forum for Modern Language Studies*, 1(1999): 1-22.

［10］Romany, F. and L. Robert (eds.). *Christopher Marlowe: The Complete Plays*. London: Penguin Books, 2003.

［11］Tawney, R. H. *The Agrarian Problem in the Sixteenth Century*. New York: Cosimo Classics, 2020.

［12］Thurn, D. H. "Economic and Ideological Exchange in Marlowe's *The Jew of Malta.*"

Theatre Journal, 46(1994): 157-170.

［13］Woodward, W. H. *A Short History of the Expansion of the British Empire 1500－1902*. Cambridge: Cambridge University Press, 1902.

［14］姜守明.《英帝国史(第1卷)》.南京:江苏人民出版社,2019.

［15］——.《从民族国家走向帝国之路》.南京:南京师范大学出版社,2000.

［16］克里斯托弗·马洛.《马洛戏剧全集》.华明译.北京:商务印书馆,2020.

［17］勒芬·斯塔夫里阿诺斯.《全球通史:1500年以后的世界》.吴象婴、梁赤民、董书慧、王昶译.上海:上海社会科学院出版社,1992.

［18］陶久胜."世界还剩多少地方供我征服"——《帖木儿大帝》中的东方贸易、版图扩张与英格兰身份焦虑.《国外文学》,2023(3):66—77.

权力、身份与社区建构

——内勒笔下的城市空间与移民[①]

陈海容　冯戴君

（杭州师范大学）

摘　要： 当代非裔美国作家格罗里亚·内勒的《布鲁斯特街区的女人们》和《布鲁斯特街区的男人们》生动地呈现了美国现代城市空间中的权力运作。通过对布鲁斯特街区在早期、中期和晚期的发展进行叙述，这两部作品展现了20世纪美国移民群体与城市空间权力的协商。布鲁斯特街区早期的爱尔兰裔移民因追求自身利益而顺从权力，加剧了权力的不规范性；中期的意大利裔移民试图通过保留文化身份来抵抗权力逻辑，但由于代际在文化身份认同上的差异未能影响城市空间权力的运作；晚期的非裔移民表现出对城市权力的强烈批判意识，并通过社区建构转化为实际赋权行动。本文通过比较移民在对待城市空间权力上的态度揭示了作者对美国城市空间权力的批判思想，同时也引发读者对当代城市空间中的权力关系以及权力规范的反思。

Abstract： Contemporary African American writer Gloria Naylor captures the intricacies of power dynamics in the modern urban space of the United States through her literary works, *The Women of Brewster Place* and *The Men of Brewster Place*. Spanning the early, middle, and late stages of Brewster Place's development, these narratives illustrate the negotiation between migrants and urban spatial power in 20th-century America. Early Irish migrants complied with power for their own interests, only to intensify the power structure. Mid-term Italian migrants attempted to resist the logic of power by preserving their cultural identity, yet generational differences in cultural identification failed to impact the operation of urban spatial power. In the later stages, African American migrants demonstrated a robust awareness of urban power and transformed it into empowerment actions through community building. By comparing the attitudes of the migrants towards the urban spatial power, this paper reveals the author's critical perspective on the power dynamics within American urban spaces, encouraging readers to reflect on contemporary urban spatial power relations and how to regulate power.

关键词： 城市空间；移民；文化身份；社区建构

Key Words： urban space；migrants；cultural identity；community building

一、引言

当代非裔美国作家格罗里亚·内勒（Gloria Naylor, 1950-2016）的《布鲁斯特街区的女人们》（*The Women of Brewster Place*）和《布鲁斯特街区的男人们》（*The Men of Brewster Place*）生动地展现了城市空间对美国移民的影响以及移民与城市空间的相互作用。虚构的布鲁斯特街区由破旧的城市公寓组成，成为移民活动的主要场所，也是形塑人物观念、在短篇故事之间建立内在联系、推动故事向前发展的重要叙事元素。小说通过丰富的描写赋予了布鲁斯特街区生命力，使其不仅具有从"诞生"到"死亡"的生命轨迹，从早年、中年到晚年的文化传记，还呈现了不同肤色移民"孩子们"的母亲形象。由移民组成的特点使布鲁斯特街区成为20世纪美国城市移

① 本文系浙江省哲学社会科学项目"城市记忆：美国文学中的建筑叙事研究"（21NDJC139YB）；浙江省哲学社会科学重点研究基地"文艺批评研究院"资助项目（wypps2020002）成果之一。

民社区的一个缩影。从移民身份的角度来看，内勒一定程度上回应了"大多数美国白人都有欧洲/地中海血统，黑人则来自非洲或加勒比海地区"(Sanders,2)的美国移民史。小说中的美国城市空间景观由爱尔兰裔移民、以意大利裔移民为代表的地中海地区移民以及来自非洲和加勒比海地区的移民组成。

正如美国非裔研究学者法拉·格里芬(Farah Griffin)在论述移民叙事时所指出的，"(城市)空间要么是产生和维持城市化负面影响的场所——分裂、错位、物质贫困和精神贫困——要么是摆脱这些负面影响的'安全的避风港'。在后一种情况下，它们帮助移民建构一种可供选择的城市主体性"(Griffin, 8)。对于移民来说，城市空间一方面是庇护所，提供了一个相对安全的避风港；另一方面，在城市空间中移民面临着经济、社会、文化等多方面的挑战。本文认为，这种城市空间的双重属性在《布鲁斯特街区的女人们》和《布鲁斯特街区的男人们》中移民与城市空间的互动中表现得尤为显著。小说中展示的三类移民与城市空间的互动关系不仅体现了城市空间中的权力逻辑，也表现了移民如何以不同的立场应对城市空间中的权力结构。

二、城市空间的权力逻辑

《布鲁斯特街区的女人们》与《布鲁斯特街的男人们》中对于布鲁斯特街区诞生的描写表现了内勒对城市空间中的权力运作有着敏锐的洞察。在《布鲁斯特街区的女人们》中，她以福柯式的视角向读者介绍了布鲁斯特街区的诞生，将其描述为"权力和利益结合的私生子"(Naylor, 1988:1)，反映了权力本质上是作为实现个体自身利益的手段。在小说中，房地产公司企图通过市议员罢免警察局长来摆脱其对赌场的监管，同时，市议员则借机让房地产公司在其亲戚的地产上建造新的购物中心。基于商业利益和政治阴谋的城市规划决策很快在市议会上通过。通过这一描写，内勒将城市规划、土地利用等市政工程中的权力运作表现得淋漓尽致，揭示了权力在城市空间中的渗透，表现出对于城市空间生产的马克思主义批判意识。

除了将批判的目标对准权力决策者与实施者之外，内勒对于城市居民对这些决策的反应也进行了发人深思的描写，引发读者对以移民为代表的弱势群体在面对城市空间中的权力机制时应该采取何种立场的思考。布鲁斯特街区早期的城市居民主要以爱尔兰裔移民为主。虽然在《布鲁斯特街区的女人们》中，叙述者只是简单提到爱尔兰社区，但根据《布鲁斯特街的男人们》中本(Ben)的叙述可知，早期布鲁斯特街区是一个爱尔兰人社区，更往前是波兰人社区。小说中，内勒通过描述建造新社区政策如何平息了爱尔兰裔移民针对正直的警察局长被解雇事件而发起的抗议，巧妙地展现了以爱尔兰裔移民为代表的移民群体的心理。受到改善个人经济条件欲望的驱使，他们与权力妥协，最终促进了城市权力运作的成功。爱尔兰裔移民相信这项政策将改善他们的状况，同时相信城市会取得繁荣，并将他们所在的布鲁斯特街区纳入主干道。通过"全知全能"的叙述视角，小说呈现了布鲁斯特街落成典礼的盛况，社区近一半的人参加了典礼。市议员颇具讽刺地将城市发展与国家荣誉联系在一起，宣称"(布鲁斯特街)是为了即将从一战归来的爱国者而建立"(Naylor, 1988:1)，以营造对建设布鲁斯特街区的正面形象。爱尔兰裔移民在落成典礼上对新建成的布鲁斯特街的热烈反应充分揭示了权力如何成为控制城市空间中个体的工具，从而改变他们的思想和行动。

从有意以象征新生与希望的"黎明"为题目，一直到对布鲁斯特街区的落成典礼的描写，内勒都在着重表现爱尔兰裔移民是如何受到权力的制约，以及他们对权力的妥协与服从。然而，从爱尔兰裔移民的命运发展来观察，内勒表现出了对于移民在应对以权力为主导的城市空间时采取妥协立场的质疑。对权力机构的顺从并没有改变移民在城市空间中的处境，反而强化了权力的存在。布鲁斯特街没有成为爱尔兰人憧憬的城镇主干道，而是因为市政府对交通的控制，将其与中心商业区用一道墙隔开，变成了一条死胡同。面对这一局面，爱尔兰裔移民采取的不是反抗，而是选择离开。通过《布鲁斯特街区的男人们》中叙述者本的视角，读者看到1950年代的布鲁斯特街已经演变成了主要由意大利人组成的街区，只剩下少数的爱尔兰人。实际上，在两部小说对前后三类移民的描写中，内勒有意对布鲁斯特街区物质环境的衰败给予了大量的描写，从街区建筑的维护和清洁、公共设施的维修到垃圾处理、燃气费、社区安全等，都反映了美国市政府未能履行满足移民需求和维护社区的责任。针对爱尔兰裔移民对待权力所表现出来的消极态度，内勒显然持有批判的立场。从文本可以得知，对权力的妥协与服从只会加强权力关系，而不会促进对权力的规范。对于以移民为代表的底层弱势群体而言，盲目顺从权力无法改变他们在权力关系中的受害者身份。

总体而言，内勒对布鲁斯特街早期的描写阐述了城市空间中的权力逻辑，呈现了权力的本质与权力在城市空间中的生成与运作过程。从权力决策者如何将权力作为实现自身利益的有效手段,对个体的思想和行动施加影响,到那些受制于权力的弱势群体的命运,内勒的《布鲁斯特街区的女人们》和《布鲁斯特街区的男人们》指向了对城市空间中的权力关系以及如何规范权力的思考。具体而言,在以权力为主导的城市空间中,城市规划和土地政策等因素可能会进一步加剧权力关系中的不平等,以移民为代表的弱势群体对于权力机构的盲目顺从反过来又加强了权力的不规范性,使他们更加容易受到不公正的对待。

三、城市空间中文化身份的变迁

如果说内勒在对布鲁斯特街区早期的描写中特别凸显了移民对城市空间中权力逻辑的消极反应,那么她对中期以意大利裔移民为主导的布鲁斯特街区的描写则更着重于展示移民如何通过建构文化身份来抵抗权力的逻辑。城市空间中无所不在的权力现象在中期的布鲁斯特街区依然存在。意大利裔移民由于没有市议会代表,也就意味着没有话语权与资源,他们无法成为发挥决定性作用的参与者,像其他社区一样为自己的社区争取权益。“高墙”有效地将意大利移民社区与主流社会隔离开,作为地理意象反映了权力的制度结构。内勒对“高墙”如何参与空间建构、阻碍意大利裔移民社区与主流社会融合的再现再次揭示了弱势的移民群体如何最容易成为城市空间规划的受害者。

然而,虽然权力对他们的日常生活同样施加影响,与早期爱尔兰裔移民对权力机构的顺从有所不同,小说中的意大利裔移民对权力机制对文化的潜在影响保持着谨慎的态度,努力通过保留自己的文化身份来对抗城市空间中的权力机制。一般而言,“文化身份”不仅包括个体在文化方面的身份,如语言和文学背景、宗教道德教育和选择,以及社会获得的态度和举止等,还包括一种集体的文化身份,该集体共享一种文化观念(Gilbert, 2-3)。小说对意大利裔移民文化的再现表现了他们对母国文化的认同与身份意识。在封闭的社区环境中,意大利裔移民带有强烈的文化使命感,努力在各个方面维系意大利文化传统,保留意大利语言、文化和价值观念。小说中读者看到该社区的意大利裔移民“有自己的语言、音乐和准则……弗利夫人的商店是这个城市中唯一一家出售意大利海鲜沙拉食材和意大利菠菜面的商店”(Naylor, 1988: 2)。在美国城市空间中,意大利裔移民塑造了独特的文化面貌。对于这些移民而言,坚守文化传统不仅仅是出于对身份认同的追求,

更是对他们在城市空间中定位的一种自觉和回应。在城市的权力结构中,他们展现了明确的主体意识,不仅仅是被动地接受文化,同时也是文化的创造者和继承者。

尽管如此,内勒这位在纽约出生长大的第二代非裔作家也敏锐地观察到了城市空间中的多元文化与文化杂糅对个体和群体文化身份带来的塑造和挑战,以及跨代移民之间文化观念的冲突及其不同的文化适应策略。相比第一代意大利裔移民在封闭的社会环境中通过母国文化来维系认同感与归属感,第二代移民的文化观念与心理已经发生了巨大的变化。著名文化研究学者斯图亚特·霍尔(Stuart Hall)在将“身份认同”的普遍观念描述为“认同与其他个体、群体或理念的共同起源或共同特征的基础,以及在此基础上形成的自然封闭的团结和忠诚”之后,很快指出身份认同不能简化为某种“本质主义”和不变的核心,而“是一种建构,一个从未完成的过程——总是‘在过程中’”(Hall et al., 2),强调“文化身份”的动态性。小说中我们看到内勒同样挑战了移民文化身份同质化的观念,通过引入代际的变量,揭示了意大利裔移民的文化认同如何随着时间推移动态地发展。从欧洲战场上回来的第二代意大利裔移民已经不愿住在以意大利文化为主导的布鲁斯特街区,此时吸引他们的是“更舒适的生活”(Naylor, 1988: 3),这在一定程度上也呼应了美国社会学家赫伯特·甘斯(Herbert J. Gans)的论点:“一般来说,移民带到美国的意大利西西里文化并没有被第二代所维系。第二代的整体文化就是美国人的文化。”(Gans, 33)年轻一代意大利裔移民在美国长大且具有欧洲战场的跨国社会经历,他们的身份认同受到各种文化因素的影响。正如保罗·吉尔罗伊(Paul Gilroy)在分析文化形成的时候,提出“欢乐文化”(convivial culture)的概念,指出欢乐文化不同于多元文化,它“有着非常复杂的相互依赖的形式,即一套习俗流入另一套习俗,所有的习俗都因这种相遇而改变”(Gilroy, 176)。内勒笔下的第二代意大利裔移民对以意大利文化为主导的社区的摒弃显示了以文化融合、混合和杂糅为特点的欢乐文化对移民文化价值观念与身份认同的重塑。

因此,从移民对待城市空间中的权力的立场来看,相比第一代爱尔兰裔移民对权力所采取的消极立场,内勒描绘的第一代意大利裔移民在面对权力结构时通过保留文化身份表现出一定的主体意识。然而,年长与年轻一代意大利裔移民在文化身份认同上的差异体现了内勒对城市空间与文化身份相互塑造关系的观察。第一代意大利裔移民在美国城市

空间中创造的文化场景凸显了移民的到来如何塑造了美国城市空间中的语言、文化和种族景观。而年轻一代意大利裔移民对文化身份的认知则体现了城市空间中的欢乐文化对年轻一代移民文化观念的冲击，也表明了以保留文化身份作为应对权力结构的策略的困难。

四、城市空间中的社区建构

与描述城市贫民窟黑人受害者群像的作家如兰斯顿·休斯（Langston Hughes）、基恩·图默（Jean Toomer）、理查德·赖特（Richard Wright）等相似，内勒通过描绘布鲁斯特街区阴暗、破旧的建筑环境，揭示了北方城市作为非裔应许之地的神话的破灭。小说中晚年的布鲁斯特街区已演变为城市贫民窟。20世纪美国政府实施了一系列城市更新项目，其中包括将城市贫民窟改造成吸引中产阶级的社区，导致贫民窟居民社区的破坏与文化景观的改变。内勒显然有意对此作出回应，描写了市政当权者拆除布鲁斯特街以建造适合中产阶级居住的公寓住房的情景。晚期的布鲁斯特街区"看着法院命令和驱逐令将最后一代的孩子们带走"（Naylor，1988：191），再次表明权力长期困扰弱势群体，是一个持续的社会问题。

在爱尔兰裔、意大利裔和非裔移民组成的美国城市移民景观中，内勒将布鲁斯街晚年的非裔移民置于前景的位置。不同的是，爱尔兰裔与意大利裔都是作为集体的对象被叙述，缺乏人物性格塑造的部分，而小说中关于非裔移民的叙事时长远远超过前两个移民群体，从而允许故事中非裔移民个体的人物性格被塑造，同时也使读者能更全面地理解非裔移民相较其他移民群体在权力关系中所处的底层地位。作为非裔美国作家，内勒对非裔移民社区怀有深厚的感情，她将注意力集中在描写个体的日常生活和情感上，使读者更容易与人物建立情感联系。在两部作品中，内勒都以充满同情的笔触，再现了民权运动前后布鲁斯特街区黑人的创伤经历，涉及权力与阶级、性取向、性别、种族之间的复杂互动。

《布鲁斯特街区的女人们》通过第三人称全知全能的视角，以短篇小说循环体的形式，叙述了七个既相互独立又相互联系的黑人女性的创伤经历。这种叙事手法突破了传统线性叙事的束缚，为内勒提供了足够的写作空间，使她能够自由而深刻地描绘丰富的女性创伤经历。正如刘白所指出的，"在对黑人女性书写的过程中，城市空间始终对其小说中的女性施以影响"（刘白，61）。此外，玛克辛·桑普尔

（Maxine Sample）也曾强调："布鲁斯特街同时孕育着希望和绝望。尽管对于一些居民来说，布鲁斯特街是一个安全的避风港，但对于一些人来说，布鲁斯特街是对女性迫害的延续。"（Sample，18）内勒笔下非裔美国女性的创伤经历体现了她们对城市空间的相似感受，其中包括失落、孤独、焦虑、绝望等。而在《布鲁斯特街区的男人们》中，作者进一步将焦点转向了黑人男性人物。无论是在《布鲁斯特街区的女人们》中已经死亡的本，还是马蒂因过失犯罪不辞而别的儿子，抑或是希尔"无情"的丈夫，在《布鲁斯特街区的男人们》中都成了自己故事的叙述者，使读者同样能了解黑人男性在城市空间中的受害经历。

与爱尔兰裔和意大利裔移民形成鲜明对比的是，内勒笔下的非裔移民表现出强烈的权力批判意识，他们意识到自己处于权力的底层，并且力图通过社区建构来形成一种对抗的空间。正如帕特里夏·柯林斯（Patricia Hill Collins）呼吁黑人通过家族、教堂和非裔美国社区组织建构相对安全的空间，认为"这些安全空间帮助黑人女性抵制不仅在黑人公民社会之外，而且在非裔美国人机构内主导的意识形态"（Collins，101），内勒在小说中力图呈现非裔移民如何努力通过社区建构来挑战现有的权力结构。

首先，内勒着重刻画非裔移民在自我塑造上的能动性。对于一个个创伤个体来说，非裔移民在城市空间中要面临的不仅仅是彼此建立联系，还有重新调整和重建自我身份的挑战。虽然小说最后布鲁斯特街面临着被拆除的命运，但正如内勒在《布鲁斯特街区的女人们》结尾感伤又充满诗意地描写的，"布鲁斯特的有色女儿们，散布在时间的画布上，她们睡眼惺忪，依然带着梦的影子；她们起床，把那些梦固定在要挂起来晾干的湿衣服里；把它们和一小撮盐混合，扔进汤锅里；把它们裹在婴儿的尿布里。它们起起落落，起起落落，但从未消失"（Naylor，1988：192）。通过将非裔移民的梦与湿衣服、汤锅、婴儿的尿布等日常生活物品联系在一起，内勒表现了黑人如何以城市空间中的日常生活作为抵抗主导意识形态的路径，以及他们在面对创伤时的坚韧。其次，内勒着重展现了非裔移民的赋权行动。《布鲁斯特街区的女人们》进行到最后一章《街区派对》时，七个松散、独立的女性故事最后缝合在一起，女性团结一致要求改善布鲁斯特公寓的物质环境。小说一开始引入的"高墙"这一物理空间形式具有明显的政治性，其阴影投射出城市空间对移民的负面影响。然而，随着故事发展到此，当布鲁斯特街的女人们共同努力推翻给予她们黑暗和阴影的高墙时，内勒展示了社区建构如何促进了黑人的赋权意识，并最终

转化为摆脱城市空间中的权力禁锢的行动。正如物理空间中"墙"的倒塌对非裔移民社区产生深刻影响一样,这也预示了赋权行动可能对城市权力结构带来深远的影响。

因此,内勒描绘的非裔移民在城市空间中表现出强烈的权力批判意识,并通过社区建构来挑战当前的权力结构。从小说中非裔移民的经历可以看出,对于由创伤个体组成的移民社区而言,社区建构不仅为移民提供了心灵寄托和治愈创伤的路径,同时也是摆脱城市空间结构化的权力禁锢的关键。社区建构的过程既是对个体身份的重新建构,也是一种追求赋权的行动。不论是从叙事形式还是主题上,通过对具有赋权意识的非裔移民的描写,内勒表现了通过日常生活和社区建构来回应权力结构的方式,使以移民为代表的弱势群体有可能在以权力为主导的城市空间中实现重新建设家园的社会理想。

五、结语

对内勒的《布鲁斯特街区的女人们》和《布鲁斯特街区的男人们》的解读通常集中在作者对黑人经历的描写上。然而,若从建筑或空间的视角来关注作者对布鲁斯特街区的文化传记的描写,我们便能注意到城市空间中权力的生成和运作方式,以及在布鲁斯特街区居住的不同移民群体与权力的关系,也可以领略内勒在这两部作品中表现出的强烈城市空间批判意识。内勒再现的城市空间并非静止的、孤立的,而是在三类移民群体与权力的协商下不断变化的空间。早期爱尔兰裔移民因为自身利益而顺从权力,其结果是不但没有改变他们作为受害者的命运,反而加强了权力的不规范性;中期的意大利裔移民虽然试图通过保留文化身份来抵抗权力的逻辑,但由于跨代移民对文化身份认同的差异,这种努力在第二代意大利裔移民身上以失败告终,未能给移民带来平等和社会公正;晚期的非裔移民强烈地意识到自己处于权力边缘,因而滋生出一种批判性的主体意识,他们将城市空间中的日常生活作为抵抗主导意识形态的场域,通过社区建构来挑战权力结构,力求实现真正的平等和赋权。尽管布鲁斯特街的最终拆除彰显了三类移民群体与城市空间权力协商的失败,强调了权力在城市空间中各个层面的渗透,但是内勒以非裔移民的社区建构为基础展现

了以社区建构作为反抗城市空间中权力机制的社会理想。总体而言,通过三类移民群体的故事,内勒深刻揭示了城市空间中权力的本质及其对个体和群体生活的影响。对于作者而言,书写移民社区本身可能也是一种反抗城市空间中的权力机制的赋权行为,以文学为媒介为弱势群体发声,引发读者对城市空间中的权力关系、弱势群体如何应对权力,以及如何规范权力进行更深层次的反思。

参考文献

[1] Collins, P. H. *Black Feminist Thought: Knowledge, Consciousness, and the Politics of Empowerment*. London: Routledge, 2002.

[2] Gans, H. *The Urban Villagers: Group and Class in the Life of Italian-Americans*. New York: The Free Press, 1962.

[3] Gilbert, P. *Cultural Identity and Political Ethics*. Edinburgh: Edinburgh University Press, 2010.

[4] Gilroy, P. et al. "A Diagnosis of Contemporary Forms of Racism, Race and Nationalism: A Conversation with Professor Paul Gilroy." *Cultural Studies*, 33(2019): 173-197.

[5] Griffin, F. J. "*Who Set You Flowin'?*": The African-American Migration Narrative. Oxford: Oxford University Press, 1995.

[6] Hall, S., and P. D. Gay. (eds.) *Questions of Cultural Identity: SAGE Publications*. London: Sage, 1996.

[7] Naylor, G. *The Men of Brewster Place*. New York: Hyperion, 1998.

[8] —. *The Women of Brewster Place*. New York: Penguin Books, 1988.

[9] Sample, M. "Urban Landscapes in Black Women's Fiction: Portraits of the Twentieth-Century Fiction." *Alizés: Revue angliciste de La Réunion*, 22(2002): 9-21.

[10] Sanders, V. *Race Relations in the USA: 1863-1980*. London: Hodder Murray, 2006.

[11] 刘白.论《布鲁斯特街的女人们》中的城市镜像与空间阈限.《复旦外国语言文学论丛》,2020(2): 60—65.

国家翻译实践之"实践"

——概念、内涵及英译①

韩淑芹[1,2]　任东升[1]

(1. 中国海洋大学　2. 中国石油大学[华东])

摘　要：理论的建构起于术语的创设与规范。"国家翻译实践"作为近10年来出现的我国学者自创的译学术语，是基于对中外翻译史上现象化的国家翻译行为、组织机构、方式方法等多维度的考察和描写而创生的译学概念，已经在国内学界获得认同。然而，本土译学术语需要经历从话语认知到话语认同的过程，其中新术语的外译标准化是国际化的重要环节。本文从中西方语境历时性解读"实践"概念的变迁入手，解析"国家翻译实践"概念中"实践"一词的内涵与外延，从"三重三义"视角进行对比评估，进而指出"program"为最佳译文选项，为"国家翻译实践"这一译学术语的准确译传、认同达成提供借鉴。

Abstract：Theoretical construction is generated from the coinage of a new concept and its acceptance as terminology after a course of standardization. The past decade has witnessed the emergence and advancement of "Guojia Fanyi Shijian", or State Translation Program (STP), a concept in translation studies proposed by Chinese scholars. STP is a new concept based on multi-dimensional investigation and description of the phenomenization of State translation activities, organizational structure, patterns and methods in the history of Chinese and foreign translation. The concept has been recognized in domestic academic circles. However, indigenous translation terminologies need to undergo a process from discourse cognition to discourse recognition, in which the standardized translation is a fundamental factor in their internationalization. In the hope of consensus of recognition in the international scholarship of State Translation Program, this paper expounds the diachronic changes of "Shijian" in Chinese and Western contexts and analyzes its connotation and denotation, followed by a three-layer semantic comparison and evaluation of its possible translated versions in English. It is verified that the version of "program" is its optimal English version featuring constructiveness and scientificity.

关键词：国家翻译实践；"实践"概念；三重三义；英译

Key Words：State Translation Program (STP)；"shijian"；triple meaning；English version

一、引言

"国家翻译实践"作为我国学者自创的译学术语，已被列入近10年中国译学的新术语，并入选新修订的《中国译学大辞典》(方梦之，2021：31)。任东升、李江华2014年发表的《国家翻译实践的功利性特征——以〈党的组织和党的出版物〉重译历程为例》一文中，明确提出"国家翻译实践"概念，只是此时这一概念尚未明晰，只是界定了国家翻译的主体。及至2015年，任东升、高玉霞在《国家翻译实践初探》一文中正式将"国家翻译实践"上升至译学理论，并指出国家翻译实践"表现为'组织-项目'，英文应该是 National Translation Program (简称 NTP) 而非

① 本文系国家社会科学基金重大项目"中国特色对外话语体系在英语世界的译介与传播研究(1949—2019)"(19ZDA338)的阶段性成果。

State Translation Practice"（2015：94）。2020 年，任东升、高玉霞在《国家翻译实践中的"国家"概念及其英译探究》一文中指出"本着学术求真的考虑，我们认为'State Translation Program'更可取"（2020：152—153）。随着"国家翻译实践"这一术语概念逐渐确立其在国内译学的一隅之地，统一表达后的统一认知以及术语的传播译介也逐渐提上日程。

在中国知网以"国家翻译实践"为主题词/关键词进行检索，共有学术研究论文 98 篇，可见"国家翻译实践"这一相对较新的译学理论自问世至今已然引起广泛关注与实践应用。然而，目前对"国家翻译实践"的关注焦点大多集中于对翻译主体的认知，即"国家"作为翻译主体的新视角，对这一术语的理解似乎固化为"国家"+"翻译实践"的偏正结构，因此英译也被固化为普遍意义的"translation practice"，忽略了"国家翻译实践"概念中"国家+翻译+实践"语义结构以及"实践"一词语义的特殊性。在相关论文中聚焦"国家翻译实践"及其英译进行检索，共检索到有效论文 44 篇，通过对比检索发现，"实践"一词英译使用 activity 的 1 篇①（蓝红军，2020），使用 practice 的论文 8 篇（任东升、王芳，2017；梁红涛，2019；李霞，2019；任文、李娟娟，2021；倪秀华，2022），使用 program 的论文 35 篇，其中 28 篇为任东升研究团队的成果。尽管任东升、高玉霞（2015）提出国家翻译实践中的"实践"英文用 program 而非 practice，但并未进一步解释其原因，或许这也是该译文在国内尚存在认知差异的原因所在。2021 年 Springer 出版社出版的《中国口笔译研究的多元声音》（*Diverse Voices in Chinese Translation and Interpreting*）一书将 State Translation Program 及其缩略词 STP 列为关键词，同年国际知名翻译研究学者安东尼·皮姆（Antony Pym）提及国家翻译实践概念时将其解释为 National Translation Program（in Chinese more like a "country-specific translation practice" 国家翻译实践）②，并认为国家翻译实践是"理论化的、完整的翻译体系"（2021：73）。这表明"国家翻译实践"作为国内自创的译学术语，已经引起西方学者及学界的关注。有鉴于此，其英译文在对外传播时是否具有适用性、有效性也是值得探讨的问题。冯志伟（2018：74）提出术语工作的"中国学派"应涵盖四个方面：第一，术语研究不仅关注术语和概念形成的结果，更应关注概念的来源和体系性；第二，术语研究

的描写性性质；第三，术语研究应引入时间维度；第四，注重术语的结构和功能。本文围绕上述四个方面，以动态术语观进行描写性分析，探讨并剖析国家翻译实践中"实践"来源和体系，阐明其在中西方语境的内涵特征；探讨其跨语境的二次命名，从而确定其译名的准确性与有效性，以推动该术语的标准化及对外传播。

二、中西方语境下"实践"概念解读

"实践"一词是国家翻译实践的核心构成要素之一，而"实践是一个复杂且具有内在结构的概念"（姜海波，2017）。廓清"实践"的内涵与外延有助于厘清概念、准确界定、科学构建与发展国家翻译实践的理论体系和实践应用。

1."实践"的词源语义考辨

汉语"实践"由"实"与"践"二字构成，根据《新说文解字大全集》的解释，"实"为会意字，从"宀"，从"贯"（钱财），《说文·宀部》解释为"富也"，本义指"充实、充满"，引申为"真实、不虚"，用作动词指"使充满、使充实"（编委会，2011：1036）；"践"形声兼会意字，甲骨文从"彳"，从"戈"，会负戈以行之意，《说文·足部》解释为"履也"，本义为"踩、践踏"，引申为"登临、依凭、承袭"（同上：3308）。两词连用据查首次出现在《宋史》："真见实践，深探圣域，千载绝学，始有指归"，表示"实行"，与"理论"相对；及至明末清初哲学家王夫之提出"知之尽，则实践之而已"，中国古代"实践"多作为动词使用，表示"行为、动作"。作为哲学概念的"实践"属于舶来品。1912 年《东方杂志》刊发的《德国社会党之胜利》一文中首次将"实践"作为"事实""实践活动"的意义。"20 世纪二三十年代，汉语'实践'一词才在中国的马克思主义术语中被当作普遍承认的用来翻译'Praxis'的词投入使用"（李博等，2003：334）。《辞海》（第七版）网络版（https://www.cihai.com.cn）对"实践"释义为："① 履行。如：实践诺言。② 亦称'社会实践'。人类有目的地改造世界的感性物质活动。科学的实践观的确立是马克思主义哲学诞生的重要标志，马克思主义哲学认为实践是主观之于客观的能动的活动，是人类社会发展的普遍基础和动力，也是认识产生和发展的基础和动力。它包括物质生产实践、社

① 该论文中"国家翻译实践"在标题中英译为 National Translation Activity，关键词中英译为 national translation。文中谈及"国家翻译实践"为狭义实践概念，指具体的实践活动，谈及"国家翻译实践论"则将其上升为译学理论。

② 文中字号变化为原文格式。

会政治实践和科学文化实践三种基本类型。实践具有客观性、能动性和社会历史性。人类的全部历史由人们的实践活动构成。"由上述释义可知现代汉语中"实践"是一个多义概念，①为动词，强调过程及结果，由行动和事实两个要素构成，②为名词，等同于社会实践，是马克思主义哲学的重要观点，是人类的实践活动。《辞海》对"实践"的定义，动词词义①是中国古代"实践"用法的延续，名词词义②将日常宽泛涵义的"实践活动"与作为哲学概念的"实践观"混为一体，作为哲学概念的"实践"则被狭义为马克思主义实践观所提出的"感性物质活动"，从而导致"实践"概念的使用极为宽泛、模糊。鉴于"实践"名词词义的哲学化特征，有必要溯源在中西方哲学语境下"实践"概念的起源与演化。

2. "实践"的哲学概念演变

实践概念在中西方哲学史上都占据重要地位，无论在中国还是西方都经历了一个不断演变、不断被重新定义的发展历程，中西方"实践"概念所处的历史、社会、文化语境势必影响受众的认知。梳理回顾其在不同语境下的发展历程有助于我们从中西方双重视角重新审视"实践"的内涵与外延。

中国传统哲学以"知与行"的关系来表述认识和实践的关系，因此实践被等同于"行"，指行为实践的总和。先秦时期的《左传·昭公十年》就有"非知之实难，将在行之"；《论语》中孔子云"躬行君子"，强调亲身实践；《荀子·儒效》提出"不闻不若闻之，闻之不若见之，见之不若知之，知之不若行之，学至于行而止矣"，论述了"闻""见""知""行"之间的关系；《大学》将"行"界定为修身、齐家、治国、平天下四大实践活动；宋明时期哲学家程颐的"知先行后"、朱熹的"论先后，知为先；论轻重，行为重"、王阳明的"知行合一"，都从伦理学视角阐述了知与行之间的关系，"行"侧重于伦理道德实践。及至明清之际，哲学家王夫之提出"行先知后""知之尽，则实践之而已"，指出"知"这一认识活动是以"实践"为目的。及至王夫之时期，"实践"不仅仅是伦理学视角下的道德修养，同时涵盖了改造客观世界的有目的的活动。鸦片战争后中国近代知行观从伦理学路径转向认识论路径，孙中山提出"其始则不知而行之，其继则行之而后知之，其终则因已知而更进于行"，"行"成为资产阶级民主革命理论指导下的对客观世界的认识和改造。毛泽东承继发展了王夫之、孙中山的知行观，提出辩证唯物主义的知行统一观。1937年9月毛泽东以油印本形式发表《实践论》，成为中国马克思主义哲学的标志性成果。毛泽东的"实践论"讨论的是

认识和实践的关系，其副标题"论认识和实践的关系——知和行的关系"，体现了对中国传统知行观的承继；另一方面，他在《实践论》的开篇提出"马克思以前的唯物论，离开人的社会性，离开人的历史发展，去观察认识问题，因此不能了解认识对社会实践的依赖关系"（毛泽东，1993：282）。毛泽东的实践观将马克思主义哲学从本体论转为认识论，强调人的社会实践本质是认识和改造世界。

西方哲学史上对"实践"的不同解读可谓构成西方哲学之所以成为哲学的理由之一，从亚里士多德、康德、黑格尔到马克思，再到后现代时期的哲学家哈贝马斯、伽达默尔、布迪厄等，无一例外都曾从不同视角诠释解读"实践"。古希腊思想家亚里士多德被公认为实践哲学的奠基者，将人类活动分为理论（Theoria）、实践（Praxis）和创制（Poesis），并将实践分为个体的伦理实践和城邦的政治实践，从伦理学与政治学视角将理论视为最高的实践（亚里士多德，2003）。西方近代实践哲学的转折点则是启蒙运动时期德国古典哲学家康德提出的"实践理性"概念，认为实践理性处于理论理性的优先性地位，强调实践知识的纯粹性、绝对性和普遍性。黑格尔则将实践概念从伦理学范畴转向哲学范畴，他的实践辩证法思想把实践作为认识论的必然环节，强调主客观的统一；马克思主义实践观承继了黑格尔辩证实践观中理论活动的统摄作用，认为实践是人的存在方式，指出"全部社会生活在本质上是实践的"（马克思，1995：56），提出实践主体的实践本质，实践客体内化于被实践活动改造过的自然界，实践活动是主体对象化的感性活动，实践目的是主客体的统一并通过政治、经济、社会和精神维度解放人类。哈贝马斯继承了黑格尔和马克思早期思想，构建基于"交往行为"和"交往理性"的交往实践，指出"把理论转变为实践的任务无疑是把理论转变成准备行动的公民的意识和思想；理论的解释在具体的情况中必须被证明是能满足客观需求的实践上必要的解释，甚至理论的解释必须从一开始就包含在行动的这一认识中"（哈贝马斯，2004：80）。哈贝马斯的"实践"是一种主体间指向共识的交往活动，作为"交往实践"的实践是话语的实践也是实践的话语。伽达默尔的解释学实践哲学继承亚里士多德思想和康德的理性形而上学，"在理智概念中的实践的普遍性，把我们全部都包容起来"（伽达默尔，1998：72），"实践"反映理性的判断力。布迪厄的实践理论通过消解与超越二元对立，重新审视实践的逻辑，"[（惯习）（资本）]+场域=实践"（Boudier，1984：101）表明实践是三个要素共谋的结果，"惯习"是身体维度的实践逻

辑,"场域"是实践活动的社会空间场所,"资本"则是实践的资源与结果,三者构成辩证的实践关系。

概括而言,作为反思人的存在方式和行为意义的实践哲学,无论是基于中国语境的实践还是基于西方语境的哲学"实践"都经历了从伦理道德实践观向认识论实践观、辩证的认识-实践观、社会实践观的转变(见表1)。

表1 中西方语境下理论的"实践"

语境 实践观	中 国	西 方
伦理道德实践观	知"行"观: 知先行后→ 知行合一	个体伦理实践与城邦政治实践(亚里士多德) 运用道德法则处理相互关系的实践(康德)
认识论实践观	行先知后; 知之尽,则实践之而已 (王夫之)	认识和改造自然的实践(康德)
辩证的认识-实践观	实践是认识论指导下的对客观世界的认识和改造(孙中山)	实践是认识论的必然环节(黑格尔)
社会实践观	毛泽东:人的社会实践本质	实践是人的存在方式(马克思) 交往实践是话语的实践也是实践的话语(哈贝马斯) 实践反映理性的判断力(伽达默尔) 社会实践的三要素:场域、关系、资本(布迪厄)

通过表1可见中西方哲学实践观发展具有一定的趋同性特征,反映了民族性与世界性的统一,也为"实践"一词英译的认同达成提供了哲学诠释视角的可能。

三、国家翻译实践之"实践"概念解析

概念及其体系的形成并非一蹴而就,而是一个由感性体悟到理性阐释、由事实分析到理论抽象的辩证过程。任东升、李江华(2014)首次明确提出"国家翻译实践"概念,将其界定为以国家名义实施的自主性翻译实践。"国家""翻译""实践"三个核心词共同构成了"国家翻译实践",三者的关系存在三种划分(见表2)。

表2 "国家翻译实践"偏正关系分析

类型	偏	正	关 系 描 述
1	国家翻译	实践	一种实践活动
2	国家	翻译实践	国家是翻译实践的主体,属于国家行为
3	国家 翻译	实践	把翻译作为一种国家行为的实践活动

(来源:任东升,2019:68)

第一种切分下"实践"成为一个范畴词,回答主词"国家翻译"所关涉的方面,说明所表示意义的类型。此种切分之下,实践与"行为、活动"同义,成为作为对象的"实践",其本质就是认识的客体,构成国家翻译实践的微观层面,"从实践的角度我们可考察国家翻译实践之行为者(译者、读者、机构、国家等)所起的作用,国家翻译实践的操作对象,国家翻译实践的模式、过程、意识形态等对国家翻译实践的影响等"(任东升,2019:73)。微观层面的国家翻译"实践"其本质属于具象于翻译活动之中的具体实践行为,聚焦实践的主客体及实践过程,如国家翻译现象中的个体译者行为、原文及译文特征、具体的翻译策略等。从实践哲学的理论视角而言,属于认识论实践观,通过实践实现对文本的认识与改造。

第二种切分下"实践"并入"翻译实践"的范畴,是一种国家为主体的特殊翻译实践类型,国家成为主限定词将国家翻译实践与非国家翻译实践区别开来,国家作为翻译实践的名义主体或法律主体,依赖翻译机构、译者群落等行为主体完成翻译实践,表现为制度化翻译,国家或机构制定翻译规划、翻译标准、翻译策略,选择特定的译者(群)、监管译者行为、实现翻译过程的标准化、集约化和体系化。中观层面的国家"翻译实践"其本质是以翻译为载体的社会政治实践,成为国家事业的一部分,表现为翻译"制度化"的过程与结果。从实践哲学的视角而言,属于辩证的认识-实践观,既要认识此类实践的"制度化"特征也要以此认识指导"制度化"实践。

第三种切分"需要进行双重顺序理解,'国家+翻译'说明国家是翻译主体,再加上'实践',就变为国家作为翻译主体的实践活动,即国家把翻译上升为一种'国家行为'"(任东升,2019:69),换言之,"国家""翻译""实践"构成并列关系成为同层次的一种概念,其外延相容交叉——"国家翻译""翻译实践""国家实践"。从切分后的概念范畴而言,"国家翻译实践"包含了"翻译实践"与"国家实践"双重实践特

征。此外,此种切分之下"国家翻译实践"构成一个整体概念,即国家翻译实践论。一方面,从政治学、翻译学、社会学等多重视角探讨国家翻译实践的理念、本质、伦理、模式等,"国家翻译实践"成为"国家发起的大规模翻译实践项目或工程"(高玉霞、任东升,2017:97),"具有作为框架性研究对象和理论框架的双重性质"(高玉霞、任东升,2018:132),成为认识论路径下的实践观,侧重认识-实践的辩证关系,通过研究"国家翻译实践"构建"国家翻译实践论"的理论体系。另一方面,"国家翻译实践"在功效层面主要服务于国家,这就涉及"国家行为、国家战略、国家规划、国家意识形态、国家利益、国家形象、国家能力、国家话语权等"(任东升,2019:71),翻译成为服务于国家治理的行为与手段,"实施翻译制度化的最终目标是实现国家的政治价值目标"(任东升、高玉霞,2015:21),从而隶属于围绕国家权力和国家利益为核心而开展的社会政治实践。国家翻译实践作为一种跨语际的国家话语实践,成为连接着原文文本、译文文本及翻译的话语实践及交往实践,国家作为主体通过翻译再生产或改变话语建构,"可以再生产已有的话语结构以维持现存的社会身份、关系和知识信仰体系,还可以通过创造性地运用结构之外的词语来改变话语建构,从而改变原有的社会关系、身份和知识信仰体系"(纪卫宁、辛斌,2009:21)。作为话语实践的国家翻译实践也是国家意志的权力实践,关涉国家权威制度话语的权力规约,也是国家通过话语意义赢得权力的外在表现。根据法国思想家

米歇尔·福柯(Michel Foucault)的话语权力理论,"权力是透过话语发挥作用的东西,因为话语本身就是权力关系策略装置中的一个元素。话语是一系列运作于权力普遍机制中的元素"(转引自朱振明,2018:36)。基于上述因素,宏观层面的"国家翻译实践"构成一个综合性的整体概念模块,侧重于整体性、全局性、抽象性、理论性,"透过实然的翻译现象关注国家翻译本然的状况或性质,深入认识国家翻译这一特殊翻译现象的来源、过程与方法,判断其所涵盖的自身价值和社会价值"(任东升,2022:54)。换言之,"国家翻译实践"涵盖的是对这一概念的本体论、认识论、价值论的多重视角,成为国家翻译学的雏形,从实践哲学视角,是认识论实践观、辩证的认识-实践观、社会实践观的集大成者。

从"国家翻译实践"概念术语的语义结构分析而言,其中"实践"关涉微观、中观、宏观三重属性,是认识论实践观指导下的具体翻译实践行为,也是辩证认识-实践观指导下认识与实践相统一的"制度化"翻译实践过程,还是认识论、辩证认识-实践、社会实践论指导下体系化的实践哲学体系(如图1所示)。

从"国家翻译实践"研究历程而言,历经"国家翻译实践现象分析→国家翻译实践概念创生→国家翻译实践理论体系→国家翻译实践研究学科化",研究对象的更迭伴随着研究范畴的过渡过程与交界现象,构成"实践"一词的语义层次性及不确定性,分别指涉"现象-概念-理论-研究"等不同范畴。正如蓝红军所言,"国家翻译实践≠国家翻译实践论≠国家

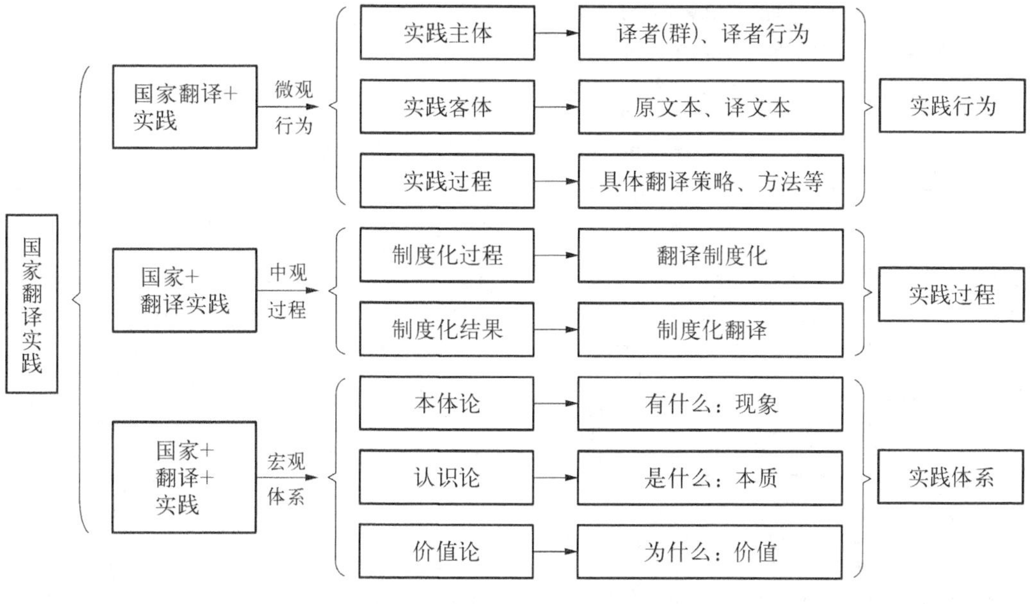

图1 国家翻译实践之"实践"解析

翻译实践研究"(2022：61)，而当下探讨的则是作为术语概念的"国家翻译实践论"之"实践"。

四、三重三义"实践"之英译解析

"实践"既是表达普遍意义的日常词汇，表示"行为、活动"；也是具有哲学意义的特殊概念。中英文语境中该词的语义能否等值？通过 BCC 现代汉语语料库(http://bcc.blcu.edu.cn)进行检索，作为日常词汇的"实践"常用做名词范畴词，用于指与理论相对应的不同类型实践活动，如"社会实践(7 121 条)""理论与实践(4 114 条)""政治实践(184 条)""医学实践(84 条)""翻译实践(51 条)"等；这与其对应的 social practice、theory and practice、political practice、medical practice、translation practice 用法相吻合，强调行为性及结果性。然而，中文"实践"除上述中性语义韵的范畴词义外，还具有积极语义韵，如"实践是知识的阶梯""实践出真知""实践是检验真理的唯一标准"。从词义视角而言，practice 无法准确传递汉语中"实践"的全部内涵，导致语义氛围的偏差。另一方面，作为哲学范畴的"实践"则常用于名词限定词，用于特指或类指实践意义关涉，如"实践观""实践论""实践行为""实践理性""实践智慧""实践概念"等。此类哲学术语能否等同于哲学领域的"praxis"一词？"praxis"一词译自古希腊亚里士多德的哲学实践概念 πρᾶξίς，指 practice or discipline for a specific purpose。"praxis"作为哲学术语，含有与"理论"相对的"实践"之义，强调方法与运用，近代更成为马克思主义哲学术语，在哲学领域之外接受度有限，甚至也有些诟病。布迪厄曾言："我要向你们指出，我从来没有用过'实践'(praxis)这个概念，因为

这个概念，至少在法语中，多多少少带有一点理论上的夸大说法，甚至有相当多成分的吊诡性，而且常用这个词去赞赏某些马克思主义、青年马克思、法兰克福学派和南斯拉夫的马克思主义等。"(高宣扬，2004：109)宫留记(2007：6)在其博士论文《布迪厄的社会实践理论》中指出"西方部分学者用'practice'表示人类的'实践'活动，用'praxis'表示人类的一般经验活动，这种区分把人在不同领域的各种活动彼此对立起来，割裂了实践的总体性，也消解了人的完整性……实践作为人的本质的存在方式具有总体性，是'practice'和'praxis'的统一。"

作为中国原创译学术语的"国家翻译实践"之"实践"具有多重复杂性，该如何英译才能接轨英文语境实现认同达成？目前英译术语"State Translation Program"所用的"program①"一词能否实现语义等值？

英国语言学家杰弗里·利奇(Geoffrey Leech)将意义分为概念意义、内涵意义、社会意义、情感意义、反映意义、搭配意义和主题意义七种类型，其中概念意义(conceptual meaning)是意义的核心，概括事物的一般属性或本质属性；反映意义(reflected meaning)指同一词语的不同语义的联想意义；搭配意义(collocative meaning)是指因搭配不同而产生的区别性特征。(Leech, 1974)下文从这三种词义进一步辨析"实践"的三个英译词 practice、praxis 和 program。

1. 概念意义辨析之 program、practice、praxis

practice、praxis 和 program 三个英文词汇其词义交叉关联，既存在语义共核也呈现语义偏差。本文选取《韦氏大词典》及《牛津高级英语词典》中的释义进行对比(见表 3)。

表 3 program、practice、praxis 英文释义对照表

	practice	praxis	program/programme
《韦氏大词典》	actual performance or application; a repeated or customary action; the usual way of doing something	action or practice; practical application of a theory	a plan or system under which action may be taken toward a goal
《牛津高级英语词典》	action rather than ideas; a way of doing something that is the usual or expected way in a particular organization or situation	a way of doing something; the use of a theory or a belief in a practical way	a plan of things that will be done or included in the development of something; an organized order of performances or events

① program 的拼写形式主要用于美国、加拿大、澳大利亚英语中；英国和新西兰则常用 programme 这一传统的拼写形式，但在表示电脑"编程"这一新义项时则使用 program，因此 20 世纪初开始 program 开始居于绝对优势(参见 https://grammarist.com/spelling/program-programme)。本文讨论中暂不考虑两种拼写形式的差异，采用 program 的拼写形式，但在选取的译文实例中保留原拼写形式。

概念意义是最基本的意义,其构成遵循对比原则和结构原则,词汇的语义体现在基本特征义素的结合。基于对比原则和结构原则,上述三个词的概念意义可以拆分为下列义素组合:

program:+plan +organization +action +order +goal +system +performance/event

practice:−plan +organization +action −order −goal −system +performance/application +repetition

praxis:−plan −organization +action −order −goal −system −performance/application +theory/belief

由此可见 program 一词所包含的义素最多,具有"计划""组织""行为""秩序""目的""系统""事件"的特点;practice 缺少了"计划""目的""秩序""目标"四个义素,增添了"重复"义素;而 praxis 只包含两个义素"行为"和"理论"。通过辨析概念意义及义素解析,可以排除 praxis 作为英译的选项,如前文所示该词在英文语境无法体现计划性、目的性和有序性,更侧重理论应用。

2. 反映意义辨析之 practice、program

反映意义之比较常用于具有多种不同概念意义的词汇,由某个意义可以引发其他意义的联想。practice 除"实践"外还表示"通常的做法、惯例、练习",强调"反复、常规",而国家翻译实践由于实践主客体的差异及变化势必呈现出特性而非常规性。program 作为多义词,还可用于表示一组项目,其中可以包含多个小项目(projects),强调部分构成的有机整体,符合国家翻译实践作为国家行为的整体性特征;program 还指"节目单、课程大纲",其含义都强调规划性和整体性特征。program 较新的词义还用于指"电脑程序"。"程序"在中文指"流程化的工作序列",更接近英文 procedure 一词。电脑程序引发的联想意义并非简单的流程,它包括一连串指令、调动启动机制进行信息处理、运行于某个目标体系、满足人们信息化需求。上述联想可以对应国家翻译实践上位主体"国家"的指令性特征,制定国家翻译规范、翻译政策;对应国家翻译实践中位主体"翻译机构"的调配性特征,指导译者(群落)开展翻译活动;对应国家翻译实践下位主体"译者(群)"的对象性特征,在国家及机构指导下选定并翻译特定文本;也对应国家翻译实践总体目标性特征,即满足国家对翻译的需求并以翻译实现国家治理。综上可见,相比于

practice 一词,program 的反映意义更贴近国家翻译实践概念的特征。然而 program 在英文语境的搭配是否符合国家翻译实践概念呢?

3. 搭配意义辨析之 program

词汇的搭配意义取决于词汇使用的语境。在 COCA 美国当代英语语料库检索"program"一词①,发现其含义为"a system of projects or services intended to meet a public need",囊括了 system 和 project;与其搭配排名前 10 的义素词有"school、education、student、training、nuclear、federal、social、development、national、health";在 BNC 英国国家语料库检索"programme"一词②,其搭配排名前 10 的义素词为"research、training、development、government、economic、television、work、reform、action、care";英美两大主要语料库中该词的使用主要涉及领域范畴,也关涉施为者,如 federal、government 等。其次,从历时性视角考察 program 一词的搭配用法,经检索发现特定的历史事件中多次用到 program 一词,如构建的全新理论 Davidson's Program(戴维森纲领),指戴维森提出语义学理论蓝图;提出的原则性纲领文件 Godesberg Program(歌德斯堡纲领),亦称"德国社会民主党原则纲领",标志着德国社民党意识形态的重大转折;共同制定的计划 European Recovery Program(欧洲复兴计划),马歇尔计划的官方名称,是马歇尔二战后呼吁欧洲各国共同制定一项经济复兴计划。上述三例中的 program,分别指理论、纲领、计划,说明该词使用领域既关涉宏观理论,也关涉中观的行动方针,还关涉微观的具体计划。中国重大政治翻译中"纲领"一词均译为 program,如 the First Program of the Communist Party of China 1921(中国共产党的第一个纲领)、Three Major Economic Programs of the New Democracy(新民主主义三大经济纲领)、Common Program of the Chinese People's Political Consultative Conference(中国人民政治协商会议共同纲领)等,上述"纲领"主要涵盖奋斗目标、基本政策、组织制度等内容。由上述分析可知,国家翻译实践作为特定类型的社会政治实践,用 program 一词符合我国政治对外话语的外宣惯例。此外,以联合国这一全球性机构为例,发现 program 一方面用于指机构:如 UN World Food Programme(联合国世界粮食计划署)、UN Development Programme(联合国发展规划署)、UN Environment Programme(联

---

① COCA 语料库的检索信息于 2022 年 7 月 25 日提取自 https://www.english-corpora.org/coca/。鉴于 program 为美式英语,本文通过 COCA 语料库检索其搭配。
② BNC 语料库的检索信息于 2022 年 7 月 27 日提取自 https://www.english-corpora.org/bnc/。

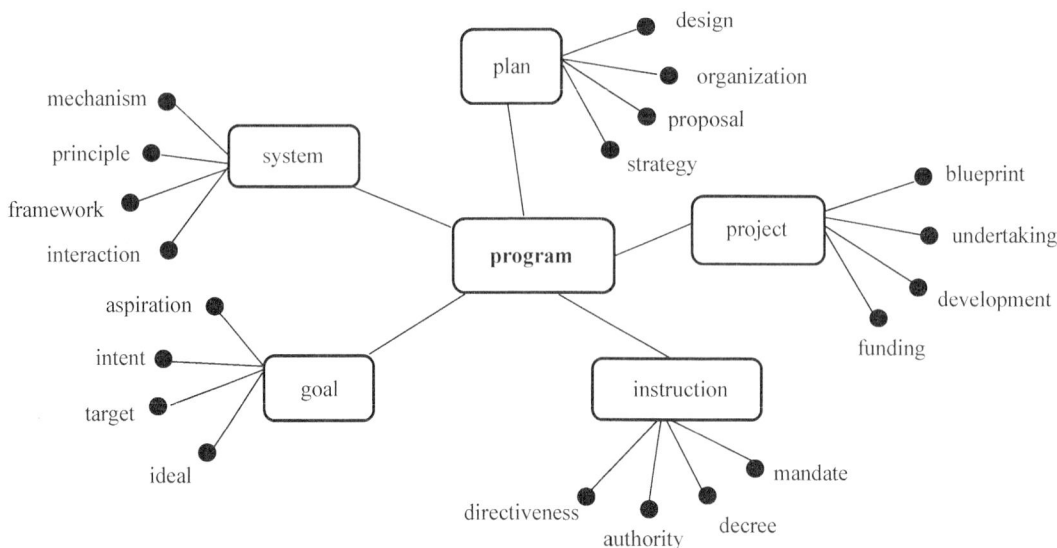

图 2　program 核心同义词图谱

合国环境规划署）等，另一方面则多用于指纲领、方案、计划：如 UN Programme of Action（联合国行动纲领）、UN Work Programme（联合国工作方案）等。从联合国这一国际组织使用"program"的情况看，该词既可以指机构也可以指纲领、计划，这与国家翻译实践概念下所关涉的"制度化"不谋而合。

概言之，program 一词具有 plan、system、project、guideline、goal 五个核心词义（见图2），兼具指导性、组织性和目标性，关涉宏观、中观、微观三个层面，具有权威性、制度化、体系化的典型特征，无论是词语搭配、历时用法还是国际组织使用的现状，都表明 program 是国家翻译实践中的"实践"概念最适切的译文，反映了国家翻译实践是"基于'实践—经验—方法—理论'模式的学术创新"（杨枫，2021：16）。

五、结语

译学术语翻译是学术影响国际化和理论创新本土化的前提，中国本土译论的对外译介以及西方译论的本土化都离不开核心术语跨语际转化的等效译介。无论是西方译论术语本土化过程中"社会翻译学"与"翻译社会学"之考辨（王洪涛，2016）、translator's invisibility 的"译者隐身"抑或"译者隐形"之探讨（任东升、王芳，2020），还是中国特色译学术语"生态翻译学"译名 eco-translatology 的尘埃落定，译者行为批评理论中"行为"究竟是 act、action 还是 behavior 的辨析，"变译"从 partial translation、shortened translation、adaptive translation、translation

variation 到 trans-variation 的英译定名（杨荣广、袁湘生，2021），都折射出译学术语翻译所历经的跨语际概念化过程及语义演变的理据化规律。"国家翻译实践"这一中国原创性译学术语，既需要汉语语境的"正名"，以明确其理论概念的内涵及外延，逐渐演化成为科学的学术话语；也需要译语语境的"等效"，从而达成译介效果助力国际传播。该术语的核心要素"国家"一词初步完成了从 national 到 state 的正名，"实践"这一核心要素也有待规范译名以实现术语标准化。英译词 program 彰显了中国特色译学术语的异质化特征，体现了原创译学术语外译的"中国学派"，契合该词在英语语境中类聚的语义内容，对本土译论术语外译具有一定的借鉴意义和参考价值，"在两种文化和语言间寻求平衡，为实现务实性求真不遗余力"（任东升、高玉霞，2019：147）。基于上述分析，"国家翻译实践"英译为 State Translation Program（缩略词为 STP），不啻为当下最适切的选择。一言以蔽之，中国本土译论的发展过程也是话语创新、规范、传播、标准化、国际化的过程，中国特色的译学术语外译既要关注术语翻译的"中国学派"，以期传播好中国原创译学成果，也要提升中西接通、可译可传、认知一致、认同达成的术语跨语际传递，从而赢得国际译学界的认同。

参考文献

［1］Bourdier, P. *Distinction: A Social Critique of the Judgement of Taste*. London：Routledge，1984.

［2］Leech, G. N. *Semantics: The Study of Meaning.* London：Penguin Books Ltd., 1974.

［3］Moratto, R. & M. Woesler. *Diverse Voices in Chinese Translation and Interpreting Theory and Practice.* Singapore：Springer, 2021.

［4］Pym, A. "On Recent Nationalisms in Translation Studies." *InContext: Studies in Translation and Interculturalism*, 2021：59—82.

［5］方梦之.我国译学话语体系的勃兴之路.《当代外语研究》,2021(2)：29—37.

［6］高宣扬.《布迪厄的社会理论》.上海：同济大学出版社,2004.

［7］高玉霞、任东升.从开放的复杂巨系统看国家翻译实践中的外来译家.《东方论坛》,2017(2)：96—102.

［8］——."国家翻译实践"的名与实.《翻译界》,2018(6)：131—140.

［9］——.国家翻译实践初探.《中国外语》,2015(5)：92—97+103.

［10］——.国家翻译实践中的"国家"概念及其英译探究.《英语研究》,2020(2)：146—154.

［11］宫留记.布迪厄的社会实践理论.《南京师范大学博士论文》,2007.

［12］纪卫宁、辛斌.费尔克劳夫的批评话语分析思想论略.《外国语文》,2009(6)：21—25.

［13］汉斯-格奥尔格·伽达默尔.《赞美理论——伽达默尔选集》.夏镇平译.上海：上海三联书店,1998.

［14］姜海波.南斯拉夫实践派的"实践"概念再探.《中国社会科学报》,2012-12-28(A16).

［15］蓝红军.国家翻译实践——从现实需求到理论建构.《外国语文》,2020(5)：112—118.

［16］——.国家翻译能力的理论建构：价值与目标.《中国翻译》,2021(4)：20—25.

［17］——.国家翻译实践研究的基本理论问题.《上海翻译》,2022(2)：61—65.

［18］李博等.《汉语中的马克思主义术语与作用》.北京：中国社会科学出版社,2003.

［19］李霞.再情景化模式下新时代政治新奇隐喻英译研究.《天津外国语大学学报》,2019(6)：124—132+158.

［20］梁红涛.译出型国家翻译实践研究：以贾平凹小说的英译为例.《外国语文研究》,2019(2)：87—94.

［21］《马克思恩格斯选集(第一卷)》.北京：人民出版社,1995.

［22］倪秀华.20世纪50年代外文出版社英译中国文学作品的发行与接受——以印度和印度尼西亚为例.《北京第二外国语学院学报》,2021(6)：67—78.

［23］任东升、李江华.国家翻译实践的功利性特征——以《党的组织和党的出版物》重译历程为例.《东方翻译》,2014(1)：15—22.

［24］——.制度化译者探究.《复旦外国语言文学论丛》,2019(1)：143—148.

［25］任东升、王芳.沙博理政治讽刺诗英译艺术探究.《外语与翻译》,2017(1)：1—7+98.

［26］——.译学外来术语内涵延展与概念重构——以 translator's invisibility 为例.《上海翻译》,2020(4)：67—71.

［27］任东升.国家翻译实践概念体系构建.《外语研究》,2019(4)：68—73.

［28］任东升.关于国家翻译实践研究的几点思考.《外语研究》,2022(1)：52—56.

［29］任文、李娟娟.国家翻译能力研究：概念、要素、意义.《中国翻译》,2021(4)：5—14+191.

［30］王洪涛."社会翻译学"研究：考辨与反思.《中国翻译》,2016(4)：6—13.

［31］夏征农、陈至立.《辞海(第七版)》.上海：上海辞书出版社,2020.

［32］《新编说文解字大全集》编委会.《新编说文解字大全集》.北京：中国华侨出版社,2011.

［33］亚里士多德.《尼各马可伦理学》.廖申白译注.北京：商务印书馆,2003.

［34］杨枫.国家翻译能力建构的国家意识与国家传播.《中国翻译》,2021(4)：15—19.

［35］杨荣广、袁湘生.中国本土译论术语"变译"的英译研究.《语言教育》,2021(3)：66—71.

［36］殷健、刘润泽、冯志伟.面向翻译的术语研究："中国学派"的实践特征和理论探索——冯志伟教授访谈录.《中国翻译》,2018(3)：74—79.

［37］尤尔根·哈贝马斯.《理论与实践》.郭官义、李黎译.北京：社会科学文献出版社,2004.

［38］中共中央文献编辑委员会.《毛泽东选集：第1卷》.北京：人民出版社,1991.

［39］朱振明.福柯的"话语与权力"及其传播学意义.《现代传播(中国传媒大学学报)》,2018(6)：32—37+55.

图像小说《平如美棠：我俩的故事》英译本图文关系再现与重构研究①

谭莲香　　张季惠

（长沙理工大学）

摘　要：如何通过多模态路径对外讲述中国故事、提升传播效果是视觉文化时代的新课题。从关联理论视角分析译者韩斌对中国图像小说《平如美棠：我俩的故事》图文关系的英译策略，发现译者总体再现了原文主要图文关系，包括重述、互补和增补关系，对部分复合型图文关系予以重构，译文语义表征总体呈现明晰化倾向。这一特征启发我们，对于以文字叙事为主、同时以丰富的插画和文字互动叙事的这一类图像小说，英译时应尽力实现图文关系再现的整体性、有效性和经济性，努力呈现译文与原文之间最佳阐释相似性。

Abstract：In the age of visual culture, it is crucial for researchers to delve into multimodal narratives to enhance the understanding of Chinese culture on a global scale. This paper examines the translation strategies employed by Nicky Harman in the graphic novel *Our Story: A Memoir of Love and Life in China*, specifically focusing on the image-text relations through the lens of relevance theory. The analysis reveals that the translator successfully maintains the key image-text relationships, such as redundant, complementary, and supplementary relations, while reconstructing more intricate ones. Semantic representation in the translation is clarified in general. It is suggested that, when translating a graphic novel in which images supplement words, the translator reproduces the image-text relations integrally, effectively and economically to achieve the interpretive similarities.

关键词：图像小说；《平如美棠：我俩的故事》；图文关系；再现；重构

Key Words：graphic novel；*Our Story: A Memoir of Love and Life in China*；image-text relations；representation；reconstruction

一、引言

视觉文化时代，单纯依靠语言符号这种单模态形式很难向世界呈现中国文化形态的完整性、生动性与丰富性，由此引发的文化误读不利于中外文化交流。如何融合语言符号与非语言符号、以生动形象的多模态文本向世界阐释中国文化成为当前中国文化对外传播面临的现实问题。

近年来，学界逐渐开始关注叙述中国故事的多模态文本的外译，现有研究主要分为两大类：第一

类从宏观视角论述多模态翻译对中国文化对外传播的价值（吴赟，2021；吴赟、牟宜武，2022），尝试建构多模态翻译理论，如多模态图文译文生成模式（邓显奕，2019）、多模态翻译研究范式（杨增成，2022）。第二类从微观视角进行个案分析，并归纳不同类型多模态文本英译策略，如外宣纪录片翻译策略（辛红娟、陈可欣，2020），川剧、秦腔、越剧等戏曲的英译策略（张瑜，2019；李庆明、刘曦，2020；朱玲，2022；张迪青，2022），儿童绘本的英译策略（王治国、储银娟，2021；田璐、刘泽权，2022），傣族叙事诗英译与民族身份认同（郝会肖、任佳佳，2019），故

———————————
①　本文系湖南省社科基金项目"文化经典汉译合作模式变迁研究"（19YBA009）、湖南省普通高校教学改革研究项目"新文科背景下校企合作工程化翻译人才培养路径探索"（HNJG-2021-0469）、湖南省教育厅优秀青年项目"中国自传类图像小说英译本叙事建构研究"（19B019）的阶段性成果。

宫博物院藏画英译的多模态语用策略（莫爱屏、李蜜，2021）。

现有研究是对多模态翻译的积极探索，文本分析的对象涉及不同视觉符号交互生成的视觉文本，以及视觉和听觉模态交互的文本，但研究的文本类型、个案研究的数量和范围都有待于进一步拓展，研究的问题和内容也有待于进一步丰富。现有研究极少关注图像小说这一图像符号和文字符号互动生成的静态视觉文本。"图像小说是以成年读者为主要目标、以书籍形式出版的漫画"（Chute，2017：19），和传统漫画相比，主题更为严肃；虽然冠以"小说"之名，但并不局限于虚构类文学，也涵盖了非虚构类作品，如人物传记等（谭莲香，2020：90）。本文拟以图像小说为研究对象，以《平如美棠：我俩的故事》为个案，聚焦图文关系再现与重构，归纳译者翻译行为规律，探索中国图像小说英译的图文关系再现策略。

二、多模态文本中的图文关系

"模态"指在社会文化中形成的创造意义的符号资源（Kress & Leeuwen，2001：20）。关于模态的分类，研究者依据不同的标准提出了不同的分类法，若以生命体的感知通道为依据，可以分为5种交际模态，即视觉模态、听觉模态、触觉模态、嗅觉模态和味觉模态，其中与话语分析关系最为紧密的是视觉模态和听觉模态（朱永生，2007：83）。"多模态"指在设计一个符号产品或事件时使用的多个符号模态（Kress & Leeuwen，2001：20）。在多模态文本中，每一种符号模态不仅具有特定意义，还与其他符号模态交互后生成文本的整体意义（吴赟、牟宜武，2022：78）。

一般而言，纸质形态的文学作品属于静态视觉文本，可能包含语言文字、图像等多种模态。文学是语言的艺术，但语言并非文学的全部，图像也是文学作品的重要构成要素。赵宪章（2022：33—35）认为，中国文化场域中的语图关系史大致可分为三个阶段：在文字出现以前的口传时代，"语图"关系的体态表现为"语图一体"，"以图言说"是其主要特点；在文字出现之后的文本时代，"语图"关系的体态表现为"语图分体"，以"语图互仿"为主要特点，且以"图像模仿语言"为主导；宋元之后的纸印文本时代，"语图"关系的体态表现为"语图合体"，主要表现为文人

画兴盛后的"题画诗"和"诗意画"以及小说插图和连环画的大量涌现，这一时期以"语图互文"为主要特点。

西方研究者从多元视角对多模态文本中的图文关系予以阐释，论及的文本类型涵盖了文学文本和非文学文本。罗兰·巴特（Roland Barthes，1977）从符号视角提出了三种基本图文关系：说明、锚定、接递。罗素·卡内和乔尔·列文（Russell N. Carney & Joel R. Levin，2002）从功能视角提出了多模态语篇中图像的五种功能，即装饰功能、再现功能、组织功能、阐释功能和转换功能。瑞登·马丁内克和安德鲁·萨尔瓦（Radan Martinec & Andrew Salway，2005）从逻辑语义视角来分类，认为图像和文本之间存在两种关系：地位关系，包括平等关系和不平等关系；逻辑语义关系，包括扩展和投射。凯伦·施莱弗（Karen A. Schriver，1997）从信息视角提出了五种图文关系模式：重述①、互补、增补、并置和布景。以上对图文关系的分类视角不同，精密度也不同，因而适用的范围也有差异。刘成科（2014：147）认为，马丁内克和萨尔瓦的分类精密度较高，对复杂图文关系的解读空间更大；巴特、卡内和列文、施莱弗的图文关系分类是相对粗略的分类方法，更多地从宏观角度解读图文关系，淡化了微观上的差别，利于清楚地界定图文关系的类型，不易产生混淆。由于本文主要探讨图像小说《平如美棠：我俩的故事》英译本中图像和文字如何相互作用建构意义以实现叙事目的，也就是说重点在于分析信息的表达和意义的构建，因而拟采用施莱弗信息视角的图文关系分类法进行阐释。

对于在翻译中如何再现多模态文本的图文关系，相关研究才刚刚起步。如萨拉·迪赛托（Sara Dicerto，2018）从语用学视角提出了以翻译为目的的多模态源文分析模式主张基于关联理论对多模态源文的语用意义、图文关系、各单模态特征这三个维度进行分析。迪赛托（Dicerto，2018：71）认为译文和原文应具有阐释相似性，尽可能呈现出和源文相似的分析性结构（即语义表征）和相似的语境效果（即明示意义和隐含意义）。由于图文关系决定了多模态文本的语义表征，迪赛托（Dicerto，2018：84）主张以最佳关联性为原则尽可能再现原文图文关系。由于图像小说属于典型的多模态文本，迪赛托的观点对于分析图像小说这一文类的英译具有一定借鉴意义，因而本文将

---

① 国内研究者将"redundant"这一术语译为"冗余""重述"等。由于"冗余"一词在汉语中通常有消极含义，表示多余，作为图文分类的术语可能会导致误解，因而本文采用"重述"这一表述。

从关联理论视角探讨图像小说英译的图文关系再现策略。

三、图像小说《平如美棠：我俩的故事》图文关系再现

《平如美棠：我俩的故事》中，作者饶平如先生回忆了与妻子毛美棠的爱情故事，也展示了中国社会大半个世纪的风风雨雨。该作被评为"2013年中国最美的书"，在新京报"2013年度好书评选"中被评为"年度致敬图书"。该作英译本由英国汉学家、翻译家韩斌（Nicky Harman）翻译，由企鹅兰登书屋2018年出版。

《平如美棠：我俩的故事》图文叙事特征和附插图的中国传统小说相比，共同点在于以文字叙事为主，图像叙事为辅；不同之处在于，图像数量远远大于传统小说。和英语文化场域中以漫画和文字互动叙事的典型图像小说相比，相同之处在于，通过文字和图像互动共同建构意义。不同之处有三：首先，该作的文字叙事具有传统小说的篇章结构特征，是以连续的章节、段落来叙事；其次，正文中手绘图是以插图的形式插入正文，极少出现西方漫画中的对话气泡，因而图像中也就极少出现体现人物的话语和思想的文字；再次，单幅画作大多篇幅大，呈现了较为丰富的背景，并配以鲜艳的色彩，叙事鲜活生动。

该小说中，原文插图若按画框计算共约302幅；若按主题统计，同一页多幅小图互文叙述一个主题，则归为一幅插图，则全文约有244幅图像。为方便研究图文关系，以主题为标准对正文中图像进行统计（不包括序和附录中的图像），发现共有221幅手绘图，大致可分为三类：第一类为无图注的漫画，第二类为附图注的漫画，第三类为漫画、诗、叙事性题注文字、印章等多种中国文化元素交互构成的图像。本文主要讨论的是这三类图像和正文文字的关系。根据施莱弗（Schriver，1977）从信息视角提出的图文关系分类，我们发现原文中并置和布局两类关系不太典型，原文图文关系以重述关系、互补关系和增补关系为主。同时，我们发现相当一部分语料呈现多种图文关系，而非单一图文关系。为方便论述，下文将聚焦语料中最主要的图文关系（统计数据如表1所示），考察译者再现图文关系的策略与方法。经对比中英文版发现，《平如美棠》英译本保留了原文所有图像，总体再现了原文的三类图文关系，但对少数图文关系予以重构。

表1 《平如美棠：我俩的故事》原文
图文关系语料统计

图文关系类型	重述	互补	增补	合计
图文关系数量	165	25	31	221
图文关系占比	74.7%	11.3%	14.0%	100%

1. 图文重述关系再现

"重述"指图像信息和语言信息基本一致，通过不同方式再现同一信息（Schriver，1997：413）。《平如美棠》原文以图文重述关系为主的语料共约165处，是占比最多的一类，有时重述关系和互补、增补关系交叠，而英译本基本再现了以重述为主的图文关系。

例1

[原文] 每天晚饭后，我和弟弟都会去母亲床边听她给我们讲故事，家里我们两个孩子最小。母亲讲的故事多是些有教益的古代故事，比如闵子骞芦衣顺母，比如"六尺巷"的故事。

（饶平如，2013：10—11）

[译文] After dinner every day, Third Brother and I (the two youngest children in the family) would go to my mother's bed, where she told us stories. They were mostly traditional tales about morality: about Min Ziqian, who was obedient to his stepmother even though she treated him badly, about Six-Feet Alley, the story of how a wise minister resolved a boundary dispute in imperial China.

（Rao，2018：24-25）

原文第一章《少年时》中，作者回忆了儿时的快乐时光，包括母亲给兄弟俩讲故事的情景。正文文字中叙述了母亲在床边给孩子讲故事这一日常习惯；如图1所示，图像中呈现了母亲给两个孩子讲故事的场景，且以文字图注清晰标明了图像的主题，因而正文文字和图像形成重述关系。同时，正文文字还叙述了母亲所讲故事的内容与意义，而图像中呈现了母亲房间的陈设，如中国传统风格的红漆床、白色蚊帐、红漆方桌椅，靠墙的桌上摆了钟、鸡毛掸子，墙上挂着字画等，具有鲜明的时代感，呈现了20世纪30年代的家居风格，也描绘了温馨的亲情。文字和图像所表达的信息不同，但都与母亲给孩子讲故事这一主题密切相关，图又呈现互补关系。因而，此处图文关系以重述为主，以互补为辅。在英译本中，如图2所示，保留了原文漫画和图注，且添加了图注

译文。对于正文文字，则主要采用对译法再现其明示意义，同时为"闵子骞芦衣顺母"和"六尺巷"这两个典故增加注释，以将其隐含意义明晰化，以降低英语读者对意义的推理难度。总体而言，英译本再现了该例的重述关系和互补关系。

图 1 母亲在晚饭后给我和弟弟讲故事（原文）

图 2 母亲在晚饭后给我和弟弟讲故事（英译文）

2. 图文互补关系再现

"互补"指图像和文本表达的信息不同，两者相互补充，共同建构意义（Schriver，1997：415）。原文图文互补关系共约 25 处，部分语料呈现互补关系和增补关系、重述关系的交叠。一般而言，原文文字叙述平如和美棠的经历，描写个人的情感，而图像则展示文中未提及的细节，图像和文字互补，丰富某一主题的叙述，而英译本中基本再现了以互补关系为主的图文关系。

例 2

[原文] 儿女们渐渐立业成家，孙子孙女也

陆续出世。我们的生活虽清贫却祥和安静，<u>每到晚上我在书桌前看书稿，美棠便歪在床上教孙女舒舒唱唱儿歌</u>。我想起小时候去外婆家，也是这样的祥和安静。

（饶平如，2013：264）

[译文] In time, grandchildren began to arrive. We were still poor, but life felt good. <u>Every evening, I sat at my desk reading manuscripts, and Meitang lay on the bed, teaching songs to our granddaughter Shushu.</u> I remembered similarly good, tranquil times on visits to my maternal grandmother's house when we were children.

（Rao，2018：284）

原文第七章《君竟归去》开头叙述了作者和美棠的晚年生活平静祥和。这一段中提及了细节，如"每到晚上我在书桌前看书稿，美棠便歪在床上教孙女舒舒唱唱儿歌"，并联想到小时候去外婆家曾经也是这样祥和平静的氛围。而此处的插图以"夏天的早上"为题，并附上"夏天的早上，作者和美棠回来，一起在房间里剥毛豆子"这一句对漫画进行解释。此处的图注文字和漫画形成重述关系。但图注和漫画作为图像整体表达的剥毛豆这一生活细节和正文中提及的看书稿、教唱歌这些细节并不一致，而是形成互补关系，共同衬托晚年生活的平静祥和。因而，该例中图文语义主要呈现互补关系，共同叙述同一主题。在英译本中，如图 4 所示，保留了原文的漫画和图注，并添加了图注译文。将正文中的文字通过对译法、分译法等再现语义。译文再现了原文图像和正文文字的互补关系，生动展现了晚年生活的惬意。

夏天的早上，作者和美棠回来，一起在房间里剥毛豆子

图 3 夏天的早晨（原文）

夏天的早晨
A summer morning
Meitang and I used to buy our vegetables, then sit together shucking fresh soybeans.

图 4　夏天的早晨（英译文）

3. 图文增补关系再现

"增补"指两种模态表达的信息不同，但一种模态处于支配地位，表达主要信息，而另一种模态进行说明与阐释（Schriver, 1997：417）。《平如美棠》原文中共约 31 处。通常原文中正文文字对某一事件予以简略描述，而图像则展示了更为鲜活的场景，提供更为丰富的背景信息，为作者情感的表达提供更多支撑。

例 3

［原文］而姑姑有位极亲的亲属做着投资，姑姑就拿了八千块钱算是合伙，投资是否真的失利也未可知，只知道不能还钱了，便拿了南昌陈家桥的房子来抵。姑姑得了这处房产也无法打理，便请父亲来租下。我们就是因此而在南昌住了八年。

（饶平如 2013：7）

［译文］My aunt had a relative who was investing in various ventures, and she borrowed 8,000 *yuan* to put in and became his partner. I do not know whether the ventures really lost money, but I do know that she was unable to pay the loan back. Then she mortgaged the house at Chenjia Bridge but was still unable to manage and asked my father to rent it from her. And that was why we spent eight years here.

（Rao, 2018：24）

原文第一章《少年时》中，作者叙述八岁那年举家迁往南昌的原因，主要是姑姑的丈夫过世早，姑姑投资又遇到不诚信之人，结果本金打了水漂，对方抵给姑姑在陈家桥的一套房产算是了结。而姑姑无力经营房产，只好请父亲来租住，于是举家前往南昌陈家桥。在正文叙述中，仅有一句话里提及了"陈家桥"这个地名。而图像中展示了流水、小桥、白墙青瓦的四合院、街道、水井、打水或挑水的百姓等，生动呈现了 20 世纪 30 年代陈家桥的地理特征、建筑风格、生活日常等，拓展了读者对作者幼年生活的想象空间。图像信息是对正文文字叙事信息的拓展与延伸，其目的在于促进叙事的丰富性，因而呈现图文增补关系。英译本中，如图 6 所示，保留了漫画及图注，并添加了图注译文。正文的文字叙事则主要通过语词的对译、句子的分译等再现原文主要信息。不过此处译文有两处误读。原文中的"拿了八千块钱"译

图 5　20 世纪 30 年代之陈家桥（原文）

Chenjia Bridge in the 1930s

图 6　20 世纪 30 年代之陈家桥（英译文）

为"borrowed 8,000 *yuan*"，语义有误；"不能还钱了，便拿了南昌陈家桥的房子来抵"的主语应是那位不诚信的合伙人，而并非姑姑。因而译者这一段中债务关系的解读和再现有一定偏差，但是译文再现了"陈家桥"这一语义的图文增补关系。

四、图像小说《平如美棠：我俩的故事》图文关系重构

英译本对图文关系的重构指对部分复合型图像和正文文字关系的重建。复合型图像，指由漫画、题字和印章等典型中国文化要素构成的图像。在《平如美棠：我俩的故事》中，书法题字本身作为一种特殊的图形，具有一定的美学特征；题字后一般都盖有作者饶平如的印章，具有典型的中国文化特征。题字、印章与漫画互动，构成了一个完整的图像，这一类图像和正文文字又构成一定的图文关系。部分图像中，叙事性题字篇幅较长，且与正文中的文字基本重复；英译本中翻译了图像中题字的语义，但省略了正文中对应的重述性文字，因而图文关系发生了一定的改变。这种改变没有损害叙事进程，反而在一定程度上实现了图文叙事的经济性。在英译本中，这一类图文关系的重构大约共6处。

例4

[原文] 过了个把月，中秋节将至，我在家门口收到了军校的录取通知书。一问之下，D君和L君也录取了，唯R君因视力欠佳而被淘汰。

（饶平如，2013：57）

[译文]（无）

图7　收到军校录取通知书（原文）

原文第四章《从军行》叙述1940年作者18岁，正上高二，开始渐渐懂得国恨家难。在征得父母同意后，和同学们一起前去上饶报考军校。例4此处正文文字叙述的是，考试结束后作者回家等候了个把月，终于收到军校的录取通知书；图像由漫画和手写体叙述性文字两部分构成。漫画中呈现了白墙青瓦的"倚松山房"，一身绿色工作服的邮差，手持录取通知书的小伙子。漫画的左侧为手写体文字，叙述了图像中作者收到录取通知书的信息，同时补充描述了我的心情以及三位同学的考试结果。图像中的漫画和手写体文字构成复述关系和互补关系；正文文字则再次叙述了这一事件，与原文图像构成复述关系。英译本中保留了漫画和手写体叙述性文字构成的复合型图像（如图8所示），在图像下方增加了手写体文字的译文，通过对译、换译、移译等方法再现图像中叙述性文字的信息。如"名落孙山"这一典故被省略，通过无形移译将其语义进行普通化引申，译为"had failed the medical exam"，将语义明晰化。英译文通过再现漫画左侧文字的信息，再现了漫画和手写体文字之间的复述关系和互补关系。同时，英译本中省略了例4中的正文原文，即删除了正文中和图像呈复述关系的文字，减少了语义重复，将图像与原文正文的重述关系重构为增补关系，使叙事更为简洁，减少了译语读者的重复推理。

A month later, the postman delivered my Military Academy admission papers to the door. I was very happy. I found out that two of my friends had also been admitted; the third had failed the medical exam due to poor eyesight.

图8　收到军校录取通知书（英译文）

五、中国图像小说英译图文关系再现策略

从关联理论视角来看，翻译本质上就是一个明示—推理的交际过程（Sperber & Wilson，1995）。翻译多模态文本时，"译者的主要任务就是寻找关联，识别模态间的各种逻辑互动关系，建立和完善语义表征，推断出文本交际意图。多模态互动建构了文本意义，而多模态翻译就是解构和还原这些关系"（冯建明，2020：132）。图像小说英译时，总体而言，同样首先也应推理原文的图文关系，识别其明示意义与隐含意义，再着力实现图文关系的语际映射。但对于以文字叙事为主、插入丰富漫画进行辅助叙

事的中国图像小说,其图文叙事具有一定特殊性,且英语读者和汉语读者心理语境和知识语境差异较大,因而其图文关系再现也具有一定特殊性。韩斌对《平如美棠》图文关系的再现策略启发我们,中国图像小说英译时,译者应充分考虑最大关联性与最佳关联性原则,尽力实现图文关系再现的整体性、有效性和经济性,努力呈现译文与原文之间最佳阐释相似性。

首先,图文关系再现的整体性。对于以文字叙事为主、插入丰富漫画进行辅助叙事的图像小说,英译时应再现图文之间的整体逻辑互动关系。一般而言,应尽可能保留原文图像及其页面布局,包括图像的尺寸、色彩、与文字的位置关系等,呈现图像蕴含的丰富信息以及图像的美学特征,呈现文字与图像的主次关系,以利于译语读者对图像意义的解读及对图文关系的推理。

其次,图文关系再现的有效性。"翻译就是通过对语境的分析,找出原文与语境之间的最佳关联,从而取得理解原文的语境效果。"(莫爱屏,2010:153)对于多模态文本翻译,"译文应和源文具有相似的语义表征,进而具有相似的明示意义和隐含意义"(Dicerto,2018:72)。然而,由于英语读者和中国读者认知语境的差异巨大,对于同样的文字和图像信息,英语读者对明示意义和隐含意义的推理相对更为困难,对图文关系推理的努力程度要更多。如中国读者耳熟能详的典故,其内涵对中国读者而言可能是明示意义,但对英语读者而言可能是需要付出较多努力才能获得的隐含意义。又如图像中的建筑、服饰等呈现鲜明的时代特色,节日习俗等呈现典型的民族文化特色,图像信息的隐含意义对于英语读者而言,要付出比中国读者大得多的努力才能获取。因而,译者在保留源文图像的前提下,可在文字叙事中对部分文字信息予以删减,增加脚注或文中阐释,使图像和文字单个模态的意义以及图文关系一定程度上明晰化,利于英语读者通过和中国读者相似的努力程度,推理出相似的明示意义和隐含意义,进而确保图文关系再现的有效性。

第三,图文关系再现的经济性。多模态语篇中意义的生成,"要根据语篇生成的经济性,以最有效、最经济的图文关系模式充分发挥图文表意时各自的特长,优势互补,取长补短,表达最清楚最丰富的语篇意义"(刘成科,2014:147)。图像小说中图文关系的再现同样也需要充分考虑译语读者和源语读者的语境差异,以最大关联性为原则,尽量减少译语读者的努力程度,以较为经济的图文关系建构意义。如上文所述,对于复合型图文关系,即图像中内嵌文字,如诗歌、作者题字、简短的图像说明或详细的叙事性文字等,这些文字和图像构成一定图文关系,内嵌文字的图像和正文文字又构成一定图文关系,译者应首先确保再现图像中的文字信息,再现图像内部的图文关系,以利于英语读者对图像意义的解读,然后再着力呈现图像和正文文字的关系。若图像中的文字和正文中文字呈现复述关系且篇幅较长,可删减正文中文字篇幅,使叙事更为简洁。文字删减后可能导致复合型图文关系发生一定改变,通常由重述关系变为增补关系或互补关系,但总体上有利于避免重复叙事,有利于减少英语读者推理的努力程度。

六、结语

"在传统媒介与现代媒介走向融合的当下,习惯于图像、视听、超文本等多模态阅读的读者群不断壮大。"(吴赟、牟宜武,2022:77)如何通过翻译多模态文本对外讲述中国故事是数字人文时代的新课题。本文聚焦中国图像小说英译的图文关系再现策略,是对多模态翻译的具体化研究。本文认为,对于以文字叙事为主、同时以丰富的插画和文字互动叙事的这一类图像小说,英译时应充分考虑译文目标读者和源文目标读者在心理语境与知识语境等维度的巨大差异,根据最大关联性与最佳关联性原则,尽力实现图文关系再现的整体性、有效性和经济性,努力呈现译文与源文之间的最佳阐释相似性。对于其他类型的图像小说,如以图像叙事为主、文字叙事为辅的文本,译者应如何再现图文关系,进而呈现和源文相似的语境效果,实现叙事目的,还有待于进一步探索。

参考文献

[1] Barthes, R. *Image-Music-Text*. Trans. S. Heath. London: Fontana Press, 1977.

[2] Carney, R. N. & J. R. Levin. "Pictorial Illustrations Still Improve Students' Learning from Text." *Educational Psychology Review*, 1 (2002): 5-26.

[3] Chute, H. *Why Comics? From Underground to Everywhere*. New York: HarperCollins, 2017.

[4] Dicerto, S. *Multimodal Pragmatics and Translation: A New Model for Source Text Analysis*. London: Palgrave Macmillan, 2018.

[5] Kress, G. & T. van Leeuwen. *Multimodal Discourse: The Modes and Media of Contemporary*

Communication. London：Hodder Arnold，2001.

［6］Martinec，R. & A. Salway. "A System for Image-text Relations in New Media." *Visual Communication*，3(2005)：337-371.

［7］Rao，P. *Our Story: A Memoir of Love and Life in China*. Trans. Nicky Harman. New York：Patheon，2018.

［8］Schriver，K. A. *Dynamics in Document Design: Creating Text for Readers*. New York：Willey Computer Publishing，1997.

［9］Sperber，D. & D. Wilson. *Relevance: Communication and Cognition*. Oxford：Blackwell，1995.

［10］刘成科.多模态语篇中的图文关系.《宁夏社会科学》,2014(1)：144—148.

［11］邓显奕.多模态图文译文生成模式的构建.《上海翻译》,2019(3)：30—37.

［12］冯建明.多模态语用互动的翻译意义构建.《外国语文》,2020(5)：127—133.

［13］郝会肖、任佳佳.多模态视阈下傣族叙事诗《召树屯》英译与民族文化认同研究.《贵州民族研究》,2019(9)：95—100.

［14］李庆明、刘曦.秦腔剧本英译的多模态化与意义重构——以《杨门女将》英译本为例.《西安外国语大学学报》,2020(2)：98—103.

［15］莫爱屏.《语用与翻译》.北京：高等教育出版社,2010.

［16］莫爱屏、李蜜.数字化背景下中华文化外译的多模态语用策略.《外语电化教学》,2021(6)：68—74+11.

［17］饶平如.《平如美棠：我俩的故事》.桂林：广西师范大学出版社,2013.

［18］谭莲香.美国图像小说的演进历程及其启示.《外国文学研究》,2020(5)：89—99.

［19］田璐、刘泽权.少儿科普图画书翻译的知识认同与多模态叙事：以《神奇校车》为例.《当代外语研究》,2022(6)：140—147.

［20］王治国、储银娟.多模态视域下中国原创图画书英译探赜.《上海翻译》,2021(3)：50—55.

［21］吴赟.媒介转向下的多模态翻译研究.《外国语》,2021(1)：115—123.

［22］吴赟、牟宜武.中国故事的多模态国家翻译策略研究.《外语教学》,2022(1)：76—82.

［23］辛红娟、陈可欣.多模态话语分析视角下外宣纪录片翻译研究——以《四季中国》为例.《对外传播》,2020(2)：54—56.

［24］杨增成.多模态翻译研究范式的构建.《中国外语》,2022(4)：105—111.

［25］赵宪章.《文学图像论》.北京：商务印书馆,2022.

［26］张瑜.多模态话语分析视角下的川剧剧本英译——以川剧《巴山秀才》为例.《四川戏剧》,2019(3)：81—84.

［27］张迪青.越剧的多模态翻译传播策略研究.《中国社会科学报》,2022-11-18.

［28］朱玲.探索多模态视角下的戏曲翻译.《中国社会科学报》,2022-08-09.

［29］朱永生.多模态话语分析的理论基础与研究方法.《外语学刊》,2007(5)：82—86.

话本小说翻译叙事重构中的译者声音研究①

肖　娟　何高大

（广州航海学院；华南农业大学）

摘　要：话本小说以"交流"叙事为核心特征，其译本的叙事话语中存在两种声音：原文叙述者声音和译者声音。译者声音作为一种话语存在于译本中，以不同于原文叙述者的"声音"表现出来，是译者主体性在译文本中的凸显。研究译者声音有助于阐释翻译动机，理解翻译规范，考察一定时期内译文的接受情况。本文从元语言学阐释的译者声音和作为翻译叙述者的译者声音两个角度讨论话本小说早期英译本如何通过译者声音传达原文叙事，译者如何通过译评介入、缩略编译、情节改写等方式重构原文叙事，从而实现话本小说译本对原文题材改写、母题移植、道德训诫等目的。通过描写与对比，探寻译者声音如何参与重构原文叙事，为研究中国古代通俗文学经典域外接受的过程与机制提供叙事学层面的参照。

Abstract：*Hua-pen* stories take "communication" narrative as the core feature, and two "voices" exist in the narrative discourse of the translated text: the original narrator's voice and the translator's voice. The translator's voice exists in the translated text as a kind of discourse, which is expressed as a "voice" different from the original narrator. The translator's voice is the highlight of the translator's subjectivity in the translated text. Studying the translator's voice is significant in explaining translation motivation, understanding translation norms, and examining the reception of translated texts in certain historical contexts. From the perspectives of the translator's voice explained by meta-linguistics and the translator's voice as the translation narrator, this paper discusses how the original narration in the early English translations of *hua-pen* stories is conveyed through the translator's voice, and how the translator intervenes through translation criticism, abbreviated compilation, plot rewriting and other methods to reconstruct the original narrative, so as to achieve the purpose of rewriting the subject matter of the translated text, borrowing motifs, and moral admonishment, which objectively promotes the acceptance of ancient Chinese folk literature narrative classics in the English world.

关键词：话本小说；翻译；叙事重构；译者声音

Key Words：*hua-pen* stories；translation；narrative reconstruction；translator's voice

一、引言

繁盛于明清时期的话本小说②与中国古典小说的源头——宋元话本一脉相承，为后世长篇白话小说的繁荣和近现代小说创作提供了可资借鉴的叙事艺术。由口头说书艺术发展而来的话本小说，其文本形制带有明显的"说话体"痕迹，题目、开场诗、入

①　本文系 2023 年国家社科基金后期资助项目"叙事重构与文学接受：明清话本小说英译研究"（23FWWB004）；2023 年广东省哲社规划学科共建项目"话本小说'中国故事'在世界文学中的流变与阐释研究"（GD23XWY15）；广东省教育厅普通高校特色创新类项目"岭南翻译史书写：德庇时话本小说翻译与传播"（2022WTSCX094）；广东省教育科学"十三五"规划高校哲社专项"广府民俗文化的译介及影响研究—以《粤讴》为例"（2019GXJK111）及广东省哲学社会科学规划 2023 年度外语学科专项青年项目"粤港澳大湾区本科高校英语专业学生翻译能力研究"（GD23WZXY01-01）的阶段性成果。

②　"话本"一指"说话"等伎艺的底本，或通俗故事读本，又指"话柄"（谈论的对象）或"旧事"。作为小说史之文体类型概念，主要指宋元小说家话本和明清模拟小说家话本文体形式创作的拟话本，即具有小说家话本体制的短篇白话小说。本文将研究对象话本小说限定在明清两朝，是因为明清时期是话本小说走向成熟、文学价值最高的时期。

话、头回、正话和篇尾诗各个部分都体现了虚拟"说话人—看官"这一交流框架特征,是显化的具有交流特征的话语标记。话本小说以"交流"为核心的叙事特征不仅表现在外显的文本形制中,也表现在情节、文化、意识形态等内容层面(王委艳 2012:5),其叙事性主要通过叙事模式与叙述者体现。18 世纪 30 年代至 19 世纪末,传教士、外交官、诗人和海外汉学家通过翻译重构话本小说叙事并借鉴英、法、德译本题材进行创作,丰富了各国文学。话本小说被大量翻译、改编或仿作,以 story、fiction、romance 或 novel 等多种形式出现在域外文学系统中。相对如今日新月异的小说创作手法所使用的叙事技巧而言,话本小说叙事模式要单一、朴素得多,但叙事性仍是其本质特征。本文试图在"中西参照的广阔视域中回溯传统",对话本小说这一"本土叙事素材和思想资源加以开掘"(陈佳怡、曹心怡,2022:95)。翻译本身就是对原文本的再叙事,原文叙事性以何种方式传达、译文叙事与原作叙事特征相比发生了哪些变化、翻译如何重构原作的叙事模式、译作中原作叙事的各个要素是否都得到了充分体现,均为话本小说翻译研究应有之义。

二、话本小说翻译叙事交流模型

对译者声音(translator's voice)的研究一直是颇受研究者关注的角度。西奥·赫曼斯(Theo Hermans, 1996)认为译文中永远不止存在一种声音和话语,译者参与了译文本的生产。格里诺尔(Greenall, 2015:47)也认为,所有译文中都存在译者话语,体现了译者声音。国内学者也吸收"译者声音"相关理论,并应用于典籍英译分析(陈梅、文军 2014;张玲 2020)。从传统叙事学看,"译者声音"指

的是为了传达译者价值观,以及让人感觉到译者在译本中的存在而采用的措辞和句式选择方式,解答的是译文叙事话语中"谁在说"的问题。研究译者声音的分布——译者是否有机会说、在哪里说、怎么说、说什么、对译文的操纵与原文相去多远,以及译者声音的言语分量,是研究翻译叙事的重要方法,也是研究译者显形的方法之一。

1978 年,经典叙事流派代表人物西摩·查特曼(Seymour Chatman)提出的叙事交流模型成为叙事学分析的常用模型。该模型限于讨论单语环境下的作者与读者关系,而涉及翻译情况则更为复杂,需考虑译者在叙事文本交流行为中的位置、译本的隐含读者与原文本的隐含读者有何不同等因素。奥地利学者埃默尔·奥苏利文(Emer O'sullivan, 2003)在查特曼叙事模型基础上,提出了一个将叙事理论与翻译研究联系起来的翻译交流模型,认为其适用于所有虚构叙事文学作品的翻译。将叙事学理论与翻译研究结合有助于确定谁是翻译"变化"的推动者,以及最重要的变形发生在叙事交流的哪个层面。

真实作者沿用"拟书场"的虚拟叙事格局,将口语体叙事以书面形式呈现,因而书面形式的话本小说中也就有了更复杂的叙述者、隐含作者和隐含读者,话本小说译文中的翻译叙事重构也就出现更复杂的实现机制。结合奥苏利文译本叙事交流模型图和话本小说叙事特征,本文拟构建如下话本小说翻译叙事交流模型图,其入口是源语文本,亦即叙事的起点。

在原文中,无处不在的"说话人"发出叙述者声音(narrator's voice);在译文中,译者不仅是原文读者,同时也是译文作者。译本中还包含隐含译者、叙述者、受述者、隐含读者和译文真实读者,译者以原文读者和译文作者的双重身份介入文本,并发出"译

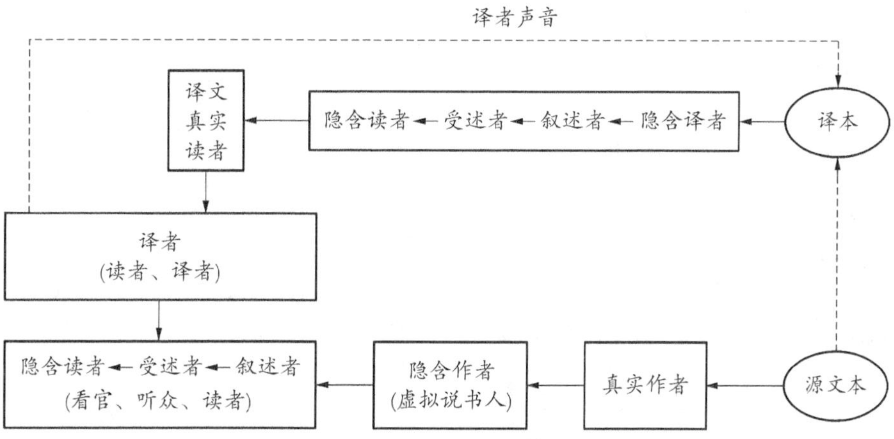

图1　话本小说翻译叙事交流模型图

者声音"(translator's voice)。源语文本中的叙述者声音在译文中是否得以原样再现？如无，是凸显了，还是弱化了？是否有译者的主观介入？译者介入的动机又是什么？译者的声音在译文中如何体现？译者声音的表现方式与译文产生的社会文化语境有何关联？

为通过探究以上问题以厘清话本小说译介、传播和接受的脉络，本模型图拟以"译者声音"作为贯穿话本小说英译本研究的线索，通过构建话本小说的翻译叙事模型，分析译文与原文中的叙述者、受述者、隐含读者、隐含作者、译者、译文真实读者之间的关系，以及各个角色在翻译叙事重构中的作用，探讨在翻译叙事建构中译文相对原文本发生的文学变异，进而从这些文学变异现象中提炼出话本小说在英语世界的翻译和接受特征。

话本小说原文的真实作者借助虚拟"说书人"之口来叙述故事。从读者视角看，虚拟"说书人"就是原文的隐含作者和叙述者。而受述者不仅包括书面文本的读者，也有"说书人"互动交流过程中不时提到的"看官"和听众，这些都是原文本的隐含读者。说书人为吸引听众，除需要在故事情节上下功夫，还需要高超的说书技巧，随时与听众进行互动交流，甚至代替听众发问、作答。说书人对故事的介入几乎无处不在，书面形式的话本、拟话本小说留下的说书人"说话"痕迹是口头说书艺术的独特性所在。

以话本小说文本形制中的"入场诗"为例，这些"入场诗"多借用中国古典诗词并将古诗词里因反复被借用、沿袭而显得虚空陈腐甚至泛滥的意象和题材加以"现实化"改造，保留诗词音韵美的同时，还担负起推动情节发展的叙事功能，如《蒋兴哥重会珍珠衫》篇中兴哥远行、妻子三巧登楼望夫的描写。思妇、美人凭栏远眺是古诗词中频繁使用的意象。古典诗词受制于文体和篇幅所不能描写的，在话本小说中却很好地与现实结合起来，使我们"既在小说里面发现抒情诗的美，也能看到与诗歌之美纠葛在一起的那个更复杂、更加'现实'的人生世界"（田晓菲2003：2）。此外，说书人套语的沿用、说话人底本形制的保留等元素不仅从形式上使话本小说成为独具一格的文类，而且在叙事技巧和文体风格上具有与众不同的艺术魅力。

三、翻译叙事中的译者声音类型

言语形式可以产生叙述者，塑造叙述者形象。叙述者是由隐含作者创造的，并不总是文本中的一个角色，但故事中或多或少有叙述者的影子。查特

曼区分了"显性"和"隐性"两种类型。显性的叙述者是叙事中的人物，叙述者可以是小说中的一个角色。公开的第一人称、作者式叙述者偶尔会向她/他的受述者提出问题或诉求，在话本小说中相当于"说话的"这一角色。有的显性叙述者没有功能角色，而是作为作者在文本中存在。如后来的章回小说中，显性叙述者已不常见或不明显，但即使没有了这些"看官""说话的"等显性叙述者话语标记，也同样可以揭示隐含作者的态度。

隐含读者包括虚拟说书人和将这些话本小说进行多模态改编后的叙述者，如戏曲表演者等。这些文本可能会不断被改编、调整、修改，以适应读者或听者，因此，在翻译文本中，可以发现这样一种话语的存在，即隐含译者。它可能以不同于原文叙述者的声音表现出来。可以说，翻译文本的叙事话语中存在着两种声音——原文叙述者声音和译者声音。译者声音是译者主体性在译文的内文本和外文本中的凸显，研究译者声音有助于阐释翻译动机、理解翻译规范等，对考察一定时期内翻译规范和文本接受具有重要意义。本文拟采用奥苏利文对译者声音的两分法——元语言学阐释的译者声音和作为翻译叙述者的译者声音，对"三言"多个英译本中的译者声音呈现方式进行归纳。

1. 元语言学阐释的译者声音

作为元语言学阐释的译者声音主要表现形态包括隐含译者作出译者序等类文本信息，或脚注、尾注等。话本小说早期英译本处于中西文学最初相遇的坐标中，译者初识中国民间通俗文化，对摹写中国世态人情的故事带着窥视和猎奇的心理来阅读、翻译，故在许多译本中不免加入译者背景介绍和文化信息。当时语言文字尚且是译者和目标语读者的障碍，因此不乏译本以拼音加注、双语对照甚至汉字英文混杂的方式呈现。加注已不鲜见，长篇译序也时有出现。如德庇时(John Francis Davis)《三与楼》的译者序长达50页，从英国国情谈到英国汉学，从汉字谈到中国文化的优劣。对一些原文本读者熟悉的常识和无需解释的文化信息，译者以脚注方式为目标语读者贡献了自己的"译者声音"。如中国婚俗中迥异于西方的文化信息"入赘""抢婚""童养媳"等都需要译者阐释，这属于元语言学阐释的译者声音。这类信息中"译者"的声音最清晰，且易识别，而更为复杂的是作为翻译叙述者的译者声音。

2. 作为翻译叙述者的译者声音

奥苏利文认为，元语言学的译者声音是完全融

入叙述者的声音的，而在翻译中还存在一种不融入源文本的特殊的叙述者声音，那是迄今为止翻译研究或叙事学研究中甚少被注意到的，她称之为"翻译叙述者的声音"。在某些情况下，译者会发表自己的见解，甚至推翻原作者的观点。对于某些作者加注或作出解释的地方，译者觉得这些阐释过于简单，不够清晰具体，会增加原文中没有的文字，甚至将个人好恶掺杂其中。如《庄子休鼓盆成大道》罗伯特·道格拉斯（Robert K. Douglas）译本中，原文并未提及庄子为何拒绝扇坟妇人的银钗，译者在此擅自加入"but, possibly having the fear of Lady T'ien before his eyes, he declined the pin"（第 251 页），认为庄子担心妻子田氏不悦，于是拒绝了妇人的银钗。译者出于何种缘由在文本中发出自己的声音呢？原文中"庄生却其银钗，受其纨扇"这个动作非常重要，暗含着银钗与纨扇的分寸拿捏……银钗与头发相关，有结发之喻，庄子没有收（张怡微，2014：70）。在中国古代，钗不单是饰物，还是一种寄情表物，是恋人或夫妻间的一种赠别习俗；头钗有两股，女子将头钗一分为二，一半赠给对方，一半自留，以寄寓他日重逢。显然，译者想象译本的隐含读者缺乏文化背景知识，阐释并推断个中缘由，而且这种推断合情合理，体现了译者对源语文化的理解。此外，译者对原文指点评议、臧否人物，增添原文没有的内容，或删去某些情节，甚至改写故事结局等，都是融入译文叙事中的译者声音。

作为译文叙述者，译者在语篇中的存在可以定位于叙事文本译文的抽象层面。译者声音可以在虚拟层面上被听到，就像"译者"自己发出的声音被记录在"翻译叙述者的声音"中。译者希望他的目标语读者读到什么，他们的认知和语言能力、文化理解能力、可以被多大程度地通过译本进行拓展和教化方才适合他们，这些因素在译本中也有所体现。

《庄子休鼓盆成大道》篇的部分译本并非"译自原文"，而是从法语转译，甚至掺杂了对已有译本的借用和改编，译者声音变得更为复杂难辨。如殷弘绪（Pere Francois Xavier D'entrecolles）法译本标题为"La Matrone du Pays de Soung"（《宋国的夫人》），而几年内先后出现的两个根据该法译本译出的英译本则对标题进行了改编，并加入了译者的声音。约翰·瓦茨（John Watts）译本将标题改为"Another Novel：Tchaong Tse, After the Funeral Obsequies of his wife, wholly addicts himself to his beloved philosophy, and becomes famous among the sect of Tao"。与其说是标题，不如说是故事情节梗概。该标题着意突出庄子葬妻后醉心哲学，成为道学名家这一点。而卡夫（Cave）译本则将题目改为"Tyen, or the Chinese Matron"（《中国妇女：田氏》）。从标题看，原文主角为庄子，而在卡夫译本里，故事主角则变成了庄妻田氏，译者对原文和译文的操控痕迹明显。从开篇对故事的梗概的交代来看，卡夫参考并模仿了瓦茨译本。试对比二译本：

例 1

Watts 译本：Another Novel：Tchaong Tse, After the Funeral Obsequies of his wife, wholly addicts himself to his beloved philosophy, and becomes famous among the Sect of Tao.（Watts, 1736）

Cave 译本：Another Story：Chwang tse, after burying his Wife in an whimsical Manner, wholly addicts himself to his beloved Philosophy, and becomes famous among the Sect of Tao.（Cave, 1742）

这两个英译本所依据的法译本底本都没有以上内容，而卡夫译本还在瓦茨的基础上突出了庄子葬妻的古怪方式——"鼓盆而歌"。冯梦龙巧妙借用"庄子鼓盆"之典故将庄子"试妻""戏妻"的戏谑、"鼓盆"葬妻的乖张进行了嘲讽，情节看似离奇诡异，实则为沉重的婚姻挽歌。正如李志宏所指出的，明清白话小说的文本之外还存在一个"叙述者的声音"，这个叙述者不仅拥有全知视角，置身故事之外，以异叙事（heterodiegetic）身份讲述故事，还承担着展演全篇的叙事技巧职责。"在小说创作过程中，真实作者透过叙述者叙述行为的操作和叙述职能的发挥，将小说世界中的纷纭万象都归入叙述方式的整饬秩序中。在交流情境的创造中，叙述者利用各种具逼真性的叙述方式，给读者提供一整套因果循环、善恶论证的道德体系和价值规范，从而建构出一个有序化的小说艺术世界。"（李志宏，2011：128）无论是译者对话本小说文本形制的调适、对语言风格的再现，还是对叙事模式的改写，都贯穿了无处不在的"译者声音"。翻译活动中伴随着译者对汉语语言文字、中国文化、宗教教义、伦理道德、原文叙事、文本价值等的种种思考，有主观臆断和经验之谈，也有学理分析；有个人是非判断，也有哲学思辨；有对文化和社会因素的探讨，也有对翻译行为本身、语言运用和宗教历史意义上的考察。

四、话本小说早期英译本中翻译叙事重构机制

话本小说情节紧凑完整，但结构相对简单，或夹

叙夹议,议论主要为叙事服务,通过情节设置表现人物、故事冲突。故事情节是话本小说存在的基础,讨论话本小说翻译叙事建构,终要落实到故事情节。为考察话本小说各英译本不同译者如何通过情节结撰、重构改写原文叙事,以达到操控原文、引导读者价值取向,或传达个人宗教、政治、文化理念之目的,本文从话本小说最早被选译的篇目入手,搜集整理散见于《中国丛报》《译丛》《凤凰杂志》《中国评论》等英文期刊上的译文以及后来的文学选集、研究著作中的选译篇目,比对译本,讨论不同时代、不同译者在重构翻译叙事中的译者声音呈现机制。

翻译在一定社会语境中参与叙事建构,可以是正向建构,也可以是逆向建构。无论是强化、夯实、拓展的正向建构,还是弱化、删减、简述的逆向建构,都可能会产生新的文化因子,并对翻译与文化的相互作用产生一定影响。话本小说"说话"艺术之所以引人入胜,其感染力源于故事情节的奇、巧,所谓"无巧不成书"。讲故事,讲好故事,这也是人们对小说原初而朴素的认知。以冯梦龙编撰"三言"为例,通过对"三言"120篇里单篇故事译本数较多的篇目(2至9个)①进行译本比对发现,"三言"各译本对故事情节的叙事重构主要有三种方式:加入译者评论,中断或延缓叙事;缩减细节、取其梗概的"编译"方式;改写情节、改变细节甚至故事结局。

1. 译评介入

评论性译者注指译者对原文本及翻译文本(有时甚至包括平行译本)的评论性注释。(周小勇,2021:91)话本小说早期译本的译评介入方式之一是通过人称变化切换叙事视角,插入译者评论。如《庄子休鼓盆成大道》篇,译者在某一段落将原来的第三人称改为第二人称。

例 2

原文:因他根器不凡,道心坚固,师事老子,学清净无为之教。(冯梦龙,2009)

译文:This gives **you** the happy disposition to become a great philosopher capable of raising **yourself**, and acquiring the art which **I teach**, and also of purifying **yourself** by an entire detachment from the world, and establishing **yourself** in the

perfect knowledge of the mind and heart. (Watts, 1736)

人称决定了叙事的语气和距离,也反映叙述者介入叙事的程度,甚至暗含了叙事者的情感、判断等,人称的转换即叙事视角的转换。叙事视角是"叙述者或人物与叙事文本中的事件相对应的位置或状态,或者说,是叙述者或人物观察故事的角度"(胡亚敏,2004:19)。叙事视角是叙述者发挥主体性对故事讲述方式的设定,是叙述者阐释事件的角度。译者在此段突然变换人称并加入评论,打乱甚至中断了原文叙事节奏,延缓了叙事进程。同时,译者以虚拟读者为听众,进行道德训诫,表达其宗教观和价值观,以达到道德教化之目的。

小斯当东(George Thomas Staunton)的《范鳅儿双镜重圆》译本在结尾另起一段,以"THE MORAL"为题进行评述,认为原文为范鳅儿夫妇加入叛军却终获无罪的结局作了一个可以在道德上实现平衡的解释:范鳅儿被原谅能有好结果,是因为他在敌方涅而不淄、行善积德,因此得好报。这些话里由"说话人"这位故事的叙述者说出来,但背后的隐含叙述者(亦即话本小说的作者)通过"说话人"之口表达其道德观。小斯当东还为范鳅儿夫妇皆大欢喜的结局安排了一个他认为合理的注解,那就是范鳅儿夫妇二人对生命与生俱来的热爱,身处乱世却仍然保持对彼此的忠诚和依恋,因而得到了上天的同情和眷顾。译者通过在故事中或改变叙事节奏,或延长叙事,插入对故事的评议以改变原文叙事进程,体现了鲜明的译者声音,传达了宗教隐喻,译者因此成了不可靠的译文叙述者。

2. 缩略编译

早期载于英文期刊的话本小说译文主要以两种方式呈现:多期连载和单期编译,以后者居多。多期连载的篇目删节较少,多译序和注解,用于阐释文化背景和典故,如1871年发表在《凤凰杂志》上的 *The Casket of Gems*(《杜十娘怒沉百宝箱》);而单期刊载的篇目多采用删略细节、取其梗概的编译方式。以刊载于《凤凰杂志》(1871)的《蒋兴哥重会珍珠衫》篇为例,看译者如何取舍细节,采其梗概,重构《蒋兴哥重会珍珠衫》的叙事。

---

① 译本数为 2 个及以上的篇目为 39 篇,译本数较多的篇目为《庄子休鼓盆成大道》(10 个)、《金玉奴棒打薄情郎》(9 个)、《卖油郎独占花魁》(7 个)、《灌园叟晚逢仙女》(7 个)、《滕大尹鬼断家私》(5 个)。

《蒋兴哥重会珍珠衫》①是"三言"经典篇目之一,学界讨论颇多。李欧梵说:"这个文本(《蒋兴哥重会珍珠衫》)的意义,我觉得跟香港甚至全球化以后的中华文化都有关系,所以我特别喜欢这个文本。"(李欧梵,2016:158)该篇讲述了蒋兴哥与新婚妻子三巧围绕"珍珠衫"发生的一连串离奇巧合的故事。冯梦龙并未以"非黑即白"的是非观塑造人物形象,既不把蒋兴哥写得毫无瑕疵,也未将三巧谴责得一无是处,而是试图求得某种道德平衡。夏志清认为,这是"作者站在个人立场对抗社会的例子"(转引自李欧梵,2016:164),这在当时实属难得。从冯梦龙在《蒋兴哥重会珍珠衫》里对道德失衡到平衡的微妙变化和拿捏,可以看出,虽然"三言"中宣扬道德教化是主旋律,但我们也看到了作为隐含叙述者的作者在文本背后想真实表达的是对人之"七情六欲"的正视与"理解之同情",而这恰恰是古之圣贤与儒家文化正统思想不愿承认的。

1871年译本对《蒋兴哥重会珍珠衫》采取删去细节、要略叙事的编译方式。译文不仅删去了入话和头回,还将原文中蒋兴哥去广东经商前夫妇二人难舍难离的长篇叙述简化为"蒋兴哥去广东经商,许久不归"一句。三巧与陈大郎相识的过程保留得比较完整,而原文对薛婆如何处心积虑、步步为营骗取三巧信任的过程描述得十分详细,译文也仅撮要叙述。如此一来,译文只剩下以转述故事为主的情节梗概,原文中人物的一笑一颦、喜怒哀乐等复杂心理变化在译文中几乎没有传达。更重要的是,冯梦龙在原作中煞费苦心通过叙述者传达的作者声音在译文中消失殆尽,因此译文读者无从了解三巧一系列行为的前因后果,更无从知道作者着力追求的道德平衡。

白之(Cyril Birch)认为,原作情节经一代又一代说书人作为故事的叙事者(隐含作者)反复讲述、修正、传诵变得逻辑严密,合乎情理,却没有一个说书人像冯梦龙在这篇故事中一样,如此深刻地洞察婚姻破裂的悲剧(Birch,1958:52)。故事围绕商人、小贩这些在当时社会不多的流动阶层展开,因为珍珠衫故事的发生须以蒋兴哥不在家为前提。该故事不单是真实事件的描述,小说艺术关注无瑕疵的连续性和细节的逼真性,而现实生活却未必关注这些。

观众在听故事时,会对故事进行批判,或对情节产生质疑,因而故事的隐含作者(说书人)讲述的故事情节在反复演绎中变得越来越丰富。为应付质疑与追问,说书人不得不在每一个细节上为自己辩护,久而久之,在隐含作者与隐含读者之间的轮番对话、修正、润饰过程中得以流传下来的故事其逻辑就显得非常严密,合情合理。

3. 情节改写

情节改写也是重构译文叙事的重要方式。改写是译者有意操控还是无意造成的,与历史文化语境、译者主体性或诗学规范有何关联,也可以通过译本相对原文的情节变化来分析。以《金玉奴棒打薄情郎》篇为例,1902年译本"The Heartless Husband"②除了与多数同时期话本小说译本类似地删去入话和头回以及文内诗词译文之外,对原文情节也进行了改动。不仅将原文的直接引语变成三人称间接引语叙述,还变换了叙事视角,并增加了原文没有的内容。译者自行想象了男主人公莫稽的窘境,删掉了金癞子领着众丐户来闹婚宴那场闹剧。而恰恰是这场闹剧,为莫稽想摆脱岳父的低微出身而狠心在月夜将妻子玉奴推下船、谋杀妻子埋下了伏笔。译文对原文情节的改动显得粗糙草率,情节设计漏洞百出。译者改动原作的原因,有可能由于汉语水平所限,对原文理解有偏差,也有可能是受版面限制,出于篇幅考虑。但改动后,对莫稽这一人物的形象刻画就少了原文的丰满和鲜明,叙事上相较原文逊色了许多。

《金玉奴棒打薄情郎》更早的一个译本,译者埃德温(Rev. Edwin Evans)摒弃了原文的虚假团圆,改写了一个对莫稽杀妻引起众神发怒、得因果报应的结局。男子求得功名后背叛,女性多忍辱负重原谅对方并与之重归于好,可归为中国传统小说戏曲中常见的婚变母题,而女主人公身份阶层的逆转是重修旧好的前提。如元杂剧《墙头马上》,女主人公最后亮出了自己贵族小姐的身份;如《临江驿潇湘秋夜雨》,官宦之家的落魄小姐得以与生父重逢;如明话本小说《鸳鸯棒》《金玉奴》,女主人公被高官收为义女,等等。最后的大团圆并非全是因男子痛改前非,而是女主人公的身份逆转让男子急于见风使舵谄媚

---

① 《蒋兴哥重会珍珠衫》共有四个英译本,第一个译本"The Pear-Embroidered Garment, Translated from the Chinese",由 Charles Carroll 译,发表在1871年《凤凰杂志》上(以下简称1871年译本);另三个译本分别是"The Pearl-sewn Shirt"(白之译,1956年),"The Pearl Shirt Reencountered"(马幼垣译,1978年)和"Jiang Xingge Reencounters His Pearl Shirt"(杨曙辉、杨韵琴译,2000)。

② 译者 Father Henninghaus,刊登于1902年1月《东亚杂志》(The East of Asia Magazine),第二号,第1卷,第104至114页。

权贵。冯梦龙也没有跳出这一窠臼。以现代文学审美标准来看,《金玉奴棒打薄情郎》的结局是失败的,是作者对夫为妻纲礼教的屈服,忽视了人性之"恶"。

改写过的译文则充满了因果报应的宗教劝善隐喻,这与译者的身份和翻译目的密切相关。对于译者埃德温的史料记载甚少,只知他是19世纪众多来华传教士中的一员,其身份是服务于监狱、医院、军队等的教士(chaplain to the consulate)。在特殊文化语境和翻译目的的操控下,就不难理解译者缘何利用《金玉奴棒打薄情郎》这类有谋杀情节的故事题材对情节进行改写,并对故事主题进行宗教阐释。与原文扭曲化的女性"从一而终"思想不同,译者对结局的改写,一则出于宗教训诫需要,二则表达了译者对原文故事结局的不认同。译者对男主人公莫稽受折寿惩罚的情节改写既符合译者自身的文化身份,同时也是译者是非立场的体现。是否这就说明译者比原作者要高明,或者具备了更多进步思想? 并非如此。原文成书于17世纪,而该译文出现时已是19世纪后半叶,不能以跨越两个多世纪的时空标准去评判原作者。

五、结语

话本小说翻译叙事话语中的译者声音贯穿于翻译叙事重构全过程,这是由话本小说"说话体"交流叙事特征决定的。对译者声音的研究可阐释翻译动机,理解翻译规范,考察译文的异域接受情况。译者通过译评介入、缩略编译和情节改写等方式重构原文叙事,从而实现话本小说早期译本对原文题材改写、母题移植、道德训诫等目的。增删改易与文学变异呈现了译者对原文明显的操控痕迹。循着译者声音的轨迹,从译文对原文叙事的评论、删略或改写可以看到当时历史文化语境下译者及其所代表的群体急于了解中国习俗风物、学习汉语、传播文化以及进行宗教训诫的心理。(文学)翻译本身的最终目标在于通过文本的异域传播来促进文化交流与文明互鉴。在当下社会文化转型的背景下,研究话本小说在英语世界的翻译和接受有助于更全面地认识"中学西传"的文学脉络,了解历史上的中国文化在融入世界文明进程中的轨迹。话本小说在西方产生的文学变异表现形式多样,且与译入语文学产生了丰富的文学接触和交流,其西传的复杂程度和创造性体现了中西文化接触的历史与文学经验的开放性与世界性,成为中西文学早期交流图景中的一道特殊景观。

参考文献

[1] Birch, C. *Stories from a Ming Collections of Chinese Short Stories*, *Published in the Seventeenth Century*. London: the Bodley Head, 1958: 52.

[2] Cave, E. *Description of the Empire of China and Chinese-Tartary Together with the Kingdoms Korea, and Tibet: Containing the Geography and History. Natural as well as civil of these countries from the French of P. J. B. Du Halde, Jesuit adorned with a great number of cuts with notes and geographical, historical, and critical; and other improvements, particularly in the maps by the translator*. London: St. John's Gate, MDCCXLL, 1742.

[3] Du Halde, Jean Baptiste. "Of the Taste of the Chinese for Poetry, History and Plays." *The General History of China* (*Vol. III.*). Ed. John Watts. London: 1736: 113.

[4] Godard, B. "L'Ethique du traduire: Antoine Berman et le ' virage éthique ' en traduction." *TTR*, 2(2001).

[5] Greenall, K. "Translators' Voices in Norwegian Retranslations of Bob Dylan's Songs." *Target*, 1(2015): 40-57.

[6] Hermans, T. "The Translator's Voice in Translated Narrative." *Target-international Journal of Translation Studies*, 8(1996): 23-48.

[7] O'Sullivan, E. Narratology Meets Translation Studies, or, the Voice of the Translator in Children's Literature. *Meta: Translators' Journal*, 48.1-2(2003): 197-207.

[8] Douglas, R. K. *A Fickle Widow. Chinese Stories*. Edinburgh and London: William Blackwood and Sons, 1893.

[9] 陈佳怡、曹心怡.固本开新,钩沉致远——2020年度中国叙事学发展报告.《复旦外国语言文学论丛》,2022(01):95—101.

[10] 陈梅、文军.译者声音评价模式研究——以白居易诗歌英译为例.《外语教学》,2015(36.05):94—100.

[11] 冯梦龙.《警世通言》.北京:中华书局,2009.

[12] ——.《醒世恒言》.北京:中华书局,2009.

[13] ——.《喻世明言》.北京:中华书局,2009.

[14] 胡亚敏.《叙事学(第2版)》.武汉:华中师范大

学出版社,2004.

[15] 李欧梵.《中国文化传统的六个面向》.香港：香港中文大学出版社,2016.

[16] 李志宏.《儒林外史》叙述者形象及其论述的可靠性问题.《国立台北教育大学语文集刊》,2011(20.7)：128.

[17] 田晓菲.《秋水堂论金瓶梅》.天津：天津人民出版社.2003.

[18] 王委艳.《交流诗学——话本小说艺术和审美特性研究》.南开大学,2012.

[19] 张玲.汪榕培英译《牡丹亭》中忧郁情结的表现——以"译者的声音"为视角.《外语与外语教学》,2020(04)：101—112+150.

[20] 张怡微.论"三言"中的"集体共用型"叙事模式——以《庄子休鼓盆成大道》为例.《汉语言文学研究》,2014(5.01)：66—75.

[21] 周小勇.学术翻译中的译者注类型、规范及译者素养.《上海翻译》,2021(06)：89—94.

宇文所安唐诗译介的时空观再现①

张欲晓

（上海电力大学）

摘　要：宇文所安是当代美国著名汉学家，他在唐诗研究与翻译上成就卓越，其翻译行为深受西方文论思想影响，在唐诗译介中运用现象学的时空观追索诗意所在，成功地带来了崭新的翻译实践体验。其译诗以过去、现在、未来三相之时间"回圈"，再现了时间问题在审美活动中的地位和作用。在空间问题方面，译诗运用本源空间性观点，构建出一个静止的空间，使读者看到沉默的空间往往依赖于声音的出现。此外，译诗还构筑了意象表征空间，不仅凸显了各种空间的张力，而且也表现了诗人对自我身份的关注。其译诗既体现了中国文学思想理念，同时也折射出西方文化的视野，给中国学者提供了另一种思路和视角的借鉴。

Abstract：Stephen Owen is an established contemporary sinologist in America and has made outstanding achievements in the study and translation of the Tang poetry. His translation behavior has been considerably influenced by Western literary theories. He applies the space-time view from phenomenological theory to trace and introduce the poetic meaning of the Tang poetry and successfully brings a brand new translation practice experience. The translated poetry represents the position and role of the time in aesthetic activities with the viewpoint of time loop of the past, the present and the future. In terms of space, with the perspective of origin space, Owen constructs a static space in the translation, so that the readers can perceive the silent space depending on the emergence of sound. In addition, the translated poetry also constructs an image representation space, which not only highlights the tension of various spaces, but also shows the poet's attention to self-identity. It is concluded that Owen's translated Tang poems not only embody the ideology of Chinese literature, but also reflect the perspective of Western culture, which provides Chinese scholars with another train of thought and perspective for reference.

关键词：时空观；现象学；唐诗译介；宇文所安

Key Words：space-time view；phenomenology；Tang poetry translation；Stephen Owen

一、引言

美国当代汉学家宇文所安擅长中国诗歌史与文学理论研究，对中西诗歌及诗学的阐释颇具创意，特别是在唐代诗史的研究方面，极受北美汉学界与中国学界推重，"他彻底改变了我们阅读理解前现代中国文学的方式"（王德威，2018：2）。从个体角度而言，宇文所安的汉学研究有其独特性，如将之放置于

海外汉学家的群体之中，他的汉学研究同时也具有一定的代表性。换言之，宇文所安可以被视为海外汉学家群体的一个缩影。身兼汉学家和翻译家的他汇通中西诗学传统中的美感意识，重新建构了中国古典文学面貌，为中国文学传统提供了一个崭新的解读视角。

宇文所安在研究中国古典诗歌时，选取具有典型代表性的作品，分析文学创作中如何以"追忆"的方式处理时间性的断裂和隔膜。这些对过去的遗忘

---

①　本文系 2023 年上海电力大学研究生教育教学建设项目（编号：YAL-2023006）的阶段性成果。

和记忆的破碎都变成某种心理力量重新描述时间的联系,不但构成一种传统的文学感受,而且产生出不同的写作方式与心理氛围。他以敏锐的视角穿梭在文本与历史之间的缝隙,追寻被遗忘的蛛丝马迹,再以细腻的笔触还原文本生成的历史现场,体现出丰富而深刻的文学意义。

宇文所安认为:"每一个时代都念念不忘在它以前的、已经成为过去的时候,纵然是后起的时代,也渴望它的后代能记住它,给它以公平的评价,这是文化史上一种常见的现象。"(Owen, 1986: 17)这与马丁·海德格尔(Martin Heidegger)的观点一致:过去与将来是相通的,时间就是不分过去、现在和将来的"回圈"(海德格尔,2016: 99)。宇文所安认为时间是可复返的,回忆这种行为也具有过去、现在、未来三相,并以此三者构成要素。回忆不仅是对"往事"与"历史"的复现与慨叹,也寄于追求"不朽"的本体论的焦虑,更体现了"往后看"这延续了几千年的中国文化的传统和思维模式。宇文所安通过新颖独到而又论证充分的分析,以中西文学、文化传统为背景,运用现象学的时空观,阐述时间的延续和划分、空间的隔离和分割,展现那些潜藏在我们熟知的文本中,而我们可能从未觉察过的细微思绪。在现象学的新视野下,宇文所安对唐诗的译介呈现出新的旨趣,带给读者更加深层的审美体验。

二、时间观的翻译再现

现象学的时间观以"现在"为核心,"过去"是已经过去了的"现在",而"将来"则是尚未到来的"现在"。这种时间比我们平时说的物理时间、宇宙时间更内在和原本,埃德蒙德·胡塞尔(Edmund Husserl)称之为"内在时间"或"现象学时间"(胡塞尔,2009: 82)。"任何现象或意向性行为,从根底处就不是单个孤立的,它势必涉及边缘域意义上的'事前'与'事后'。"(胡塞尔,2009: 81)现象学时间是在完满的现在性中吸纳过去、现在和未来的历时三维。作为美的本质的时间在不断地演变和复现中获得其存在,因为现在总是由过去而来,流向未来,这是由于固化的审美物件总是要在历史中不断地被一代又一代的人所理解。宇文所安运用现象学时间观对唐诗进行阐释与翻译,充分再现出诗人不朽的时间观、怀古的时间观和非线性时间观。

1. 不朽的时间观

中国文化中的史学色彩颇为浓重,对于历史的书写极为重视。"历史"一词从最为表层的理解来

看,是对于过去,即已经发生过的事的记载,因此可以说"历史"联系着过去。在杜甫的《江南逢李龟年》译介中,宇文所安认为诗中描写杜甫和李龟年的相遇:"不单在于唤起昔日的繁华,引起伤感,而且在于这种距离。诗意不在于记起的场景,不在于记起它们的事实。诗意在于回忆这一途径,通过这条途径,词语把想象力的运动引导向前,也是在这条途径上,词语由于无力跟随想象力完成它们的运动,因而败退下来。这些特定的词语使失落的痛苦凝聚成形,可是又做出想要遮盖它们的模样。这些词句有如一层轻纱徒有遮盖的形式,实际上,它们反而更增强了在它们掩盖之下的东西的诱惑力。"(Owen, 1986: 6)《江南逢李龟年》是杜甫绝句中最富情韵的一首,只有28个字,却包含着丰富的时代生活内容,宇文所安的译文再现了这首诗的诗意所在。

> 岐王宅里寻常见, In the lodgings of the Prince of Qi I saw you commonly,
> 崔九堂前几度闻。at the head of the hall of Cui Nine I heard you many times.
> 正是江南好风景, It's really true that in Jiangnan the scenery is fine,
> 落花时节又逢君。and in the season of falling flowers I meet you once again.

这是一首与追忆有关的诗,诗意在于杜甫回忆自从与李龟年分手以来的这段时间,记忆力使他们意识到自己失去了某种东西。译诗前两句将地点状语 In the lodgings of / at the head of 置于句首,谓语动词采用过去式 saw 和 heard,而不是用 used to do 来表示过去常常做某事,表达诗人追忆过去的文人聚会,然后回忆便消失了。译诗描绘了记忆的幻象从眼前消失,面对的自然风景取而代之,这种取代又深化了提示诗人想起失落的东西,即繁华的季节已经终结了。译诗后两句的谓语动词采用一般现在时 is true, is fine 和 meet,突出了时间跨度性,即从过去到现在。这是回忆、失落和怅惘的诗:失落的过去,可以想象完全没有希望的未来。译诗最后一句中"I meet you once again"没有采用将来时态,而是使用一般现在时,表达出这首诗的"不朽"诗意。

宇文所安提道:"中国古典文学给人一种承诺,优秀的作家借助于它,能名垂不朽。基于这种强烈的诱惑,中国古典文学中有着对'不朽'的期望,所以到处可以看到和'往事'有关的联系。"(Owen, 1986: 11)宇文所安强调回忆者在回忆更远的古人:"既然我能记得前人,就有理由希望后人会记住我,这为作家提供了信心,让他们从往事中寻找根据,拿前人的

行为和作品来印证今日的复现。"(Owen, 1986: 13)在魏晋时期,士人们忧虑自己被后人遗忘,担心被埋葬在时代的洪流中,因此对于不朽的确有渴望与焦虑。从宇文所安的西方文化背景来看,在西方文化传统中,人本主义占有重要地位,强调个人的独立与尊严,突出个人的价值。在中国文化传统中,人的观念始终和社会、团体联系在一起。中西方对个人价值的定义不同,宇文所安认为诗人因恐惧湮没,所以欲创"不朽"盛事,给予我们从另一角度重新审视"不朽"在中国文学中的可行性。

在儒家文化中,对超越个体生命、永恒不朽的价值追求,表现为对"名",尤其是"身后之名"或"不朽之名"的追求上。中国古代文人士大夫普遍有一种留名于后世的强烈欲望,这往往是驱使他们在有生之年事业上有所作为的秘而不宣的内在动力。宇文所安认为中国文人求取"不朽",关注往事、古人,并且希望自己也成为值得追忆的对象,而与这种愿望成正比的是惧怕湮没、销蚀的焦虑。宇文所安对中国文化传统的内涵提出了新的意蕴,并且加入西方文化的个人主义色彩,重现了中国传统文化的精髓。

2. 怀古的时间观

在现象学中,有"日常生活"观点,就是日复一日的平常生活。自从海德格尔在《存在与时间》(Being and Time)中对"日常生存"与"本真生存"作了区分之后,"日常性"和"日常世界"就成了哲学中的流行概念(海德格尔,2016: 97)。日常生活的生成构成了世界历史的现实基础,它并非任何类型的意识流变,美的活动所占据的时间,即"审美时间"也是"日常生活"时间的一个组成部分。"美的活动是'日常生活'时间的延续,它的审美瞬间正是这种'日常生活'绵延的横断面,即垂直地切断纯粹的时间流逝。"(海德格尔,2016: 108)美的活动作为对"日常生活"的阻断,形成了一种"同时性"的生成状态,即过去—现在—未来三相时间的对话状态。

宇文所安在阅读中国古典诗歌时,发现其中有许多耐人寻味的现象,诗人们以"回忆往事"的心理状态来创作诗歌的手法引起他极大的兴趣。他结合具体的典型诗歌作品,运用现象学的观点来分析"回忆"作为中国古典文学中往事再现的心理状态在审美活动中的作用,并对中国文化背景和文学传统的特点加以阐述。例如,根据《晋书·羊祜传》羊祜登岘山悲懊古人的故事,孟浩然作诗《与诸子登岘山》。宇文所安以时间三相为线索,对孟浩然的回忆作了如下评论:"孟浩然告诉我们,他是怎样回忆起回忆者的,而他自己又把自身的回忆行为铭刻在诗里,于

是对我们读者而言,他又成为回忆者。"(Owen, 1986: 25)

> 人事有代谢, In human affairs there is succession, loss,
> 往来成古今。Men come and go, forming past and present.
> 江山留胜迹, Rivers and mountain keep traces of their glory,
> 我辈复登临。Our generation also climbs here for the view.
> 羊公碑尚在, Yang Hu's stele yet endures,
> 读罢泪沾襟。Once read, the tears soak our robes too.

译诗的首联、颔联和尾联中,宇文所安以过去、现在、未来三相为线索,把古人、羊祜、孟浩然、读者四者概括为回忆行为的组成要素,体现了现象学时间观"同时性"的特点。诗作的第二句"往来成古今"中"古今",译为past and present,即"过去与现在",宇文所安把回忆行为归纳成体现时间三相的要素,对复杂的怀古、回忆,从新的视角作一个整体把握,将内涵丰富的回忆抽象化、形式化。

译诗再现出大自然的万古常新与人类个体陨减枯烂之间的对照。诗中提到的羊祜,因为"立德"而为后人所怀念,无论"历史"还是"过去",并非仅仅是其本身的意义,而总是和诗人的当下(现在)、理想志向(未来)有着密切的关联。怀古或咏古诗从来不会仅限于时间的某一个维度。诗人在处理有关过去的题材时,对现在的感慨和对未来的期许无不渗透到其创作中去。诗人写怀古诗的意图也非仅仅局限于过去,而是以过去为轴,连接时间的另外两个维度——现在和未来。若只将"古今对照"视作一种"老生常谈"的观点,那么这种看法就显得过于轻率和简单。正是因为"但凡老生常谈,其间总是隐匿着某些人们共同关心的东西;我们所以轻蔑地将其视作老生常谈,正是源于我们憎恨人们对个人的毁减问题作出相同的反应,抱有相同的感情"(Owen, 1986: 18)。宇文所安融合中西文学批评理论,在诗歌的阐发和翻译中不仅超出我们固有的理解,而且从看似平淡的诗中洞见精心设置的惊奇。

译诗第四句"我辈复登临"中宇文所安增译了"for the view",使读者然如置身于一场追溯既往的典礼中。行礼如仪,每一种典礼仪式都是一种固定的形式,参加的人是这种场合中的一个角色,按照场合的要求担任某种功能。在举行典礼的过程中,所有东西的个性都被淹没了。正因为有个性的东西消

失不见了,同样的事情才有可能反复进行;正因有可能反复进行,典礼仪式才有可能存在。典礼、功能、角色、个性、反复,这些勾勒出回忆行为作为典礼的构成要素,符合时间观意义上的基本模式。在中国古典诗歌中"登临怀古"是代代相继的题材,其中不仅寄寓了历代诗人复杂、细致的情怀,也蕴含了中国传统文化中的社会伦理、价值观等深层意识。

尾联中"羊公碑尚在","尚在"译为 yet endures,动词 endure 表示"持续,持久"之意,表达羊祜虽然已成为过去的时代,但也渴望后代能记住他,给他公正的评价。回忆总是与名字、环境、细节和地点有关。在朗读碑文时,人们回忆起了回忆者,因此人们热衷于把杰出的回忆者的名字铭刻在石碑上。虽然时光不会倒流,但依靠这些石碑我们可以重温故事、重游旧地、重睹故人。这些场景或典礼是回忆得以藏身和施展身手的地方。宇文所安论此诗时,认为"孟浩然称得上是位了不起的回忆者"(Owen, 1986: 22)。

3. 非线性时间观

在唐诗译介过程中,宇文所安观察到,无论是哪位唐代诗人回忆过去时,语调(tone)总是倾向于悲伤(melancholy),这源于他们由眼前的遗迹联想到失落的往昔,这种情感一般而言夹杂着"渴望、钦羡、后悔以及忧伤"。然而,在王维这位唐朝代表性诗人的作品中,"青春流逝、头发变白的哀戚极少出现。对他而言,老年是一个可以预知的世界,他在诗中为逐渐接近他的每一阶段而欢庆"(Owen, 1981: 35-36)。王维的时间观是一种普泛性的情感,他将犹疑留给"现在"和"未来"这两个时间维度,期望以此建立他独特的时间理论,将"现在"和"未来"融合为一,把时间看作一个整体性的观念,并以此超越原先"过去""现在""未来"相互割裂的、不完整的线性时间观。王维在其诗中所作的将各种时间因素杂糅在一起的尝试,是对常见的线性时间观的反叛,具有明确意义的时间"过去""现在""未来"被抛弃,取而代之的是彼此融合无间、打破各种差异性的新的时间观。王维的非线性时间观在很大程度上契合现象学的时间观,其不同于日常物理时间,是一种内意识时间。物理时间能够精确地被分隔、定位和测量(秒、分、小时等),是线性的时间观。在这种时间观下,过去、现在、未来处于相互割裂的状态,过去就是过去,现在就是现在,而未来就是未来。物理时间(钟表时间)是社会习俗的结果,其用途具有实用性,即在于统筹整个人类社会活动。内意识时间则与此迥然相异,它无法对象化,只与人类个体意识经验紧密相连,并依循个体意识的差异而变化。在内意识的时间观

中,时间的三个维度——过去、现在、未来相互依存,无法分割。在这种时间经验的观照之下,"现在"中存在着一个晕圈,保持着一段"过去",对"未来"留有预持,并没有一条明确的分界线(张祥龙,2011: 51)。以王维的《孟城坳》译诗为例:

> 新家孟城口, New home in a breach in Meng's Walls,
> 古木余衰柳。where of ancient trees remain dying willows.
> 来者复为谁? Who will be those who are yet to come?
> 空悲昔人有。Pointless grief at the holding by men before.

这首诗描写王维失落于往昔的遗迹,对时间流逝的沉思和对惆怅情感的抒发。译诗的前两句,"新家"(New home)——代表现在;"古木"(ancient trees)——代表过去,谓语动词使用一般现在时 remain,表示现在的状态。第三句"来者复为谁?"译文主句采用将来时 will be,从句中 be to do 不定式结构也表示将来时,are to come 意为"即将到来"。末句"空悲昔人有"(Pointless grief at the holding by men before)翻译成一个名词短语,而不是译为一个过去时的句子,但在结尾处运用时间副词 before 来特别强调"过去"。整首诗的时态只有现在时和将来时,体现了王维在时间问题上具有同一性:每一个时间点——任何过去、现在或未来,都是无意义或者空的。王维的时间观受佛教的影响,在佛教中一切文化性的差异里都潜伏着一个终极实在,即无差别的统一体。王维对于线性时间的怀疑来自佛教理论中对于知觉可靠性的疑惑,认为过去、现在和未来具有同一性,因此其诗中消除了时间的区隔,使得时间不再呈线性的流动,从而实现一种超越性、非线性的时间观,呈现出一个"永恒的现在"(eternal now),包含并且超越了过去、现在及未来。宇文所安关注诗歌风格和诗人的内心世界,译诗再现出王维恬淡自然的语言和非线性时间观念,表达了人类的短暂无常在大自然的永恒循环背景中具有超越个体的时间性。

三、空间观的翻译再现

海德格尔认为,"共在"是"此在"作为在世界之中存在的本质结构。此结构保证了"此在"的开放性,即向世内其他"此在"和非"此在"式的存在者开放自身。这一开放性已经预设了一种本源空间性,

正是这本源空间性使"此在"与世内其他"此在"和非"此在"式的存在者之相遇成为可能。(海德格尔,2016:137)宇文所安对王维诗歌文本内部作了深入细致的探究,将王维诗中所体现的静谧空间、意象表征空间引向其译文文本,译诗再现出本源空间性的诗境寓意。

1. "有"与"无","在场"与"缺席"

王维的诗尤以其山水田园诗为代表,往往具有一种恬静品质和空间构建。透过诗意所传达的空间意识成为解读空间距离与奇妙静谧的关键。"有"与"无"的关系,也可以说是"在场"与"缺席"的关系(海德格尔,2016:153)。"静默"本身就是声音的"无",同时也是一种"缺席"。按照这两组概念的辩证统一,可将其分为两类静止的空间。区分的依据在于角度不同:第一类,静止的空间着眼于自我与他者的关系;第二类,经由声音与静默来定义,但潜藏于这两类空间之下的是前面所提及的两组关系。王维的《鹿柴》译诗描绘出第一类静止的空间:

> 空山不见人,No one is seen in deserted hills,
> 但闻人语响。Only the echoes of speech are heard.
> 返景入深林,Sunlight cast back comes deep in the woods,
> 复照青苔上。And shines once again upon the green moss.

空山(deserted hills)、人语(echoes of speech)、森林(the woods)、青苔(green moss),"在这种与世隔绝、幽闭的空间中,诗人塑造了一个静止的空间"(Owen,1996:392)。这类空间不仅常常出现于自然中,而且还需要另一个可供辨认的标识,即"无人"。译诗第一句宇文所安为了强调"无人",将 No one 置于句首,而且使用被动语态 No one is seen,构筑出一个静止的空间。译诗第二句也采用被动语态 Only the echoes are heard,更加衬托出"无人"空间的寂静,四处望去没见到人,却微微听到远处的人语声,读者的感官仿佛跟着译诗中的文字获得真实的体验,望而不见,闻而不详,"静"的氛围油然而生。这两句译诗描绘出空山回音创造了明朗的空间感与距离感。译诗第三和第四句描写视线可及之处,一道光线穿透森林照在青苔上,"青苔"译为 green moss,green"绿色"象征"安静、宁静",译中充满绿意,使静止的感觉更加明显强烈。

再如王维《过香积寺》中两联对句的翻译:

> 古木无人径,Ancient trees,trails with no one there,
> 深山何处钟。deep in hills,a bell from I knew not where.
> 泉声咽危石,A stream's sounds choked on steep-pitched stones,
> 日色冷青松。and hues of sunlight were chilled by green pines.

前两句中"无人径"对"何处钟",译文 trails with no one there 对 a bell from I knew not where,描绘出在静止空间里诗人处于自然之中,超然世外,红尘对其而言显示为一种"无"或者"缺席";而"无人"的状态,又使得诗人孤身一人,获得某种程度的自我认识,即一种"有"与"在场"。末句"日色冷青松"(and hues of sunlight were chilled by green pines)中,green pines 令人联想到山中隐士的闲静少言,在天光云影之下怡悦自得的形象,译文再现出宁静的诗意,但不流于萧瑟死寂的感受,而是在静谧中充满着生机。

第二类静止的空间,涉及静默与声音,这同样是一组"无"和"有"("缺席"和"在场")的关系。沉默可以表示情调、主题、背景或意向的一种突然转变,读者的注意力准确无误地被引而不发的东西吸引过去。在《新晴晚望》诗的首联和尾联中,王维构筑了一个充满静默的空间,随后静默被某种声音所打破,从而凸显了原空间的安静。

> 新晴原野广,Under clearing skies the plains stretch broad,
> 极目无氛垢。No dirt in the air as far as eyes see.
> 农月无闲人,These are farming months — no one takes their ease,
> 倾家事南亩。All the family is at work on the south acres.

译诗再现了原诗中静默与声音的运动关系,原本的静默(一种缺席,无的状态)被声音(一种在场,有的状态)所打破。No dirt in the air as far as eyes see / All the family is at work on the south acres 这两句的句首副词 No 与 All 表现出静默与声音的互动与反衬,译诗透过"有"与"无"、"在场"与"缺席"这两组关系,塑造了静止世界,没有活动与人的平静和谐世界促成了静谧。"农月无闲人"译文中 These are farming months 与 no one takes their ease 是因果关系,中间以破折号相连,表示人们协调行动,正在做适应季节之事,声音与静默相生相伴,共同建构出一个静美的诗性空间。再如王维《竹里馆》:

独坐幽篁里，I sit alone in bamboo that hides me,

弹琴复长啸。plucking the harp and whistling long.

深林人不知，It is deep in the woods and no one knows,

明月来相照。the bright moon comes to shine on me.

译诗第二句描绘了诗人在月下弹琴、吹箫，悠然自得的状态；plucking/whistling 为现在分词作伴随状语，表示声音发自于"独坐幽篁里"（I sit alone in bamboo that hides me）这种与世隔绝、幽闭的空间中，谓语动词 sit alone/hides me 塑造了一个静止的空间。这个静止的空间具有两个特征，一是诗人处于自然之中，二是诗人远离人群。译诗第三句中"人不知"，宇文所安没有译为 one doesn't know，而译为 no one knows，突出强调"无人"。末句译诗"明月来相照"（the bright moon comes to shine on me）所呈现的画面里，shine on me 使读者看到一个独居的诗人隐士形象。

2. 意象表征空间

除了静止的状态，距离也能用来表征空间。在这种情形下，距离所指涉的空间往往是异己的，即隔绝于自我空间之外存在着另一重（或多重）空间，两者之间有无法（或暂时无法）克服的阻碍，这便是距离。宇文所安指出"在我们眼里就有了会让人分辨不清的双重身份，它们既是局限在三维空间中的一个具体的对象，是它们自身，同时又是能容纳其他东西的一处殿堂，是某些其他东西借以聚集在一起的场所"（Owen, 1986：39）。譬如王维《辋川集》组诗中的《欹湖》最后两句：

湖上一回首，Upon the lake turn your head just once,

山青卷白云。Hill's green is rolling the white clouds up.

这首诗描绘了一个送客的场景：诗人目送朋友归去，蓦然回首，不见人影，只剩下"山青卷白云"。"卷云"译为 rolling the white clouds up，表现出白云"向上"的空间距离。译文意蕴隽永，除写景之外似含深意，"云"的意象别有玄机。对于诗人而言，"云"不是成为禅宗所强调的随缘任性的具体化，而是一个远距离的理想的隐喻。这首诗作于王维隐居辋川山林之时。译诗中"云"的意象再现出诗人当时的心情：王维虽从现实世界中退隐，但心中并未真正得到慰藉，

理想的状态同他保持空间上的距离，是可望而不可即的。"湖上一回首"（Upon the lake turn your head just once）构建出独特的空间距离结构；对白云的捕捉，必须建立在远观的位置上，只有同其保持空间上的隔阂，才能够看到。译文表达了对"云"意象的情志感发和对诗人内心情意的书写。再如王维《送别》的末尾对句：

但去莫复问，So go off now — I'll ask no more,

白云无尽时。White clouds for eternity.

莫复问（I'll ask no more）译文用第一人称 I，以诗人的口吻与友人所说之言，一方面劝慰友人；另一方面表达自己对于何时像友人那样归隐山林的犹疑。"白云无尽时"中"无尽时"译为 for eternity，既展现出空间距离，又再现了隐居山林的理想状态。"云"意象表达出诗人对自然世界的渴望，它或许是终极的，或许是桃花源般的自我家园，但云只存在于诗人脑海中，仅仅是乐土的象征。译文中"云"的意象提供了一种距离感，设置了某个无法抵达之所和空洞的理想状态。这似乎在提示我们，王维心目中的理想状态并不存在于现实中，他从现实逃离至山林隐居，只是从一处到另一处而已，是隐与仕之间的对抗。

王维的隐与仕之间缠绕纠葛的问题是诸多北美汉学家所关注的焦点之一。王维晚年生活在隐—仕矛盾中，一方面他对自己曾任伪署倍感内疚；另一方面又对天子的宽恕信任充满感激，实在不忍辞官归隐。从王维的传记资料来看，王维的个性特征似乎犹疑不定，常常摇摆于可与不可之间。宇文所安在其《盛唐诗》中指出："作为一种个人现象，隐与仕之间的冲突早已是文学中的传统主题了。"（Owen, 1981：27）田晓菲（Tian Xiaofei）认为："对王维而言，的确存在着隐与仕，即便是粗略检视一下王维的生平和诗作，便能充分体会到。王维在两种生活之间的对立从未消除，这种冲突在王维诗歌中构建了其独特的空间结构。"（Tian, 1994：166）隐逸世界是一个空间，宦仕生涯是另一个空间，前者为自然空间，后者是人事空间。王维构筑的自我空间刚好处在隐与仕的夹缝中，形成一个边缘空间（marginal space）。王维既不完全隶属于前者，也非与后者相融合，由此各种空间的冲突在诗歌中登场。王维诗中常运用"门"的意象来体现隐与仕之间的关系。关门的动作在王维诗中多次出现，如《归辋川作》和《淇上田园即事》诗作的末句：

惆怅掩柴扉。In deep sorrow I shut my wicker gate.

荆扉乘昼关。That his briar gate is closed in broad daylight.

这两首诗作于王维弃官隐居淇水时期，诗中的动词"掩"与"关"构成了一组空间内外关系。掩柴扉（shut my wicker gate）中"掩"译为 shut，表示彻底把门关上，屋内空间无疑构成了对外部世界的反面，于是一条合适的界限被划出，并作出一种重要的区分。"扉"是"门"的意思，门的功能在于既构建了诗人内部的私人空间，又连接了诗人小屋之外的世界。"门"因此变成了一个通道，既区隔两个世界，又将其联系起来。《归辋川作》此诗写于王维仕而不得意之时，诗人受困于仕的空间，想要逃向隐的空间。shut my gate 表达了王维想从隐的空间中获得安慰，因为当时他正处于"惆怅"中（In deep sorrow），也就是说，王维想从自然空间中获得慰藉。

《淇上田园即事》诗作清晰地勾勒出王维空间意识发展的整个过程，核心意象是"门"。诗人从仕的空间转入隐的空间，随后诗人朝向自然空间观看：旷野、日暮、桑柘、流水、闾井、归家的牧童、猎犬与猎人。在一系列自然田园的景物描写结束时，诗人却乘着白昼未尽时将门关上。荆扉乘昼关（That his briar gate is closed in broad daylight），译文使用被动语态 gate is closed，突出强调受动者"门"。门被关上，诗人从而退回到一个私密的自我空间，进而隔开了整个自然空间。诗人虽从人世红尘退守到田园世界，但他并不属于那个自然空间，于是他进一步退守到一个他为自己所构建的、在荆扉后面的私人领域。译文再现出王维处于隐逸与仕宦两种空间的夹缝中，构建了自我的私人空间，通过"门"的意象，表征了这些彼此冲突的空间张力关系。

四、结语

宇文所安运用西方文学理论进行唐诗研究与翻译，同时结合中国古典文学的传统文化理论，表现出对中西诗学观念融会贯通的深刻理解。他以现象学时空观为理论架构，对诗歌的具体意象和整体境界深入探究，分析诗人的创作意识、诗作的历史主体性及时代精神，注重表达诗人的个人经验世界；从意识的优先性出发，重新观察事物，不断地对感受世界进行各种还原，对中国古典文学作出更具系统性及逻辑性的阐发。在唐诗译介过程中，宇文所安有自己独创的见解和翻译策略，译诗准确而流畅地再现出原诗的奥理和诗学特征，呈现出中国古典诗歌的美学意境，实现了翻译充分性，为西方读者减轻因文化背景差异而产生的理解障碍，丰富了唐诗英译的表现方式，在英语世界传播和巩固了中国古典诗词的世界文学地位。

参考文献

［1］ Owen, S. *An Anthology of Chinese Literature, Beginnings to 1911*. New York：Norton and Company, 1996.

［2］ —. *The Great Age of Chinese Poetry: The High Tang*. New Haven：Yale University Press, 1981.

［3］ —. *The Poetry of Du Fu*. Boston：De Gruyter Press, 2015.

［4］ —. *The Poetry of Early Tang*. New Haven：Yale University Press, 1977.

［5］ —. *Remembrances: The Experience of the Past in Classical Chinese Literature*. Cambridge：Harvard University Press, 1986.

［6］ —. *Traditional Chinese Poetry and Poetics: Omen of the World*. Madison：The University of Wisconsin Press, 1985.

［7］ Tian, X. F. "Dwelling in the Mountains：Specialization in Wang Wei's Poetry." *Papers on Chinese Literature*, 2(1994)：163-178.

［8］ 海德格尔.《存在与时间》.北京：商务印书馆，2016.

［9］ 胡塞尔.《内时间意识现象学》.北京：商务印书馆，2009.

［10］ 李泽厚.《美的历程》.北京：生活·读书·新知三联书店，2009.

［11］ 王德威.第三届唐奖汉学奖得奖人演讲引言.《汉学研究通讯》，2018(4)：2.

［12］ 魏家海.《宇文所安唐诗翻译研究》.武汉：武汉大学出版社，2019.

［13］ 张祥龙.《现象学导论七讲：从原著阐发愿意》.北京：中国人民大学出版社，2011.

［14］ 张志国.诗歌史叙述：凸现与隐蔽——宇文所安的唐诗史写作及反思.《江汉大学学报（人文科学版）》.2008(2)：27—32.

［15］ 朱徽.唐诗在美国的翻译与接受.《四川大学学报（哲学社会科学版）》，2004(4)：84—89.

［16］ ——.《中美诗缘》.成都：四川人民出版社，2001.

［17］ 朱耀伟.《当代西方批评论述的中国图像》.北京：中国人民大学出版社，2006.

［18］ 朱志荣.《西方文论史》.北京：北京大学出版社，2007.

口译信息识别困难的界定与类别[①]

路　玮[1,2]　张　威[2][②]
（1. 河北大学　2. 北京外国语大学）

摘　要：语言特异性、副语言特征及文化信息是造成口译源语信息识别困难的主要原因。然而，相关研究多涉及个案孤案，争论焦点始终停留在微观层面，且缺少操作层面上的定义。本文综合前人研究，提出英汉语对下的口译信息识别困难指标，包括 3 个一级指标、11 个二级指标、5 个三级指标；并分类讨论各指标存在的合理性。细粒度地系统分析源语信息难点可减少主观因素的影响，对口译难点的概念化和理论化具有重要意义。

Abstract：Language specificity, paralinguistic features and cultural information constitute the major constraints in understanding source information in interpreting practice. However, the related researches mostly involve individual cases and lack operational definition. This paper explores the difficulties in understanding Chinese/English information in interpreting, listing three first-class indicators, eleven second-class indicators and five third-class indicators. A fine-grained hierarchy of difficulties in understating source information in interpreting can be of significance in the conceptualization and theorization of difficulties in interpreting.

关键词：口译困难；信息识别；文本难度；指标

Key Words：difficulty in interpretating；information understanding；text difficulty；item

一、引言

　　口译困难（difficulty in interpreting）一直是翻译学者与口译从业者关注的热点。困难可能源于原文信息理解、口译转换策略、口译产品监控等不同阶段，如源语速度（Gerver，1969）、术语（Rodríguez & Schnell，2009）、数字（Mazza，2001）、记忆负荷（Gile，2009）、译语省略与流畅度（Mankauskienė，2018）。发散的研究视角不断丰富着口译困难概念的适用范围，却忽略了对口译困难本质特征的探讨。这会导致口译困难研究停留在微观层面而难以形成系统的假设。另外，研究给定的因果解释大多关联个案孤案，部分结论互相矛盾，极大弱化了研究的理论指向性和实践指导意义。由此看来，为口译困难的性质定位并进一步探讨口译困难指标是解决问题的关键所在。

　　然而，与口译困难关涉的口译环节并非按顺序或连续存在，而是同时发生的几个子过程，且研究内容本质上均与语言理解紧密相连。实际上，从释意理论和精力模型到借鉴心理语言学方法的复杂概念化现象，源语信息理解均是其主要组成部分之一（Padilla & Bajo，2015），而译员识别源语信息的过程亦是其从词汇或语义激活、句法加工及命题分析等语言过程出发，对言语进行充分心理表征的过程（Yudes et al.，2011）。在这一复杂认知过程中，从理论层面发现事物的存在形态才是解决口译掣肘之道（刘宓庆，2006）。因此，聚焦原文信息识别中可能遇到的口译困难并在综合前人研究的基础上尝试建立一套系统指标方案，对口译信息识别困难概念化和理论化具有重要意义。

二、口译信息识别困难术语表达

　　源语信息识别是译员在听辨同时向语义理解过

---

① 本文系 2019 年北京市社会科学基金项目"多语双向跨模态翻译语料库的研制与应用（19YYB011）"的阶段性成果。

② 张威为本文通讯作者。

渡(即诱发人脑的意义判断运作)的过程(鲍刚,2005)。相应的口译困难便成为心理学早期研究的主题之一。格瓦尔(Gerver,1969)指出困扰译员的"信息负荷"(information load)主要表现为句法或语义的变化与源语发布语速的变化;之后他(Gerver,1974)又将源语噪声称为"源语输入感知困难"(difficulty in perceiving source language input)。

在翻译研究领域,关于口译困难的研究多为综述或思辨性质的学术探讨,而探讨的问题由口译困难与口译问题(interpreting problems)的概念区分逐渐过渡到具体口译信息的识别困难。

在各类学术探讨中,口译困难与口译问题这两个术语表达常常混用,且并未有非常明确的界限。诺德(Nord,1997)基于文本分析模型,首次区分翻译问题与翻译困难,并认为二者同样适用于口译研究。她将翻译问题定性为客观的,且具有主体间性①(Nord,1991);而翻译困难是主观的,且可以通过技能训练得以克服。这种区分方法聚焦译者本身,译者经过学习也仍然存在的便是客观的翻译问题,如文本本身存在的语言特征(结构、文化内涵),语言使用范围、语境,行为规范等;因译者个人原因导致的,则属于主观的翻译困难,如翻译能力不足而造成的各种困难(文本理解、语用、技术等)。不难看出,该划分并不清晰,两个概念所指存在重合,即导致文本理解困难的语言特征。

之后的研究不再纠结于口译困难与口译问题的二元之辨,开始转而关注口译困难的形成原因及解决办法。弗朗兹·波赫哈克(Franz Pöchhacker,2016)综合前人研究,采用"输入变量"(input variables)一词将导致口译困难的原因归为四类,即声音和视觉、口音和语调、速度和表达形式、源语语篇复杂度。输入变量这一表达形式直接将口译困难定位在信息识别阶段。

切斯特曼与瓦格纳(Chesterman & Wagner,2002)使用"问题"(problem)一词来表达"困难"的概念,认为口译问题是口译目的与口译方法无法兼容的结果。其中,口译问题分为三类:搜索问题(searching problems)、阻滞问题(blockage problems)及文本问题(text problems)。搜索问题可以通过专业课程的学习解决;阻滞问题往往指同行交流中的取长补短;第三类文本问题研究最多,均侧重源语文本的加工与处理。这种分类方法进一步肯定了源语文本理解困难研究的必要性。

吉尔(Gile,2009)从认知角度构建了精力分配

模型,并在该框架下详细分析"问题诱因"(problem triggers),即口译过程中导致加工能力需求增大的一系列因素,包括名字、数字、列举、快速演讲、浓重口音等。他将口译困难分为信息量、口音及声音质量等外部因素,以及语言与文化差异等内部因素,尤其强调词汇和语言规则对解决口译困难的重要作用;并将困难原因归结为两点:精力分配各阶段处理能力需求增加导致认知脑力饱和;精力分配某一阶段处理能力不足导致认知脑力饱和。问题诱因的表述将源语语音信息与语言特征摆在同等重要的地位。

三、源语语料难度分析方法

源语理解阶段的口译困难术语变迁引领研究者们持续关注源语语料难度评判这一问题。他们各有侧重,判定方法也从传统的主观判断转向客观测量。

1. 主观判断

评判语料难度传统上依靠语言使用者的共同认知与主观判断。达姆(Dam,2001)肯定了该方法的可行性,她认为在识别源语文本难易度时,使用者存在主体间的共识。然而,语言使用者主体间性的可靠性受到质疑,相对而言,专家学者的整体共识(holistic judgement)更受推崇(Liu & Chiu,2009)。主观判断源语难度的方法常因其依赖直觉和经验引导而广受质疑,基于该方法的难度分析缺乏说服力,且容易影响研究结果的可信性和推广性。

2. 对比分析

维奈和达尔贝尔(Vinay & Darbelnet,1995)注意到语言差异造成翻译困难这一事实,对英法两种语言的相同点与不同点展开讨论,并分别从词汇、句式、信息及其各自的子类层面上比对原文与译文的不同情况,认为间接翻译(oblique)能说明原文存在哪些困难项目。

卡特福德(Catford,1965)首次将译文中的间接翻译称作与原文的"偏移"(shift),即"从原语到译语过程中偏离形式对应的情况"(同上,73)。这种以语言比较为重点的翻译研究模式,揭示了源语与目的语间微观层面(句子、小句、短语、词汇等)的差异;然而关于偏移的分析"不是为了揭露翻译中的错误或缺陷,而是为了得到支配翻译过程的规范"(Munday,1998:3),即通过偏移提出解释性假设,继而尝试建立

---

① 主体间性(intersubjectivity):现代西方哲学范畴,指某些事物不仅独立于个体主体或人类意识存在,又具有对每一主体都通用的超个人性,或达于一致的途径,这种共通性或一致性,即主体间性。(程志民、江怡,2003:339)。

翻译整体概念,并在此基础上对所需语料展开分析。

黑尔和坎贝尔(Hale & Campbell,2002)通过核算源语词汇项目(包括官方术语、隐喻、名词短语等)对应的译文数量来确认加工该项目所需的认知努力,进而评估源语中各项目的难度。她们假设该项目对应的译文数量多,说明选择多,从而证明加工时付出的认知努力多;反之亦然。该研究表明,不同数量的译文可能并非翻译难度的有效指标。上述比对源语与译语对应判断困难项目的方法能较直观地发现问题,但研究对象主要针对文学翻译,因而在口译研究语境下的操作空间有待论证。

3. 客观测量

坎贝尔(Campbell,1999)指出源文本是一个独立存在的翻译困难,对其进行测量不仅具有理论价值,而且在训练,特别是测试方面有深远的实践价值。一些口译学者开始借鉴测试学及二语习得方面的研究成果,通过源语文本在语言特征上呈现出的复杂程度(Mesmer et al.,2012;郭凯等,2018;孙三军、文军,2015)测量文本难度(text complexity)。常用的测量方法是文本可读性公式①(Kincaid et al.,1975),通过统计文本表面特征(如平均词长[ASW]、平均句长[ASL])等指标来进行难度评估。

然而,口译文本毕竟涉及语言信息以及非语言信息,可读性公式无法全面评估源语语料难度。决定一个句子的可理解性可能并非该句中出现的词汇数量,而应是词汇之间语义关系的明确程度,因此听力系数(listenability coefficient)与熟悉度系数(familiarity coefficient)成为测量口译源语难度的初步依据(Alexieva,1999)。其中,听力系数是比对显性谓词(语义关系明确的谓词表达)的数量与隐含谓词(名词性、分词性和不定式短语)的数量;而熟悉度系数则是抽取的概念词数量与重复出现的概念词数量的比值(介于0.25—0.45之间较为合理)。两个系数值越高,表明对语料的理解越充分,耗费的精力也就越少。

同样考虑到口译文本的特点,有研究探讨了原文可读性(readability level)、信息密度(information density)与新概念密度(new concept density)这三个测量指标(Liu & Chiu,2009)。其中,可读性由音节数量判断词汇难度,并通过词数及句长计算句法复杂度。信息密度则依靠命题分析来获得。最值得一提的新概念密度是通过口译冗余性程度②来确定。这样的分析指标具有客观属性,有助于获得较科学

的研究结论。尽管该研究由于样本数量小而无法得到显著的结果,但却指向了一种潜在趋势,即信息密度和句长是预测源语材料难度的有用指标。

客观测量的方法为口译困难研究提供了大量翔实的科学数据,也开拓了新鲜的研究思路。然而,测量方法或者由于过于复杂而未能广泛应用,或者由于测量指标局部覆盖口译信息识别困难而无法确定相关或因果关系。

四、口译信息识别困难指标探讨

从上述文献梳理可以看出,口译源语困难研究多不成体系,且主要依靠个案研究分析词汇、句式等微观层面的困难情况,研究缺乏深度和广度。

近年来,也有学者尝试系统分析源语难度,如刘建珠(2017)建构的口译语料难度"ILSS"体系分别从信息、语言、发音及场景四个维度对源语语料难度进行评定。其中信息与语言两个维度基本考察了源语语料难度,包括信息密度、术语陌生度、文化差异度、词汇、句子结构及语篇类型这6个二级指标。但是如何计算信息密度并未有明确的方法,只是笼统地认为发言速度越快,信息密度便越高。该判定方法与已有实证研究结论相悖,如果语料中有很多填充词,则即使发言速度快,信息密度也并不高(Chernov,1992;Mazza,2001;Gile,2009)。另外,造成口译困难的场景指标(听众、设备与噪声)存在难以量化的问题,因此也并非实际操作或分析口译困难的理想指标。

基于前人研究,结合口译语料的口语性和即时性特点,本文探讨的口译困难指口译源语信息识别困难。通过细粒度地分析该困难,最终建立了一套指标体系,包括副语言、语言及文化3个一级指标、11个二级指标与5个三级指标。系统探讨指标的合理性,旨在将比较过程中的主观因素减少到最低限度,为后续研究奠定扎实的语言描写基础。

1. 副语言指标

"副语言"(paralanguage)作为语言内容产出的表现形式(Johar,2015)主要包含基本音质(如音高、节奏、音调)、限定音(如模糊音、增强音)、区分符(如"呃、啊、嗯"、停顿)和替代码(如鼻音、吸气声、喷嚏声)等几个方面(Poyatos,1993)。副语言作为言语交际活动的重要组成部分,同时存在于口译发言人层面与口译产品层面。产品层面的研究多为译员自

---

① 文本可读性公式(Flesch-Kincaid Grade Level),公式表述为:Grade Level of Text = $0.39 * ASL + 11.8 * ASW - 15.59$。

② 信息冗余度高通常指"简单信息复杂表达,单一信息反复表达,相同信息重复表达"等情形。(卢信朝,2019:148)。

身副语言对口译效果的影响。而发言层面的研究常涉及源语口音、语速、清晰度以及现场噪声等困难因素,且多为实证类研究。

源语语速过快常导致信息丢失与理解障碍(Li,2010),而口译语音感知实验(Gerver,1969;McAllister,2000)明确了源语口音与语速对译员的负面影响。另外,口音、节奏也可能会导致破译输入信号的能力下降,引发信息识别困难(McAllister,2000;Lin et al.,2013)。而环境噪声(口译现场出现的各种导致糟糕听力条件的因素,如咳嗽、喷嚏、耳机音源等)则可能会显著降低译员对语音信号的解码能力(McAllister,2000;王云华,2021)。因此,外国口音、较快语速与声音质量差应该成为源语副语言信息的三个指标(见表1)。

表1 副语言指标一览表

Paralinguistic Items	
Unfamiliar accents	Non-standard and particularly unrecognizable accents
Fast rate of delivery	Input speed higher than normal condition
Poor voice quality	Unclear voice due to technical factors

同时,为了便于后续研究,源语发布速度区间也需要进行界定。相关研究关于速度标准的讨论包括:每分钟100—120个词的工作量是最理想的口译速度(Seleskovitch,1978);108 wmp定义为慢速,145 wmp定义为快速(Pio,2003);英语100—120 wmp与汉语150—180字每分钟是比较理想的语速(Li,2010)。基于前人研究数据,源语语速区间可分布如下(见表2):

表2 源语发布语速

语言	慢 速	中 速	快 速
英文	<100 wpm	100—120 wpm	>120 wpm
中文	<150 字/分	150—180 字/分	>180 字/分

2. 语言指标

(1) 词汇层面

诺德(Nord,1991)指出原文复杂性可用于衡量原文难易度,包括词汇和句法结构的复杂性。就口译而言,数字、术语、专有名词以及复杂句式通常被认为是最突出的困难因素(Gile,2009;Mazza,2001;Meyer,2008;Campbell & Hale,2002;Korpal & Stachowiak-Szymczak,2020)。

特定领域的专业术语与专有名词(如机构名、场所名)是发言人知识储备的体现。译员若缺乏相应知识(Meyer,2008),或不确定术语信息的意义及用法(Gile,2009),必然会花费较大精力识别源语信息,从而影响其他信息的接收。

另外,数字口译错误时有发生,其根本原因在于英汉语言的计数方式不同,加之关涉两种语言表达,历来是困扰职业译员和口译学员的难题。研究发现,数字具有较低的预测性与冗余性,同时也具有高度特定的意义,常导致误译或漏译(Mazza,2001),而且,当源语发布速度较高时,数字口译的难度更大(Korpal & Stachowiak-Szymczak,2020)。

(2)句法层面

句法复杂度(syntactic complexity)是二语写作研究的重要指标,常通过T单位(即最小可终止单位)长度或T单位的从属句数量获得(陆小飞、许琪,2016)。然而相关指标的统计学意义对于口译困难研究缺乏明确指导,因而口译领域多采用句子长度作为判断源语句法复杂度的直观指标。

无论英语还是汉语,长句基本可体现信息量的增多。汉语句子通过不断增加语音团块以添加意义,同时扩展句长(潘文,1997)。英语长句则通过嵌入式结构(同上)或采用增添修饰语(Dam,2001)来实现。而就汉语的左分支结构与英语的右分支结构重点分析证明英、汉语言结构不对称确实造成较大的口译困难(Wang & Gu,2016)。

有研究表明,源语理解会平行激活源语和目的语的句法属性(Ruíz & Macizo,2019),二者语序越匹配,句法加工越容易,反之亦然。就英汉语对而言,语序差异在被动句的使用上尤为显著。熊学亮、王志军(2003)指出,英语被动句呈主语-谓语状,而汉语隐性被动句(不含被字)远高于显性被动句(含被字),且常趋向于主题-述评形态。这种差异性导致译员在加工英语源语中的被动句时受限于汉语被动表达方式,因而会增加转换时间与认知加工的负荷,引发理解困难。

考虑到源语理解有赖于目的语语法属性的共享程度(Ruíz & Macizo,2019;Balling et al.,2014),汉语不同于英语的句式特点也成为口译源语信息识别阶段的一个潜在难点。赵元任(2002)详细论述了特殊的汉语句式,他指出汉语零句(minor sentence,即无主句或小句）是汉语句式的根本，且由于其可以独立存在，因而造就了汉语多流水句①和话题句②（沈家煊，2012）。汉语主语和谓语的形式多样和松散关系有悖于英语中主谓结构一致且主语必须是谓语的一个论元的语法属性，信息加工过程需要额外判断汉语源语成分间的指称关系和语义联系，加大了口译难度。存在同样加工困难的汉语句式还包括兼语结构和连动式③。

（3）*语义层面*

一般来说，源语信息量大（high information density）意味着句子较长或冗余程度较低，加工负荷也会随之增加。针对信息量的测算方法，比较一致的看法是计算命题（proposition）个数。可以通过计算源语文本显性和隐性谓词（命题）的比率判断语义密度，该数值越高，工作记忆的负担就越重（Alexieva，1999）。也有研究认为命题个数与语言难度成正比，其中1—3个命题为低密度，4个命题为中密度，5—7个命题为高密度（Dillinger，1994）。命题个数越多，理解加工的时间便越长，反映出的语言难度也就越大，进而投射在口译过程中的信息负荷就越重（Tommola & Helevä，2014）。

通过上述分析，将可能导致口译信息识别困难的语音指标列表如下（见表3）：

表3　语言指标一览表

<table>
<tr><th colspan="4">Linguistic Items</th></tr>
<tr><th>Lexical Level</th><th colspan="2">Syntactic Level</th><th>Semantic Level</th></tr>
<tr><td rowspan="4">Terms
Numbers
Named Entities</td><td rowspan="4">Syntactic Complexity</td><td>C/E: Long sentence</td><td rowspan="4">High information density (HID)</td></tr>
<tr><td>E: Embedded structure</td></tr>
<tr><td>E: Passive voice</td></tr>
<tr><td>C: 无主句
C: 话题句
C: 流水句
C: 连动句
C: 兼语句</td></tr>
</table>

3. 文化指标

文化元素传译通常被视为极具挑战性且困难重重（Hassan，2011；Rahimkhani & Salmani，2013）。文化作为特定群体的生活方式及其表现形式，在不同语言中有各自特定的表达手段（Newmark，1988）。因此，隐喻、幽默、习语、典故及委婉语可被列为文化指标下的5个二级指标（见表4）。

表4　文化指标一览表

<table>
<tr><th colspan="2">Cultural-specific Items</th></tr>
<tr><td>Metaphor</td><td>Conceptualization by reference to different domains with similar characters, especially those culture-specific ones with no ready-made target versions</td></tr>
<tr><td>Humor</td><td>Funny expressions triggering laugh or provoking thoughts, particularly those unique to certain cultures or traditions</td></tr>
<tr><td>Idioms</td><td>Expressions with implications that cannot be derived from the conjoined meanings of its elements, especially those unique to certain cultural groups or communities</td></tr>
<tr><td>Allusion</td><td>An implied or indirect reference, especially in literature</td></tr>
<tr><td>Euphemism</td><td>Substitution of a word or phrase by another considered to be less offensive, especially those peculiar to certain cultures</td></tr>
</table>

隐喻作为符号的概念化方式，其含义常受到文化内涵和语言表达的浸染（Snell-Hornby，1988）。隐喻涉及词汇、短语、句子等不同级阶（Newmark，1988），各层级的隐喻表达背后是不同的文化积淀。若译员的认知范围小于源语隐喻传递的核心概念，或缺乏关联语境推断其含义的经验，确实会造成一定的理解困难。同样，由于上述原因导致理解困难的因素还包括幽默信息。幽默本身可能是发言人经过精心策划和排练的，也可能是一时兴起的，但两种幽默通常都是译员的噩梦，因为译员无法回溯或预测（Zabalbeascoa，2005）。

另外，习语因其短小精悍、含义丰富成为群众喜闻乐见的语言表达方式（闫文培，2007）。由于习语表达在口译教学中的重要地位，也有观点认

① “流水句”由吕叔湘提出，指一个小句接一个小句，很多地方可断可连（吕叔湘，1979：27）。

② 赵元任认为汉语的主语就是话题，且主语只是引进话题，谓语则进行说明（赵元任，2002）。

③ 当名词词语前后各有一个动词时，它既做前一个动词的宾语，也做后一个动词的主语，这种结构被称为兼语结构。连动式和兼语结构不同，连动式的两个动词的主语相同（同上）。

为如果缺乏相应技能和应对策略,口译输出中的信息流会出现断裂,从而影响整个信息的理解与传达(Crezee & Grant, 2013)。吉尔(Gile, 2009)指出,习语是口译问题的诱因之一,会导致译员脑力饱和,进而出现目标语言粗无、遗漏或质量损失。与习语交叉且具有强文化属性的一个因素是典故。中、英典故多脱胎于史实、传说、文学等,蕴含深刻哲理,折射出丰富的文化内涵(闫文培,2007);其虽为原文本增色添彩,但对翻译而言可能毫无意义或充满困惑(Leppihalme, 1997)。

最后,作为自然语言中普遍存在的现象,委婉语通常用一个不具攻击性或令人愉快的词语来代替一个更加明确、具攻击性的词语(Neaman & Silver, 1989)。这种用友好的词语来掩饰真相的特点常引发委婉语义不透明、功能指向不明显的问题(Suzani, 2006),从而使译员理解偏差,或者无法传达源语形式结构所产生的委婉功能(徐莉娜,2003;Wang, 2020)。如何在理解语言的基础上充分挖掘委婉语字面背后的含义及功能是摆在译员面前的一项难题。

五、结语

源语语言在发音、词汇、句法、文化等层面都影响着译员对语言含义的感知与理解。发现与衡量影响译员的源语信息识别困难对口译过程研究具有探索性的意义。在综合分析前人研究的基础上,本文列出一系列口译信息识别的主要困难指标,并分别论证了其存在的合理性。这虽然在一定程度上梳理或澄清了对该阶段口译困难的认识,但仅是理性总结与反思,尚缺乏实证数据支撑,具体结论有待后续收集客观数据加以验证。

首先,基于提出的分类方案,可展开大规模问卷调研,并针对调研结果进行验证性因子分析;通过结构方程模型拟合检验预设的口译信息识别困难维度的合理性及困难项之间的关系强度,同时,在此基础上构建的口译信息识别困难多维模型可为后续相应口译信息难度测量工具开发奠定扎实的理论基础。

其次,未来研究也可据此尝试研究单个困难项对口译信息识别的作用机制。比如,结合先期访谈和译后有声思维回溯,集中考察英语被动句式在口译听辨过程中造成的具体困难及其影响;或者对源语及译语展开语义标注(论元、谓词等),根据源语及译语间意义偏差存在的位置明确口译困难,并利用提取的统计学数据进一步推断应对困难项的口译策略使用情况。

最后,该口译信息识别困难方案对于口译教学也具有指导作用,主要体现在口译源语材料难度分级、口译训练方法细化及学生译文质量量化评估等方面。

附录

口译信息识别困难指标一览表
(Indicators of Difficulties in Understanding Source Information in Interpreting)

First Class	Second Class	Third Class	Description			
Paralinguistic items	Unfamiliar accents		Non-standard and particularly unrecognizable accents			
	Poor voice quality		Unclear voice due to technical factors			
	Fast rate of delivery		Input speed higher than normal condition	语言: 慢速 英文: <100 wpm 中文: <150 字/分	中速 100—120 wpm 150—180 字/分	快速 >120 wpm >180 字/分
Linguistic items	Lexical level	Terms	Specific expressions in given field, e.g., science, trade, economy, law, etc.			
		Named entities	Organizations, locations and other domain-specific named entities			
		Numbers	Especially those large and long involved ones			

（续表）

First Class	Second Class	Third Class	Description		
Linguistic items	Syntactic level	Syntactic complexity	English & Chinese	Long sentences	
			English specific	Embedded structure, including noun clause, attributive clause, adverbial clause, etc.	
				Passive voice	
			Chinese specific	无主句：没有或省略主语的句子	
				流水句：前后语义连接紧密，主语变化丰富，但没有外在语言形式标记	
				话题（主题）句：话题+说明（e.g. 在婚姻问题上，我要自己做主）	
				连动句：一个主语统辖多个谓语动词，各动词或并列，或有先后、有因果、有主次	
				兼语句：以叫、使、让、要、请、派等词连接两个语义部分的句子	
	Semantic level	High information density（HID）	Heavy load of information within one sentence	proposition density：（个/句） low 1-2；medium 3-4；high 5-7	
Cultural items	Metaphor		Conceptualization by reference to different domains with similar characters, especially those culture-specific ones with no ready-made target versions		
	Humor		Funny expressions triggering laugh or provoking thoughts, particularly those unique to certain cultures or traditions		
	Idioms		Expressions with implications that cannot be derived from the conjoined meanings of its elements, especially those unique to certain cultural groups or communities		
	Allusion		An implied or indirect reference, especially in literature		
	Euphemism		Substitution of a word or phrase by another considered to be less offensive, especially those peculiar to certain cultures		

参考文献

［1］Alexieva, B. "Understanding the Source Language Text in Simultaneous Interpreting." *The Interpreters Newsletter*, 9(1999)：45-59.

［2］Balling, L., Hvelplund, K. and A. Sjørup. "Evidence of Parallel Processing during Translation." *Meta: Journal Des Traducteurs*, 2(2014)：234-259.

［3］Campbell, S. "A Cognitive Approach to Source Text Difficulty in Translation." *Target: International Journal of Translation Studies*, 1(1999)：33-63.

［4］Catford, J. *A Linguistic Theory of Translation: An Essay in Applied Linguistics.* Oxford：Oxford University Press, 1965.

［5］Chernov, G. "Conference Interpreting in the USSR：History, Theory, New Frontiers." *Meta:*

Journal Des Traducteurs, 1(1992): 149–162.

[6] Chesterman, A. and E. Wagner. *Can Theory Help Translators: A Dialogue between the Ivory Tower and the Wordface*. London: Routledge, 2002.

[7] Crezee, I. and L. Grant. "Missing the Plot: Idiomatic Language in Interpreter Education." *International Journal of Interpreter Education*, 1(2013): 17–33.

[8] Dam, H. "On the Option between Form-based and Meaning-based Interpreting: The Effect of Source Text Difficulty on Lexical Target Text Form in Simultaneous Interpreting." *The Interpreters Newsletter*, 11(2001): 27–57.

[9] Dillinger, M. "Comprehension during Interpreting: What Do Interpreters Know that Bilinguals Don't?" *Bridging the Gap: Empirical Research in Simultaneous Interpretation*. Eds. S. Lambert and B. Moser-Mercer. Amsterdam: John Benjamins, 1994: 155–189.

[10] Gerver, D. "The Effects of Noise on the Performance of Simultaneous Interpreters: Accuracy of Performance." *Acta Psychologica*, 3(1974): 159–167.

[11] —. "The Effects of Source Language Presentation Rate on the Performance of Simultaneous Conference Interpreters." *Proceedings of the 2nd Louisville Conference on Rate and/or Frequency-Controlled Speech*. Ed. E. Foulke. Louisville, Kentucky: University of Louisville, 1969: 162–184.

[12] Gile, D. *Basic Concepts and Models for Interpreter and Translator Training*. Amsterdam: John Benjamins, 2009.

[13] Hale, S. and S. Campbell. "The Interaction between Text Difficulty and Translation Accuracy." *Babel*, 1(2002): 14–33.

[14] Hassan, B. *Literary Translation: Aspects of Pragmatic Meaning*. Newcastle upon Tyne: Cambridge Scholars Publishing, 2011.

[15] Johar, S. *Emotion, Affect and Personality in Speech: The Bias of Language and Paralanguage*. New York: Springer, 2015.

[16] Kincaid, J. P., R. P. Fishburne Jr., R. L. Rogers and B. S. Chissom. *Derivation of New Readability Formulas (automated readability index, fog count and Flesch Reading Ease Formula) for Navy Enlisted Personnel*. Millington, TN: Navy Research Branch, 1975.

[17] Korpal, P. and K. Stachowiak-Szymczak. "Combined Problem Triggers in Simultaneous Interpreting: Exploring the Effect of Delivery Rate on Processing and Rendering Numbers." *Perspectives*, 1(2020): 126–143.

[18] Leppihalme, R. *Culture Bumps: An Empirical Approach to the Translation of Allusions*. Clevedon: Multilingual Matters Ltd., 1997.

[19] Li, C. "Coping Strategies for Fast Delivery in Simultaneous Interpretation." *The Journal of Specialised Translation*, 13(2010): 19–25.

[20] Lin, I. H. I., F. L. A. Chang and F. L. Kuo. "The Impact of Non-native Accented English on Rendition Accuracy in Simultaneous Interpreting." *Translation & Interpreting*, 2(2013): 30–44.

[21] Liu, M. and Y. H. Chiu. "Assessing Source Material Difficulty for Consecutive Interpreting: Quantifiable Measures and Holistic Judgment." *Interpreting*, 2(2009): 244–266.

[22] Mankauskienė, D. *Problem Triggers in Simultaneous Interpreting from English into Lithuanian*. Vilnius: Vilniaus Universitetas, 2018.

[23] Mazza, C. "Numbers in Simultaneous Interpretation." *The Interpreters Newsletter*, 11(2001): 87–105.

[24] McAllister, R. "Perceptual Foreign Accent and Its Relevance for Simultaneous Interpreting." *Language Processing and Simultaneous Interpreting: Interdisciplinary Perspectives*. Eds. B. E. Dimitrova and K. Hyltenstam. Amsterdam: John Benjamins, 2000: 45–64.

[25] Mesmer, H. A., J. W. Cunningham and E. H. Hiebert. "Toward a Theoretical Model of Text Complexity for the Early Grades: Learning from the Past, Anticipating the Future." *Reading Research Quarterly*, 3(2012): 235–258.

[26] Meyer, B. "Interpreting Proper Names: Different Interventions in Simultaneous and Consecutive Interpreting." *Transkom*, 1(2008): 105–122.

[27] Munday, J. "A Computer-assisted Approach to the Analysis of Translation Shifts." *Meta: Journal Des Traducteurs*, 4(1998): 542–556.

[28] Neaman, J. S. and C. G. Silver. *Kind Words: A Thesaurus of Euphemism*. New York: Facts on

File, 1989.

[29] Newmark, P. *A Textbook of Translation*. New York: Prentice Hall, 1988.

[30] Nord, C. "A Functional Typology of Translations." *Text Typology and Translation*. Ed. A. Trosborg. Amsterdam: John Benjamins, 1997: 43-66.

[31] —. "Scopos, Loyalty, and Translational Conventions." *Target: International Journal of Translation Studies*, 1(1991): 91-109.

[32] Padilla, P. and M. T. Bajo. "Comprehension." *Routledge Encyclopedia of Interpreting Studies*. Ed. F. Pöchhacker. London: Routledge, 2015: 70-73.

[33] Pio, S. "The Relation between ST Delivery Rate and Quality in Simultaneous Interpretation." *The Interpreters Newsletter*, 12(2003): 69-100.

[34] Pöchhacker, F. *Introducing Interpreting Studies*. London: Routledge, 2016.

[35] Poyatos, F. *Paralanguage: A Linguistic and Interdisciplinary Approach to Interactive Speech and Sounds*. Amsterdam: John Benjamins, 1993.

[36] Rahimkhani, M. and B. Salmani. "Lexical Gaps in Translation of Qur'anic Allusions in Hafez's Poetry: Strategies and Difficulties." *Theory and Practice in Language Studies*, 5(2013): 781-789.

[37] Rodríguez, N. and B. Schnell. "A Look at Terminology Adapted to the Requirements of Interpretation." *Language Update*, 1(2009): 21-27.

[38] Ruíz, J. O. and P. Macizo. "Lexical and Syntactic Target Language Interactions in Translation." *Acta Psychologica*, 199(2019): 1-10.

[39] Seleskovitch, D. *Interpreting for International Conferences: Problems of Language and Communication*. Washington: Pen & Booth, 1978.

[40] Snell-Hornby, M. *Translation Studies: An Integrated Approach*. Amsterdam: John Benjamins, 1988.

[41] Suzani, S. M. "Euphemism in Translation." *Translation Studies Quarterly*, 14(2006): 23-34.

[42] Tommola, J. and M. Helevä. "Language Direction and Source Text Complexity." *Unity in Diversity: Current Trends in Translation Studies*. Eds. L. Bowker, M. Cronin, D. Kenny and J. Pearson. New York: Routledge, 2014: 177-186.

[43] Vinay, J. P. and J. Darbelnet. *Comparative Stylistics of French and English: A Methodology for Translation*. Trans. J. C. Sager. and M. J. Hamel. Amsterdam: John Benjamins, 1995.

[44] Wang, B. and Y. Gu. "An Evidence-based Exploration into the Effect of Language-pair Specificity in English-Chinese Simultaneous Interpreting." *Asia Pacific Translation and Intercultural Studies*, 2(2016): 146-160.

[45] Wang, S. "Euphemism Translation from the Perspective of Skopostheorie." *Theory and Practice in Language Studies*, 9(2020): 1173-1178.

[46] Yudes, C., P. Macizo, L. Morales and M. T. Bajo. "Comprehension and Error Monitoring in Simultaneous Interpreters." *Applied Psycholinguistics*, 5(2013): 1039-1057.

[47] Zabalbeascoa, P. "Humour and Translation: An Interdiscipline." *Humor: International Journal of Humor Research*, 2(2005): 185-207.

[48] 鲍刚.《口译理论概述》.北京:中国对外翻译出版公司,2005.

[49] 程志民、江怡.《当代西方哲学新词典》.长春:吉林人民出版社,2003.

[50] 郭凯、金檀、陆小飞.文本难度调控的研究与实践——从可读公式、多维特征到智能改编.《外语测试与教学》,2018(3):35—43.

[51] 刘建珠.口译语料难度"ILSS"体系的建构.《天水师范学院学报》,2017(1):73—77.

[52] 刘宓庆.《新编汉英对比与翻译》.北京:中国对外翻译出版公司,2006.

[53] 陆小飞、许琪.二语句法复杂度分析器及其在二语写作研究中的应用.《外语教学与研究》,2016(3):409—420.

[54] 卢信朝.中英同声传译信息加工策略.《中国翻译》,2019(5):145—151.

[55] 吕叔湘.《汉语语法分析问题》.北京:商务印书馆,1979.

[56] 潘文国.《汉英对比纲要》.北京:北京语言大学出版社,2007.

[57] 沈家煊."零句"和"流水句"——为赵元任先生诞辰120周年而作.《中国语文》,2012(5):403—415.

[58] 孙三军、文军.论翻译难度的测量——理论与方法.《外语界》,2015(5):70—78.

[59] 王云华.口译信息传播中的语信丢失与应对.《上海翻译》,2021(1):71—76.

[60] 熊学亮、王志军.被动句认知解读一二.《外语教学与研究》,2003(3):195—199.

[61] 徐莉娜.委婉语翻译的语用和语篇策略.《中国翻译》,2003(6):15—19.

[62] 闫文培.《全球化语境下的中西文化及语言对比》.北京:科学出版社,2007.

[63] 赵元任.《中国话的文法》.丁邦新译.香港:香港中文大学出版社,2002.

图书在版编目（CIP）数据

复旦外国语言文学论丛. 译介与传播研究专题/复旦大学外文学院主编. —上海：复旦大学出版社，2024.4
ISBN 978-7-309-17385-7

Ⅰ.①复…　Ⅱ.①复…　Ⅲ.①语言学-国外-文集②文学翻译-文集　Ⅳ.①H0-53②I046-53

中国国家版本馆 CIP 数据核字（2024）第 076625 号

复旦外国语言文学论丛（译介与传播研究专题）
复旦大学外文学院　主编
责任编辑/郑梅侠

复旦大学出版社有限公司出版发行
上海市国权路 579 号　邮编：200433
网址：fupnet@ fudanpress.com　http://www.fudanpress.com
门市零售：86-21-65102580　团体订购：86-21-65104505
出版部电话：86-21-65642845
江苏凤凰数码印务有限公司

开本 787 毫米×1092 毫米　1/16　印张 9.25　字数 300 千字
2024 年 4 月第 1 版
2024 年 4 月第 1 版第 1 次印刷

ISBN 978-7-309-17385-7/H · 3378
定价：62.00 元

如有印装质量问题,请向复旦大学出版社有限公司出版部调换。